모두가 회전목마를 탄다

모두가
회전목마를
탄다

Everybody Rides
the Carousel

이묵돌 소설집

마이
디어
북스

Contents

The Great Wikipedian

—

위대한 위키러

#304 dothishit

「잠시만요. 혹시 지금 몇 시인지 아세요?」

#305 sakura-3

「@dothishit 토론하다가 갑자기 시간은 왜 묻나요?」

#306 dothishit

「@sakura-3 방금 보니 네 시 삼십 분이라서요. 곧 있으면 해 뜰 거 같은데」

#307 sakura-3

「@dothishit 그래서 뭐 어쩌라고요」

#308 sakura-3

「아까부터 자꾸 주제에서 벗어나는 말씀을 하시는 거 같은데요. 토론 주제랑 관계없는 대화는 최대한 자제해주실래요? 저도 더 이상 시간 낭비하고 싶지 않은데, 그쪽에서 자꾸 말을 바꾸니까 논쟁이 길어지는 거 아닙니까?」

#309 dothishit

「@sakura-3 아니ㅋㅋ 잠시만ㅋ 시간 낭비하기 싫다고요?ㅋㅋㅋ」

#310 sakura-3

「@dothishit 토론 도중에 초성체 쓰지 마세요. 조롱처럼 느껴집니다..」

#311 dothishit

「@sakura-3 ㅋㅋ조롱 맞는데요. 곧 평일 아침인데 여기서 아홉시간이나 죽치고 앉아서 박박 우겨대는데 어떻게 조롱을 안 합니까? 아나ㅋㅋㅋㅋㅋ」

#312 sakura-3

「@dothishit 님 말씀하시는 것 보니 더 이상의 논의는 불필요해 보이네요. 토론 태도 불량 및 악성 유저로 관리 측에 신고하겠습니다. 수고하세요.」

#313 dothishit

「@sakura-3 아 맘대로 하세요 씨발 차단하든가 말든가」

#314 dothishit

「말투 진짜 좆같아서 못 해 먹겠네. 내 인생 최대 시간 낭비였다ㅆㅂ 좀 있으면 출근해야 되는데 이게 뭔 개지랄이지 씨발 진짜」

#315 sakura-3

「@dothishit 네. 방금 차단 요청했으니 곧 차단될 겁니다. 위키에서 활동하시려면 최소한의 예의는 지키셨어야죠. 아니면 적어도 본인 주장에 논리적인 근거나, 관련된 팩트를 가져오시든가요. 이건 뭐.. 토론 중에 갑자기 시간 묻더니 너무 오래 토론했다고 욕 박고 도망치시는 거 보니 참 실망스럽습니다.」

#316 dothishit

「@sakura-3 좆까 이 씨발놈아」

#317 sakura-3

「@dothishit 이젠 인신공격까지 하시네요. 논리에서 쳐발려놓고 감정적인 스레드 달지 마세요 데이터가 아깝습니다.

아무튼 편집 방향이 명백해졌으니 님 차단되시면 제가 제시한 내용대로 항목 편집해놓겠습니다.」

#318 dothishit

「@sakura-3 너 하는 일은 있냐? 취직은 언제 할래? 너희 엄마가 불쌍하다 ㅉㅉ」

#319 sakura-3

「@dothishit 토론 주제와 상관없는 내용입니다. 대응하지 않겠습니다.」

#320 dothishit

「@sakura-3 논리는 씨발 지랄하고 있네;; 그냥 오래 죽치고 앉아서 우기는 새끼가 이기는 것뿐이지. 본인 말은 다 맞고 다른 사람이 뭐 의견 갖고 오면 개무시하는 주제에」

#321 dothishit

「차단된 유저의 코멘트입니다.」

#322 dothishit

「차단된 유저의 코멘트입니다.」

#323 sakura-3

「네네 수고 많으셨습니다. 출근 잘하시고요」

#324 sakura-3

「다음엔 좀 그럴듯한 토론을 했으면 좋겠네요. 보름 차단이라 생각할 시간은 많을 겁니다.ㅎ」

#325 dothishit

「차단된 유저의 코멘트입니다.」

#326 sakura-3

「토론 종료합니다. 스레드 닫겠습니다.」

#327 dothishit

「차단된 유저의 코멘트입니다.」

#328 dothishit

「차단된 유저의 코멘트입니다.」

《 스레드 닫힘 》

2

"미치고 환장하겠네." 황 교수가 읽던 논문을 와락 내팽겨쳤다. "아무리 새내기들이라고 해도 그렇지, 글 쓰는 꼬라지가 해도 해도 너무한 거 아니야?"

"교수님. 진정하세요. 이제 막 고등학생 딱지 뗀 친구들이잖아요." 조교가 어르고 달래는 투로 말했다. 다행히도 황 교수는 그 말에 뼈가 들어 있음을 알아차리지 못했다. 그만큼 화가 쌓여 있었던 것이다.

"잠깐, 잠깐, 잠깐만. 내가 너희 학번들한테도 이렇게 욕을 했었니?"

"욕을, 하시긴 하셨는데요."

"이렇게까지 심하게 하진 않았잖아."

"네"라고 답변하는 조교의 태도는 거의 자동판매기 같았다. "이렇게까지 심하게 하진 않으셨죠. 저희한테는."

"아니, 이게. 정말 해도 해도 너무하단 말이야. 어떻게 이런. 나도 교수로서 엄청나게 많은 걸 바라는 인간은 아니라고. 한데 이런 건 말도 안 돼. 어떻게 해가 갈수록 더 머저리 같은 애들만 대학에 오는 거지? 얘네에 비하면 너희들은 정말 양반이었다 싶다니까."

"그건 칭찬입니까, 욕입니까?"

"그야 젊은이들이 점점 글을 쓰고 읽는 데서 멀어지고 있는 시대라는 건 알고 있지. 나도 유튜브 봐. 나도 뉴스 기사 요약해서 본다고. 근데 이건…… 글을 못 쓰는 수준이 아니야. 이건, 이건……."

"교수님. 잊으신 듯하여 덧붙이자면." 조교는 먼 산을 보는 사람처럼 덧붙여 말했다. "몇 년 전에도 저희나 학교 측에 똑같이 말씀하셔서…… 크게 바뀐 모집 요강으로 입학한 친구들입니다. 이번 연도 신입생 중 최소 절반이 '논술시험'을 백 퍼센트 반영한 성적으로 들어왔어요."

"그게 무슨 소린데?"

"글쎄요…… 그나마 학교 측에서는 그중에서도 볼 만한 글을 보고…… 뽑았다는 거겠죠?"

"이익, 익……!" 황 교수는 마침내 자리에서 발칵 일어나더니, 더 이상 그 방의 산소로 숨을 쉴 수 없겠다는 듯 연구실 창문을 열어젖혔다. 대외적으로 봤을 때 황 교수는 좀처럼 인상을 찌푸리지 않는 다정다감한 사람이었다. 그러나 한 번 화가 나면 머리부터 발끝까지 온 피부가 벌겋게 올랐다. 또 한동안 시원한 바람에 열을 식혀주지 않으면 안 될 정도로 흥분해버렸다……. 그런 사실은 황 교수의 아내 또는 조교가 아닌 이상 알기 어려운 것이었다.

좌우지간 이 상황에서 할 수 있는 조치라고는 (특히 교수의 외거 노비나 다름없는 조교의 입장에서라면) 숫제 헤아리기밖에 없다. 신기하게도 그냥 허공에 숫자를 띄우고 하나, 둘, 셋, 헤아리다 보면 황 교수가 정신을 차리고 말을 거는 것이다. 조교의 먼젓번 기록은 칠이었다. 과연 이번에는 어떨까? 일…… 이…… 삼…… 사…….

"최소한의 성의조차 없잖아? 성의가?" 황 교수가 분통을 터트렸다. 조교는 공책 구석에 '5월 14일 오후 3시 42분. 4.5초가량 소요됨'이라고 작게 적었다. "어떻게 한 강의에 다섯 명이나 되는 학생이 정확히 똑같은 내용을 인용할 수 있지? 어떻게 그중 두 명만이 '출처:트리위키'로 적을 수가 있지? 인용을 했으면 출처를 단다. 그건 정말 기본 중의 기본 사항 아니냐고."

조교는 대답도 없이, 조용히 머릿속으로 지난해 석사 논문 표절 사례 적발 건수를 떠올렸다. 이런 식의 브레인스토밍은 스트레스 조절에 전혀 도움이 되지 않는다. 도저히 입 밖으로 낼 수 없는 내용과 상황들이라면 더욱이 심각하다. 좋은 생각, 가능한 좋은 생각을 하자, 하고 속으로 되뇌는 조교의 머릿속에 점심에 먹은 제육덮밥이 떠올랐다. 마음이 한결 차분해졌다. 양파를 큼직큼직하게 썰어 넣은 것이 흡족했다.

그러거나 말거나, 황 교수는 계속해서 뭐라 중얼거리는 모양이었다. 매년 똑같은 레퍼토리, 똑같은 소재로 말을 하지만 본인은 지겨워하지 않는다. 교수란, 특히 공립대학의 교수란 그런 부류의 지겨움에 내성이 있는 인간들이나 할 수 있는 직업이 아닐까. 조교는 그런 가운데 어떻게든 학위를 따보겠답시고 황 교수의 조교 자리를 자처했다. 그렇기 때문에 그 따분한 연구실에 똬리를 틀고 앉아서 신입생이 들어야 할 욕들을 대신 듣고 있는 것이다.

"이 트리위키라는 것도 그래. 왜 너 나 할 것 없이 여기에 씌어 있는 내용을 그대로 써 붙여서 오는 건데? 그 염병할 놈의 트리위키가 대체 뭐야? 김 조교. 말을 해봐, 말을, 좀."

"잠시만요. 지금 한 번 트리위키에서 찾아보겠습니다."

"방금 뭐라 그랬나?"

"아무것도 아닙니다. 그, 트리위키라는 건……." 조교가 퍼뜩 공책을 덮었다. 그리고 세상 희한하고 어색하고 맹한 얼굴로 책상 위의 일점오 킬로그램짜리 노트북 화면을 응시하며 말을 이었다. "'요즘 친구들'이 가장 많이 참고하는 위키백과입니다. 말하자면 십 대, 이십 대 버전의 온라인 백과사전 같은 거죠."

"위키백과면 위키백과지, 트리위키는 뭐야. 아니, 그보다도 언제부터 온라인 백과사전 같은 데서 학술적인 근거를 찾기 시작한 거지?"

"그건 정확히 알 수 없지요."

"알 수가 없다?"

"네. 하지만 한 가지 분명한 것은 있어요." 조교의 노트북 화면

이 별안간 구글 검색창으로 바뀌었다. 조교는 그 검색창 위에다 '플라톤'이라고 입력한 다음 엔터를 눌렀다. 그리고 나머지 손으로 화면 안쪽을 가리키며 말했다. "구글에서 한국어 검색을 하면 십중팔구는 그와 관련된 트리위키 항목이 검색 결과 최상단에 뜬다는 거죠. 거의 압도적이라고 할 수 있습니다."

황 교수는 엄숙하게 뒷짐을 지고 서서, 조교의 화면을 노려보았다. 미심쩍던 표정이 삽시간에 일그러졌다. 조교는 곧 트리위키 '플라톤' 항목의 개요 부분을 드래그해 보였다. 그 대목은 지난 며칠간 교수가 지겹도록 보았던, A대 철학과 새내기들의 레퍼토리와 정확히 일치했다. 따옴표 위치는 물론이고 글씨체까지 똑같았다. "김 조교, 왜 이걸 진작에 얘기해주지 않았지?"

"그러게요."

"그러게요가 아니잖아." 황 교수는 못 살겠다, 못 살아, 하며 조교의 옆자리에 앉았다. 그리고 노트북 화면을 자기 쪽으로 쭉 당겼다.

몇 분쯤 지났을까? 숫자세기에 지친 김 조교가 홀로 영단어 끝말잇기나 하고 있을 무렵이었다. 말없이 트리위키 항목을 뜯어보던 황 교수. 그는 도저히 믿을 수 없다는 얼굴로 세상에, 이럴 수가, 어떻게 이런, 같은 혼잣말을 중얼거리다가 조교에게 물었다. "아니 이건 대체 누가 쓰는 건데?"

"그, 정확하게는 알 수 없습니다. 누구나 쉽게 접근할 수 있는 사이트이니까, 아무래도 수많은 누리꾼…… 아마 네티즌들이 작성했겠죠."

"어떤 네티즌들?"

"그건 모릅니다."

"자료들의 출처는 어디에 있지? 각주에는 이상한 농담 같은 거나 쓰여 있던데. 그래도 되는 거야?"

"그것도 알 수 없습니다. 왜 그러시죠? 무슨 문제가 있나요?"

"누가 썼는지도 모른다. 어디서 가져온 내용인지도 모른다. 그럼 이게 백과사전이 맞기는 한 건가? 어째서 사전의 형태를 하고 있는 거야? 이 세상만사에 초탈한 듯한 건방진 문제는 또 뭐고? 요즘 친구들은 이런 걸 읽고 그대로 자료에 가져온단 말이야? 분별력이 없어도 한참……."

"글쎄요. 지각이 있는 사람이라면 일단 거기 있는 내용을 완전히 사실이라고 받아들이진 않겠죠?"

"구글 검색하면 맨 위에 뜬다며?"

"네." 조교는 건조하게 답변했다. 하기야 적어도 그건 사실이었다. "문서 내용 중 일부가 일치했을 때는 말할 것도 없고, 특히 검색 키워드랑 항목 이름이 일치하면 거의 일 순위로 나오는 것 같아요."

"왜?"

"아무래도 인터넷에 익숙한, 요즘 젊은 친구들이 많이 이용하는 사이트이니까요. 듣자 하니 구글은 사람들이 많이 찾는 웹사이트를 위에 보여준다던데 아마 그래서가 아닐까요? 사이트 규모도 워낙 크고요."

"전체 항목이 얼마나 되는데?"

"여기 보니 삼백만 개가 넘는다고 나오는데요."

"뭐? 그럼 위키백과는?"

"오십만 개를 조금 넘습니다."

"아니, 젊은 층들의 위키백과 수준이 아니잖아, 그럼."

"브리태니커라고 할까요?"

"브리태니커는 케임브리지 대학교가 협력해서 쓴 거야. 노벨상을 받은 학자들도 저술과 검열 과정에 참여해서, 엄격한 편집 과정을 거쳐 나온 거라고. 그냥 백과사전이 아니야."

"그럼 그냥 백과사전이라고 할까요?"

"아무튼, 내가 삼백만 개 항목을 다 볼 순 없지만…… 플라톤. 이 항목 내용은 전부 엉터리로군. 처음부터 끝까지 너무 엉성하기 짝이 없어서 어디서부터 지적을 해야 좋을지 모를 정도야. 지나치게 단정적인 말투는 둘째 치자고. 이 분야에 관한 세계적인 석학들도 이 정도로 자신 있게 쓸 순 없을 것 같은데."

"하긴 그렇죠. 그런데 그 사이트…… 트리위키라는 곳은 원래가 그렇습니다. 모든 항목이 저런 뉘앙스의 말투를 쓰고 있거든요.”

“근데 그 내용이라는 게 근거 없는 속설, 개인적인 주장, 출처 없는 뜬소문…… 학계에서는 논의할 가치조차 없다고 여겨 폐기한 내용들도 몇 개 보여. 심지어 여긴 그냥 자기 생각을 그럴듯하게 써놨군. 일기에나 싸지를 법한 내용들을 잘도, 잘도……”

“…… 교수님?” 김 조교는 뭔가 심상치 않은 분위기를 감지했다. 아닌 게 아니라 황 교수의 얼굴은 설악산 단풍처럼, 철 만난 홍시처럼 검붉게 익고 있었다. 금방이라도 땅으로 고꾸라질 듯 위태로워 보였다. 어쩌면 이것이 고혈압일까? 뇌졸중의 전초 증상인지도 모른다. 하지만 김 조교는 문과이기 때문에 그런 것들은 전혀 알지 못했고, 휘청거리는 교수님의 어깨를 붙들면서 ‘A대학 철학과 교수 연구실에서 사망’이라는 보도 기사 아래 익명으로 인터뷰하는 자신의 모습을 몇 차례 상상해보았을 따름이다.

“감히…… 이런 엉터리 내용을…… 온라인에다가…… 백과사전의 형태로……”

“교수님, 정신 차리세요.”

“정말이지 이런 식이라면 새내기들은 믿지 않을 수가 없겠군. 아니, 오히려 대학 교육 따위는 의미가 없을지도 몰라. 여기에다 쓰면 다 사실이 되어버리니까. 안 그래?”

“교수님, 철학과 학생 전부가 여기에 있는 내용을 맹신하는 건 아닙니다."

"적어도 이건 읽기는 하잖아. 내가 쓴 책, 내가 쓴 논문, 심지어 저것들 등록금으로 내고 듣는 강의도 제대로 알아듣지 못하는 녀석들이, 이런 사이트에 있는 내용을 고스란히 리포트에다 인용할 만큼 신뢰하고 있어. 김 조교, 자네는 이게 대체 무슨 말인지 알겠나?"

"무슨 말…… 무슨 말씀이신데요?"

"이건 생각보다 훨씬 심각한 문제라고. 우리의 상상을 뛰어넘는 중대한 문제야. 대한민국…… 아니, 인류의 존망이 달렸다고도 볼 수 있는 문제란 말이야. 자네도 명색이 철학과 조교라면 생각이라는 걸 좀 해봐. 스스로 사유를 해보라고."

"넷, 네……?" 김 조교는 어이가 털려서 아무 반응도 나오지 않았다. 구겨진 천 원짜리 지폐가 목구멍에 걸린, 불쌍한 자판기처럼 이상한 소리를 낼 뿐이었다. "…… 에……. 에에……."

"불쌍한 것. 전에 내가 말했지? 자네의 모든 문제는 무지에서 온다고."

"네."

"하지만 그건 이 문제에 비하면 그다지 문제라고조차 할 수 없는 것들이었네. 소크라테스가 한…… 아니지. 소크라테스가 했다고 전해지는 말 중에는 이런 게 있네. 자신의 무지를 아는 사람이야말로……."

"가장 현명한 사람이다?" 김 조교는 가까스로 대답했다.

"맞아. 그래서 나는 무지 자체가 문제가 되는 건 아니라고 생각하네. 애당초 시대부터가 다른데, 예전과 지금 신입생들의 수준을 비교 운운하는 건 의미가 없지. 나도 알아. 타인이 모른다는 사실을 깔보고 우습게 여긴다는 것부터가 잘못된 문화지. 나야 스트레스 풀 곳이 마땅찮으니까 애먼 새내기 녀석들이나 뒤에서 욕하고 그런 것뿐이야. 그들에게 무슨 잘못이 있겠나?"

"듣고 보니 맞는 말씀입니다." 물론 김 조교는 그렇게 생각하지 않았다. 자기 때와 달리 요즘 학번에는 위아래가 없어서, 웬만하면 다 괘씸하고 무례한 녀석들밖에 없는 것 같았다.

"그런데 이건 정말 심각하단 말이지. 김 조교, 무지보다 나쁜 게 무엇인지 알고 있나?"

"잘 모르겠습니다."

"그건 바로 '잘못 알고 있는 것'이네."

"'잘못 알고 있는 것'이라고요?"

"그래." 황 교수가 대답했다.

"그러니까 교수님의 말씀은…… 아무것도 모르는 것보다도, 어디서 주워들은 이상한 정보를 철석같이 믿으며 '나는 그것에 대해 대충은 알고 있다'라고 생각하는 것이 더 문제라는 말씀이시죠? 그게 요즘 친구들에게서 유독 두드러지는 현상이고. 그 중심에 이 트리위키라는 것이 있다, 뭐 그런 이야기이십니까?"

"뭐야. 어떻게 내가 할 말을 알고 있는 거지?"

"모르겠습니다. 저도 모르게 그만."

"데이비드 흄이 이런 말을 했어." 황 교수는 자리를 박차고 일어났다. 그리고 지그시 연구실 창문을 닫고, 가장 안쪽에 위치한 연구 의자에 앉았다. "어떠한 학문도 우리를 일상의 경험과 배치되는 곳으로 데려갈 수 없으며, 우리가 삶에 대한 반성을 통해 얻은 것과 다른 행위 규범을 제시할 수 없다."

"흄은 싫어하시는 거 아니었습니까?"

"이 말은 괜찮더라고. 한번 들어봐."

"네."

"흄은 이렇게도 말했어. 우리는 신학과 형이상학에 관련된 책을 하나 꺼내서 이렇게 물어봐야 한다. 크기와 수량에 관한 추상적 사유가 있는가? 사실과 존재에 관해 경험에 입각한 사고 과정이 들어 있는가? 그렇지 않다면 그 책에는 현혹과 속임수 외에 다른 게 없는 것이고, 마땅히 불 속에 던져버려야 한다."

"저는 아직 잘 모르겠는데. 트리위키가 그 정도인가요?"

"적어도 내겐 그렇네. 당장에 플라톤만 해도 이 정도인데, 다른 크고 작은 항목들에는 얼마나 많은 거짓이 섞여들어 있겠나? 교육 당국에서도 이 사실을 명백하게 인지하고 시정해야만 해. 요즘 소셜미디어에서도 가짜뉴스에 대해 엄중한 조치를 취하고 있다고 들었는데…… 아니, 이 트리위키는 어떤 회사가 운영하는 거야? 온라인에 이 정도로 큰 사이트를 운영할 정도라면 카카오인가? 네이버?"

"둘 다 아닙니다." 김 조교가 키보드를 몇 번 두드려보더니 답했다. "일단 한국 회사는 아닌 것 같은데요. 찾아보니 파라과이 회사랍니다."

"파라과이?" 오랫동안 공부에 전념해온 황 교수였지만, 이번에는 당황하지 않을 수 없었다. 파라과이라는 나라에 대해서는 어디 남미 쪽에 붙어 있는 국가라는 것 외에 아는 바가 없었기 때문이다. "누가 그래?"

"여기 써놓았는데요. 사이트 맨 아래쪽에요. 파라과이 법인을 이용해 세운 회사라고 하네요." 김 조교는 웹사이트의 스크롤을 아래로 끝까지 내린 상태에서, 화면을 직접 들어 교수에게 보여주었다.

"Lo en Asunción, República del Paraguay…… 이건 스페인어지?"

"아마도 그런 거 같습니다."

"그러니까, 자네 말은 이런 거지? 한국어 검색 결과 대부분의 최상단을 차지하는 사이트가 있는데, 그 사이트에 있는 정보들은 대개 누가 썼는지 알 수가 없는 네티즌들이야. 그렇지?"

"네. 위키 사용 내역과 아이디 정도가 나오지만, 신상은 알 수 없어요."

"그 정보들은 대부분 출처가 쓰여 있지 않고, 이렇다 할 근거 자료나 학문적 권위 없이도 서술할 수 있는 것들이고?"

"네."

"한데 그 자료들은 요즘 젊은 친구들이 가장 많이 찾는 사이트에 버젓이 올라와 있고. 그 운영 주체인 회사는 지금 파라과이에 있다."

"네. 여기 써놓길…… 페이퍼컴퍼니 같은데요. 법망을 피하기 위해 몇 년 전에 소유권을 파라과이 쪽으로 이전했다고 쓰여 있군요. 운영 주체가 누구인지는 누구도 알지 못합니다."

"그래, 상황이 더 심각해졌군. 우리가 할 수 있는 게 뭐지?"

"플라톤 항목 편집 정도가 아닐까요." 김 조교는 고민 끝에 답을 찾아냈다. "…… 이 항목을 직접 편집하실 건가요?"

"당연하지. 잘못된 정보가 이대로 계속 퍼지는 걸 묵과할 순 없지. 칸트가 그랬듯 내 위치에서 할 수 있는 최선을 다하는 게 중요해. 어디, 김 조교가 트리위키에 아이디 좀 만들어주겠나?"

"예, 예……." 조교는 거의 사용하지 않는 메일 주소 하나를 써서 트리위키에 아이디 하나를 만들었다. "근데, 사용법은 아십니까? 언뜻 봐도 좀 복잡한 게 아니던데요."

"그냥 편집하면 되는 게 아니었나? 자네가 좀 도와주면 좋겠는데."

"저, 저는 잘 모릅니다. 그러고 보니 제 친구 중에 한 명 있었던 것 같아요. 자연대 쪽 친구인데, 공부 겸 취미 겸 해서 트리위키 항목을 편집했었다고요. 아마 그 친구에게 물어보면 좀 알 수 있지 않을까 싶은데요."

"그래. 그럼 좀 부탁해보게. 오늘은 이만 정리하고, 내일 오전 중으로 자네 친구와 연락해보면 좋겠어. 그동안 나는 트리위키 항목을 중심으로 과제 표절 문제를 대학교 게시판에 올려놓지. 아, 정말 보면 볼수록 울화가 치미는데? 정말 플라톤에 대해서 이렇게 썼다고? 대체 어떤 미친놈이 이렇게 쓴 거야? 맙소사! 네가 말하는 동굴의 우상은 그딴 데 갖다 붙이라고 쓴 비유가 아니라고!"

"그렇죠." 김 조교는 주섬주섬 돌아갈 준비를 하면서 중얼거렸다. "동굴로 들어가야죠. 호랑이를 잡으려면……."

"방금 뭐라고 했나?"

"아무것도 아닙니다. 교수님, 그럼 안녕히 계십시오."

"그래. 오늘은 수고 많았어. 내일 보자고."

탁. 탁, 탁…… 그렇게 황 교수의 위키질이 시작되었다.

하지만 (김 조교가 만든) 황 교수의 아이디는 불과 이틀 만에 영구추방되었다. 사유는 '토론 태도 불량 및 과도한 양의 문서 훼손 및 특정 항목 사유화'였다.

이에 분개한 황 교수가 다른 아이디를 만들어 '내가 이 분야에선 국내에서 손꼽히는 권위자야, 씨발놈들아'라는 기록을 남겼다가 추가신고를 당했다. 이러한 전적으로 인해 A대학교 IP주소로는 더 이상 트리위키 항목을 편집할 수 없게 되었고, 철학과 교수 중에선 그나마 평판이 좋았던 황 교수 역시 위키질로 시간을 때우던 몇몇 학우들의 조용한 원성을 샀다. 덕분에 새로 만들어진 '황 교수(대학교수)' 항목은 몇 달간 꾸준한 인기를 끌 수 있었다.

김 조교는 하는 수 없이 새로운 아이디를 만들어, IP주소를 프록시 서버로 바꿔 접속하는 묘수를 부려가면서 해당 항목을 지우려고 시도했으나 소용이 없었다. 항목에는 황 교수에 대한 근거 없는 비난, 비판, 심심풀이나 화풀이 비슷한 것이 조금씩 쌓여갔다. 지난 수십 년간의 교수 생활이 웹사이트 하나에, 아니, 그 웹사이트의 일개 항목 때문에 '거짓되고' '지나치게 권위적이며' '속물적인' '어용학자의 삶'으로 재규정되었다. 황 교수의 변호사는 '파라과이와의 온라인 명예훼손 등의 공조수사는 어려울 것 같다'는 경찰의 답문을 보여주면서, 심심찮은 위로를 건네는 것밖에는 할 수 있는 일이 없었다.

"교수님, 너무 복잡하게 생각 마세요. 저들은 그냥 사이버 망령입니다. 현실에 없는 존재들이죠. 그냥 신경을 꺼버리면 그만입니다."

3

sakura-3.

트리위키에서 가장 많은 항목에 관여한 아이디이다. 흔히 삼쿠라라고 불리는 이 위키유저는 국제공조수사 요청을 위한 사전 재판에 증인으로 비대면 소환될 예정이다.

삼쿠라의 활동 기간이 삼 년도 채 되지 않았다는 점은 다소 뜻밖이다. 그가 지금껏 직간접적으로 기여한 항목만 해도 십 만 건이 훌쩍 넘었기 때문이다. 단순 계산으로는 하루에 백 개 정도의 항목에 관여해온 셈이다.

이런 식의 계산이 으레 그렇듯 일부는 허수이고, 또 어떤 부분에서는 실질적으로 기여했는지의 여부가 모호할 수밖에 없지만. 그게 어떻든 간에 십 만이라는 숫자 자체는 괄목할 만하다. 한 항목 당 다섯 글자밖에 쓰지 않았다고 쳐도 장장 오십 만 자가 넘는다. 오백 쪽 분량의 장편소설을 두세 권쯤 펴낼 수 있는 양이다. 누구나 할 수 있는 일은 결코 아니다.

더구나 트리위키라는 매체의 특성상, 항목 내용을 작성하는 것보다 다른 위키러들과 논쟁(보다는 존댓말로 벌이는 키보드 배틀에 가깝겠지만)을 벌이는 데 더 많은 시간이 소요된다는 것을 고려해보면 그야말로 경악할 만한 수치라 할 수 있다.

실제로 그는 깨어 있는 시간 대부분을 컴퓨터 책상 앞에 앉은 채로 보냈다. 모니터 화면을 응시하는 데만 하루 중 최소 열 시간 이상을 할애했다. 인터넷 브라우저탭에는 트리위키 편집창이 반드시 한 개 이상 켜져 있었다.

작성 소재는 웬만해선 가리지 않았다. 십만 개나 되는 백과사전 문서를 작성하려면 모르는 것에 대해서도 대충 그럴듯하게 꾸며 쓸 수 있는 능력이 필수적인데, 그는 이런 점에서 눈에 띄게 탁월한 케이스였다. 기본적으로는 네이버, 다음 같은 포털사이트부터 시작해서, 트위터나 페이스북 같은 SNS는 물론 디시인사이드와 루리웹 등의 커뮤니티를 자유롭게 돌아다니다가, 뭔가 쓸 만한 건덕지가 있다 싶으면 망설이지 않고 항목을 생성했다.

물론 개중에는 직접 경험해봤거나 느낀 것, 그래서 정말로 잘 알고 있다고 할 수 있는 소재도 있었다. 가령 '찐따'나 '학교폭력', '은둔형 외톨이(히키코모리,에서 리다이렉트)' 같은 항목은 트리위키에서도 손에 꼽을 정도로 정확하며 구체적인 묘사로 정평이 나 있어서, 실제 사회학계 논문에서도 몇 차례 인용될 만큼 높은 공신력을 가졌다. 삼쿠라는 그들 항목의 대략적인 틀 및 세부 예시를 드는 데 결정적인 역할을 한 유저였고, 말하자면 몇몇 주요 항목의 개국공신이었다.

그러나 이런 경우는 예외적인 케이스이다. 대개는 온라인에서 보고 들은 내용을 주워섬겨다 백과사전식의 그럴듯한 문체로 옮겨다 놓는 것에 불과했다. 그것은 삼쿠라 본인도 충분히 인지하고 있었다. 다만 그 행동이 본질적으로 잘못되었다고 여기진 않았다. 자신에겐 가짜뉴스를 전파해 어떤 정치적 의도를 실현시킨다거나 원한 관계에 있는 누군가를 비방하려는 등의 목적이 없거니와, 어떤 단어에 대한 개념을 가장 객관적인 논거와 경험으로, 더구나 누구나 알 수 있는 언어를 통해 작성하는 것은 불가능하다고 생각했기 때문이다.

이쯤 해서 하나 언급해둘 것은, 글쓰기라는 작업이 유달리 많은 오해를 사고 있다는 점이다. '안다'는 사실과 '쓴다'는 사실을 필요충분조건으로 여긴다는 게 그중 하나다.

가령 A라는 사람이 B라는 소재에 대해 분량이 꽤 되는 글을 써서 기고했다고 하자. 사람들은 'A가 B에 대해서 잘 알고 있나 보다' 하고 무심코 생각하고 만다. 애초에 잘 모르는 것에 대해 그렇게나 긴 글을 써서 올릴 리가 없고, 이렇게 줄줄 얘기하는 걸 보면 뭔가 알고 있는 게 분명하다고 짐작하는 것이다.

따라서 A가 B에 관해서 쓴 글 C는 (물론 그 글이 어디에 수록되는가, 예상되는 독자가 작성자의 이력을 얼마나 면밀하게 살필 것인가에 따라 천차만별이겠지만) 그 존재 자체만으로도 상징적인 의미를 지닌다. C라는 글에 있는 정보들은 A가 B에 관해 얼마나 많은 지식을 축적하고 있는지에 대한 방증이 되는 셈이다. 어떤 분야의 전문성을 판별할 때는 해당 분야와 관련해 얼마나 많은 논문과 인용 사례를 가지고 있는지부터 검증하는 경우가 잦고, 실제로 거기에는 유의미한 상관관계가 존재하기도 한다. 학계에선 딱히 이보다 더 나은 판별법이 알려지지도 않았다.

하지만 글쓰기라는 행위 자체는 앎의 결과보다 과정에 가깝다. '잘 알기 때문에 썼다'보다는 '쓰다 보니 더 구체적으로 정확하게 알게 되었다'는 쪽이 더 알맞은 표현이다. 만일 C라는 글의 존재가 그 자체로 증명해주는 사실이 하나 있다면, 그것은 A가 B라는 소재에 대해 더 흥미를 가지고 있거나 최소한 남들보다 높은 관심을 가질 필요가 있었다는 것 정도일 것이다. 왜냐하면 C에 나타나는 B에 관한 정보 대부분은 A가 원래 알고 있던 것이 아니라, C를 쓰기로 마음먹은 이후 사례 및 문헌 조사 등을 통해 확실시된 것들이기 때문이다.

A는 C에서 'B는 약 40,075km의 최대 둘레를 가진 구체'라는 사실을 매우 자연스럽게 언급하지만, 정작 A가 C를 서술하기 전까지 알고 있던 정보는 'B는 꽤 긴 둘레를 가진 원형의 물체다'라거나 '아마 4만 킬로미터쯤이 아닐까' 하는 추상적인 것들뿐이며, 그보다 정확한 것들은 모두 관련 문헌이나 인터넷 검색 등으로 보충되었을지도 모른다. C가 발행된 현재의 시점에서 봤을 때 'A가 B에 대해 C에 언급된 것만큼의 지식을 갖고 있다'라고 보는 것은 나름대로 합리적이지만, C를 쓰기 전에 이미 그만큼 알고 있었으며 그게 C라는 결과로 이어졌다고 여기는 것에는 상당한 오류가 있는 셈이다.

글이란 특정한 지식이 완성되는 일련의 과정이라고 할 수는 있을지언정, 방정식의 해답처럼 옳고 그름을 분간할 수 있는 하나의 결과라고 말할 수는 없다. 만일 글쓰기를 진지하게 대해본 적이 있고, 어떤 논쟁거리에 대해 자신의 의견을 피력하기 위해 안간힘을 써본 경험이 있는 사람이라면 이 이야기의 뜻을 더 쉽게 이해할 수 있을 것이다. 정확하게 알지 못하는 것, 잘 모르는 것에 대해 글을 쓰는 것은 매우 일반적인 사례이다. 그 반대의 케이스가 전혀 없다고 단정할 수는 없겠지만. 평범한 사람이라면 무언가 글을 쓰기로 결심하는 게 먼저이고, 글을 쓰면서 그때그때 적당한 사실관계를 찾아 끼워 맞추는 것이 보통이다. 그 정도와 인용 방식에 차이가 있을 뿐 대부분이 그렇게 글을 작성한다.

어떤 사람은 이런 일들을 두고 사기나 편법, 기만과 도둑질 같은 단어를 꺼내 들지도 모른다. 온전한 자신의 지식을 바탕으로 쓰는 게 아니라, 그저 타인에게서 간접적으로 보고 들은 것들로 글을 채우는 것은 비윤리적이라는 반론을 꺼낼 수도 있다. 하지만 그렇지 않다. 많은 사람이 보게 될, 혹은 그렇게 되길 바라는 글을 쓴다고 할 때, 작성자가 그저 자신의 기억과 경험에만 의존한 채 대부분의 문장을 서술한다면 그것이야말로 오만하고 비도덕적인 일이다. 개인적인 의견을 내놓는 사설이나 수필이라면 이런 문제로부터 다소 자유롭겠지만, 논문이나 사전, 뉴스 기사같이 얼마만큼의 객관성을 전제하는 매체에서라면 큰 문제가 된다. 당신이 당신 멋대로 써갈겨 놓았을 뿐인 그 글의 내용을, 적어도 당신이 누군지 알지 못하는 사람들은 의심할 수 없는 사실로서 받아들일 테니까.

한 가지 첨언하자면, 그는 정식으로 고등교육을 받은 적이 없다. 여느 학생들처럼 고등학교에 진학한 적은 있으나 성격 문제로 1년 만에 뛰쳐나왔고, 이후 검정고시에 합격하면서 고졸 학력을 인정받았다. 그 뒤로는 이렇다 할 직업도 없이 지낸 몇 년 동안 디지털 텍스트를 읽고 쓰는 일에만 매진해온 것이다. 주위의 압박을 견디다 못해 아르바이트 자리 몇 개를 전전한 적이 있기는 했다. 다만 홀어머니가 지병으로 앓아누운 뒤로는 그마저도 하지 않았다. 아무도 그를 신경 쓰지 않았기 때문이다.

사람들이 그의 존재를 알아차리고 신경을 기울이기 시작한 것은, 트리위키의 트래픽이 폭발적으로 상승함과 동시에 대한민국의 거의 모든 온라인 유저가 그가 작성한 항목들('파울 요제프 괴벨스', '뉴욕 대학교', '클로드 모네', '오컴의 면도날', '대륙법', '개 짖는 소리 좀 안 나게 해라', '베토벤 9번 교향곡 합창', '오디오 테크니카', '포퓰리즘', '일본의 거품경제', '도시괴담', '희망봉', '유튜브/문제점', '조중동한경', '크리스티아누 호날두/선수 경력', '1958년 월드시리즈', '플랑크 상수', '만화로 보는 먼 나라 이웃 나라 시리즈', '해외주식 갤러리', '코드기어스 반역의 를르슈', '넷마블/출시게임 목록', '천병희', '김정일(정치인)', '중국-몽골의 영토 분쟁', '신성로마제국/연표', '미크로네시아' 외 100,000여 건)에 접근할 수 있게 되었을 때였다.

그 무렵 트리위키 내에서 '기여자:sakura-3'이라는 짧은 기록은 일종의 기준이자 브랜드처럼 자리 잡아가고 있었다. 무려 10만 개의 항목에 기여한 데다가, 항목 생성이나 편집 방향에 대해 웹사이트상 토론을 벌였을 때마다 지거나 물러나는 일이 전무했기 때문이다. 자신과 관계없는 항목에 끼어들고 오지랖 부리기를 극도로 좋아하는 헤비 위키러들 역시 삼쿠라가 관여한 항목에 대해서는 이의를 제기하지 않거나 노골적으로 관대한 기준을 적용해주곤 했다. 트리위키에서 활동하는 이상 그의 영향력에서 완전히 벗어나기란 불가능에 가까웠으며, 웬만하면 심기를 건드리지 않는 선에서 내용을 추가하거나 소폭 수정하는 정도로 타협해왔다.

한편 온라인 백과사전인 트리위키를 열람하는 이들 중에서 '누가 이 항목을 작성하고 편집했는지' 따위의 사실에 신경 쓰는 사람은 조회 수 일만 번당 한두 명꼴로밖에 없었다. 그마저도 해당 항목의 서술에 이해관계가 얽혀 있거나 특별한 의도를 갖고 수정하려드는 사람을 제외하면 사실상 없다고 봐도 무방했다.

누구의 말마따나, 대부분의 사람은 트리위키에 나오는 내용 전부를 사실로 받아들이지는 않는다. 그러나 트리위키 항목의 편집 권한이 인터넷을 사용하는 누구에게나 적용된다는 점, 다수의 편집자들이 편파적인 서술을 할 수 없게끔 견제할 수 있다는 점이 비판적 관점을 한없이 희석시켰다. 한두 명이 보고 쓰는 것도 아니고 많은 사람이 보고 고칠 수 있는 곳이니까. 적어도 지금 보이는 정보들은 최소한의 합의 과정을 거쳐 도출되었으리라고 생각해버렸다.

문자 그대로 백 퍼센트 믿지는 않았지만, 자신이 전혀 몰랐던 사실 또는 평소 생각했던 것과 비슷한 정보에 대해서는 칠팔십 퍼센트쯤 거기 쓰인 그대로 받아들이고 마는 것이다. 그렇게 걸러 놓은 이삼십 퍼센트의 문장들을 보면서 '타인들은 어떨지 몰라도' 자기 자신만큼은 믿을 만한 정보들을 취사선택하고 있다고 착각한다. 사람들은 그렇게 보고 읽는 정보들 가운데 얼마나 많은 것들이, 얼마나 적은 사람들로 인해 작성되고 있는지는 알지 못한다. 또한 그 기나긴 항목들의 초안이 얼마나 터무니없는 출처로부터, 얼마나 단순하고 허술한 방식으로 완성되어왔는지도 의심하지 못한다. 컨셉스토어나 편집숍을 둘러보고 있을 뿐이지만, 정작 소비자들은 자신이 만물상에 와 있다고 생각한다.

이러나저러나 트리위키의 규모는 방대하고 유익한 수준을 이미 초월해 있다. 이미 한국인들이 한글로 이용할 수 있는 모든 온라인 사전들보다 더 많은 항목을 가졌다. 트리위키에 있는 어떤 정보들은 트리위키에만 존재한다. 하루에도 수천 개의 항목이 새로 생겨나고, 일부는 오직 트리위키 자신을 인용하고 모방해서 재생산된다. 앞으로는 다른 백과사전들이 편찬을 위해 트리위키를 참고해야 한다. 그리고 이 모든 문제는 트리위키가 그저 백과사전의 형태를 띠고 있다는 점에서부터 시작한다.

(······후략······)

— 해당 기고문은 특정 기관이나 인물을 힐난할 의도 없이 순전히 공익 정보 제공을 위해 작성되었음을 밝히는 바이다.

<본인 요청에 따라 기고자의 신원은 비공개 처리하였습니다.>

참고문헌

- 트리위키, 사용자 항목:sakura-3

4

"그러고 보니 여러분은 제가 아주 대단한 웅변가나 되는 것처럼 이야기해놓았더군요." 임시로 마련된 재판정 내부에 변조된 목소리가 흘러나왔다. 증인석에는 사람 대신 태블릿PC가 세워졌고, 화면상에는 마스크와 선글라스, 모자로 얼굴을 완전히 숨긴 사람 한 명이 나오고 있었다. "국제적인 고발의 대상이 제가 아닌 트리위키 측이라는 점이 다행스럽습니다. 하기야 트리위키가 사법적인 처분을 받게 된다면 저도 어떻게 될지 모르겠지요."

"그 부분은 안심하셔도 괜찮습니다, 증인. 요청 사항은 전부 수용되었고, 재판부를 비롯해 이곳에 있는 모든 사람은 당신의 신원을 알 수 없습니다. 명백한 범죄행위를 저지르지 않은 이상, 이곳에서의 증언에 의해 불이익을 받게 될 일은 없을 겁니다." 검사가 말했다.

"그렇지만 꽤 많은 사람이 이 재판 과정에 관심을 가지고 있고, 지금은 온라인 중계도 하고 있죠. 마치 제가 하는 말 한마디 한마디에 의미를 붙여서 무언가 큰 사건으로 만들어보려는 것처럼요. 하지만 저는 며칠 전 온라인 뉴스에 기고된 내용, 거기에서 언급된 것처럼 특별하게 독단적인 사람도 아니고, 그다지 특별한 능력이나 권한을 갖고 있는 사람도 아닙니다. 저는 그냥 이렇다 할 직업 없이 집에서 위키질이나 하는 평범한 청년입니다. 그 부분을 명확하게 해주었으면 좋겠는데요.”

이 말을 듣고, 검사는 평소처럼 신경질적으로 추궁하고 싶은 마음이 솟구쳤다. 그러나 이 재판이 이루어지는 과정이며 증인을 여기 세우는 데 들였던 수고를 떠올리고는 “…… 그런 것치고는 상당히 많은 온라인 문서를 작성하고 편집한 것으로 알려져 있는데요” 하고 넌지시 질문하는 것으로 대신했다.

“네. 남들보다 조금 많이 하기는 합니다. 글 쓰는 것을 좋아해서요.”

“자그마치 십만 건입니다. 조금 많이 한 수준이 아니지 않나요. 그저 좋아서 썼다고 하기에는, 이상할 정도로 방대한 양이라고 느껴지지 않나요? 본인이 생각하기에도.”

“이 질문의 요지가 무엇인가요? 검사님.” 화면 속 인물이 잠깐의 틈을 두고 되물었다.

“그냥 확인차 물어보는 겁니다. 대답하기 싫다면 안 하셔도 상관없습니다.”

“모처럼 증언까지 하게 되었는데, 가능하면 저도 성실하게 답변하고 싶습니다……. 어떻게든 여러분께 도움이 되고 싶으니까요. 하지만 검사님, 저는 증인이고 이곳에 트리위키와 관련된 증언을 하러 왔습니다. 유도신문 말고 좀 더 직접적인 질문을 받을 수 있었으면 좋겠습니다, 판사님.”

“증인의 요청을 수용합니다. 검사 측은 질문을 좀 더 명확하게 하도록 하세요." 판사는 검사가 서 있는 쪽을 향해 엄숙하게 말했다. 그 말을 들은 검사는 머리가 지끈거렸다. 본인의 말처럼 이 사람은 그저 집에서 인터넷이나 하는 한량 백수일 뿐인데. 증언석에서 이토록 태연하고 능숙하게 이야기할 수 있는 것은 어째서인가.

피고가 됐든 증인이 됐든, 한 번 법정에 서게 되면 저도 모르게 위축되어 말을 더듬거나 횡설수설하는 게 일반적이다. 말 한 번 잘못했다가 본격적으로 사건에 휘말리는 것을 두려워하기 때문이다. 사회에선 이름깨나 날렸다는 사람들 역시 이곳에서는 어색하리만큼 겸손해지곤 한다. 진지하고 근엄한 분위기를 가진 법정 내부의 모습, 거기에 그저 자신의 이야기를 듣기 위해 자리를 지키고 있는 판검사, 말쑥한 정장 차림의 변호사 및 관계자들에게 압도되는 것이다.

하지만 이 사건의 경우는 완전히 달랐다. 검사는 물론 법정에 있는 그 누구도 이 증인의 신원을 알지 못했다. 국내 포털사이트 또는 메신저 서비스의 이용자였다면 쉽게 조사할 수 있었겠지만, 트리위키의 데이터베이스 서버는 저 머나먼 파라과이에 있다. 허위사실 유포, 명예훼손, 저작권침해 등의 혐의를 조사하기 위해서는 국제공조수사에 대한 협의가 필요하고, 그 협의의 필요성을 입증하기 위해 이런 말도 안 되는 임시 재판을 진행하고 있었던 참이다. 말하자면 이 모든 것은 절차상 필요한 작업일 뿐이었다.

증인의 신분이 어떤가는 여기서 따질 입장도 아니고, 그럴 필요도 없었다.

'그렇지만 이건 너무 불공평하지 않은가?'라고 검사는 생각했다. 증인이 출석했다고는 하지만 본인 요청에 따라 철저하게 비대면으로, 화상통화를 통해 간접적으로 나왔을 뿐이다. 그는 증인이고 증언할 수 있지만, 법정에 존재하지 않는다. 신변 확보도 못한 상태에, 증인의 이름은커녕 나이도 성별도 알 수가 없다. 지금 하는 말이 사실인지 거짓말인지도 구별할 수 없다. 표정도 보이지 않는다. 프로바둑기사가 인공지능과 대국을 벌이면서 느끼는 기분이 이런 것일까. 평소와 같은 일을 하는데도 모든 것이 예외적이고 혼란스럽게만 느껴진다.

"알겠습니다. 그럼 증인……."

"네"라고 화면 너머의 인간이 대답했다. 말하는 투만 보면 되레 검사 쪽이 추궁을 받는 입장처럼 보였다. "제가 무엇을 이야기하면 좋을까요?"

"괜찮다면 증인에 관한 이야기를 듣고 싶습니다. 혹시 트리위키에 글을 쓰는 것 혹은 고치는 것으로 금전적인 이윤을 추구한 바가 있습니까?"

"한 번도 없습니다. 애당초 그런 게 가능하도록 만든 플랫폼도 아니고요. 서비스 자체에서는 구글 광고배너를 달아서 수익을 창출하고 있는 것처럼 보이지만, 저는 한낱 이용자라 그런 것은 잘 모릅니다."

"그렇습니까?" 검사는 윗입술을 혀로 훑고 나서 질의를 이어 나갔다. "하지만 그런 부분이 일반적인 관점에서 잘 이해가 되지 않는다는 말이죠. 금전적 목적이 있는 것도 아닌데도. 하루에 열 시간이 넘도록 하나의 웹사이트에 상주하면서 트리위키라는 온라인 사전 서비스의 확장에 기여하고 있는 셈이니까요."

"그게 일반적이지 않은 케이스입니까? 어디까지나 제가 좋아서 하는 일인데요."

"그렇죠. 아무리 좋아하는 일이나 생업이 달린 일이더라도 하루 열 시간씩이나 투자해가며 다른 삶을 포기하는 경우는 드뭅니다. 게다가 온라인 항목 편집이라고 하는 데는 주말이나 연휴 같은 것도 없지요?"

"네. 일요일이나 설날이라고 해서 트리위키가 서비스를 중단하거나 하진 않으니까요."

"그렇다면 증인은 어떤 동기로 그렇게 많은 항목에 대해 쓰고 편집할 수 있었던 겁니까? 이 질문을 하는 이유는, 증인의 행적이 단순히 글쓰기를 좋아한다는 이유만으로는 이해하기 어렵기 때문입니다. 글쓰기라면 트리위키가 아닌 다른 곳에서도 충분히 할 수 있죠. 좀 더 생산적으로 활용했다면 직업적인 분야로도 진출할 수 있었을 테고요. 신문기자가 된다거나, 작가가 된다거나 하는……. 그런데 하필 트리위키 편집자가 된 이유는 무엇이냐,

라는 것이 저의 질문입니다. 거기에 어떤 명예욕이나 물욕, 또는 사명적인 의식이 있지는 않았는지, 스스로 생각해본 일이 있습니까?"

"그것은 조금 이야기가 긴데 괜찮겠습니까?"

"증언은 증인 뜻대로 하면 됩니다." 검사가 대꾸하려던 찰나 판사가 끼어들어 말했다. "진실만을 말할 것을 선서했음을 기억하고, 최대한 성실하게 답변하면 됩니다. 본 법정에서 다룰 만한 내용이 아니거나 지나치게 재판이 지연된다고 판단될 시에는 적절하게 조치할 테니까요. 증인은 일일이 물어보지 않고 말씀해주세요. 알겠습니까?"

"예. 판사님. 알아들었습니다. 하지만 제 얘기를 하기 전에, 가장 먼저 이 재판일 이전에 익명으로 투고된 '그 기고문'에 대해 말씀드릴 것이 있습니다. 괜찮을까요?"

"필요하다고 생각하면 말씀해주시기 바랍니다." 검사가 말했다.

"…… 네. 저는 그 기고문에서 저에 관한 정보 몇 가지가 언급된 것으로 알고 있습니다. 그리고 그 내용 중 대부분은 사실입니다. 제가 고등교육을 받은 바 없는 검정고시 출신이라는 것도, 지난 몇 년간 이렇다 할 일 없이 집에서 트리위키만 하고 있는 것도 사실입니다. 제가 이것을 인정하는 이유는, 제가 다른 편집자들과의 논쟁 과정에서 스스로 언급한 부분이기 때문입니다. 다만 그건 어디까지나 실수였습니다. 그 당시엔 평소답지 않게 흥분했고, 온라인상의 논쟁에 있어 가장 치명적일 수 있는 약점을 드러내고 말았습니다. 다름 아닌 자신의 정보를 털어놓는 것 말이에요. 하지만 그 이후에는 똑같은 실수를 반복하지 않았습니다. 누가 뭐래도 저는 글 쓰는 것을 좋아하고, 트리위키는 제가 가장 많은 글을 수록한 보물창고 같은 곳이니까요. 가급적이면 그곳에서 더 오랫동안 저로서 활동하고 기여하고 싶은 마음이었고, 그건 지금도 똑같습니다."

"신상을 드러내는 것이 증인에게는 불리한 일이었습니까?" 이번에는 판사가 증인석을 향해 물었다.

"판사님, 그리고 검사님. 만일 인터넷상에서 자존심을 걸고 문자상 토론을 해야 할 일이 생긴다면, 뭐가 됐든 자신의 진짜 정보를 누출하는 실수는 하지 마십시오. 현실 세계에서는 존경받는 법조인일지 몰라도, 온라인상에서는 모든 권위가 부정되고 실추되게 마련이니까요. 처음에는 여러분이 판검사라는 사실을 믿지 않을 겁니다. 또 우여곡절 끝에 인증을 마친다 한들 그때는 법과 법조계 자체에 대해 비난 섞인 조롱을 쏟아낼 겁니다. 그곳에서 권위를 유지하는 방법은 단 한 가지, 권위에 대해 아무런 말도 꺼내지 않는 것뿐입니다."

"방금 증인의 발언으로 미루어 볼 때 트리위키에는 다소 반권위적인 성향이 있다, 이렇게 보아도 괜찮겠습니까?"

"그저 '반권위적이다'라고만 이야기할 수 있는 게 아닙니다. 오히려 트리위키는 권위를 그 어디보다도 간절하게 필요로 하는 집단입니다. 자신이 작성한 글들이 객관적이라는 것을 인증해줄 만한 권위, 그리고 저명성을 원하고 있죠. 듣도 보도 못한 대학의 박사논문이나 외국어 사전, 유명 시사평론가의 발언 일부 같은 것들이요. 위키러들에게 있어서 권위란, 자신의 글을 뒷받침해주는 경우에는 얼마든지 추켜세울 만한 것이 되기도 하고, 자신의 객관성을 해친다는 생각이 드는 경우에는 한없이 깎아내릴 만한 것이 되기도 합니다."

"예를 들면 어떤 것들이 있을까요? 이렇게만 들으니 잘 와닿지 않아서."

"음…… 이건 트리위키에서 실제로 있었던 사건인데요."

"실제로 있었던 사건이라고요?"

"아니, 아니요. 형사적인 부분에서의 사건은 아니고, 트리위키 내부에서 기록해놓은 편집자들 간의 사건입니다. 알고 보면 별볼 일 없는 얘기죠. 꽤 오래된 이야기인데요……. 트리위키에는 일본 애니메이션 관련 항목이 많습니다. 처음부터 서브컬처에 대한 항목들을 중심으로 성장한 사이트이기도 하고요. 여기 계신 분들은 잘 이해가 되지 않을 수도 있겠지만…… 현실을 떠나 애니메이션으로 도피한 젊은 세대들은 그 작품 속 세계관에 진정으로 이입하는 경우가 있습니다. 자기 자신을 만화 주인공과 동일시한다거나, 적어도 그 세계와 정말로 관계된 사람인 양 이야기를 늘어놓기도 하지요.”

“약간 역할극 같은 느낌이네요?” 검사가 물었다.

“그게, 비슷하면서도 조금 다릅니다. 역할극은 스스로가 연기하고 있다는 사실을 인지하고 있는 것이지만, 이 경우에는, 심할 경우 애니메이션 세계가 진짜 세계이고 화면 바깥의 세계가 가짜라고 믿는 사람도 있습니다.”

“그런 건 처음 듣는 이야기네요.”

“당연히 처음 듣는 이야기겠죠. 기성세대는 젊은 세대에 대해 이해하고 있지도, 이해하려고 들지도 않으니까요. 만약 젊은 세대가 하는 어떤 일에 대해 기성세대가 관심을 갖고 신경을 쓰기 시작한다면, 아마도 그게 돈이 되기 때문이거나 자신들의 삶에 무시할 수 없는 영향을 끼치기 때문일 겁니다. 당장에 이 트리위키라는 것만 해도 그렇죠. 사회에서 무시당하는 게 무서워서, 패배자가 되는 게 무서워서 밖에 안 나오는 청년들이, 집에서 컴퓨터를 붙잡고 뭘 보고 써대는지 그전까지는 아무도 신경 쓰지 않았습니다. 트리위키라는 사이트가 존재하는지조차 몰랐죠. 하지만 점점 그 규모가 커지고, 개별항목들이 구글 검색 결과의 최상단에 위치하기 시작하면서 달라졌습니다. 트리위키가 한국 사회에 어떤 식으로든 영향을 끼치기 시작했을 때, 그리고 그것이 눈에 확연하게 드러나기 시작했을 때에야 겨우 알아차린 겁니다.”

“그럼 증인은 이 재판, 논의 자체가 별로 내키지 않는 건가요?”

"그렇기도 하고, 아니기도 합니다. 지금이라도 트리위키에 대한 이야기가 표면화되는 게 다행이라고 생각하면서도, 한편으로는 너무 늦었다는 생각도 하고 있죠. 다만 저는 제 증언으로 사람들이 트리위키에 가지고 있는 오해 같은 것들을 조금쯤 풀고 싶다는 바람이 있어 여기 나온 겁니다."

"좋습니다, 증인. 그럼 예전에 있었다는 '사건'에 대해서 계속 얘기해주세요." 판사가 대화를 다시 제자리로 끌고 왔다. "애니메이션에 대해 글을 작성하는 사람들이 있다고 했죠. 그 사람들이 가상의 현실에 대해 지나칠 정도로 깊게 이입하고 있다는 이야기까지 했습니다."

"네. 그런 사람들은 어떤 애니메이션 작품에 아주 큰 애착, 집착을 하게 마련인데, 트리위키에서 관련 항목을 작성하고 편집할 때는 어쩔 수 없이 그런 관점이 드러날 수밖에 없습니다. 창작물에 대한 작성자 자신만의 해석과 의견 같은 것들이 섞여 있을 수밖에 없죠."

"그건 아주 자연스러운 일 같은데요. 아무리 객관적으로 쓰려고 노력한다 해도, 어떤 부분에선 작성한 사람의 자세가 조금은 느껴지니까요. 애니메이션이나 영화 같은 창작물에 대해 글을 쓴다면 더 그럴 거고요. 거기에 문제가 있습니까?" 검사는 약간 삐뚜름한 자세로, 굳어 있던 몸을 점잖게 풀어가며 말했다.

"네. 있었습니다. 검사님 말씀처럼 창작물에 대해 글을 쓴다고 하면 다양한 의견이 나올 수밖에 없죠. 이 사람에게는 희대의 명작이었던 작품도 다른 사람에게는 형편없는 졸작으로 치부되기도 합니다. 그렇게 나뉘는 의견들 사이에서 나름의 협의점을 찾는 것이 온라인 토론의 목적이기는 하지만…… 아시다시피 감정적인 상태로 토론에 임하게 되면 이야기가 잘 풀리기 어렵습니다."

"트리위키에서는 감정적으로 토론하는 경향이 있습니까?"

"까놓고 말하면 거의 대부분이 그렇죠. 막말로 자신이 애써 써놓은 글을 누가 마음대로 고치고 지우기까지 하면 짜증이 치밀 수밖에요. 그렇지만 그런 것들을 가까스로 티 내지 않으면서 이야기할 뿐입니다. 누군가가 감정이 섞인 상태로 말한다고 치면, 그 사람이 아무리 정확한 사실을 이야기하더라도 쉽게 무시해버릴 수 있게 되니까요. 자신의 의견, 서술 방향을 관철하기 위해서는 감정을 최대한 숨기고, 그 자리를 객관적인 사실, 권위 있는 인물 또는 기관의 자료로 메울 필요가 있습니다. 다만 이 사건은 그 편집자가 권위 있어 보이는 자료를 스스로 조작했다는 게 문제였죠."

"조작했다고요?"

"네. 자신이 좋아하는 애니메이션 작품에 대해 비판적인 서술이 추가되는 걸 참을 수 없었던 거죠. 아무렴, 창작물에 대한 관점은 여러 가지이고, 제아무리 훌륭한 작품이라도 크고 작은 비판은 있을 수밖에 없지만…… 좀 전에 말씀드렸다시피 어떤 사람에게는 애니메이션 속의 세계가 진짜 세계이며, 그 트리위키 항목에서의 서술이 곧 자기 자신에 대한 평가인 것처럼 받아들여집니다. 어떤 면에서는 존재적 위협을 받았다고 볼 수 있겠죠. 그는 일본에서 가장 저명한 평론단을 사칭해 공문서를 주고받은 것처럼 위장했습니다. 그리고 그것을 증거 삼아 그 애니메이션에 대한 부정적 서술을 몽땅 지워내 버렸죠. 그리고 그런 의견을 덧붙였던 편집자들을 공격했습니다. 일본 애니메이션에 대한 기본적인 소양도 지식도 없는 일개 위키러의 서술은 전혀 신뢰할 수 없는 것이고, 그 매체와 문화에 정통한 현지 평론가들이 인정한 내용만이 객관적으로 인정받을 수 있다는 거죠. 많은 편집자가 그 의견에 동조하고 굴복했습니다. 그 말처럼 자신들은 그저 방구석에서 인터넷이나 하는 찌질이에 지나지 않았으니까요. 어떻게 그 위대한 비평권력에 저항할 수 있을까요? 위키러들은 자기 스스로 무언가를 증명할 방법이 없습니다. 어떤 것이 좋다, 나쁘다고 이야기하는 것조차 '나보다 위대한 타인의 의견'의 인용을 필요로 합니다. 비평권력이라거나 학문적 권위 같은 건 그들로부터 몇천 광년은 떨어진 곳에 존재하는 단어이고요. 일단 그럴듯하게 보이는 자료를 들고 오면 기가 죽습니다. 내키지 않지만 자료를 검토하는 체하고, 출처를 몇 번 따져보다가 '제가 잘못 알았나 봅니다' 하고 말을 바꿨습니다. 물론 그 모든 게 조작된 자료라는 걸 알고 난 뒤에는 엄청나게 분노했지만요."

"그럼 방금 증인의 말을 종합해보자면, 트리위키 항목의 서술에 있어 교차검증이나 사실관계를 판단하는 과정이 매우, 매우 허술하다는 얘기가 되는 것 같은데, 맞습니까?"

"그야 허술하기는 하죠. 그런데 솔직히 누가 언제 어디서 작성했는지도 모르는 인터넷 백과사전에 학계 수준의 검토를 바라는 것도 웃긴 일 아닐까요?"

"하지만 이제는 정말 많은 사람이 트리위키에서 나오는 내용을 읽고 있습니다. 트리위키에서 서술하는 방식 그대로 반응하고 생각하는 사람들을 어디서나 볼 수 있어요. 누구나 열람할 수 있다는 점 때문에 남녀노소 가리지 않고 그 내용을 덜컥 믿어버리기도 합니다. 스스로 판단할 능력이 없는 어린이나 청소년들에게는 더욱이 치명적인 영향을 끼치고 있겠죠. 따라서 트리위키가 합법적인 서비스로서 사회에 정상적으로 기여하려면, 어느 정도 공적인 매체로서의 책임을 인지하고 허위정보를 가려내려는 노력이 의무화되어야 하지 않을까요? 엄연하게 대한민국에서, 대한민국 사람들을 상대로 운영하면서, 해외에 법인과 데이터센터를 두어 모든 표현의 책임으로부터 회피하는 것이 옳은 일입니까? 증인은 어떻게 생각하시나요?"

"그것도 웃기다고 생각합니다."

"뭐라고요?" 판사는 뭘 잘못 들은 사람처럼 황당한 표정으로 되물었다. "방금 뭐라고 했습니까?"

"판사님, 저는 그게 웃기다고 대답했습니다."

"법정에서는 그런 말을 쓰면 안 됩니다, 증인. 이곳에서 주고받는 내용은 전혀 웃기지 않고, 장난도 아니니까요. 조롱하는 말투로 이야기하면 재판이 정상적으로 진행되지 않습니다."

"피고도 증인도 출석하지 않은 이런 재판이 대체 무슨 재판입니까?"

"피고인 대신 변호사가 출석했고, 증인인 당신은 요청에 따라 비대면 소환조사를 받고 있는 겁니다. 이것은 정상적이고 합법적인 재판이에요. 법정을 모독하지 마십시오."

"변호사라고요? 저쪽 피고인석 구석에서 아무 말도 하지 않고 가만히 앉아 있는 저 젊은이가 변호사인가요? 아까부터 단 한마디도 안 하지 않았습니까? 저 변호사는 트리위키 측을 변호하는 것이 맞나요? 운영 측 관계자를 한 번이라도 만나 대화해본 적이 있답니까?"

"……."

변호사는 아무 대답도 하지 않았다. 그렇게 하기로 정해져 있었기 때문이다.

"방금 그건 증인이 추궁할 만한 문제가 아닙니다. 자중하고, 신중하게 발언해주시길 바랍니다."

"죄송하지만, 제게는 이 재판의 목적이라는 것도 웃깁니다. 불보듯 뻔한 것 아닌가요? 제게 기대하는 것이라고는 고작해야 트리위키가 얼마나 비전문적이고 위험한 매체인지에 대한 증언이 겠죠! 파라과이 현지에서 합법적인 경찰 조사를 하기 위해서는 근거가 있어야 할 테니까요. 하지만 그렇게 해서 어떻게 할 작정이십니까? 트리위키 현지 법인을 이 잡듯이 뒤지고, 위법 사례를 찾아내서 서비스를 중단시키면 모든 게 해결될 것 같으신가요?"

"그것은 위법 사항이 있는지부터 조사해보아야 할 문제입니다. 그 조사 여부를 합리적으로 따지기 위해 이 재판이 있는 것이고요. 증인, 너무 감정적으로 이야기하지 않길 바랍니다."

"제가 감정적이라고요! 감정적인 것은 오히려 당신네들이 아닙니까?"

"당신네들이라니! 증인, 말조심하세요!" 판사가 버럭 호통을 쳤다. "이곳은 법정입니다!"

"판사님이 계신 곳은 법정이겠죠. 하지만 여기는 아닙니다. 여기는 저의 집이에요. 저는 익명으로나마 증인 출석 요청을 받아 거기에 응한 것이고요. 그런데 이 정도 질문은 할 수 있지 않습니까? 트리위키를 조사하려는 저의가 무엇인지를요."

"저의라는 것은 없습니다. 사법기관은 사회정의를 추구하고 그에 걸맞은 판단과 처분을 결정하는 곳입니다."

"그쯤이야 저도 대충은 알고 있습니다. 아시는지 모르겠지만 저는 '대법원' 항목 생성에도 기여한 바가 있거든요. 대한민국의 현행법에 대해서도 이것저것 알아봤었죠.”

“그런데 증인은 대법원에 대해서 뭘 알고 있기에 항목까지 작성했습니까? 대법원을 방문해본 적이 있습니까?”

“안 가봤어도 대법원 앞에 눈을 안 가린 정의의 여신상이 세워져 있다는 것쯤은 알 수 있죠. 그런 건 지도 어플의 거리뷰로도 보일걸요.”

“……. 증인이 작성하는 항목들, 거기에 포함되는 정보들은 주로 어디서 찾아냅니까? 온라인 검색입니까?”

“네. 맞습니다. 저 같은 경우는 국내 자료부터 해외 자료까지 나름대로 열심히 찾아서 교차검증에 공을 들이는 편이죠. 나중에 다른 편집자들과 아웅다웅하는 것도 보통 힘 빠지는 일이 아니라서요.”

“그런 정보들이 정확한지 아닌지, 무엇이 옳거나 그르다고 서술할 때는 어디서 참고합니까? 명확하고 공신력 있는 출처가 있습니까?”

“기존에 있는 사실, 팩트들을 바탕으로 삼아 합리적으로 추론해서 씁니다. 이건 왜 물으시는 건가요?”

“사실관계 조사에 필수적인 사항이라 질문한 겁니다.”

“트리위키에서 가장 많은 항목에 기여한 제가, 개인적인 의견과 주관적인 관점으로 문서를 작성했다고 말하고 싶으신 거겠죠. 그렇지 않습니까? 그렇게 하면 트리위키라는 사이트도 믿을 수 없는 곳이 되고, 그렇게 수상한 서비스가 파라과이에서 은밀하게 운영되고 있다면 아주 훌륭한 명분이 되겠죠."

"억측은 그만두세요. 증인, 참는 데도 한계가 있습니다."

"그건 저도 마찬가지입니다. 저도 더 이상은 참을 수 없으니 맘대로 하시죠. 트리위키를 조사해서 서비스를 종료시키든, 아니면 국가적 차원에서 공공 데이터센터로 만들어서 방구석 위키러들을 죄다 말단 공무원으로 채용하든 제 알 바 아닙니다. 하긴 그런 일은 절대로 일어나지 않겠지만요. 공무원은 뭐 아무나 하나요? 공무원 시험을 준비하는 수험생들에게는 뭐라고 해명할까요? 억울하면 집에 틀어박혀서 위키질이나 했어야지,라고 일갈할 겁니까?" 화면 속 인물은 그새 땀을 흘리고 있었다. 그가 쓰고 있던 회색 모자가 땀방울에 젖기 시작하고, 이마 부분부터 검게 물들어가고 있는 모습을 변호인단도 확인할 수 있었다.

"내친김에 이것도 얘기해야겠습니다. 생각해보면 어른들, 기성세대들은 교과서를 쓰죠. 젊은 세대가 반강제적으로 읽고 공부해야 하는 교과서 말입니다. 재미도 없고 알아보기도 어려운 교재들을 마구 만들어서 젊은 세대를 괴롭힙니다. 세상은 결코 교과서에 있는 대로 흘러가지 않지만, 교과서에서는 교과서를 의심하는 법을 가르쳐주지 않습니다. 기성세대가 만든 룰, 기성세대가 지켜온 학문을 기성세대가 원하는 방식으로 학습시키고, 그중에 제일 점수가 높은 몇몇만 골라 권위를 하사해줍니다. 나머지

잡것들은 알 바도 상관할 바도 아니죠. 어디 원룸이나 고시촌에 처박혀서 몇 년째 청춘을 허비하든 신경 쓰지 않았습니다. 결국 그들은 패배자입니다. 그리고 패배자가 쓴 글은 아무도 읽지 않고, 패배자가 하는 말은 아무도 읽지 않지요. 학사 나부랭이가 몇십 장의 논문을 써서 내봤자 저명한 교수가 한마디 하면 휴지 조각만도 못한 것이 됩니다. 영화나 티비 드라마가 아닌 유튜브에 나오면 아마추어일 뿐이고, 유명한 상을 받기 전까지는 정식 데뷔조차 아니라고 합니다. 다시 말해서, 모든 권위는 젊은 세대가 기성세대를 이해하고자 필사적으로 노력할 때만 조금씩, 아주 조금씩 주어지는 것입니다.

젊은 세대는 현충일과 제헌절이 언제인지 알지 못한다고 해서 역사 인식이 부족하다고 비난받습니다. 저들 세대에서 가장 대중적인 매체인 스마트폰과 컴퓨터 게임에 빠진 나머지, 오래된 책을 읽지 않는다며 인문학적 소양이 전무한 세대로 치부당합니다. 두보와 이백을, 셰익스피어와 푸시킨을 모른다고 헌정 이래 최악의 세대라느니 어쨌느니 하는 말까지 듣습니다. 그 반대의 경우는 거의 없죠. 기성세대가 젊은 세대로부터 '만화로 보는 그리스 로마 신화'를 본 적이 없다고 무시당하는 경우가 있나요? '러브 라이브'나 '아이돌 마스터'를 보지 않았다고 다른 세대를 이해하려고 노력조차 하지 않는 비판을 들어본 적이 있습니까? 그렇지 않습니다.

젊은 세대들은 기성세대로부터 인정받지 못하는 것에 대해, 자신들과 닮지 않았다는 이유로 무시당하는 것에 대해 익숙합니다. 별다른 유감도 느끼지 않습니다. 일본 문화에 심취한 오타쿠들, 방구석 폐인들, 은둔형 외톨이와 만년 수험생, 실직자와 한량 백수들. 트리위키를 없애도 그들은 없어지지 않습니다. 우리 사회에서 패배자를 재생산해내는 건 매일 같이 그 잘난 권위로 연승하고 있는 사람들이니까요. 그래서 그들은 사회가 갖고 있는 권위로부터 소외된 채로 자신들끼리의 삶을 삽니다. 별수 없는 패배자들이 모여, 패배의 언어를 쓰면서, 그들 나름의 규칙과 개념과 단어의 정의들을 만들어 인생의 낙으로 삼았습니다. 기성세대가 만든 교과서며 교재는 따분한 것들이고, 사회에서의 공부란 대체로 시험을 위한 것이니까요. 소외된 사람들에게는 소외된 사람들만의 말과 지식이 존재합니다.

지금까지 이야기된 대로, 트리위키의 항목들은 대개 비전문적이며 주관적이고 허술하기 짝이 없습니다. 그렇지만 그 비합리성에 대해, 독립성에 대해 따지고 들 자격이 우리 사회에게 있기나 합니까? 여태껏 그런 것들이 존재하는지도 모르고 있었던 사람들에게 말이죠. 좋아요. 만일 트리위키가 패배자들의 넋두리이고, 그것이 지나치게 커져서 사회에 해악을 미치고 있다고 칩시다. 그런데 그건 말이죠, 대한민국이 너무 많은 패배자를 만들어냈다는 것을 의미합니다. 그리고 당신들이 뒤늦게 그런 넋두리에 신경을 기울이는 이유는 단순합니다. 그저 그것이 이익이 되거나, 당신들이 만들어놓은 당신들만의 정의를 위협하기 때문입니다."

말이 끝나기 무섭게 뚝 - 하고 연결이 끊기는 소리가 났다. 태블릿 PC 화면에는 더 이상 아무도 없었다. 증인도 증언도 없이, 통화 중 이탈을 알리는 안내 메시지와 몇 가지 버튼만 띄워져 있었다.

"증인은 어디로 갔나요?" 판사가 물었다.

"아마도 나간 것 같습니다." 검사가 대답했다.

"그럼 다시 불러오세요."

"그렇게 할 수 없습니다."

"그렇게 할 수 없다고요?"

"네, 판사님." 검사 대신 검사보가 대답했다. "증인은 화상채팅에서 나갔습니다. 아이피는 프록시처럼 보입니다. 가입 때 썼던 이메일은 가상 메일입니다."

"프록시가 무슨 뜻입니까? 정확한 용어로 이야기하세요."

"증인의 소재를 추적할 수 없다는 뜻입니다. 합법적인 방법으로는 할 수 없습니다."

"……"

이후 몇 분간 법정에는 차게 식은 고요함이, 조심스레 움직이는 기척들이, A4용지 몇 장이 위아래로 넘겨지는 소음이 켜켜이 쌓였다.

이날 판사는 트리위키에 대한 국제공조수사 요청을 인용했다. 파라과이 현지에 파견되기로 한 경찰들은, 트리위키에 등재된 '트리위키' 항목에서 트리위키 운영사 및 데이터센터의 위치를 확인했다.

Four in the Morning⋯⋯.
—
아침에는 네 개⋯⋯.

1

그 교육장이라는 곳에 앉아 세미나를 들을 당시, 나는 돈도 미래도 의욕도 없는 스물두 살짜리 백수였다. 교육장은 종로 변두리에 있는 낡은 건물을 통째로 쓰고 있었다. 지은 지 얼마나 오래됐는지 6층짜리 건물임에도 엘리베이터가 없었다. 10층 이하는 계단으로 오르내리는 게 당연했던 시절. 어차피 다른 길은 없다는 듯 넓고 튼튼하게 뻗어 있던 화강암 계단이 기억에 남는다.

습하고 더운 7월의 어느 날이었다. 세미나실에는 에어컨이 없었고, 강사와 교육생들 모두 땀을 흘리고 있었다. 커다란 화이트보드 앞에 서 있던 강사는 수시로 손수건을 꺼내 이마를 닦았다. 이마에 맺힌 땀만 잘 닦으면, 다른 곳에서는 전혀 땀이 나지 않는다고 생각하는 것 같았다.

"덥습니다. 참말로 덥습니다." 강사가 말했다. "제가 사측에 애기를 몇 번이나 했는데도 에어컨 하나를 설치해주지 않아요. 참 대단한 회사죠. 까짓거 그냥 해주면 될 텐데. 이렇게 낡은 건물에 실외기를 달려면 돈이 너무 많이 든다나요? 하여간 자기들은 아쉬운 게 없다 이겁니다. 교육장 따위를 쾌적하게 만들어서 자기들에게 좋을 게 뭐냐고요. 그 말을 들으니까 저도 머리를 한 대 맞은 느낌이었어요. 여러분도 그렇잖아요? 이곳이 쾌적할 거라고 생각해서 온 사람은 아무도 없어요. 올 수밖에 없으니까 온 거죠.

할 일이 없으니까. 뭔가 어떻게든 돈을 벌 방법을 찾고 있으니까…… 그렇지 않습니까?"

교육생들은 아무도 대답하지 않았다.

"대답할 힘도 없어요? 하하하하하. 알고 있습니다. 빨리 본론만 얘기하라 이거겠죠. 하지만…… 제가 지금 하는 이야기가 영업의 가장 큰 핵심이라고 하면, 믿으시겠습니까? 아무렴 믿어야겠죠. 저는 강사고 여러분은 교육생 신분이니까요. 그냥 믿으세요. 저는 나쁜 의도로 말하는 게 아닙니다. 저는 진심으로 여러분 전원이, 이 제약사의 엘리트 영업사원이 되어주길 바라는 사람입니다. 뭐 물론, 실제로 그렇게 되는 사람은 여기 백오십 명 중에 한두 명이 있을까 말까 하지만요. 참 신기합니다. 그 낮은 확률에 기대서, 여러분이 여기 앉아 있는 이유가 무엇일까요? 그건 여러분이 우리 회사를 필요로 하기 때문이겠죠. 돈이 필요하기 때문이고, 돈을 벌 방법이 필요하기 때문이라고요. 여기서 가장 중요한 건 '필요'입니다! 여러분은 필요에 의해서 이 더운…… 말도 안되게 구식인 교육장에 시간을 들여 앉아 있는 거라고요. 에어컨은 없고, 옆에 있는 사람은 이상한 냄새가 나고, 돌바닥에는 가끔 어디서 기어들어왔는지 모를 벌레가 죽은 채 배를 까고 있는…… 이런 기분 나쁜 곳에 앉아 있는 건, 여러분이 전부 '돈'을 필요로 하기 때문입니다."

산 지 3년이 넘게 지나 너덜너덜한 감색 면 티셔츠…… 습기로 찌는 듯한 더위 때문에 겨드랑이 부분이 푹 젖어 있었다. 나는 기분이 좋지 않았다. 일 분이라도 빨리 교육장을 벗어나 밖으로 나가고 싶었다. 강사라는 녀석이 한다는 소리도 마음에 드는 게 없었다. 생각 없이 듣기에는 그럴듯할지 몰라도, 조금만 생각해보면 그의 말이 누구나 할 수 있는 당연한 말들뿐이라는 걸 알 수 있었다.

그렇다. 그의 말대로 아쉬운 사람들뿐이었다. 나, 나와 같이 있던 사람들 모두가, 할 일은 없는데 돈 한 푼이 궁했다. 그렇기 때문에 멀티비타민을, 오메가쓰리와 글루코사민, 칼슘과 마그네슘을 전부 합친 효과를 낸다는 기적의 알약을 팔기 위해, 그 최소한의 방법을 알기 위해 거기 앉아 있었던 것이다.

"무슨 생각을 하는지 알고 있습니다." 강사는 그새 이마에 맺힌 땀을 다시 훔치고 나서 말했다. "여기서 강사 생활을 한 지도 오 년이나 됐단 말이에요. 지금쯤 여러분 예비 교육생들이 무슨 생각을 하고 있을지는, 숨 쉬는 콧구멍 모양이나 눈썹이 움직이는 방식만 봐도 금방 알 수 있어요."

"…… 아하하하."

강사와 가까운 앞쪽 자리에서 힘 빠진 웃음소리가 옅게 흘러나왔다.

"왜 웃으시나요? 제 말은 진짜예요. 거짓말이 아닙니다. 이쯤 되면 이런 생각을 하고 있겠죠. '어차피 싸구려 영양제를 말도 안 되게 비싼 값에 팔아치우는 일 아니야? 교육이니 뭐니 하지만 사실상 사기나 다름없지. 이런 일 따위 용돈벌이로 한두 달 하다가 때려치우면 그만이야. 그러니까 강사양반인지 뭔지, 쓸데없는 얘기는 그만하고 약이나 나눠달란 말이야.' …… 아닙니까? 제가 바로 맞혔죠? 하하하하하하하."

이번에는 강사의 말에 따라 웃는 사람이 아무도 없었다. 노골적으로 비웃는 표정을 짓거나 무시하는 사람도 없었다. 한순간에 속내를 전부 간파당한 사람들, 그런 사람들만의 벙찐 얼굴로 그가 꺼내는 다음 발언에 주목하고 있었다.

"그럼, 십 분입니다. 십 분만 제대로 들으라고요. 저도 덥고, 여러분도 더우니까요. 오케이?"

강사는 그 절박하면서도 삐딱한 인간들을 천천히 휘어잡아, 자신이 하는 말에 귀 기울이게 만드는 방법을 알았다. 약삭빠르고 능수능란했다. 그는 사람들이 두 시간 내내 자신을 바보 취급하게 내버려두었다. 그리고 내내 비협조적이고, 때때로 신경질적이었던 반응을 견디며 때를 기다렸다.

나는 강사가 교육장에 에어컨을 설치해달라고 말하지 않았다는 사실을 그제야 알았다. 그렇게 말했을 리가 없었다. 조금만 생각해봐도 알 수 있었는데.

"생각을 해보자고요. 사람이 사는 데는 뭐가 필요할까요? 먹을 음식, 잠잘 집, 입을 옷 같은 것들이겠죠? 저는 사람이 사는 데 많은 것들이 필요하다고 생각하지 않습니다. 굉장히 적은 것만으로도 살아갈 수 있어요. 오히려 요즘 사람들에게는 지나치게 많은 것들이 주어지고 있다고 생각합니다. 먹고사는 데 꼭 필요한 것들을 제외하고, 뭐가 있을까요? 그렇죠. 셀 수도 없이 많습니다…… 휴대전화, 게임기, 만화책, 스포츠 중계, 술, 담배…… 없으면 아쉬울지는 몰라도, 정말 사는 데 필수적인 것들이냐고 묻는다면 그렇지는 않죠. 그런데 영양제? 말이 되나요? (강사는 말하다 말고 테이블 위에 놓여 있던 영양제 한 통을 집어 단상 옆으로 내던졌다) 이런 같잖은 영양제가 없어서 살 수 없다? 그런 사람이 있겠습니까? 예?"

교육장은 몇 초간 침묵으로 가득 찼다. 작게 난 창밖으로 더위에 신음하는 새소리가 옅게 들려올 뿐이었다.

"뭘 기대했습니까? 이 약이 얼마나 좋은 제품인지, 살아가는 데 필수적인 영양 성분을 얼마만큼 함유하고 있는지, 그딴 걸 얘기해줘서 뭐 합니까? 제가 말해주죠. 사람이 살아가는 데 약 같은 건 필요 없습니다. 그게 진실입니다. 하지만 우리는 그 진실을 외면해야 합니다. 아니, 적어도 외면하게 만들어야 합니다. 돈이 필요하잖아요? 약을 팔아야 하잖아요? 그렇다면 소비자들에게, 고객들에게 마법을 부려야 합니다. 어떤 마법이라도 좋아요. 말로 해도 되고, 행동으로 해도 되고, 능력이 된다면 어떤 시스템을 활용해도 좋습니다. 뭐가 됐든 필요하다고 느끼게 만드는 겁니다. 스스로 결핍돼 있다고 확신하게 만드는 겁니다. 그런 생각에 스스로 다다랐다고 믿게 하는 겁니다……. 뭐든 괜찮다고요. 먼저 질문하세요. 뭐가 부족하냐고요. 잠을 못 주무십니까? 아침에 일어날 때 몸이 뻐근하십니까? 때때로 관절이 쑤시고 걷는 게 힘드십니까? 약을 아무리 먹어도 두통이 안 가라앉을 때가 있진 않습니까? 이유 없이 숨이 차거나 더부룩할 때는 없습니까? 아하, 그렇군요. 그것 참 안 됐습니다. 정말이지 인간다운 삶을 못 살고 계시군요. 그런 고통을 겪고 있다는 건 정말 고통스러운 일이죠. 도저히 감당할 수 없습니다. 살아 있는 것만으로도 용해요. 이젠 정말 신경 써서 관리하지 않으면 안 되겠죠……. 맞아요. 상대방이 질문하도록 만들지 마세요. 물건을 팔아치우려면…… 상대방이 질문하도록 만들면 안 됩니다. 돈을 벌려는 입장에서, 질문이라는 건 많이 받아서 좋을 게 없습니다. 고객이 이 상품을 기호품으로 여기도록 내버려둘 겁니까? 그래서는 안 되죠. 무조건, 무조건 필요한 무언가로 만들어야 합니다. '있으면 좋은 것'으로는 많은 돈을 벌 수 없습니다. '없으면 안 될 것'으로만 그렇게 할 수 있어요. 그리고 그런 것들은 정말로 '없으면 안 될 것'이 아닙니다. 그렇게 느끼도록 만들어진 것입니다. 그리고 그렇게 느끼게 만드는 것은 사람의 힘입니다. 오직 사람만이 사람을 불완전한 존재로 만듭니다. 불행하고 결핍된 동물로 만듭니다. 보약 없이, 영양제 없이, 홍삼과 프로바이오틱스와 종합비타민 없이는 제대로 살아갈 수 없는 무언가로 만듭니다. 여러분이 그렇게 해야 합니다."

사람들은 교육이 끝나자마자 시판용 약상자를 다섯 통씩 받아 건물 밖으로 나왔다. 입구 쪽 골목은 주위 건물에 드리운 그늘 덕분에 훨씬 시원했다. …… 그런 생각이 들었다. 대충 이 정도면 에어컨 없이도 그냥저냥 살아갈 수 있었을 것이다. 애초에 그런 교육장에 들어가지 않았더라면, 그 좁고 무더운 밀실에 그렇게 많은 사람이 부대껴 있지 않았더라면, 처음부터 필요한 건 아무것도 없었을지 몰랐다. 햇살이 뜨거웠고 나는 기분이 나빴다.

2

늦잠을 자는 바람에 출근 시간을 놓쳤다. 나 같은 인간이야 회사에서 하는 일도 딱히 없고, 언제 오는 건 고사하고 출근하는지조차 신경 쓰는 사람이 없었지만…… .

흉내로라도 제시간에 출근해 자리를 지키고 있어야 한다는 양심은 남아 있었다. 그렇지 않고서는 매달 월급을 타 가는 면목이 없지 않은가……라고 생각하며 서둘러 택시를 잡았다.

"역삼역까지 부탁드립니다."

"예? 예에." 택시기사는 뭔가 상당히 정돈되지 않은 느낌으로 답했다. 마치 낮잠을 자던 학생이 선생의 심부름을 듣고 벌떡 일어나는 듯한 말투였다.

차체는 300미터가량을 직진하다가 로터리 신호에 걸려 멈췄다. 택시기사는 이제 겨우 정신을 차리겠다는 듯 한숨을 푹 쉬며 말했다.

"요즘은 길에서 택시를 잡는 일이 많이 드물어서요."

"그렇습니까?" 나는 큰 관심이 없었다.

"예에…… 아무래도 이젠 다 앱으로 하니까요. 카카오택시로 하지요."

그건 카카오T로 서비스명이 바뀐 지도 꽤 오래됐다……. 그렇다고 해도 괜한 부연설명은 하지 않는다. 결국 그들에게는 똑같다. 카카오택시가 됐든, 카카오T가 됐든. 대기업의 사업적 용단은, 밑에서 올려다봤을 땐 그저 그런 말장난일 뿐이다.

"앱으로 손님을 받는 게 편하지 않으세요?"

"편하긴 편하죠. 어디로 가는지 자세히 물어볼 필요도 없고. 목적지까지 내비게이션이 다 나오니까는…… 우리야 그것만 보고 쭉 따라가서 내려주기만 하면 되는 것 아닙니까. 계산도 알아서 해주니까. 하루에 손님이 몇 명이 타도 말 한마디 안 해도 되니까요. 세상 변하는 게 참 빨라요. 십 년 전 만해도 그랬잖아요? 택시비를 카드로 내는 게 신기한 일이었다니까. 전부 다 빨라요, 빨라. 안 빠른 건 이놈의 택시밖에 없어요. 그렇지 않아요?"

택시기사는 그런 일련의 변화들이 아무래도 마뜩잖다는 투로 덧붙였다.

"내가 택시운전만 삼십 년을 했는데…… 이제는 손님이 탔는데도 이 휴대폰에 내비게이션 뜨기만 기다리고 있는 거예요. 역삼역 가는 길 그거를 모르는 것도 아닌데. 내비가 시키는 대로 가서 내려주고, 그런 거에 익숙해지다 보니까. 길에서 손님을 태우면 순간적으로 '이게 뭐지?' 하는 거야. 좀 전에 출발할 때도 제가 좀 그랬잖아요? 손님도 놀랐을 텐데."

"저는, 잠이 덜 깨셨나 보다 했죠."

"아이구, 잠은요. 잠은 집에서 자는 거지. 졸린 상태로 운전 같은 걸 하면 못쓰지."

확실히 10년 전까지라면 그랬을지도 모른다. 그 시기의 택시기사들은 길가에 서서 수신호를 보내는 승객을 눈치채고, 가까이 정차해 사람을 태운 다음 목적지가 어디인지 전해 들었다. 손님 중에는 설명을 잘하는 손님도, 못하는 손님도 있었다. 어쨌거나 택시기사라면 제대로 알아듣고 똑바로 된 장소에 데려다줘야 했으며, 그러기 위해서는 서울 전역의 대략적인 지도가 머리에 들어 있어야 했다. 목적지 근처의 가본 적 없는 골목으로 들어갈 때는 손님한테라도 길을 물어 가야 했다. 운전도 보통 일은 아닌데, 그런 일들을 모두 해내려면 정신이 늘 또렷할 수는 없어도 졸리거나 멍하면 곤란했을 것이다. 그러나 지금은.

"차라리 졸린 게 낫지 않을까?" 무심코 입 밖으로 튀어나온 말이었다.

"예? 방금 뭐라고 하셨습니까?"

"아. 아무것도 아닙니다. 혹시 죄송한데 에어컨 좀 켜주실래요? 조금 더워서."

"아, 예. 에어컨이요."

택시기사는 버튼을 눌러 차내 에어컨을 작동시켰다. 모든 택시 에어컨에서는 비슷비슷한 냄새가 난다. 필터 때문인지 방향제 때문인지는 모르겠지만, 오래된 가죽 카시트에서 날 것 같으면서도 늘 새것처럼 뻣뻣한 기분이 드는 냄새. 나는 가끔씩 그 냄새가 맡고 싶다는 이유만으로 택시를 탈 때가 있었다.

"옛날의 택시에는 좀 더 정이 있었나요?" 나는 창밖의 대로변을 응시하면서 물었다. 리어카에 폐지를 한가득 쌓아 묶어놓은 노인 한 사람이 전봇대 옆에 서서 담배를 피우고 있었다.

"에이~ 뭐. 그렇지도 않아요."

"그래도 말 한마디 안 섞는 요즘보다는……."

"더 번거롭고 복잡하기만 했지. 그땐 택시운전하다 보면 진상 손님이 얼마나 많아요. 밤에 운전하면 술에 떡이 돼 가지고 말도 제대로 못하고, 내리라고 해도 내리지 않는 양반들도 있고. 참, 택시 몰면서 볼 꼴 못 볼 꼴 다 보면서 살았지. 지금은 지도에 표시된 곳에 가면 사람이 알아서 타고, 알아서 내리고, 돈도 알아서 정산되고. 콜도 들어오는 거 보면서, 갈 만한 곳인지 못 갈 곳인지 먼저 보고 배차를 할 수가 있잖아요. 확실히 편해졌죠. 처음에도 내가 말했잖아요. 편하긴 편하다고요.”

“편하긴 편하다.”

“그런데 그게 어디 다 공짜랍니까? 정말로 좋은 건 공짜인 법이 없어요.” 택시기사는 룸미러를 왼쪽으로 조금 기울였다. 나는 그게 내 표정을 확인하기 위해서인지, 아니면 그냥 멋쩍을 때 나오는 손습관인지를 생각해보았다. “처음에도 이상하다고는 생각했죠. 사실 전에도 지방마다 콜택시 회사라는 게 있었잖아요?”

“아, 알고 있죠. 저희 어머니가 수능날에도 불러주고 그랬거든요. 자주는 아니지만.”

“그래요. 젊은 분들은 잘 모를 줄 알았는데. 하여간 요즘에는 카카오택시 때문에 다 망하고 없지마는. 아직도 지방에 가면 몇 곳 있다고는 하더라고요……. 그 콜택시 회사에서도 돈을 받아갔어요. 콜 한 번 받으면 천 원이든 이천 원이든, 중개료 식으로 하는 게 있었단 말입니다. 고작해야 한두 푼 더해지는 것이긴 해도. 아무튼 그 당시의 콜택시라고 하면 정말로 급한 일이 있을 때 불렀어요. 귀한 손님이 와서 조심히 바래다줘야 하거나. 공항처럼 좀 먼 길을 가야 한다거나 할 때 불렀거든. 택시를 자기 집 앞에 부른다는 건 그런 거였어요. 근데 사람들이 스마트폰이라는 걸 쓰기 시작했잖아. 개인택시에도 카드 결제기가 붙기 시작했고. 거기까진 뭐 괜찮아요. 근데 이 카카오택시라는 것이 나왔단 말입니다.”

"나와서 좋지 않으셨나요? 잘 기억은 안 나지만. 출시될 당시에는 택시기사님들도 고객분들도 전부 좋아했던 걸로 기억하는데요."

"좋았죠. 나올 땐 좋았습니다. 공짜였으니까…… 콜택시보다 빠르고 편한데 수수료는 없었어요. 전부다 카카오택시로 넘어왔지. 중간에 우버다 뭐다 해서 다른 회사들이 치고 들어오는 것도 있었는데. 결과적으로는 카카오가 이겼어요. 그때까지만 해도 괜찮았어요. 앱 덕분에 택시 이용객도 많아졌고요. 수수료도 없지, 워낙에 콜이 많이 들어오니까 빈 차로 돌아다닐 필요도 없지, 콜 잡으면 알아서 길도 알려주지…… 안 쓸 이유가 어딨었겠냐 이 말입니다. 그때 같이 택시 몰던 사람 중에는, 이러면 굳이 회사차 몰 필요도 없겠다 해서 개인으로 넘어간 친구도 많았어요. 본인 혼자 잘만 하면 사납금도 콜비도 없이 택시일을 할 수 있으니까요."

"그만큼 편하고 좋은 서비스였다 이 말씀이시군요."

"예. 지금도 편하기는 편하지마는…… 아이고, 제가 손님께 이런 말 해도 될지 모르겠습니다."

"아닙니다. 말씀하세요." 나는 사람 좋은 미소를 지었다. 택시기사가 그런 내 표정을 보고 있는지 아닌지도 모르면서.

"그, 무작정 편하다고 좋은 것이 아니에요. 거기에는 다 속셈이 있는 겁니다…… 그렇게 편한데 공짜이기까지 하다, 그러면 누가 나서서 그게 이상하다고 얘길 해야죠. 누가 그러긴 했을 겁니다. 그냥 그때는, 택시기사도 손님도 안 들었던 거죠. 당장은 편하니까요……. 그런데 그 편한 거에 완전히 적응을 해버리고 나니까…… 이제는 카카오택시앱 없이는 이 일을 할 수가 없게 돼버린 거예요."

"좋아서 쓰기 시작한 것이 필수품이 돼버렸네요."

"그런 거죠. 어디 필수품뿐이에요? 이제 택시기사는 혼자선 길도 못 찾고, 웬만해선 손님도 못 잡아요. 택시 타려는 사람들은 십중팔구 앱으로 택시를 먼저 부르니까. 요즘에 길가에 서서 택시 잡는 손님은 드물잖아요."

"그야 길에 다니는 택시 중에 빈 차가 잘 없으니까요……. 걸핏하면 '예약'이라고 떠 있고. 손님 입장에선 잡아서 탈 수 있는 택시가 없어요."

"그거, 택시도 마찬가집니다. 길에 택시 잡는 사람이 없으니까. 콜만 보고 움직이는 거라고요. 그렇게 가다가 길에 사람이 있다고 취소할 수 있습니까? 그렇게 안 되거든요. 택시기사는 콜 잡아놓고 취소 함부로 못 해요. 계속 그랬다가는 앱을 아예 못 쓰게 만들기도 한다는데. 그럼 기사 입장에선 개점휴업인 거지. 이거 없으면 택시 일 못 해요. 이런 마당에 스마트 호출이다 뭐다 해서 천 원씩 더 받겠다 그랬을 때는…… 바보가 아닌 다음에야 알지 않겠어요? 사실상 콜비인 겁니다. 얘네가 콜택시 회사가 하던 걸 그대로 하고 있는 거예요. 잡힌 물고기다 이거지. 이제 택시라는 거는"

"…… 그러네요. 하긴 요즘은 일반 호출로는 콜이 거의 안 잡혀요. 스마트네, 블루네, 블랙이네, 프리미엄이네 하면서, 웃돈을 얹어줘야 옛날만큼 빠르게 잡히죠." 나는 슬그머니 휴대폰 화면을 만지작거렸다.

"예전만큼 콜이 자주 오지도 않아요. 이제는. 그렇게 가격을 올린 게 기사들한테 다 가는 것도 아니고. 그냥 수수료인 겁니다. 자기네들 운영 비용이라면서요. 참 가소로운 얘기 아닙니까."

"글쎄요. 앱이라고 해도 운영 비용이 들긴 할 테니까요. 개발 비용이라든가."

"아. 그 정도는 나도 알지요. 근데. 이건 너무 하단 말입니다. 아까 콜택시 회사 얘길 했었죠. 이 회사들은 자기네 전화 연결하는 아가씨들이 수십 명씩 있었어요. 그 아가씨들 월급이 다 수수료에서 나왔다고요. 그런 회사들이 아무리 커 봐야 한 도시 안에서만 장사를 했고요……. 근데 카카오 이 자식들은 그 뭡니까, 전국의 택시를 다 해 먹고 있잖아요. 그런 상황에 수수료 올린다, 콜비 올린다, 그러면 택시기사들은 할 수 있는 게 없어요. 옛날 같았으면, 갑자기 콜비 올린다고 하면 거기 안 쓰고 다른 회사로 가버리면 그만이었죠. 지금은 그렇게 못하잖아요. 어떻게 그렇게 합니까. 콜택시 회사가 전부 망하고 없는데……. 카카오택시가 하자는 대로 하는 수밖에 없는 거예요. 하루 벌어 하루 먹고 사는데 뭘 할 수 있겠습니까. 시키는 대로 하다가 안 되면 굶어 죽는 거죠."

"굶어 죽는다고요?"

"뭐, 굶어 죽지는 않지요. 말이 그렇다는 거지. 결국에는 로봇이 택시운전해줄 때까지는 사람이 있어야 하지 않겠어요? 나 같은 택시기사들도 그때까진 밥 먹고 살 겁니다. 그다음이 문제지."

"그다음이 문제······." 나는 아무 영혼 없이, 의식하는 것도 없이 택시기사의 마지막 말을 반복해 되뇌었다.

"인제는 카카오가 직접 택시도 운영한다고 합디다. 처음엔 뭔 생뚱맞은 소린가 했는데, 따박따박 월급 받으면서 하는 게 나쁘지 않다고 하던데요. 내 주변 기사들도 그쪽으로 많이 갔어요. 대신 거기 가면 콜을 무조건 받아야 한대요. 목적지 따라서 승차 거부를 너무 많이 하니까. 직접 택시를 운영하기 시작한 거겠죠. 근데 그것도 말들이 많아요. 카카오 쪽 택시들한테만 콜이 잘 잡힌다든가 하는······. 나는 잘 모르겠어요. 그쪽에서도 이렇게 저렇게 대책을 내놓는다고는 하는데. 결국 더 나아진 게 뭐냐고 하면······ 똑같잖아요. 택시기사는 콜비를 내고, 큰 회사가 뭐 결정하면 군말 없이 따라야 하고. 아, 이젠 손님이 타기 전엔 어디로 갈지도 모르니까. 옛날이랑 똑같아졌네요. 이건. 하하하하하."

"하하하하하하."

"이제 역삼역 다 왔습니다. 손님. 제가 말이 너무 많아서 죄송해요. 요즘 분들은 이렇게, 택시기사가 푸념하는 거 안 좋아할 텐데. 아, 결제는 카드로 하시죠?"

"예. 카드. ······ 아닙니다. 괜찮습니다. 사람 사는 얘기 들어서 좋았습니다. 또 이런 것 때문에 택시도 가끔 타고 그러는 거 아니겠어요. 좋은 하루 보내세요." 나는 지갑에서 카드를 꺼냈다. 결제 단말기는 대번에 카드 정보를 인식해 비용을 처리했다.

"아유, 감사합니다. 손님도 좋은 하루 보내시고……"에서 차 뒷문이 닫히고, 오디오가 끊겼다. 나는 택시 뒷자리에 앉아 있느라 구겨진 옷차림을 점검하고, 역 부근에 있는 커다란 건물 입구로 뚜벅뚜벅 걸어 들어갔다. 고개를 돌려 보지는 못했지만, 경비원은 모자를 벗으며 꾸벅 인사를 했을 것이다.

이만한 건물 로비에는 으레 ID카드로만 출입할 수 있는 엘리베이터가 있다. 나는 가장 왼쪽에 있는 엘리베이터에 카드를 갖다 대고, 건물 최상층으로 가는 버튼을 눌렀다. 엘리베이터 내부 벽면에는 그날의 주요 뉴스와 날씨를 띄워주는 컴퓨터 디스플레이가 내장되어 있었다. 이름 모를 교향곡이 들릴 듯 말 듯 낮은 음량으로 귀를 간지럽혔다.

"대표님. 이제 오셨네요. 저는 연락이 전혀 없으셔서……."

"아이고, 더워 죽겠다! 에어컨 좀 켜자." 나는 사장실 소파에 주저앉듯 몸을 기대며 말했다. 그렇게 더운 공기는 아니었지만, 나는 출근하면 꼭 비서에게 한두 가지의 일을 시키는 게 습관처럼 되어 있었다. "점심 먹고 회의가 있었지. 조합 측 입장은 변함없나?"

"네. 연초에 있었던 배달 건당 수수료 인상을 철회하지 않으면……."

"글쎄, 인상이 아니라고 했는데. 단지 책정 기준을 바꿨을 뿐이 잖아? 왜 그렇게들 말귀를 못 알아먹는 거지?"

"그쪽에선 '사실상의 수수료 인상'이라는 주장으로 밀고 나가 는 모양입니다. 공정위에서도 독과점 소재로 계속해서 압박을 하고 있는 상황이고요. 일부 지자체에서는 아예 별도로 배달앱을 만들어서 운영하겠다는 주장도 하고 있어서……."

"아, 그거. 백날 해보라 그래. 그게 되나…… 나도 궁금한데. 그 양반들은 입점업체 관리며 우선순위 설정 같은 게 개좆으로 보이 나 봐. 얼마든지 해보라고. 기껏해야 실력도 뭣도 없는 스튜디오 에다가 개발사업 하나 떼주고, 우리 거랑 똑같은데 인터페이스 색깔만 다른 병신같은 앱 하나 만들어서 버스 광고나 몇 달 때리 다가 말겠지. 너도 궁금하지 않아? 대체 그런 건 다 누구 좋으라 고 하는 걸까? 어떻게 보면 그런 것들이야말로 자영업자를 괴롭 히는 방법이지. 전부 세금으로 하는 거 아니냐고……. 아, 젠장! 이 거 왜 이렇게 불이 안 붙어? 혹시 남는 라이터 있어?"

3

이하 배달앱 서비스 대표이사 김○○의 질의응답 내역.

- '배달비가 단기간에 너무 비싸졌다는 의견이 많다'는 발언에 대해.

"이사님들, 주주님들이 이해를 하셔야 하는 게 있습니다. 중개 플랫폼 서비스의 개발과 운영에는 적잖은 돈이 들고, 그게 시장에서 자리 잡기까지는 상당한 투자가 필요하다는 거죠. 우리는 투자했고, 거기서 살아남기 위해 지난 몇 년간 혼신의 힘을 다해서 싸워왔습니다. 지금 우리 앱이 가지고 있는 시장점유율이나 업계에서의 위상 같은 건 전부 그런 과정을 통해서 만들어진 것이고요. 수백만 명이 이용하는 서비스가 될 때까지 그 많은 광고비를 태우고, 쿠폰이며 프로모션을 줄기차게 때리면서까지 낮은 배달비를 유지했던 것도 그 일련의 과정이었다는 겁니다. 매년 축적되는 적자를 감수했던 건 말 그대로 투자였습니다. 이제 우리 회사는 흑자전환을 통해 채무를 해소하고, 사업 확장 방향을 고민해야 하는 시기입니다. 그렇기 때문에 우리는 이제야 투자를 '멈추고' 배달비며 수수료를 '정상화'한 것입니다. 갑자기 비싸진 것이 아니라, 기존의 가격이 비정상적으로 저렴했을 뿐입니다."

- '그런 사업적 결정을 여론이 납득할 수 있겠느냐'는 발언에 대해.

"그렇다고 처음부터 라이더들의 배달비며 업체들의 입점 비용 같은 것들을 '합리적인 수준'으로 책정했다면 어땠겠습니까? 사람들이, 업체들이 우리 서비스를 사용했겠습니까? 아니죠. 시장에서 살아남으려면, 뭐가 됐든 처음에는 간이든 쓸개든 다 빼줄 것처럼 할 수밖에 없습니다. 세상에 이것보다 좋은 게 없다고, 전부 공짜이고 당신은 손해 볼 것이 하나도 없다고 믿게 만들 수밖에 없습니다. 이건 가장 기본적인 시장진입 방식입니다. 나쁘다고도 할 수 없습니다. 실제로도 거짓말이 아니니까요. 우리 덕분에 사람들은 몇 년 동안이나 공짜로, 혹은 공짜나 다름없는 가격으로 음식을 집 앞까지 배달해 먹었습니다. 이십 년 전을 생각해 보세요. 음식은 집에서 해 먹거나 밖에 나가서 사 먹는 게 당연한 거였죠? 배달해서 먹을 수 있는 음식은 짜장면이나 피자 정도가 전부였습니다. 그랬던 배달 시장에 우리가 등장했어요. 대한민국 사람들은 이제 김밥, 도시락, 치아바타, 까르보나라, 파스타 심지어 아이스크림하고 빙수까지 배달해 먹게 됐습니다. 오히려 배달이 안 되는 음식점을 이상하다고 여기게 됐죠. …… 그건 퀵서비스가 음식 분야로 전이된 것이나 마찬가지였어요. 물론 지금도 퀵서비스는 존재합니다. 서울 내에서라면 서류 한 장 배달에 두세 시간 정도가 소요되고, 비용은 이만 원에서 많게는 사만 원까지도 나옵니다. 그런데 사람들은, 뜨겁고 차가운 음식을 십 분, 이십 분 안에 자기네 집 문 앞에 배달해놓길 바라면서 삼천 원, 오천 원이 비싸다고 불평만 해대고 있는 겁니다. 그 배달 서비스라는 것이 여태껏 얼마나 말도 안 되는 가격으로 유지돼 왔는지는 생각해보지도 않고서요. 그런 여론이 납득을 하든 말든 그건 중요하지 않습니다. 우리는 자선사업을 하는 게 아니고, 투자한 만큼 혹은 투자한 것 이상으로 수익을 발생시키길 원하고 있습니다. 이 수수료와 배달비 논쟁에 대해 할 말은 이것뿐입니다. 우리는 폭리를 취하는 게 아니라, 그동안 해왔던 공격적이고 과감한 투자를 조금씩 덜어내고 있다는 겁니다. 이 서비스가 비싸다고 느껴진다면, 그동안 그들이 이용해왔던 가격이 비정상적으로 저렴했기 때문입니다. 속된 말로 '좋은 날은 다 갔다'는 거죠. 이게 정상적인 가격이고, 사람들은 새로운 기준에 적응해나가야 할 것입니다."

- 몇 분간의 침묵 후, '사람들이 배달시켜 먹기를 멈추면 어떻게 할 것인가'라는 발언에 대해.

"이건, 솔직히 대답할 가치도 없는 질문입니다. 다시 이전으로 돌아갈 수는 없어요. 상식적으로 생각해보십시오. 사람은 아예 없이 살았으면 살았지, 한 번 누렸던 것을 되돌리는 법은 전혀 모릅니다. 역사적으로 그래 왔습니다. 자동차에 익숙해지면 먼 거리를 걸어 다닐 수 없습니다. 식기세척기가 생기면 설거지를 안하게 되고요. 새 옷을 사 입는 게 일반적인 일이 되면 멀쩡한 옷도 내버리고 옷가게로 가는 법입니다. 그것이 결과적으로 더 많은 비용을 초래하고, 심지어 그러지 않았던 과거보다 더 만족스럽거나 행복하지 않다고 해도 그 방식을 버릴 수는 없습니다. 그렇기 때문에…… 저는 확신하는 것입니다. 우리가 언젠가 파산해 사라진다 하더라도, 사람들은 계속해서 마라탕과 엽기떡볶이와 연어장덮밥과 삼겹살구이를 집에서 시켜 먹을 수밖에 없을 겁니다. 더 이상 배달 서비스 없이는 살 수 없게 되었으니까요. 우리가 그렇게 만들어버렸습니다. 그렇지 않았던 과거로는 절대, 절대로 되돌아갈 수 없습니다."

Le Mal Du Pays

—

향수

1

"······ 도저히 못 봐주겠는 겁니다. 그들의 관점에서는 그랬어요. 예술은 이미 옛날에 완성되어 있었던 거죠. 지금 세대가 하고 있는 일이라고는 그 완벽한 것들을 파괴하는 데 지나지 않는다······." 중년의 대학교수가 다소 상기된 얼굴로 말을 이었다. "······ 지금 생각해보면 정말 고리타분한 생각 같죠? 그렇지만 이것이 그 당시 프랑스 사람들의 생각이었습니다. 유럽은 고대 그리스와 로마가 이룩해놓았던 것을 제 손으로 망친 전력이 있죠. 그렇지만 르네상스라는 기적이 일어나 그 위대한 예술이 부활했습니다. 레오나르도, 미켈란젤로, 라파엘로 같은 역사적 천재들의 탄생에 힘입어서요. 그건 기적이었습니다. 그런데 지난 한두 세기 동안 우리가 한 건 뭔가? 그들이 겨우겨우 고대의 유산을 되살려놓았더니, 후손들은 매너리즘, 바로크와 로코코 같이 '천박한' 양식을 거치면서 말짱 도루묵으로 만들어버렸다, 이겁니다. 보다 클래식하고, 역사적이며, 필연적이고 공공적인 미술로 회귀해야 한다. '그래야만 한다 Es muss sein!' 이것이 이른바 신고전주의가 탄생하게 된 배경인 셈이죠."

여기까지 말한 교수는 끝내 숨을 헐떡거리기까지 한다. 방금까지의 말에 쉴 수 있는 숨은 다 쉬었다는 듯, 크게 한 번 숨을 쉰 다음 테이블 위에 놓은 생수를 마신다.

꿀꺽, 꿀꺽, 꿀꺽…… 강의용 스피커를 통해 물 마시는 소리가 들린다. 그건 미세한 소리이지만, 학생들이 숨 쉬고 필기하는 소리를 다 덮을 만큼은 컸다.

교수가 서 있는 원형 단상은 다소 일그러져 있다. 책상들의 행렬은 그 타원을 중심으로, 커다란 세미나실의 궁륭 밑에 방사형으로 퍼져나간다. 조약돌이 부딪힌 수면처럼 층층이 커다란 원으로 접어든다.

거기에 수십 명의 학생이 앉아 있다. 인공위성의 공전궤도를 모스부호로 그리고, 그것을 수직으로 자른다면 꼭 그런 모양이 된다. 한 명의 학생은 점, 두세 명씩 앉은 학생들은 짧거나 그보다 덜 짧은 선을 그린다.

이십 대의 그들, 그녀들이 거기 앉아서 하는 일은 비슷비슷하다. 스마트폰 또는 태블릿 화면을 터치하는 데는 딱히 소리가 나지 않는다. 손톱을 짧게 깎은 사람은 음소거 상태나 다름없다. 화면 속 세상은 너무 넓고 광활하고 아득하다. 세상에 존재하는 모든 색채와 소리, 경험과 마음이 거기 있는 것 같다. 강의실에는 여전히 교수가 물 마시는 소리가 들린다. 바오바브나무도 그만큼 물을 많이 마시진 못할 것이다.

한편 필기하는 학생들은 정말이지 죽어라 필기를 한다. 중요한 내용은 당연히 써야 하지만. 중요하지 않은 내용도 알고 보니 중요한 건 아닐까, 하는 마음에 쓰지 않을 수 없는 것이다. 그런 강박적 필기란 몹시 귀찮고 번거로운 것이지만, 몇몇 학생들은 일종의 믿음으로 극복한다. '그 필기로 말미암아' 강의에 집중하지 않거나, 필기를 게을리하는 다른 학생들보다 더 좋은 점수를 받을 수 있으리라는 믿음이다. 사실은 그래야만 한다. 그 교수의 입에서 나오는 것들은 서양의 미술사, 삼학점짜리 교양강좌인데다가 학점은 상대평가로 매겨지기 때문이다.

재수강하는 복학생들? 걔네는 한 명 한 명씩 멀찍이 떨어져 앉아 있다. 각자 그러기로 약속이라도 한 것 같다. 그들은 대개 필기를 열심히 한다. 슬슬 졸업학점을 걱정해야 하는 시기니까. 요컨대 독기 같은 게 있다. 만약 '옆자리의 짜증스러운 캠퍼스커플보다 절대적으로 더 좋은 학점을 받는다'는 보장만 있다면, 그날 교수가 입고 온 면팬티가 무슨 색인지 까지도 필기해놓을 것이다.

꼴깍, 꼴깍 하는 소리가 드디어 끊기고, 앞머리가 벗겨진 교수는 강의를 재개한다. "정말이지. 왜 다들 과거로 못 돌아가서 안달들일까요? 이런 걸 보면 예나 지금이나 똑같습니다. 미술사야말로 변증법의 전형이죠. 하나의 기준을 가지고 비슷비슷한 것만 만들어대다가, 그게 질리거나 불편해지면 완전히 새로운 무언가를 만들어냅니다. 아, 그야 처음엔 새롭고 신선하죠. 좋습니다. 역사적인 필요도 있었고요. 그런데 시간이 지나면 어떻습니까? 계속해서 새로운 걸 시도하고 만듭니다. 그땐 '새로움'이야말로 하나의 기준이 되어버리는 거죠. 거기서 나오는 결과물은 필요에 의해서 등장한 것들이 아닙니다. 그저 '새로움'이라는 기준에 맞춰 만들어진 거죠. '관습의 타파'가 곧 관습이 된 셈입니다. 그러다 보면 나옵니다. 반드시 이런 말이 나와요. '지금의 새로움은 뭔가 잘못됐다', '과거에는 있었던 어떠한 본질이 지금에 와서는 증발해버렸다'. 그래서 이젠 '새로움'이라는 '새로운 관습'을 타파하기 위해, 완전히 과거의 것을 추구하기 시작합니다.

예술에는 물론 새로운 게 필요하죠. 그러나 그것은 '필요했기 때문에' 나온 것입니다. 어떻게 하면 조각 예술에서의 입체감을 회화에서 구현할 수 있을까. 원근법은 그런 필연적이고 역사적인 고민으로부터 등장했습니다. 흔히들 말하는 중앙소실점이 생겼습니다. 레오나르도가 그린 《최후의 만찬》을 보고, 사람들은 그냥 잘 그렸다고 생각하지만, 기껏해야 예수의 표정과 기묘하게 경도된 유다의 얼굴을 비교해보고는 '어떻게 이렇게 섬세하게 묘사했을까. 정말 대단하다……'라고 생각하는 것이 고작입니다. 그게 틀린 말은 아니죠. 요즘 관점에서도 신기한 기예技藝입니다. 그렇지만 그 뒤의 배경에, 한 점으로 완전히 수렴하는 삼차원의 세계를 구현한 것은…… 완전히 다른 차원에서 평가되어야 합니다. 그것과 완벽히 똑같은 모작을, 현대에 와서는 공장에서 쾅쾅 찍어내는 것도 가능합니다. 그렇지만 그따위 것을 몇억 장씩 찍어댄다고 해서 무슨 의미가 있겠습니까? 레오나르도는 그 그림을 1495년에 완성했습니다. 이 사실에는 장인정신이나 시대를 앞서

간 재능, 그딴 것 이상의 의미가 잠재되어 있습니다. 예를 들면, 증기기관의 발명이나 전자기력의 발견 같은 겁니다. 이미 존재하는 자동차라는 물건을 더 예쁘게, 새롭게, 그러면서도 훨씬 빠르고 효율적으로 만드는 작업과는 완전히 다릅니다. 이 둘은 비교할 대상조차 아닙니다. 그건 영웅과 차력사를 비교하는 것이죠. 말이 됩니까?《천지창조》가 대단한 이유? 거기에 들어간 몇 년의 시간과 장인정신? 와, 어떻게 저기까지 올라가서 그림 같은 걸 그렸담?

　…… 여러분, 나중에 로마에 갈 일이 있거든, 방금 제가 말한 그림들을 볼 기회가 오거든, 결코 그런 것들로부터 무언가 느끼려 하지 마십시오. 왜냐하면 기술 자체는 현대의 화가들이 더 뛰어나니까요. 눈에 보이는 것이 전부라면. 현대기술에서는 못할 게 하나도 없습니다. 왜 비행기삯을 들여서, 시간과 에너지를 들여가며 산피에트로에 가죠? VR이라는 좋은 물건도 있잖습니까. 거기서 볼 수 있는 모든 시각적 정보를 '있는 그대로' 전달받을 수 있습니다. 시간이 좀 더 지나면 거기의 어수선한 분위기, 소리와 냄새까지도 구현될 수 있습니다. 그런데도 사람들은 로마에 갑니다. 세상의 모든 길이 거기로 연결되어 있다는 건 거짓말입니다. 그런데도 로마에 갑니다. 구태여 가서 베르니니의 조각상들을, 채플의 천장화들을 보고, 사진을 찍고, 비로소 그 역사적 현장의 일부가 됐다는 만족감을 얻습니다. 그들이 무슨 생각을 하겠습니

까? '이야, 어떻게 사람이 이런 걸 다 만들었냐? 진짜 대단하다, 대단해. 여기에 비하면 현대 미술이라는 건······' 하고 잘난 척 얘기들을 늘어놓습니다. 아, 미켈란젤로가 고작 '나는 예술가이니까', '뭔가 새로운 걸 보여줘야 하니까' 같은 생각으로 그 정신 나간 천장화들을 그렸을까요? 나중에 알게 되겠지만. 프레스코는 그렇게 가벼운 마음으로 할 수 있을 만큼 간단한 작업이 아닙니다. 제가 느끼기에 그건 회화보다 건축의 일부였습니다. 실제로 재료도 회반죽을 쓰죠. 어지간한 돈으로, 노력으로, 그리고 동기 부여로 되는 게 아닙니다. 그건 역사가, 인류가 거쳐야 할 하나의 과정으로서 탄생한 결과물입니다.

　사람들은 거기서 맥락을 보지 않습니다. 그러는 대신 절대적인 미의 기준을 생각합니다. 생각할수록 신기하죠. 그들은 그림에 떡하니 있는 중앙소실점 하나도 제대로 못 찾는데 말이에요. 저는 연구 차원에서 몇 번이나 로마를 답사했지만, 그때마다 그런 사람들을 보면서 화가 났습니다. 지금도 떠올리면 심장이 뜁니다. 물론 어떤 시대의 예술을 욕하는 것은, 그 시대를 살아가는 사람들만의 권리입니다. 당연한 것 아닌가요? 과거에 이미 일어나서 바꿀 수 없는 일이나, 뭐가 어떻게 될지 아직 모르는 미래의 무언가를 진심으로 욕한다는 건 별 소득이 없잖아요. 반면 현시대를 욕하는 건 조금이라도 속이 시원해집니다. 이미 죽은 사람과 앞으로 태어날 사람을 비난해봐야 뭣 하겠습니까? 지금, 이 순간,

내 앞에 살아 있는 사람의 말과 행동을 비난할 때야 비로소 의미가 생깁니다. 적어도 누군가한테 상처를 줄 수 있으니까요. 그러면서 과거에 있었던 위대함들, 이를테면 '자기 같은 평범한 사람들은 평생에 걸쳐서도 해낼 수 없는' 차력쇼들을 떠올리며 공허한 찬양을 늘어놓습니다. 그리고 그런 것들을 조금이라도 모방하고자 애쓰기 시작합니다. 그게 18세기 프랑스에서 탄생한 신고전주의입니다. 과거에 있던 무언가를 되살려보겠다고는 하지만. 알고 보면 계속되는 새로움 속에서 오래된 방식의 변주를 줄 뿐입니다. 창의성도, 용기도, 위대함도 없습니다. 자크 루이 다비드가 그림은 잘 그리죠. 앵그르는 더 잘 그렸습니다. 그러나 역사는 그들을 '훌륭한 화가'로 기록할지언정, 어떤 식으로의 '혁명'을 이뤄냈다고는 말하지 않습니다. 그들은 그저 과거에 있던 것들을 가져와서, 시대에 걸맞게 개량하고 활용했을 따름입니다.

신고전주의의 맹점은 바로 거기에 있었습니다. 과거에 있던 본질적 무언가를 되살려보겠다고는 했지만. 기성문화에 아첨하는 것 이상의 무엇을 깨닫지 못했습니다. 혁명을 이끄는 것이 아니라, 다른 분야에서 일어나는 혁명을 뒤따라가느라 바빴습니다. 반면에 마네와 피카소는, 훌륭한 화가일 뿐 아니라 위대한 혁명가입니다. 그들은 동시대 사람들이 보지 못했던 지평을 바라봤습니다. 그리고 용기를 내 그 영역에 발을 내딛습니다. 예술적인 재능은, 그러한 용기에 비하면 그리 대단한 것도 아닙니다. 그만큼

그릴 수 있는 사람은 지금 얼마나 많습니까? 맘먹으면 우리 대학에서도 수십 명은 찾을 수 있을 겁니다. 그렇지만 그 시기, 그 시대에 그런 작품을 내놓는 것에는, 재능보다도 용기가 필요합니다. 용기가 혁명을 만들고, 혁명이 변화를 만들며, 인류는 바로 그러한 종류의 변화를 추구하게끔 진화해왔습니다…….

어떤 미술을 이해한다는 것은, 어떤 미술의 역사성과 미술가들의 용기를 이해한다는 것입니다. 모든 사람이 가지고 있지만 깨닫지 못하는 것. 그러한 용기를 되살려내지 못한다면, 예술이라는 것에 무슨 의미가 있겠습니까…….”

이쯤 해서 강의는 적당히 끝나야 할 시간대로 접어들었다. 교수는 그런 사실을 시계 없이도 알 수 있었다. 엎드려 자고 있던 학생들이 고개를 들고 뒤척대는 소리, 바로 다음 강의인지 동아리 활동인지를 준비하는 동작들을 보면 모를 수가 없다.

“…… 제가 첫 수업부터 지나치게 장황한 얘기를 했을 수도 있습니다. 여러분은 제가 하는 말을 새겨들을 수도, 적당히 걸러 들을 수도, 아예 무시해버릴 수도 있습니다. 그야 등록금을 냈으니까요. 그럴 권리가 학생 여러분들에게는 있는 것입니다. 그렇지만 이해해주세요. 제 입장에서는 해야 할 일을 한 것입니다. 제게 있어 강의란 이런 일입니다. 이렇게 말하지 않는다면, 이 한 번 한 번의 강의란 그저 대학 교육이라는 산업 찌꺼기에 지나지 않으니까요. 오늘은 여기까지입니다. 질문은 따로 없으실 거라 생각합니다. 지금은 그럴 시간도 없고요. 대답은 얼마든지 할 수 있겠지만, 정해진 강의 시간 이상으로 질문을 주고받으면 강의평가에 불이익이 있더라고요……. 하하. 여기까지 하겠습니다. 이만 돌아가셔도 좋습니다.".

학생들은 교수의 말이 끝나기 무섭게 가방을 챙긴다. 진작 챙겨놓은 학생은 곧바로 책상 사이를 지나 강의실을 빠져나간다.

교수는 목이 마른 듯 또 다른 생수병을 찾았다. 마이크의 전원이 꺼졌다. 물 마시는 소리는 더 이상 들리지 않는다.

2

"난 재밌었는데…… 약간 복잡해. 느낌이. 뭐랄까, 왜 이 강의에 불평을 많이 하는지 알 것 같기도 하고." 유진은 강의실을 나오고도 한참을 걸은 뒤에야 그 이야기를 꺼냈다. '만에 하나라도 교수가 몰래 듣는 일은 없겠지?' 하고 뒤를 한 번 쓱 훑는다. "너는 어땠는데?"

"강의 신청이 쉬운 데에는 다 이유가 있는 거야. 그 자명한 진리를 다시금 깨닫게 됐어." 현준은 말하면서 과잠바 주머니를 몇 번 뒤적거렸다.

"어차피 필수로 들어야 하는 건데?" 유진이 물었다.

"그러게. 왜 '필수'인지도 모르겠어. 담배나 '필 수' 있었음 좋겠군." 안쪽 주머니에서 텅 빈 담뱃갑이 걸려 나왔다. 왜 그런 걸 넣어두고 있었을까, 하고 콱 구겨서 복도의 쓰레기통에 던져 넣는다. 일련의 동작이 지나치게 자연스럽다. 연기처럼 보일 정도다.

"저질."

"뭐가? 담배를 아직 못 끊은 게? 아니면 말장난이?"

"둘 다." 유진이 말했다. 현준은 몸을 살짝 기울여 어깨를 부딪었다. 그래, 그래, 네가 나 걱정하는 거 알아,라고 말하고 싶다는 듯이. "저리 가. 담배 냄새나."

"아침 이후로 피우지도 않았는데. 그나저나." 현준이 억울하다는 투로 대꾸한다. 역시 담배를 피지 못해서 하는 말 같다. "숨도 안 쉬고 그렇게 길게 얘기하는 건 참 대단하단 말이야. 자기가 가진 지식을 주체하지 못하는 기분이랄까?"

"그렇지. 그러니까 대학교수를 하는 거 아닐까? 머리에 있는 걸 몇 시간씩이나 늘어놓을 수 있으니까. 솔직히 무슨 말인지는 다 알아듣진 못했지만."

"대학교수들은 다 그런 식이지. 뭐. '이렇게까지 다 말해주는데 너희는 왜 이해를 못해!'라는……."

"그런 걸 왜 그렇게 크게 말하는 거야. 지나가는 교수님이 들으면 어떡하려고?"

"뭔 상관이야? 등록금은 이미 냈는데."

"장학금 못 받는 건 확실하잖아."

"그건." 현준이 대답했다. "생각도 안 하고 있었어. 애초에."

두 사람은 학교 정문 근처에 있는 카페에 들렀다. 유진은 노트북을 펴서 전공수업 과제를 하기로 했다. 현준은 과제 비슷한 게 없지 않았지만, 뭐가 됐든 당장은 하기 싫은 것들뿐이었다. 가방에 한 권씩 넣어 다니는 장편소설을 읽기로 했다.

"꽤 많이 읽었네? 〈1Q84〉." 유진은 정사각형 테이블 아래에 있던 이백이십 볼트 콘센트에 노트북 전원을 꽂아 넣었다. 새카맣고 두꺼운 전선. 벽돌만큼 크고 무거운 충전기를 경유한 전류가 손끝에 올라탄다. "어제만 해도 일 권 읽고 있었잖아. 벌써 삼 권이야?"

"아, 어. 이게 마지막이야."

"재미있나 보네? 꽤 두꺼워 보이는데 그렇게 빨리 읽는 걸 보면."

"재밌지, 하루키는……." 현준은 눈썹을 치켜뜨면서 대답한다. 듣다 보면 뭔든지 '아주 새삼스러운 얘기를 하고 있다'는 뉘앙스다. "그냥 문장을 잘 써. 깔끔하고 군더더기가 거의 없는 글이야. 가끔 너무 마술적인 전개가 있기는 하지만. 그야 뭐 소설이니까. 너도 읽어보면 빨리 읽을걸. 독해력이 좋은 편이라서, 어쩌면 나보다 빨리 읽을 수도 있어."

"나는 그다지…… 소설 같은 건 잘 안 읽어서. 교재 챙겨보는 걸로도 하루 독서량은 다 채우고도 남는 것 같고."

"그런 건 독서가 아니라 해독이라고 해."

"그나마 하루키도 〈상실의 시대〉 말고는 읽어본 적이 없는 것 같은데. 고등학교 때 청소년 권장도서라고 해서 읽었었지. 근데 야한 장면이 생각보다 많아서 놀랐어. '왜 이런 걸 청소년들한테 추천한 거지' 싶더라니까."

"것도 참 희한하지. 성교육 시간에는 자지, 보지라는 말도 안 가르쳐주면서 말이야."

"야, 그런 건 조용히 말해야지." 유진이 더럭 놀란 표정으로 핀잔을 준다.

현준은 두 손바닥을 펴 보이는 제스처를 했다. '아, 그래, 알아들었다. 됐지?'라는 식이다.

"…… 거기에도 야한 내용 많이 나와?"

"뭐." 현준은 마지못해 대꾸한다. "많이 나온다고 하면 한 번 보게?"

"아니, 우리 과 교수님들은 하루키를 굉장히 싫어하더라고. 그냥 '고급스러운 야설'이나 쓰는 작가라고." 유진은 어쩐지 고자질하는 투로 말하고 있었다. 본인 스스로도 그런 걸 느끼는 것 같았다.

"오, 그래? 그럼 뭘 읽으라고 하는데? 베르나르 베르베르?"

"아니, 차라리 다자이 오사무나 나츠메 소세키를 읽으라고. 기왕 일본 소설을 읽을 거면. 〈인간실격〉이나 〈나는 고양이로소이다〉 같은 거."

"아하!" 현준은 예의例の 그 제스처를 한 번 더 해보이면서 말했다. "왜, 〈겐지 이야기〉를 읽으라곤 안 하든? 그런 양반들이 꼭 성경은 거짓말밖에 없다고 불평한다니까. 그게 얼마나 좋은 소설인데."

"너 종교 있었어?" 유진은 깜짝 놀랐다는 듯이, 둔각으로 펴진 노트북 위로 시선을 내밀었다. "뭔가 믿는 게 있는 사람처럼은 절대 안 보이는데."

"어. 없어……. 말하자면 '불가지론자'라고나 할까."

"불가지론이 뭔데?"

"…… 있어. 그런 복잡한 게." 사실 현준은 불가지론이 뭔지 모른다. 그냥 어감상 무지하게 염세적이고 무신론적인 무언가라고 추측만 하고 있을 뿐이었다. 물론 그런 사람이라도 스스로를 불가지론자라고 하는 데는 별문제가 없다. 공부를 열심히 안 하는 아이도 학생이라고 불리니까. 현준은 그렇게 생각했다.

"뭐야. 아무튼 안 믿는 거 아냐? 그런데 성경을 읽어?"

"성스러운 책으로서는 아니고, 그냥 재미있는 소설로 생각하면 즐겁게 읽을 수 있어. 창세기는 메타포의 끝판왕이고. 출애굽기는 시네마틱한 전개 그 자체지. 실제로 영화화도 여러 번 됐고."

"언제는 예수가 흑인이라고 했잖아. 하느님은 사막잡신일 뿐이고."

"그게 매력인 부분이지."

"너, 미친 사람 같아."

"그것도 그게 매력……." 현준은 말을 하다가 멈췄다. 더 이상 반복하다간 뺨을 맞는다, 그렇게 생각했다. 그러자 유진은 고개를 절레절레 저으면서 과제로 되돌아갔다.

이날 이 캠퍼스커플의 데이트코스는 강의실-카페-영화관으로 이어지는 클린업 트리오였다. 이런 하루를 보내고 나면, 서로의 얼굴이며 말투가 얼마나 금방 질리는가를 떠올리게 된다. 일주일 정도는 얼굴을 안 봐도 아무렇지 않다. 캠퍼스커플로 지낸 지 두세 학기 정도면 서로가 이 정도로 무심해지는 데 거뜬하고도 남는다. 바야흐로 밀레니얼세대인 것이다. 그 밀레니얼세대가 정말 존재하기는 하는 것인지는 그다지 중요치 않다.

그즈음 영화 쪽 바닥을 얘기할 것 같으면, 근 몇 년간 유례없는 비수기가 몇 달째 이어지고 있었다. 이유는 이 기간 동안에도 충무로에서는 몇 편의 영화가 튀어나왔지만, '이름값 있는 주연배우 한두 명'과 '가능한 한 오래 먹고살고 싶은 아이돌 그룹 멤버'의 조합은 언제나 실망 이하(애초에 기대를 안 하고 들어갔으니까 기대 이하라는 말은 적절치 않다)였다. 대체 왜 그렇게 독백을 많이 하는 걸까? 재미없는 말장난은 왜 그렇게 많이 하는 걸까? 배우들의 연극 같은 톤은 어째서 한결같은가? 이런 문제들은 순수한 업계의 사정이다.

아무튼 이때는 이상하리만큼 재개봉되는 영화들이 많았다. 처음 공개된 지 적게는 몇 년, 많게는 수십 년이나 지난 옛날 영화. 교육방송의 명화극장에 촌스러운 자막을 달고 나와서는, '담배꽁초'와 '정사를 상상케 하는 장면' 모두를 모자이크 처리해놓았을 것 같은 그런 영화들 말이다. '일반인보다는 조금 기준이 높다고 생각하는' 유진과 현준의 선택은 대개 그쪽으로 몰렸다.

세상에 이런 일이. '인생 첫 휴대폰이 스마트폰이었던' 젊은 세대들이 상영관에 쭈르르 앉아서,《사운드 오브 뮤직》이나《화양연화》,《타이타닉》같이 고리타분한 영화를 보다니. 대관절 무슨 조화일까? 심지어 웬만한 최신 영화들보다도 입장권 장사가 잘 되니 말이다. 그 이유는 의사결정권을 가진 배급사 관계자들도 잘 모를 것이다. 그러나 이젠 기안서에 '젊은 세대들의 레트로 열풍'이라고 써놓으면 대충 통과되는 분위기다.

사실 그게 왜 먹히는지는 별달리 중요하지 않다. 중요한 건 그런 방법이 실제로 먹히고 있다는 것. 투자비용 대비 꽤 높은 수준의 수익률을 보장해준다는 것이다. 더구나 오래된 영화라면 판권도 얼마 하지 않는 데다가, 〈위대한 개츠비〉처럼 클래식이 된 문학작품들은 아예 저작권이 소멸해버려서 수천 킬로미터 떨어진 반도국에서도 공짜(인쇄비 별도)로 찍어낼 수 있다. 콘텐츠 업계는 어떻게든 방법을 찾아낸다.

부자들 자신이 어떻게 돈을 벌고 있는지를 정확히 아는 경우는 의외로 드물다. 기준금리는 제로에 수렴하고 있다. 이제 은행에 넣어놓은 돈은 썩는 돈이며, 웬만큼 움직일 수 있는 돈은 전부 빼내야 한다. '모으거나', '쌓거나' 같은 선택지는 없어진 지 오래다. '쓰거나' '불리거나'의 양자택일에서 벗어나지 못한다. 이제는 그 무엇도 있던 자리에 그대로 존재할 수 없게 되었다.

3

"가격이 폭등하는 데에는 이유가 있는 법이야. 월스트리트에 있는 양반들이 얼마나 똑똑하고 대단한 사람들인데. 돈 굴리는 데에는 도가 튼 인간들이라고."

"아, 아무리 그래도 그렇지. 너는 인간이 제정신이니? 너?" 유진은 불필요한 질문을 던졌다. 그게 궁금한 것이 아니었다. 모든 게 잘못됐다는 것은 알고 있었다. "그래서 빚을 얼마나 낸 건데? 대체?"

"삼천." 현준은 일주일이나 면도를 안 해 까끌까끌한 턱을 매만지며 말했다. 거짓말이었다. 유진도 알아차렸고, 그녀가 알아차렸다는 사실을 현준도 알아차렸다. 월드체스챔피언십 결승에서나 볼 수 있는 심리전. 암투. 수 내다보기. 판돈 주위로 손가락이 슬그머니 기어가고, 딜러는 교활한 미소를 짓고 있다.

여섯 평짜리 자취방에 고요가 감돈다. 두 사람은 냉장고 돌아가는 소리로 고요를 들을 수 있다.

　그동안 현준은 이리저리 할 말을 생각해내려 애썼다. "유진아, 나를 못 믿어?" 따위의 떠보기는 의미가 없다. 유진은 "그래. 못 믿어" 하고 거리낌 없이 대답할 것이다. 이 스물다섯 살짜리 여자는 그런 여자다. 처음 만날 당시에는 그렇지 않았는데. 연인이 된 지 몇 년 사이에 그렇게 변해버렸다. 아, 이제는 상상도 할 수가 없다. "너, 지금 나를 못 믿는 거야?"처럼 수준 낮은 협박에도, "아니, 아니야. 현준아. 내 말은 그런 뜻이 아니야. 너도 알잖아, 응……?" 하고 벌벌 떠는 새내기 여학생도 있었다. 수년 전, 지금 유진이 앉아 있던 바로 그 자리에.

　"널 삼천만큼 사랑해." 현준이 생각해낸 출구전략은 농담이었다. 극세사 이불이 널브러진 침대 위로 몸을 누이고, 자지러질 듯이 웃는다. "그렇지. 투자를 한다면 디시보단 마블에다 해야지. 걔네는 디즈니니까. 아, 한 일억 원만 더 있었으면! 디즈니 풀매수하고 한방사우나나 조지는 건데! 하하!!"

　유진은 할 말을 잃었다. 이런 인간에게다 대고 넌 미쳤어, 진짜 지긋지긋해, 너 따위를 만난 게 인생 최대의 실수야, 같은 말을 해보았자 무슨 의미가 있겠는가? 그런 방식은 이미 효력을 잃었다. 연인관계를 하나의 신체라 생각해보면, 그렇다. 그런 말들은 가장 약발이 잘 듣는 진통제다. 그만큼 처방도 신중해야 하는 그런 약이다. 모르핀이나 의료용 마리화나라고 할까. 처음 맞을 때의 효과? 모든 게 정상적으로 돌아온 것 같은 착각마저 든다. 모든 것은 극복되었고, 시공간은 절대적인 가치로 거기에 있다. 한 치의 의심도 오차도 없다. 그저 90년대 로맨스 영화들의, 운명적이고 낭만적인 결말만이 있다.

반면 그 자취방에는 값싼 담배 냄새가 났고, 참이슬과 이름 모를 수입 맥주 냄새도 스멀스멀 풍겼다. 그래도 비어 있는 소주병이며 캔맥주는 한데 모아놨군. 유진은 그 미친놈에게 '분리수거할 정도의 정신머리'가 남아 있다는 것이 다행스러웠고, 고작 그 따위 사실에 안도하는 스스로가 가증스러웠다.

현준은 오 인치 화면 속의 주가 등락 그래프를 주시하고 있었다. "그래서, 집에서 온종일 그것밖에 안 보는 거지, 이제는" 하고 유진이 질문하는 순간에조차.

"그래. 지금도 그 생각밖에는 없어. 팔아야 하나, 말아야 하나? 둘 중 하나지. 항상 둘 중 하나야. 화를 내는 것도, 욕을 듣는 것도, 둘 중 하나라고." 현준은 자리에 누워 잠긴 목소리로 말을 이어 나갔다. 말이라기보다는 중얼거림이었고, 누가 들으리라고는 생각도 안 하는 사람 같다. "따지고 보면 유진이 네가 요즘 배우고 있는 거랑 별반 차이도 없어. 뭐가 다른데? 니가 취직하려고 복수전공하는 그, 그, 뭐라고 해야 하냐. 그래, 코딩도, 다 까놓고 보면 0 아니면 1이라며. 0 아니면 1. 이진법. 나도 마찬가지야. 나도 공부해. 돈을 벌려고. 유진이는 취직을 왜 하나. 돈을 벌기 위해서지.

초봉 이천육백을 받아보겠다고. 부모님 돈 받아 가며 공부를 해. 0 아니면 1. 0 아니면 1. 합격 아니면 불합격…… 뭐가 달라?"

"적어도 나는 빚은 안 져."

"빚이 없다고!!?" 현준은 벌떡 일어났다. "빚이 없다는 건 있을 수 없어!! 내가 몇 번을 말해? 나 경영학도 출신이야. 경영학과 문짝 부수고 입학했다고. 거기서 배운 거? 세상에는 부채 없는 재무제표가 없다는 거지! 다 빚이야. 시간도 공간도 다 빚이라고. 너? 그래서 학자금대출은 다 갚으셨겠지? 나랑 달리?"

"다는 아니지만 거의 다 갚았지. 나는 장학금도 꽤 받았고, 꾸준히 일도 해. 불필요한 빚을 더 지지는 않아. 너랑 달리."

"불필요? 불필요? 불필…… 야. 은행에 아무리 갖다 처박아봐. 아무리 저축을 해보라고. 받을 수 있는 대우를 다 받아도 일이 퍼센트 될까? 물가상승률은? 너 우리 어렸을 때 기억나? 초등학교 다닐 때……."

"초등학교 얘기까지 나오네. 왜, 엄마 배 속에 있던 시절 얘기도 해보지." 유진은 신물이 난 듯 대꾸했다.

"…… 그땐 새우깡이 오백 원이었어. 새우깡만 그랬나? 과자는 웬만하면 다 오백 원짜리 동전으로 살 수 있었지. 그런데 지금은? 파격 세일한다고 해서 가보면 천오백 원이야. 세 배. 세 배가 올랐어. 내가 개발한 '새우깡 물가지수'로만 따져도 삼백 퍼센트라고. 그런데 유진아! 새우깡 말고, 지난 십오 년 동안 세 배

이상 오른 게 또 뭐가 있게? 최저임금? 대졸자 초봉? 니 잘난 초등학생 과외비?"

"걔 이제 초등학생 아니야. 중학교 이 학년이지."

"내 말해주지, 받아 적어! 너는 필기 담당이잖아! 필기가 니 특기지. 교수가 지껄이는 걸, 그 쪼마난 손으로 끼적끼적 받아쓰는 게 네 주특기잖아……. 자, 말해줄 테니까 적어. 적으라고. 삼성전자의 시가총액! 연남, 상수동의 좆같은 집값! 십 대와 이십 대들의 자살자 수! 어때? 어떠냐고! 이러니 젊은 여자애들이 몸을 안 팔고 배겨, 안 배겨? 정말이지 내가 여자로 태어났으면 지금쯤 벌써……."

현준은 원하던 대로 뺨을 맞았다. 유진은 정말로 세게 때렸다. 현준의 표정 없는 얼굴, 광대뼈와 턱뼈 사이를 사정없이 때렸다. 거기서는 짝, 소리가 아니라, 퍽, 뻑, 하는 소리가 났다. 양쪽 볼이 벌겋게 부풀어 오르고 왼쪽 콧구멍에서 코피가 흘러나왔다. 입술도 터졌다. 유진의 양 손바닥에 진하고 연한 핏자국이 엉겨 붙었다.

반항 한 번 없이, 수십 번의 따귀를 고스란히 맞은 현준이 거기서 있다. 유진은 그 앞에 서서 그를 노려보고 있다. 씩씩거리는 티도 내지 않는다.

현준은 얼얼한 아랫입술에 엄지손가락을 슥 가져다 대보고는 말했다.

"남자를 이렇게 무자비하게 패다니. 아무리 전 남자친구라고 해도 그렇지." 그의 말투에는 억울함이나 분함, 고통이나 고뇌 같은 것이 전혀 없었다. 오히려 그렇게 맞아서 한량없이 기쁘다는 투였다. 그 순간만큼은 유진을 그렇게나 화나게 만들고, 손목뼈가 나갈 정도로 자신을 때리게 만든 것이 인생 최고의 업적처럼 느껴졌다. "진정한 성평등이 실현됐어. 그렇게 봐도 좋을 것 같아."

"아직도 농담할 기운이 있나 보네. 대단해." 유진은 정말 견딜 수 없을 만큼 지쳐 있었다.

"오, 물론이지. 옛날얘기도 할 수 있어…… 기억나? 네가 초등학교 장래희망란에 그렇게 적었었지. '엄마'라고. 그거 가지고 담임이 뭐라고 하니까, 귀여운 유진이가 이렇게 대답하는 거야. '저는 우리 엄마 같은 엄마가 될 거예요. 그래서 그렇게 적었는데요'라고."

"그래, 옛날얘기 참 좋아하네." 유진은 다리에 힘이 풀려 주저앉았다. 난방 꺼진 자취방바닥이 냉랭하게 달라붙는다.

"그런 유진이가 지금은 극렬한 페미니스트에, 비혼주의자에, 유리천장을 꽉 뚫고 올라가려는 슈퍼 커리어우먼 지망생이다? 제발 조심 좀 해. 경력단절 안 되려면 남자 조심해야 돼. 맞다, 채식도 하시지? 지난 설날에 내려가서는 어쩔 수 없이 떡갈비를 먹었지만."

"……."

유진은 현준이 그대로 지껄이도록 한동안 내버려뒀다. 퍼질러 앉은 다리. 한쪽 무릎에다 팔꿈치를 얹고, 비뚜름하게 괸 턱을 창가로 향한 채 이야기를 들었다. 창문은 환하게 열려있었다. 그리고 그날 자신이 이 쓰레기 같은 방에 들어오자마자 했던 일이 환기였음을 환기한다. 창밖의 날씨는 이루 말할 수 없는 흐림. 서울엔 중국발 미세먼지주의보가 내려졌다. 이런 날엔 관악산 정상에서도 제2롯데타워가 보이지 않을 것이다.

4

"괜찮아." 유진의 예비신랑은 자상한 사람이었다. 처가가 혼수에 보탤 수 있는 금액이 그리 크지 않다,는 사실을 듣고도 표정 한번 변하지 않았다. 오히려 배려 넘치는 말투로 이렇게 덧붙이기까지 했다. "당신 오빠가 결혼한 지 일 년도 안 됐잖아. 우리가 이렇게 빨리 결혼할 줄 어떻게 아셨겠어. 그리고 나도 모아놓은 돈이 없지 않으니까. 괜찮아. 어떻게든 될 거야. 판교역에서 조금 떨어진 곳으로 아파트를 찾아보자."

유진이 학생 때부터 꼬박꼬박 넣어두었던 저축을 다 합쳐보니 1억을 조금 넘었다. 먹고 싶은 것 덜 먹고, 하고 싶은 것 덜 하고, 친구들이 해외로 쏘다니던 연휴에도 악착같이 논술 첨삭 아르바이트를 해서 모은 귀중한 돈이었다. 여기에 부모님이 여기저기서 긁어모은 돈을 보태고, 학창 시절 친구들에게 빌려준 돈을 한 푼 두 푼 받아놓고 나니 그나마 구색이 맞춰졌다. 신랑 쪽에서 부담한 비용의 딱 절반이었다.

결혼식은 워커힐 호텔 웨딩홀에서 제법 성대한 규모로 치러졌다. 단 하루의 그럴듯한 혼례에 얼마나 많은 예산이 투입되는가? 유진도 전혀 모르는 바가 아니었다. 한때 자신을 비혼주의자라고 생각하던 여자들 역시 웨딩드레스에는 비상한 관심을 갖기 때문이다. 유진은 동네 미용실에서 잠깐 봤던 주부잡지에서 〈국내 대형호텔 웨딩홀 견적, 취재기자가 직접 알아보니……'충격'〉이라는 제목의 기획기사를 읽은 적이 있다. 그게 오 년 전이었다. 워커힐 호텔 측에서 받은 견적서에는, 그때 봤던 금액의 두 배가 적혀 있었다. 봉사료는 별도였다.

그나마 신랑, 신부측 하객들이 예상외로 많은 축의금을 보태 줬다는 점은 다행스러웠다. 그 신혼부부가 실질적으로 부담한 비용은 전체의 칠 할 정도였다.

꼭 그렇게 큰 예식장에 갔어야 했을까,라는 생각은 하루를 거르지 않고 뇌리를 스쳤다. 하지만 결론은 늘 '어쩔 수 없었다'였다. 그땐 그랬어야 했다.

"나한테는 의미가 커. 얼마나 큰지 당신은 모를 거야." 몰디브로 떠났던 신혼여행날 밤, 예비신랑(아, 이땐 예비가 아니다)은 베개를 모로 벤 채로 유진에게 말했다.

신랑 측에서 '뭐가 됐든 결혼식은 워커힐 호텔에서'라는 조건을 붙인 데는 나름의 이유가 있었다. 그것도 아주 낭만적인 이유였다. "아버지도, 형도, 거기서 결혼했었지. 기분이 정말 묘했어. 성인이 된 지는 시간이 꽤 지났지만. 그때 거기 서서야 진짜 '어른'이 됐다고 느꼈어. 당신과 이렇게 손을 맞잡고……."

"……."

이때도 유진은 신랑이 그대로 지껄이도록 내버려뒀다. '왜 지들 집안의 전통에 나를 끼워 넣는 건데?'라는 말은 꾹 눌러 삼켰다. 감출 수 없이 불쾌한 표정은 첫 섹스 도중에 짓는 것으로 타협했다. 아무리 착하고 조신한 아내더라도, 관계 중에서만큼은 마음껏 인상을 찌푸리고 짜증 섞인 소리를 낼 수 있었다. 화도 낼 수 있고 고함도 지를 수 있다. 삽입 중인 남편은 그런 것들을 오르가즘이 아닌 무언가로 해석하지 못한다.

새신랑은 일류 사립대학교에서 컴퓨터공학과를 졸업했다. 수년간 부모님 회사에서 경력을 쌓다가, 국내 유수의 대기업 공채에 합격하고 판교에 입성했다. 여자친구가 있었던 적은 많지 않았던 것 같고(본인 말로는 세 번이었지만, 유진은 대충 믿는 척만 해줬다), 부모님은 그가 서른이 되자마자 선자리를 여기저기 알아보기 시작했다.

한편 대학을 졸업 하고 나서 취직에 성공한 여자들은 대개 반

년 뒤부터 이직을 생각하기 시작한다. 실제로 몇 번의 이직과 퇴사가 이어지고 날 즈음이면, 멀찍이 떨어져 있던 부모님 네와 왕래가 잦아지기 마련이다. 그러다 어머니가 아주 조심스럽게 꺼낸 맞선자리 얘기에 손사래를 친다. "엄마, 나 결혼 생각 없다니까. 몇 번을 말해?"라고 딱 잘라 이야기하기도 한다. 서너 번, 많게는 대여섯 번까지도 그렇게 한다.

그러나 대학 졸업장을 따고 나서도 부모님 댁에 밥 먹으러 갈 만큼의 수동성? 그런 걸 갖고 있었다가는 누구도 맞선자리를 거부할 수 없다. 시간은 계속해서 흐르고, 단호한 거절에는 죄책감이 따른다. 그리고 축적된다. '그래, 요즘 인생도 지루한데 한 번 나가나 보지, 뭐. 부모님도 이렇게까지 말하시니까' 하고 스스로와 타협한다. 이렇게 만났는데 생각보다 괜찮은 사람이면 어쩌지? 어쩌긴 어째. 몇 번 하고 파트너로 지내다가 갈 길 가는 거지…… 그러한 타협이 사실상의 '결정'과 다를 바 없다는 사실을, 여자들은 아내가 되고 나서야 뒤늦게 깨닫는다.

유진은 촌스러운 피아노 발라드곡이 흘러나오는, 남산타워 불빛이 내려다보이는 그런 호텔 디너에서 남편 될 사람을 만났다. 학벌도 좋고, 출신도 좋고, 생긴 것도 나쁘지 않다. 이런 사실은 일찌감치 알고 있던 부분이지만.

놀랍게도 '맞선'이라는 행위는 그때부터 인간성을 띠기 시작한다. 그 전까지의 선자리란 부모가 조사하고 올려보내는 기안서, 대충 훑어보다가 보류 도장을 찍고 돌려보내는 결재서류 같은 것이었는데. 막상 나오고 보니 거기에는 진짜 사람이 앉아 있다. 서로의 무색무취한 일상에 시답잖은 농담이 오고 간다. 묘한 이성적 긴장감이 귓갓길에 동행한다. 실로 오랜만이다. 이렇게 나이를 처먹고도 이런 설렘을 느낄 수 있다니, 하고 생각하는 스스로에게 경탄한다.

얼마간 의무처럼 카톡을 주고받는다. 어떤 주말에는 여행도 함께 간다. 하지만 유진은 잠자리는 하지 않았다. 그 남자는 정말이지 나쁘지 않다. 전혀 못생기지도 않았다. 그런데 몸을 섞고 싶진 않았다. 그와 키스하고 혀를 섞는 상상을 해보면, 유진은 왠지 모르게 미간을 찌푸리게 된다. 왜지? 이십 대 초중반의 나는 그렇게 섹스를 좋아했었는데. 그게 없으면 살 수가 없을 것 같았는데. 그 남자와 마주 보고 있으면, 유진이라는 사람은 아주 오래전부터 성욕이 없었다는 생각마저 드는 것이다.

그 남자와 이박 삼 일로 제주도 여행을 떠났을 때도 그랬다. 남자는 '합법적인 밤'을 설계한답시고 '제주도 왕복 항공권(2인)'을 길에서 주웠다는 얘길 꺼냈다. 유진은 무료했던 차에 오랜만에 제주도 여행 정도는 가도 좋겠다는 생각을 했다. 그렇지만 호텔은 일부러 트윈룸으로 잡았고, 남자에게는 '성수기라 트윈룸 방밖에 없더라' 하고 둘러댔다. 정말 말도 안 되는 거짓말이었다. 하지만 여자는 귀신같이 알아차린다. 자신이 트윈룸을 예약해도 아무 대꾸 '못할' 남자와, 싸구려 모텔이나 비상계단에서라도 '할 수 있는' 남자를 본능적으로 구분한다. 굳이 여기서 그가 전자라는 사실을 써달라고 하면, 좀 잔인한 주문이라고 대답하겠다.

그 무렵의 남녀관계란 대체로 이렇다. 남자는 결혼이네 로맨스네 하는 말로 삽입에 대한 욕구를 감추기 바쁜데, 여자는 그걸 다 감지하고 있으면서도 노상 아무것도 모르는 체한다. 일부러 앞서 걸으면서, 자신의 다리와 엉덩이와 가슴을 훑는 찌질한 시선을 고스란히 느끼고 즐긴다. 여자들은 바로 이런 남자들을 전용 사진사로 삼아야 한다. 그런 남자들은 사진을 기가 막히게 잘 찍어주기 때문이다. 더할 수 없이 자신에게 매료됐으면서도 일체의 소유욕을 느낄 수 없고, 표현할 수 없는 욕구를 순수한 그 무엇인 양 감추는 남자들. 여자들의 인생 프사는 바로 그런 남자들이 찍어준다. 악마적인 매력이 뚝뚝 묻어나는 그런 사진……. 조언컨대 그런 사진을 찍어주는 남자와는 성적으로 깊이 엮이지 않길 바란다. 만약 그런 남자와 섹스를 한다면, 그는 친구들에게 이렇게 말할 것이다. "제발 안에 해달라고 애걸복걸하길래 세 번 정도 싸줬지." 당신과 몸을 섞은 바로 다음 날에 말이다.

다시 말해두지만, 그는 못생기지 않았다. 비록 유진이 미래의 남편에게 진심 어린 성욕을 '단 한 순간도' 느끼지 못하긴 했지만. 그건 미추에 대한 판단과 다르다. 솔직히 남편감으로는 그만한 얼굴도 없었다. 소위 '기생오라비'과와는 대척점에 있는 인상. 시키는 대로 공부하고, 취업하고, 이제는 시키는 대로 결혼하려고 하는 인간. 그 인간의 얼굴이며 배짱으로는 바람피울 엄두도 내지 못할 것이거니와, 만에 하나 외도의 기미가 생긴다 한들 그걸 유진이 눈치채지 못할 리 없다. 그런 남자와 일이 년쯤 만나다 보면 관성처럼 결혼해버린다. 그 외에 다른 건 전부 통제 밖에 있다는 기분이 들기 때문에.

유진은 남편과의 첫 관계를 결혼식 당일…… 신혼여행지에 도착하고 나서야 가졌다. 생각대로 그와의 섹스는 형편없었다. 실망 이하였다. 열 시간이 넘는 비행과 체크인 수속에 지칠 대로 지치기도 했거니와, 두께가 0.03인 콘돔을 끼고도 사이즈가 기준 이하였다. 유진의 질은 좁은 편이었다.

"아, 아! 아악!!"

유진은 눈을 감고 제법 큰 신음소리를 냈다. 눈을 질끈 감고. 머릿속으로는 스물서너 살 무렵의 현준을 생각했다. 그 너저분한 방 안에서. 현준은 유진의 질벽을 정말로 헐어버리겠다는 듯 무자비하게 쑤셔댔고, 이틀 동안 다섯 번이나 안에다 사정했다. 현준이라고 해서 크기가 아주 컸다거나, 섹스에 비상한 재능이 있었던 건 아니다. 그러나 그에게는 야수성이, 시간이 갈수록 어그러지는 시한부적 위태로움이 깃들어 있었다. 생물학적으로 봤을 때 섹스는 생산을 위한 활동이지만, 젊은 남녀가 진심으로 눈이 휙 돌아서 가지는 관계는 하나같이 파괴적이다. 현준과는 곧 죽을 사람처럼 해댔다. 뒤로 할 땐 그녀의 엉덩이를 점토처럼 움켜쥐고 때렸다. 눈을 보고 할 땐 호흡이 곤란할 지경까지 목을 졸랐다. 신혼날 밤 남편과의 섹스를 끝까지 버틸 수 있었던 건 순전히 그때의 기억 덕분이었다. 그게 아니라면 젖지도 않았을 테니까.

판교의 맞벌이 부부로 생활하면서, 유진은 이런저런 이유를 들어가며 섹스를 피했다. 일이든 뭐든 핑곗거리가 없을 때는, 마지못해 하던 도중에 "아, 나 입구가 너무 아파. 도저히 못하겠어, 미안해" 하고 화장실로 도망쳤다. 당연히 거짓말이었다. 화장실에서 나오자 "입으로라도 해주면 안 돼?"라고 묻는 남편…… 하지만 그녀는 하지 않는다. 젤 바른 손으로 고개를 돌린 채, 남자들 가랑이 사이에 기생하고 있는 해면체를 만진다. 별 볼 일 없는 사정이 끝났지만, 이제 남아 있는 일은 무엇인가.

유진은 대학을 졸업했고, 취직을 했고, 결혼도 했다. 필사적으로 저항하곤 있지만, 시대의 분위기나 남편의 의지로 보아하니 언젠가는 애가 한 명 생길 것이다. 당연히 체외수정이다. 아마도 제왕절개 수술을 할 것이고, 배에는 흉터가 남고, 육아휴직 문제로 몇 차례 설전이 오고 간다. 용케 회사에 남아 버텨도 승진은 몇 번씩이나 좌절될 것이며, 거기서 오는 무력감은 퇴직 후 전업주부가 되고 나서야 옅어진다. 그럼 남편은 곧 이상한 랜덤채팅앱을 깔아서 조건만남을 알아보다가, 어느 날 문득 덜미가 잡힐 것이다. 유진은 차라리 아무것도 일어나지 않았다고 생각하기로 한다. 그러는 대신 열중할 것을 찾는다. 공공아파트 청약. 가성비 좋은 연금보험. 꿀리지 않는 유모차 브랜드. 맘카페 여론. 블로그 게시물 관리. 어눌한 발음의 원어민 교육. 예비 학부모들의 모임. '내조의 여왕, 재테크 황제 되다' 같은 제목의 연재물 구독. 오래전에 응원하던 남자 연예인이 나온 TV. "왜 이렇게 늦었어. 어떡해" 하고 떠는 호들갑. 빨래 너는 동안 흘러나오는 이천 년대 가요.《써니》같은 영화를 보고 흘리는 눈물. 고양이나 강아지가 있는 프로필 사진. 잘생긴 알바가 있는 단골카페, 스무 살 남자아이의 목덜미. 힐끗 흘리는 미소. 어렵사리 알아낸 전화번호. 느닷없는 아이의 울음소리. 음정이 다른 자장가. 자괴감을 이겨내고 찾아본 프로필 사진에는 기생오라비같이 생긴 남자아이가. 꼭 자기처럼 생각 없게 생긴 여자친구와 짓고 있는 표정. 언제까지고 그렇게 젊으리라고 믿어 의심치 않는. 화려한 효과와 카메라 필터. 자정 무렵 술에 취해 돌아온 남편. 아무 감각도 없는 유진. 남들 다 그래도 자신만은 다를 거라 믿었던. 잠들어 있는 아이 방에는 벽돌 무늬 시트지.

아이 방에는 벽돌 무늬 시트지.

5

요 몇 년간 지구에는 많은 일들이 있었다. 사람들은 표정을 숨기길 넘어 아예 얼굴의 절반을 가리고 다녀야 했는데, 아무튼 이러저러한 일들의 결과라고 하면 사람이 죽거나 (혹은 살았지만 죽은 것과 다름없이 되거나) 멀어지거나 하는 단순한 문제로의 귀결이다.

인간이란 시간이 지나면 지날수록 서로 멀어지기 위해 안달이었다. 왜인지는 모르겠다. 그냥 그런 일들이 일어난다. 가족들과는 상경으로 멀어지고, 친구들과는 졸업과 취직으로 멀어지며, 이성들과는 늦거나 빠른 결혼으로 아무튼 끝장나버린다. 음원차트 순위권에는 늘 그렇듯 사랑 노래가 있을 것이고, 그중 몇 명은 음주운전이나 자극적인 성추문으로 구설수에 오를 것이다. 진정한 의미에서의 인력이란, 발음과 다르게 척력에 가까울지도 모를 일이다……. 아, 이런 말장난. 정말로 저질이군.

서술상의 편의를 위해, 요쯤에서 화자의 시점을 바꿔놓기로 한다. 나는 이제부터 '나는'이라고 쓸 것이다. 아, 이미 써버렸구만. 하여튼. 눈치 빠른 사람들이라면 이 글을 쓰는 당사자가 현준이라는 것쯤 일찌감치 눈치챘을 것이다. 전지적 작가 시점을 흉내 내는 일 자체는 꽤 재미있었다. 아무렴 나도 인간이다 보니 중간에 몇 번씩이나 툭툭, 뭔가 튀어나오기는 했지만. 보기엔 쉬워 보여도 막상 해보면 여간 까다로운 게 아니다.

아니, 어떻게 이럴 수가 있단 말인가, 글 쓰던 놈이 중간에 서술 시점을 바꿔버리는 게 뭔 말도 안 되는 소리야? 전지적 시점에서 인물 구도가 바뀌는 것도 아니고. 삼인칭에서 일인칭으로 바뀌어 버린다고? 아무리 특이한 걸 추구하기로서니 이건 근본이 없어도 너무 없지 않은가…… 라고 생각하는 사람들도 분명 있을 것이다. 나중에 교과서나 모의고사 수록작품이 될 생각이 있다면, 둘 중 하나로 고정시켜놓고 주루룩 쓰는 편이 좋을 텐데. 그야 그럴 것이다. 그래야 객관식 문제에 '① 현준:작가는 전지적인 시점에서 등장인물들의 내면을 실감 나게 묘사하고 있어' 같은 선택지를 내놓을 수 있으니까. 나중에 거기다 대고 "아, 저는 그렇게 안 썼는데요"라고 기자회견을 열어놓으면 꽤 볼 만한 장면이 연출될 것이다.

하지만 나는 그런 걸 위해 쓰는 게 아니다. 완전 겉멋으로 이런 말을 하는 것도 아니고(아주 조금은 있다). 평생을 들여도 해낼 자신이 없는 일을 '안 한다'며 허세 부리는 것이야 우리 밀레니얼세대들의 슬픈 특징이다. 나만 그런 게 아니다. 나만 그런 게 아니라고. 이런 서술 시점의 변화는 〈페스트〉처럼 유명한 작품에도 나오고. 아무튼 겁나게 오래된 수법이니까 근본이니 뭐니 헛소리 지껄이지 않길 바란다. 김현준과 알베르 카뮈의 차이라면…… 그래, 인내심 정도라고 해두자. 두 명 다 크리스마스 선물을 유월부터 준비한 건 똑같다. 그걸 카뮈는 십이월 이십 일쯤에 연 거고. 나는 시월도 채 안 지나가서 공개해버린 셈이다. 그런 초인적 똘레랑스에 관해서는 진심으로 카뮈를 존중하는 바다. 이런 걸 대체 어떻게 참았지?

그 무렵 유진이의 남편…… 기왕 이렇게 됐으니 이쪽도 '그 자식'이라고 해두자. 물론 사적인 원한이 있어서 이렇게 부르는 건 아니다. 나는 그 자식에게 진심 어린 연민을 느낀다. 그 자식은 내가 넘치도록 가질 수 있었던 것을 조금도 얻지 못했고, 나 역시 그 자식이 가지고 있는 것을 갖지 못했다. 이걸 불공평하다고 해야 할지, 아니면 색다른 형태의 공평함이라 해야 할지 나는 모르겠다. 하여간 그 자식은 게임에 빠져 있었다. 말하자면 중독자였다. 그것도 모바일 게임중독이었다. 악질 중의 악질이다.

모바일 게임에서의 중독이라고 하면. 그 옛날 여성가족부가 TV 토론회에 나와 발작하던 그런 수준의 중독이 아니다. 그때 이야기되던 '게임중독'은, 적어도 육안으로 구분이 가능했다. 왜냐. 그 시절 게임을 하려면 컴퓨터 앞에 앉아야 했으니까. 한데 지금의 모바일 게임중독은 그렇지 않다. 곧장 눈으로 식별하기 어려울 뿐 아니라, 게임으로부터 도망칠 곳조차 없다. 흡연구역에서도, 화장실에서도, 사무실 의자에 앉은 가랑이 사이에서도, 꽉 껴안은 배우자의 등줄기 너머에서도, 잠들기 직전 침대 머리맡에서도 게임은 할 수 있다. 정말이지 이건 생각보다 중차대한 소재다.

예전의 게임중독은 게임기를 부숴버리거나, 게임할 수 있는 시공간으로부터 격리시킴으로써 대강 해결을 볼 수 있었다. 그런데 지금? 이천이십 년대의 스마트폰은 인간의 수족이나 다름없다. 게임중독을 막겠다고 손목을 잘라버리는 건 너무 극단적이지 않은가? 결국 모바일 기기 자체를 뺏을 순 없다. '왼손과 스마트폰, 둘 중 하나를 평생 쓸 수 없다면 당신은 뭘 포기하실 건가요?'라는 질문으로 설문조사를 해봐도 좋다. 내 생각에 젊은 층의 팔구십 퍼센트는 스마트폰을 선택할 것이다. 나머지는 뭐 왼손잡이겠지.

몇 년 전. 나는 저물어가는 PC게임 시장에서 조금씩 손을 떼고, 노다지 같은 모바일 게임 시장으로 눈을 돌리던 게임사들에게 '전 재산 이상'을 투자했다. 은행권 빚은 말할 것도 없고, 부모님 돈과 부잣집 친구 돈까지 몽땅 끌어다 운용자금으로 삼았다. 호시탐탐 중국 시장을 노리던 회사들의 초기자본금도 대줬다. 나는 모바일 게임 시장의 미래를 봤다. 그건 모바일 환경을 통해서도 더 좋은 게임을 만들 수 있다, 같은 허무맹랑한 망상이 아니다. 내가 생각한 건 좀 더 현실적인 부분이다.

수십 년 전 사람들에게 '미래의 대한민국에선 물을 돈 주고 사마실 뿐 아니라, 매주 똑같은 유니폼을 입은 사람들이 생수통 몇 박스씩을 집 앞에 놔두고 돌아가……'라고 얘기한다면 어떨까.

그들은 대체로 심각한 표정을 지을 것이다. 몇몇은 두려움에 벌벌 떨기까지 할 것이다. 혹시 미래의 대한민국은 공산당이 장악해버린 거니? 그래서 식수도 배급제로 바뀌어버린 거야? 아니, 아니야. 미래에도 대한민국은 민주공화국이야. 공산당이 아니라고? 그럼 누가 정기적으로 물통을 집 앞에 갖다 두는데? 어, 그게…… 뭐, 쿠팡이 뭔데? 쿠팡맨은 또 누구고?

"이제 몇 년만 지나면 사람들이 지갑을 안 들고 다닐 거야. 스마트폰이 그 역할을 대신할 텐데……. 그래서 모바일 게임 시장은 몇십 배 커질 수밖에 없어. 지갑이랑 게임기, 은행 ATM기가 몸에 착 달라붙어서 떨어지지를 않는다니까. 돈을 안 쓰고는 버틸 수가 없지"라고 내가 한창 말하고 다닐 적만 해도 친구들은 나를 거의 미친놈 취급했다. 아, 그래, 그런 일이 일어날 수도 있어. 근데 그거랑 모바일 게임이랑 무슨 상관인데? 물론 부모님 몰래 학교를 자퇴하고, 학교 등록금 낼 돈을 투자금으로 돌려버리는 모습을 보면 누구라도 제정신이 아니라고 생각했겠지만. 도리어 나는 나를 믿지 않는 사람들이 미쳤다고 생각했다.

아니. 애초에 PC게임이 주류였던 시절조차 현금결제는 전화기로 했잖아? 이건 완전히 돈 놓고 돈 먹기인데. 몇 년 뒤에는 세 배, 네 배로 불어 있을 돈인데. 왜 나한테 전 재산을 맡기지 않는 거지? 다들 제정신이 아닌 것 같았다. 하기야 내 예상도 틀렸다. 내가 초기 투자한 한 게임사는 중국에서의 엄청난 성공(물론 모바일 게임이다)으로 오백 배가 넘는 성장을 기록했기 때문이다. 서너 배는 너무 순수했던 시기의 발상이었다.

한 가지 말해둘 게 있다. 돈이 정말로 많은 부자들은, 자신에게 정확히 얼마가 있는지 알지 못한다. 일론 머스크와 워런 버핏의 재산 규모는 본인보다 다른 사람들이 더 자세히 알고 있다. 걔네도 연말이 되면 포브스 하나를 사서, 그제야 자기 돈이 얼마나 되는지 확인하는 것이다. '아, 내가 재산이 팔십오조 원 정도 있었구나. 미처 몰랐네' 하면서. 나야 뭐 그만큼까진 아니겠지만, 내가 아는 건 통장잔고 같은 게 아니라 '내가 돈이 많다'는 사실 자체다.

하지만 막상 그런 입장이 되고 나면 생각보다 재미가 없다는 것을 알게 된다. 가난한 사람들은 좀체 믿으려 들지 않지만, 돈이 많다는 건 정말 따분한 일이다. 그때부터는 어떤 일에도 긴장감이란 게 생기질 않는다. 주색잡기라는 것도 길어야 일 이 년이다. 새 차와 새 집을 사고 난 뒤, 낯선 여자와의 섹스가 끝나고 난 뒤의 공허함은, 돈을 줘서라도 피하고 싶어지는 것이다. 그땐 쇼펜하우어의 말마따나 '등 뒤에서 악마의 속삭임이 들린다'. 물론 그 양반은 정말로 여자를 악마나 그 비슷한 존재로 본 것 같아서 적당히 걸러 듣는 게 좋겠지만. 백몇십 년 전 사람치곤 표현이 그럴듯하다는 점은 인정해야겠다.

모든 게 게임이었다. 나는 차라리 돈이란 돈은 다 긁어서 게임사에 처박아놓고는, 하루에도 몇천 몇만 번이나 '내가 잘못 생각한 거면 어떡하지? 알고 보니 내가 완전히 틀린 거면 어떻게 하지?' 하고 고뇌하던 시절이 그리웠다. 적어도 그땐 목표가 있었고, 그 목표를 이루면 뭔가 나아질 거라는 희망이 있었다. 하지만 지금은 그렇지 않다. 사람의 행복이며 희망, 사랑. 인생에서 좋다고 말할 수 있는 모든 개념은 죄다 결승선에 있지 않다. 그런 것들은 결승선이 코앞이라고 생각하면서 달리고 있을 때나 유효하다. 정작 도착하고 나면 사람은 당황한다. 그동안 모르고 있었던 무한한 자유에 압도당하고, 진심으로 좇을 것을 되찾지 못하면 공황 상태에 빠진다. 그래, 말 그대로 뒤에서 악마가 속삭이는 것이다. 아직 아무것도 끝나지 않았다고. 좀 더 앞에는 뭔가가, 좀 더 위에는 보지 못한 어떤 것이 있으리라고.

한 번은 하얏트호텔에서 섹스를 끝마치고, 담배를 피우던 중에 여자에게 이렇게 물었다. "야. 너 <자본론> 읽어본 적 있어?"

"아, 조금은?" 여자는 불쑥 휴대폰 화면으로부터 시선을 돌리고 대답했다. 아, 그래, 당연히 '조금은' 읽어봤겠지, 넌 잘사는 의사 부모님 딸내미니까,라고 나는 생각했다. "갑자기 그런 건 왜? <자본론> 읽어본 여자 처음 봐?"

"아마도 그런 것 같은데." 보통은 물어보지 않는다.

"네 취향은 뭔데? 의대생이랑 자고 나니까 이젠 머리 나쁜 여자가 끌려? 뭣하면 골 빈 여자들 흉내라도 좀 내줄까? '아아~ 교과서에서 배웠지. 보이지 않는 손, 그거 아니야?' 하고?"

"그럼 나는, '그건 <국부론>이고~' 하면서 대답하면 되는 거지? 막 잘난 척하면서."

"아아, 근데 난 정말 헷갈리기 시작하는데." 여자는 퀸사이즈 침대 위로 몸을 반 바퀴 굴려 엎드렸다. 탄력 있는 엉덩이 둔덕 사이로 음모가 엿보인다. 윤기 있고 새카만 털들이 가지런한 모양으로 정리되어 있었다. 평소에도 꾸준히 왁싱샵을 다니는 것 같다. 여자들은 학력이 높을수록 브라질리언 왁싱을 많이 하는 경향이 있었다. 이유는 잘 모르겠지만. "나 공부하는 데는 '국부'를 한 가지 의미로밖에 안 쓴단 말이야. 바로 다음 학기에 '국부론'이라는 강의가 있어도 별로 이상하지 않을 것 같아"

"뭐, 의사 되는 것 자체가 국부에 도움이 되는 일일 텐데……."

"오, 방금은 꽤 괜찮았다" 하고 여자는 나를 인정해준다. 거기서 나는 짜증이 났다. 오히려 저질이라고 욕해주는 사람이 있었으면 했다. 아니, 내가 욕을 들으면서 흥분하고 그러는 타입인 건 아니다.

"그럼, <꽃들에게 희망을> 은 읽어본 적 있어?"

여자는 문득 고개를 들어 내 얼굴을 빤히 쳐다봤다. 이건 또 무슨 귀신 씻나락 까먹는 소리야,라는 표정이었다. "얼라들이나 읽는 책 아니야?"

"확실히 읽어봤네. 내용은 기억이 나고?"

"아니. 별 내용은 없었던 것 같은데. 애벌레가 막 기어가고, 뭐 거기서 무슨 얘기들을 하고. 그 정도? 다른 건 뭐. 뇌용량이 부족해서 보관할 수 없었어. 단어 외우는 데도 머리가 터질 것 같거든. 지금은 Ventricle이나 Myxoma 같은 걸로도 충분해."

"그래, 그렇지" 나는 웃으며 대답했다. 그리고 벌거벗은 채로 창가로 걸어 다가갔다. 육중한 암막 커튼을 걷어내자 야경이 드러났다. 듬성듬성 불 켜진 남산 위로 높다란 타워가 번쩍하고 빛난다. 왼편 아래로 이태원이, 경리단길의 가로등 행렬이 내려다보인다. 싸구려 모텔들이 개미집 모양으로 모여 있다. 그 주위로 모여드는 사람들은 뭔가에 이끌린 진딧물 같다. 이 정도 높이에서는 암수를 구분하는 것이 무의미해진다.

"야야, 너 그러다가 사람들이 다 본다. 얼레리꼴레리한다고." 여자가 키득키득거리면서 말했다. 양손으로 호텔 이불을 불쑥 집어 몸에 두른다.

"다 보라 그래. 지들이 어쩔 건데. 근데 얼레리꼴레리는 아직 기억하네? 동화책 내용은 기억 못하면서."

"그러게. 그런데 이런 것도 나중에 까먹을지도 몰라. 너무 아는 게 많아져서. 몇 가지는 잊어버려야 하거든. 나도 사람이니까."

"아, 물론." 나는 커다란 호텔 창턱에 걸터앉아서 말했다. 여기선 쭉 빨아들이는 담뱃불이 남산타워보다 밝게 보인다. "그럴 수밖에 없지."

내가 그 무엇보다도 굳게 믿은 건 인간의 외로움이었다. 왜인지 내겐 확신이 있었다. 앞으로는 사람들이 점점 더 외로워지기만 하리라는 것을. 추억할 만한 과거로부터도 괴리되어 가고, 돌아갈 곳으로부터 잊혀갈 것이다. 이런 시대, 이런 풍경. 인간의 고독에 오래도록 투자하면, 나는 돈을 잃으려야 잃을 수가 없다. 돈놓고 돈 먹기다. 이 모든 게 일종의 게임 같은 것이다. 그런데 돈이 아닌 나머지 모든 것을, 우리는 자꾸만 잃어가기만 한다.

아, 달. 어쩌면 달이 두 개 떠 있을 지도 모른다. 하얀 달 옆에 조그마한 별 하나가 더 있을지 모른다. 나는 문득 창문을 요리조리 오가며 달빛을 찾았다. 그러나 달은 없었다. 두꺼운 구름이 잔뜩 낀 밤이었다. 온 세상은 새카맣게 타들어 있고, 남산타워는 달이라도 된 양 거기 서서 번쩍이고 있다.

6

그 자식이 '유저 기만 중단하고, 랜덤박스 옵션 확률 공개하라!'는 문구가 적힌 트럭 옆에서 길드원 두 명과 같이 서 있던 당시. 나는 판교의 거대 게임사 건물 이십육 층 회의실에 앉아 있었다.

이사회는 따분하기만 했다. 그런 시기의 이사회가 유독 지루하고, 실상 이미 결정 난 사안에 대해 재차 확인하는 과정에 지나지 않는다는 건 나도 안다. 알고 있었다. 그러나 굳이 그런 숨 막히는 곳에 앉아 있었던 이유는, 거기 말고는 딱히 불러주는 데가 없었기 때문이다.

이사회 소집을 알리는 서류에는 '피치 못한 일정이나 부득이한 사정이 있을 경우' 대리인 출석(이전에 그렇게 결의했던 모양이다. 법적인 근거가 있는지는 모르겠지만)이나 불참을 선택할 수 있다고 적혀 있다. 내게는 그런 이유가 없다. 오히려 매일같이 그래프만 쳐다보고 있는 것보다는, 이런 핑계로라도 밖에 나오는 게 좋을 것 같았다. 와서 보니 정작 대표이사는 출석하지 않았다. 대신 그 대리 격인 상무이사가 나와 이런저런 질문에 대답하는 형국이다.

우리 사회, 특히 행정적 절차가 대리인 출석에 대해 얼마나 관대한지를 알아보자면 그저 놀랍기만 하다. 주민등록증 재발급, 휴폐업 신고, 주차번호판 등록과 국세납부 증명, 사망신고(아, 이건 누가 하든 대리일 수밖에 없다)와 법정 출석, 심지어 게임 티어 상승도 대리인이 맡아 해주는 시대. 그 어떤 '부득이한 사정'이라는 것이 당최 무엇이기에 돈까지 써가며 대리인을 보내는 걸까? 그건, 자기 시간을 '그보다는 좀 더 가치 있는 데 쓸 수 있을 것'이라는 믿음에서 온다. 어딘가로의 여행이나, 누군가와의 연애 행각, 별 의미도 없는 창작행위 같은…… 보다시피 그 어디에도 '피치 못한 일정' 같은 건 없다. 어디 출석하라는 소환장이 나올 때마다 친척 중 누군가가 위독해지는 건 아니지 않은가? 거기에도 차라리 본인보다는 대리인을 보내는 쪽이 더 도움이 될 텐데.

　이윽고 누군가 정관 얘기를 꺼낸다. 미친놈 아니야, 회사에서 정관 얘기를 다 하다니. 나는 거기서 내가 정관수술을 했다는 사실을 떠올린다. 뭐랄까, 해본 사람은 알겠지만 정말 묘한 기분이다. 수술은 정말 삽시간에 끝난다. 십오 분 정도나 걸렸나? 뭐 별다르게 달라진 것도 없는 것처럼 느껴진다. 전립선 부근에 이물감이 있지는 않을까 했는데 괜한 걱정이었다. 일주일 뒤부터는 멀쩡하게 섹스도 했고, 시험 삼아 질내사정도 몇 번 했다. 그렇게 나는 사생아 잉태에 대한 걱정으로부터 해방됐지만…… 최소한의 긴장감이 없어져서일까, 그 짓거리도 몇 번 하다 보니 신물이 났다. 나는 정신없이 허리를 움직이다 말고 불쑥 호텔을 빠져나와서, 바로 근처에 있던 편의점 파라솔 의자에 주저앉아 캔맥주를 마셨다. 혀에 닿자마자 전해지는 그 시큼털털한 맛. 내가 알던 우리나라 맥주 맛이다. 더럽게 맛없는 맥주인데 기분은 좋았다. 비슷비슷하게 생긴 여자들의 질 안에, 입안에, 정성껏 화장된 얼굴 위에, 도톰한 엉덩이나 허벅다리 위에, 음모가 비쳐 보이는 검정 스타킹 옆에 사정해대는 것보다도 그게 훨씬 나았다. 그 상태 그대로 죽어버려도 좋을 것 같았다. 한편 호텔방의 여자는 뒤따라 나오지 않는다. 나올 리가 없다. 스위트룸에서 벌거벗고 관계를 나누던 중에, 불쑥 되는대로 입고 뛰쳐나올 수 있는 여자? 아, 그런 여자라면 당장 결혼을 해도 좋을 것이다. 내 전 재산을 전부 갖다 바친 뒤에 버려져도 좋다. 그렇지만 내가 알기로 그런 여자는 없었다. 호텔에서 나오기 위해서는 머리도 빗어야 하고, 화장도 고쳐야 하고, 옷에 있는 주름도 대충 펴서 입어야 한다. 질 건강을 위해 여성청결제를 써서 씻어줘야 한다. 하지만 남자는, 대충 바지와 티셔츠만 입고 나와도 괜찮은 것이다. 남자가 여자보다 '확실하게' 잘할 수 있다고 할 수 있는 건 바로 이런 유의 일 세 가지다. 서서 오줌싸기, 구식 정수기의 생수통 갈아 끼우기, 그리고 섹스하다 갑자기 뛰쳐나오기 같은 것들.

'이건, 정말 의식의 흐름이 그렇군. <호밀밭의 파수꾼> 같아. 콜필드가 서른 살이라는 차이는 있겠지만. 아니, 애초에 섹스 같은 걸 하면 콜필드라고 할 수 없지 않나? 걔는 아무래도 평생 동정으로 남아줘야……' 같이 말도 안 되는 생각을 하던 와중이었다. 느닷없이 시야의 초점이 돌아오고, 어떤 남자의 중후하고도 사무적인 목소리가 귓가에 울린다.

"…… 이건 저희로서도 정말 당혹스럽습니다. 무슨 특정한 계기가 있었던 것도 아니고요. 다른 게임개발사 게임들에서도 동시다발적으로 일어나고 있으니까요. 각종 게임 커뮤니티들, 게시판들, 네이버와 다음 카페, 전부 난리입니다. 먼젓번 업데이트에 어떤 문제가 있었던 것은 아닙니다. 유저들이 집중적으로 따지고 든 그 부분은요, 저희는 지난 일 년 동안 건드리지도 않았습니다.

원하신다면 소스코드를 보여드릴 수도 있습니다."

"상무님 말씀은 대충 알겠습니다. 뭐 어떤 경영상의 실책이 아니라, 전반적인 흐름이 그렇게 돼버렸다는 거죠? 도박성 랜덤박스의 확률 전체를 공개하라는 유저들의 요구가요." 내 옆의 옆의 옆…… 좌우지간 옆에 있는 이사 한 명이 대꾸했다.

"네. 맞습니다. 다들 오시면서 보셨을 겁니다. 다른 게임사 사옥들 앞에도……"

"트럭이요? 유저 기만 그만하라, 어쩌구저쩌구 하는." 내가 물었다. 그 회의실에 들어와 앉은 뒤 처음으로 하는 발언이었다. 사내경영진과 다른 사외이사…… 들의 대리인들의 시선이 몰리는 게 느껴졌다. 학창 시절 말 한 번 안 하던 친구가, 수업 시간 도중에 크게 질문을 했을 때의 그런 느낌. 위화감 어린 눈빛들. 믿어도 좋다. 그런 데에도 그럭저럭 적응이 되는 법이다. 나 역시 아랑곳하지 않고 말할 때까지는 시간이 걸렸지만. "그래서 다른 회사들이 어떻게 대처하나 눈치나 보고 있는 것 아닙니까? 딴 데도 지금쯤 이렇게 긴급소집해서 회의하고 난리 났을 텐데요. 아니면 이미 끝났을 수도 있고"

"그, 이사님. 눈치를 본다기보다는, 아시다시피 판교에 있는 회사 대부분이 이러저러하게 긴밀한 관계를 맺고 있으니까요. 게임 시장 전체에 관한 문제이기 때문에 쉽사리 결론을 내리기는 어렵습니다…… 선례가 한 번 생기면, 국내뿐 아니라 해외지사 운영

방침에도 영향을 끼치지 않을 수 없고요."

"그러니까 그냥 공개하면 안 되는 거냐, 이거죠. 상무님. 저도 게임을 '많이'까지는 아니더라도 '조금은' 해봤습니다. 그거 랜덤 박스 뽑는 거, 별것도 아닌데 사람 짜증 나게 만드는 거 알아요. 그런데 희귀한 아이템은 말 그대로 희귀한 거잖습니까. 게임사에서는 하나의 도박성 옵션을 제공할 뿐이고, 유저는 그 도박에 참여할지 말지 결정할 수 있습니다. 천문학적인 확률이라고 해도 결국에는 본인 선택이에요. 욕을 좀 먹는다 쳐도 먼저 치고 나가는 것이 좋지 않겠느냐는 겁니다. 대체 확률이 몇 퍼센트인데 그래요? 그냥 공개하면 되는 것 아닙니까? 로또 일 등 확률이 팔백오십오만 분의 일이라고 해서, 사람들이 로또를 안 사진 않잖아요. 어차피 전체적인 흐름이 그렇다면. 좋은 선례가 되어서 이탈을 막아야 할 것 아니에요. 유저든지, 주주든지 간에."

내 대각선 멀리 앉아 있는 이사가 말한다. 말하는 억양이 상기된 것이, 아마 대리인은 아닌 것 같다. 이번 사태로 제법 피해를 입은 것일까? 아마도 그렇다면 지금 최소한의 수습을 하고, 눈치껏 손절한 뒤에 다른 투자처를 찾아볼 요량이겠지. 뻔하다. 그러니까 저런 말이 나오는 거다. '까짓거' 하면 안 되냐는 말. 그렇게 말하는 이해관계자들은, 얼마 지나지 않아서 관계없는 사람이 된다.

"그게, 방금 발언하신 이사님 말씀에도 일리가 있습니다만." 상무가 이전보다 살짝 기가 죽은 투로 답변을 내놓았다. 다른 경영진들은 서로 눈짓만 교환해대고 있다. 평소에도 그렇게 말 한마디 없이 의견이 잘 조율된다면 참 좋을 텐데. 그렇죠? "…… 좀 더 장기적으로 봤을 때는 그렇습니다. 모바일 게임 시장에서 폭발적인 수익이 나오는 것이, 사실은 랜덤박스의 역할이 대부분이거든요. 이 구조가 한 번 어그러지기 시작하면, 비즈니스 모델을 처음부터 완전히 새로 짜 맞춰야 합니다. 그게 시간이 얼마나 걸릴지도 모르고. 각종 배급사와의 협의가 원만하게 이뤄질지도 알 수 없습니다. 그렇게 되면 경영상으로……."

"아니, 제가 잘 이해가 안 돼서 말하는 걸 수도 있는데요. 장기적인 수익 모델이라는 것이, 게임개발사잖아요. 게임개발사라면 좋은 게임을 만드는데 투자를 해서…… 요컨대 훌륭한 결과물을 내놓는 것이 본질적인 거 아닙니까? 솔직히 제가 봐도 그래요. 아까 말했다시피 저도 게임 좀 하는 편입니다. 게임이라는 문화 자체를 좋아해요. 그러니까 게임 쪽 투자도 꾸준히 해온 거고. 그런데 요즘 나오는 게임들 보면 다 형편없어요. 아시잖아요? 까놓고 말하면 저희 대학교 동창들끼리도 가끔 술 마실 때 그런 얘기 합니다. 요즘 할 게임이 하나도 없다고. 옛날에는 좋은 게임이 얼마나 많았습니까? 《스타크래프트》는 말할 것도 없고. 《바람의 나라》나, 《디아블로》도 말할 것 없는 명작이고. 《리니지》에는 완전히 미쳐 살았었죠. 그런데 그 이후로 게임사들이 뭘 했나요? 기술적으로야 발전을 했죠. 그런데 이젠 뭐 신선한 것도 없고, 창의적인 것도 없고, 옛날 히트작에다 이런저런 수익모델만 갖다 끼워 가지고, 매출만 늘었다 뿐이지 원작을 망치는 것밖에는 한 게 없어요. 후속작들도 다 졸작들뿐입니다. 《메이플 스토리2》도, 《서든어택2》도 다 말아먹었잖아요. 실질적인 역량에서 발전한 게 뭐가 있습니까? 유저들도 바보가 아니잖아요. 오죽하면 옛날 게임들 '리마스터'한 게 더 많이 팔리고 있겠냐고요……. 이제 접근 방식을 바꿀 필요도 있어요. 4차 산업시대라고들 하지만 본질은 바뀌지 않았어요. 살아남기 위해 더 좋은 게임을 만들면 되는 겁니다. 《배틀그라운드》같은 유료게임 성공사례도 점점 늘고 있고요. 역량만 충분하다면 비즈니스 모델이야 얼마든지……."

"아아잇, 참. 너무 남 애기 말하는 것처럼 하시는 거 아닙니까?" 나는 더 이상 참지 못하고, 주머니 속에 있던 누룽지 맛 사탕을 입에 한 알 까 넣고 나서 끼어들었다. "어휴, 죄송합니다. 머리에 당이 떨어져갔고요. 사탕 좀 먹으면서 얘기하겠습니다."

"아, 예. 그건 상관없는데. 남 애기라뇨. 저도 여기 주주인데요." 좀 전까지 장광설을 늘어놓던 이사가 아니꼽다는 듯 말했다.

"지금은 그러시겠죠."

"…… 성함이 어떻게 되십니까?"

"아, 김현준이라고 합니다. 김해 김씨고……." 주위에서 작게 쿡쿡거리는 소리가 들렸다. 그 정도 너스레가 웃길 정도면, 이런 회의도 갈 데까지 갔다고 볼 수 있다. "괜히 주주명부 뒤져보지 마세요. 1쪽에는 안 나오니까. 명목상으로만 몇 개 갖고 있고. 사외이사라고 구석탱이에 써져 있을 겁니다. 아마 못 보셨을 거예요. 워낙 눈에 안 띄는 이름이라."

"…… 아."

"이사회는 오늘 처음 나왔습니다. 그동안 피치 못할 사정이 좀 있었거든요."

사정은 무슨. 아무것도 없었다. 사외이사라는 것도 명목상으로 되어 있을 뿐이다. 나는 그 게임사가 아니라, '무슨무슨홀딩스'의 지분을 꽤 갖고 있는 입장이었는데. 그쪽 자금을 이 게임사로 옮겨오는 데 몇 번 관여를 했더니 사외이사로 추천돼버렸다. 명목상 그렇게 등록되어 있긴 하지만 딱히 할 일은 없었다. 모회사 관계자가 '여차하면 나올 수 있는 사람'으로만 등록되어 있어도, 자회사에게는 충분한 압박이 된다.

"…… 그러네요. 죄송합니다. 저는 그냥 참관인이신 줄 알고요."

"괜찮습니다. 뭐…… 그게 잘못은 아니잖아요? 이사회도 하나하나 보면 다 '선량한' 투자자인데. 우리 목표는 다 똑같잖아요. 그걸 잊지 말자고요. 가능한 만큼 수익률 방어. 그게 안 되면 원금 회수. 여기에 손해 보려고 작정한 사람이 어딨겠습니까. 이사님이랑 저도 똑같은 입장입니다. 다만" 나는 입안에 있는 사탕을 깨부술지 말지를 몇 초 고민하다가, 그대로 혀 밑에 감춰두고 말을 이었다. "지금 말씀하시는 건, 음. 저는 최 이사님, 편의상 최 이사님이라 부르겠습니다. 두상을 보니 아마 경주 최씨일 것 같은데. 그건 여기서 중요하지 않겠죠(여기서 또 한 번 쿡쿡, 하고 웃음 참는 소리가 났다. 최 이사는 주위로 눈을 흘기지 않으려고 애를 쓰는 듯했다). 저는, 최 이사님 말씀하시는 거 듣고 참 순수하시다고 느꼈습니다. 막 나쁜 의미가 아니라요. 정말 게임을 좋아하시는구나, 생각했어요. 정말입니다. 맞는 말씀이십니다. 요즘은 할 만한 게임이 없죠. 저도 안 합니다. 온라인 게임은 손도 안 대고. 모바일 게임도 안 하고. 가끔 집에서 닌텐도나 좀 하는 정돕니다. 최 이사님만큼 게임을 잘 알지도 못할 수도 있습니다. 그런데. 최 이사님이 말씀하시는 걸 들어보면 정말 그렇거든요. 회사 임원보다는, 순수한 게이머 입장에서 이야기를 하고 있다. 이겁니다. 물론 그게 나쁜 것은 아니죠. 자기가 진정으로 잘 알고 좋아하는 분야에 투자한다. 얼마나 멋진 이야기입니까. 그런데 저는 이사회로서, 의사결정권자로서는 그렇습니다. 저기 상무님이 말씀하셨다시피, 게임사가 벌어들이는 수익의 상당 부분이 헤비유저들의 랜덤박스 구매로 나타납니다. 랜덤박스처럼 도박적인 요소가 '좋은 게임'에 필수적인 건 아닙니다. 아니, 그런 게 있으면 오히려 원활한 진행에 방해가 되죠. 예전에는 게임에서 이기기 위해, 더 좋은 퍼포먼스를 내기 위해, 대충 노력만 하면 됐는데. 이제는 돈까지 있어야 잘할 수 있는 거니까요. 테트리스로 비유하면 적절할 겁니다. 테트리스 잘하는 사람은 엄청 잘하잖아요, 그쵸? 막, 손이 안 보일 정도로. 그런데 그런 요즘 나오는 테트리스는 이런 식입니다. 게임 자체는 무료로 시작할 수 있는데, 돈을 안 내면 점점 아래쪽에서 한 줄씩 막혀오는 거죠. 잘못한 게 하나도 없는데요. 그냥 게임이 진행되면 진행될수록, 시간이 지나면 지날수록 칸이 좁아집니다. 게임하기는 더 어려워지고요. 거기다가 만 원을 내면 당장 한 줄을 없애주고, 월 삼만 원을 내면 반나절마다 한 줄씩을 없애주고, 백만 원을 일시불로 내면 '작대기 블록 등장 확률을 일 퍼센트 올려주는 아이템'을 일 퍼센트 확률로 얻을 수 있는 겁니다. 이게 참 얄궂습니다. 게임사 입장에서는 수익을 최대화하는 방법이기는 한데요. 당연 게이머 입장에서는…… 네, 속된 말로 좆같죠. 화가 납니다. 게임사라는 놈들이 더 좋은 게임은 안 만들고, 그냥저냥 있던 게임에 별의별 해괴한 과금 장치만 달아서 출시해놓으니까요."

"그래서 요즘은 '개돼지'라고 하잖습니까. 게이머들이. 본인 스스로를 그렇게 부른다고요. 개돼지라고…… 이제는 거기서 벗어나고 싶다는 게 유저들의 요구 아니겠습니까. 돈은 낼 수 있는데, 이젠 더 좋은 게임을 하고 싶다…… 그거죠. 저는 지금쯤 해서 운영방침을 새로이 정할 때가 왔다고 생각합니다. 네, 정말 제가 맘먹고 순수하게 말씀드리자면, 애초에 게임사의 존재 이유가 그렇잖아요. 더 좋은 게임을 만들고, 더 많은 사람을 행복하게 하는 거 아닙니까." 최 이사가 말했다.

"아, 아닙니다."

"네?"

"아니라고요. 게임사의 존재 이유는." 나는 보일 듯 말 듯 웃으며 상무이사가 앉아 있는 방향으로 시선을 돌렸다. 경영진은 내가 저들 변호사라도 되는 줄 아는지, 조금 안심한 모양새였다. 충분히 그럴만 하지만. 내가 사측을 비호해주겠답시고 나선 건 절대 아니었다. 나로선 당장에라도 회사 건물에 무장강도단이 들이닥쳐서 《다이하드》같은 상황이 벌어지는 쪽이 좋았을 것이다. 한데 그런 건 불가능하다. 그래서 차선책 삼아 이렇게 말한다. "게임사는 그런 걸 위해 존재하지 않습니다. 게임사는 게임을 개발하고, 그렇게 개발한 게임으로 더 많은 돈을 벌기 위해 존재합니다. 의사결정자들부터가 그런 목적을 가지고 여기 있으니까요. 그래서 최 이사님이 그렇게 말씀하시는 거 보고 놀랐습니다. 혹시 개발자 출신이신지 의심이 될 정도예요(나중에 알고 보니 진짜 그랬다. 하여튼 개발자들이란). …… 아닙니다. 이건 중요한 얘기가 아니죠. 중요한 건 게임사의 존재 이유가 돈을 더 버는 데 있다는 겁니다. 돈은 왜 더 벌어야 할까요? 그건 우리 스스로에게 물어보면 될 일이에요. 아마도 그런 건 없겠죠. 우리가 뭐, 삼각김밥이나 소고기 못 사 먹어서 여기서 발악하고 있는 건 아니잖습니까? 그냥 돈이 있으니까, 더 벌 수 있으니까 버는 것뿐입니다. '더 좋은 게임을 만들고, 더 많은 사람을 행복하게 하는 것이 게임제작사의 궁극적 목표입니다'? 오, 최 이사님. 최 이사님이 취준생이 아니라 이사님이셔서 참 다행입니다. 만약에 자기소개서나 면접장에서 그런 얘길 했으면 무조건 탈락이니까요. 요즘은 닌텐도도 그런 사람은 안 뽑습니다. 그렇게 순수한 친구들은 오래 버텨봐야 이 년이거든요. '안정적인데 취직해서, 꼬박꼬박 월급 받으면서 편안하게 살고 싶은' 친구들을 뽑아야 오래 갑니다. 그런 친구들은 시키는 대로 일도 잘합니다. 그래야 안정적으로 돈을 벌면서 살 수 있으니까요. 그렇다면 그 안정적인 월급들은 누가 주느냐. 게임사가 줍니다. 그럼 게임사는? 당연히 안정적인 수익을 보장하는 게임을 만들어야죠. 더 좋은 게임을 만들면 돈으로 보상받는다? 이게 뭔 삐삐로 카톡치던 시절 얘깁니까? 요즘은 오히려 반대입니다. 돈 잘 버는 게임을 만들기 위해서는, 오히려 게임 전체의 완성도를 얼마만큼 희생할 각오가 되어 있어야 해요. 인상주의가 더욱 예술적인 그림을 위해 상당 부분 현실성을 포기했듯이, 돈을 갈퀴로 긁어모으는 게임은 게임성을 포기해야 하는 겁니다.

좋아요. 인정합니다. 이 정도 되는 회사에는 역량이 없는 게 아니에요. 좋은 게임을 만들 능력이 없어서 못 만드는 게 아니라고요. 새로운 아이디어도 있고, 창의성도 다 있습니다. 그게 돈 버는 데 도움이 하등 안 된다는 걸 이제는 아는 거예요. 안정적인 삶을 사는 데에도 방해가 된다는 것을요. 모바일 게임? 그건 일종의 담배입니다. 돈은 돈대로, 시간은 시간대로 들이는데, 서서히 몸도 망치죠. 그런데 사람들이 왜 담배를 피우냐? 담배 피는 데 이유가 있습니까? 여기도 담배 피우시는 분은 있겠죠? 지금쯤 엄청 말리는 분도 있을 겁니다. 그런 분들한테도 물어볼 수 있어요. 담배 피우는 데 이유가 있냐고……. 그럴 리가요! 그야 맨 처음에는 없지 않았겠죠. 친구들이 권해서, 다른 담배 피우는 애들이랑 친해지고 싶어서, 담배 피우는 영화배우가 너무 멋있어서 그랬을 수도 있습니다. 그런데 그런 건 이제 다 잊어버렸어요. 그딴 게 뭐 대수입니까? 담배 피우는 데는 이유가 없어요. 그냥 피우는 거지. 그런데 최 이사님 말씀은 이런 겁니다. 담배회사에서 더 맛있는 담배를 만들자, 몸에 덜 나쁜 담배를 만들자, 그래서 사람들을 건강하게 만들자, 아름다운 세상을 만들자……. 와우. 그딴 담배를 누가 핍니까? 몸에 전혀 나쁘지도 않고, 피울수록 건강한 담배? 그딴 게 팔릴 리가 없잖아요. 몇 년째 무알콜주가 좆도 안 팔리는 거랑 똑같습니다. 재밌는 건 애새끼들이나 실컷 찾으라고 해요. 어른이 되고 나면 다 죽지 못해 안달입니다. 매일매일, 아주 조금이라도 자기파괴적인 짓을 하지 않으면, 그렇게라도 안 하면 버틸 수 없을 만큼 고독한 게 이 씨발것의 인생이니까. 아, 이사회에서 욕 쓰면 퇴장인가요? 조금만 더 봐주세요. 이제 곧 끝나니까. 자, 최 이사님. 아시겠습니까. 담배회사가 해야 할 일은 더 좋은 담배를 구해서 더 맛있는 담배를 내놓는 일 따위가 아닙니다. 담배를 생산해서 돈을 버는 것 그 자체죠. 모바일 게임도 마찬가집니다. 좆같이 재미없는 게임을 좆같이 찍어내서, 좆같은 사람들에게 이미 좆같은 인생을 더 좆되게끔 만드는 것이 우리 좆같은 게임사의 좆같은 일이라고요! 이런 씨발!"

나는 주먹으로 책상을 쾅! 하고 때리면서 자리에서 일어섰다. 나머지는 지들 알아서 하라지. 좆같은 회의, 좆같은 트럭은 다 내 알 바 아니다. 좆같으면 지분을 다 팔아버리면 되고, 사외이사도 때려치우면 된다. 아무도 나를 말리지 않는다. 따라 나오지도 않고, 뺨을 때리지도 않는다. 나는 자유롭다. 그 누구보다도 자유롭다. 그런데 자유란 얻고 보면 참 좆같은 것이다.

'이젠 그 좆같은 이사회에서 나왔으니, 좆같은 담배나 피워야겠다. 잠깐만, 이 좆같은 걸 내가 어디 뒀더라…….'

그런 생각을 하며 회사 로비를 빠져나온 나는, 적당히 담배 피울 만한 곳이 없나, 하고 건물 외곽을 빙 돌아 걸었다. 막 모퉁이를 지나갈 즈음 저어기 등나무 벤치 뒤꼍에서 희뿌연 연기가 피어오르는 것이 보였다. 좋아. 저기가 흡연구역인가 보군, 하고 나는 뚜벅뚜벅 걸어 다가갔다. 거기서 남은 담배 다섯 개비를 몽땅 태워버리고 갈 생각이었다.

나는 그 자식을 거기서 처음 만났다.

"그래서, 트럭은 잘 서 있었어요?" 유진은 아파트 거실, 육십오 인치 TV앞에 쪼그려 앉아 발톱을 깎던 남편에게 물었다. 크게 궁금해서 한 질문은 아니었을 것이다. 어쨌든 그 둘은 부부이니까. 같은 거실에 있으니까. 무언가 이야기할 타이밍이니까 하는 그런 질문이었다.

"어. 잘 있더라고." 그의 대답과 동시에 딱, 하고 엄지발톱이 잘렸다. 커다랗고 지저분한 발톱 조각들이 미리 깔아둔 신문지 위에 나뒹굴었다.

"난 아직도 이해는 안 돼. 다 큰 남자들이 게임 때문에 시위를 다 하고, 게다가 돈 모아서 게임사 앞에 트럭까지 동원한다고……."

"길드원들 전부 다 회사 다니고 사업하는 사람인데 어떡해. 주말에 모여서 뭘 하자니 거기 직원들이 출퇴근할 때 안 보면 의미가 없고 있는 건 돈뿐이니까 트럭이라도 불러서 세우는 거지. 얼마나 합리적이야? 지나치게 힘도 안 빼면서, 의사전달도 확실하게 하고. 유저가 한둘이 아닌데 누군가는 총대를 매야 할 것 아냐?"

"아니, 그런데 왜 하필 당신이 간 거예요? 평일에 출근하는 건 이쪽도 피차 마찬가진데."

"아아니. 하필이면 판교에서 출퇴근하는 사람이 나밖에 없으니까 그랬지. 뭐 그렇게 먼 거리도 아니고. 큰돈 냈으니 누가 한 번은 확인해야 되니까, 점심시간에 슬쩍 갔다 온 거야."

"그래도…… 나는 집 앞에 마트 다녀오는 것도 귀찮은데."

"아니야. 그래도 되게 재미있는 일 있었어. 재미있는 걸 넘어서 아주 중요한 일. 길드원한테는 이미 다 얘기했는데…… 당신도 들어봐. 마침 거기서 담배를 피는데 있지." 그 자식은 그새 다 깎은 발톱을 모아서 몸을 일으켰다. 쓰레기통은 거실 반대편에 있었다. "트럭 쪽이랑 얘기 잠깐 하고, 계약되어 있는 거 잠깐 체크하고, 그러고 나니까 담배가 딱 땡기더라고. 생각해보니까 거기 가느라 식후땡을 못했던 거야."

"으응." 유진은 소파에 기대 누운 채 건성으로 대꾸한다. 이제는 누군가가 담배 피우는 일에 대해 아무 말도 하고 싶지 않다. 놀랍지도 않다. 하기야 모든 게 그런 식이었으니까.

"마침 그때 그 게임사에서도 이사회가 있었다더라고. 시간을 왜 점심시간으로 정해놨는지 모르겠는데."

"그래야 최대한 사람이 덜 오니까, 아닐까요."

"아, 그럴 수도 있겠네……. 아무튼 거기서 정장 입은 청년이 하나 와서 줄담배를 피우는 거야. 그래서 내가 생각을 좀 하다가, 혹시 이 회사 직원이냐고 물어봤거든."

"게임사 직원이 무슨 정장을 입고 다녀요? 판교가 여의도도 아니고."

"직원들이 다 개발이나 마케팅만 하는 거 아니잖아? 영업도 하고, 출장도 나가고 그러는 거니까. IT계열 회사라고 해도 전부 드레스코드가 없는 건 아니야. 회사마다 다르고, 같은 회사에서도 부서마다 차이가 있지. 왜 그래? 한 번도 회사 안 다녀본 사람처럼."

"아, 그래요? 그렇구나…… 나야 회사 다닌 지 한참 됐잖아요. 아무튼. 그래서요?" 유진은 이번에도 심드렁하게 되물었다. 역시 이렇다 할 관심이 있었던 건 아니다.

"아니 근데. 막, 좀 고민을 하더라고. 사실 그게 고민할 거리는 아니잖아. '예' 혹은 '아니오'로 대답할 수 있는 질문인데. 고민을 하니까 참 이상하다고 생각했지. 뭘 따지려고 물은 것도 아니거든. 혹시 직원이면 내부 분위기가 좀 어떤가, 트럭 시위 하고 있는 걸 인지는 하고 있나, 뭐 그 정도나 넌지시 물어보려고 했단 말이야. 근데 막 고민을 하더니, 이게 참 애매하네요, 하고 고개를 까딱까딱하는 거야. 이 사람이."

"왜요. 방금 최종면접 보고 나왔대요? 하긴 그럼 말이 좀 되네. 그땐 다들 정장 입고 가니까."

"아니, 사외이사래." 그는 아주 중대한 발견이라도 한 사람인 양 얘기했다.

"사외이사?" 유진도 대충 놀라는 체하며 말을 받았다. 그런 요령에는 이제 도가 텄다.

"응. 사외이사. 지분도 갖고 있고, 대충 의결권도 있는데, 딱히 출근하고 일을 하고 그러진 않는다고. 그런 사람이 방금 이사회에서 나와 가지고 담배나 피우고 있었던 거지. 이렇게 보면 참 세상 좁고, 별거 없어, 그치?"

"그렇긴 하네요. 그 큰 회사에 흡연실 한 곳 없나……. 그래서, 뭘 물어봤어요? 이사회면, 대충 제일 중요한 얘기들 하고 나왔을 텐데."

"아, 나도 뭐 눈치는 있으니까. 내가 저기 있는 트럭 부른 길드원이다, 그런 얘기는 안 했지. 근데 이 회사가 만든 게임이 문제가 있는 것 같긴 하다고. 이러나저러나 트럭 시위 때문에 참 골치 아프셨겠다고 슬쩍 떠봤지. 슬쩍." 그가 손목을 두어 번 휘저어 보였다. 그의 취미 중에는 배스낚시도 있었다.

"슬쩍."

"응. 슬쩍. 그런데 다 얘기해주더라고."

"다 얘기했다고요?"

"그렇다니까. 이 게임 유저냐고. 그럼 담배도 피웠겠다, 저쪽 가서 커피나 한 잔 어떠시냐고 그러길래 알겠다 했지. 그 사람이 참 붙임성이 있더라고. 돈이 많아서 그런지는 몰라도."

"하긴. 돈 많은 사람 특유의 바이브가 있기는 하죠."

"그런데 그만큼 다 얘기하는 건 참 이상하지. 처음 보는 사람이었는데. 뭐 어디 말하고 싶어 안달이 났던 것 같아. 임금님 귀는 당나귀 귀, 뭐 그런 건가. 아무튼. 확률은 공개를 안 하는 걸로 이미 결론이 났다더라고. 트럭 시위고 나발이고 관계없이."

"이미 결정이 났다고요?" 유진은 어처구니가 없어서 물었다. "그럼 이사회 모임 같은 걸 왜 했대요? 결정이 난 거면."

"형식상 동의는 필요하니까."

"근데, 화도 안 났어요, 당신은? 그 게임에다 한두 푼 쓴 것도 아니고. 오죽하면 트럭까지 부른 사람이 그런 얘길 들으면……."

"아니, 트럭 부르는 돈을 내가 다 낸 것도 아니고……. 물론 나도 화는 좀 났지. 트럭 부른 그날에 그렇게 결정이 돼버렸다고 하니까. 근데 들어보니까 참, 사외이사도 복잡하더라고. 지금 상황을 파악하고 있는 건 그래. 사측은 유저 전체가 난리인 게 아니라 상위 일 퍼센트만 화가 났다는 거지. 그래서 초대형 길드 관계자 몇 명만 좀 불러서 비공개 간담회를 열 예정이라고. 뭐, 당연하다면 당연한 결정이잖아. 나머지 구십구 퍼센트라고 해봤자 돈도 얼마 안 쓰고. 극소수의 헤비유저들이 게임사를 먹여 살리고 있으니까. 그 사람들만 달래면 어떻게든 된다, 그런 판단이었던 거지. 협상 대상에는 우리 길드도 포함되어 있더라고."

"협상? 무슨 협상?"

"그야 아직 정해지진 않았지. 그런데 뭐, 들어보니까 신규 업데이트 지역 우선 접근권한이랑, 강화 실패 아이템 복구권 몇 장이랑……."

"애개, 뭐 대단한 거 주나 했더니. 고작 쿠폰 몇 장으로 때우는 거야?"

"아니, 뭔 말씀을. 복구권이 얼마나 말도 안 되는 건데. 예전에 강화하다 망가진 아이템 중에 하나를 다 복구해준다는 거야. 일 년 전이든, 삼 년 전이든 간에. 그게 몇 장이다? 그럼 말 다 한 거지. 잘만 쓰면 그거 한 장에 억 단위도 벌 수 있을걸?"

"억? 게임 아이템이 억씩이나?" 유진은 아연실색했다. 솔직히 거기에는 좀 놀랄 수밖에 없다.

"당연하지. 예전에 잠깐 있었다가 사라진 아이템도 얼마든지 복구할 수 있으니까. 그건 말도 안 되는 거야. 게임이니까 가능한 거지. 얼마든지 시간을 되돌려서, 여태껏 내가 잃어버렸던 아이템 중에 제일 비싸고 희귀한 걸 골라서 현재로 갖고 올 수 있는 거야. 억 단위까지 가는 거야 뭐. 정말 이 경우는 부르는 게 값이지."

"아니…… 그런데 정말 믿을 만한 사람이에요? 사외이사라는 얘기도 허풍일 수 있고, 이중첩자거나 그럴 수도 있는 거 아닌가?"

"아니야. 그래 보이지는 않았어. 게다가 명함도 있더라니까. 잠깐만. 내 지갑 어디 있지? 이놈의 지갑은 맨날 안 보이는 데 있다니깐. 요새는 현금 쓸 일이 없으니까……. 아, 여기 있네." 그는 안방 옷걸이에 걸려있던 외투의 오른쪽 안주머니에서 지갑을 꺼냈다. 그리고 그 지갑 안쪽에 껴있던 회색 명함 한 장을 꺼내 내밀었다. "봐봐. 가짜 같지는 않지? 이름이 또 우리 애 이름이랑 똑같아요, 공교롭게도. 그래서 더 믿음이 가더라고, 하하."

"뭐가 하하,에요. 얼마나 흔한 이름인데. 판교 점심시간에 지나다니다가 현준아, 부르면 한 열 명은 뒤돌아볼걸." 유진은 명함을 받아들었다. 확실히 가짜처럼 보이진 않았다. 질감이며 인쇄상태며, 확실한 대기업의 명함이었다. 자그마하게 박힌 회사 로고를 빼면 장식이랄 것도 없다. 제법 큰 회사들 명함은 다 그런 식이다. '나 이런 데 다니는데, 더 설명이 필요해?'라는 느낌이다.

"또 판교에 있는 게임회사들끼리 막 엮여 있는 거 알지. 걔네들끼리도 이미 얘기가 다 끝났다더라고. 어떠어떠하게 대처를 하고, 앞으로 어떤 조치 이상을 안 하겠다고 하는……."

"짜고 치는 고스톱이네요."

"세상일이 다 그렇지. 우리도 어느 정도는 알고 하는 거고……." 그는 유진에게 돌려받은 명함을 지갑에 넣었다. "뭐, 적어도 우리는 잃지는 않았으니까. 다행인 거지 뭐. 마침 상위 일 퍼센트에 드는 길드 소속이라. 남몰래 보상은 받으니까."

"…… 그래서, 확률은 들었어요?" 유진은 몇 초간 침묵하다가, 나지막이 그에게 물었다.

"확률?"

"아니. 하루에 오천이나 꼴아박았는데 안 나왔다고, 나한테 고래고래 소리 지르면서 화냈던 거요. 다 큰 남자가, 아이템 하나 안 나온다고…… 애보다 더 발악을 하고. 그거 박스 까는데도 온종일 휴대폰 붙잡고 있었잖아요. 휴가까지 써가면서. 그 아이템은 나올 확률이 대체 몇 퍼센트길래 그렇게 안 나온대요?"

"아, 그거⋯⋯." 그는 '영 내키지 않지만, 이렇게까지 물어보면 별수 없지'라는 표정으로 대답했다. 그런 데 충실히 대답하는 것이야말로 남편의 의무라는 듯. "제로야. 애초에 안 나오게 되어 있었대."

"⋯⋯?"

"하긴, 그러니까 확률 공개를 못했겠지. 애초에 확률이란 것 자체가 없었으니까. 만약 0.000001%만 됐어도, 벌써 공개하고 남았을 거야. 왜 그렇게까지 말을 안 해주나, 사실 트럭 부르면서도 그게 제일 의아하기는 했어. 확률이 말도 안 되게 낮다고 해서 우리가 돈을 안 쓸 것도 아닌데 말이야. 당신 친구들도 안 될 거 알면서 매주 로또 사고 그러잖아. 그러니까 공개를 못 한 거지⋯⋯. CTO가 의사회에 해명한 내용이, 개발과정에서 예기치 못한 오류가 있었다나 뭐라나. 소수점이 너무 내려가다 보니까 컴퓨터가 인식을 못했대. 그냥 0.000 ⋯ 0001%인데, 컴퓨터는 그게 사실상 0이나 다름없는 값이라고 판단했단 거지. 그걸 인식하게끔 코드를 몇 줄 더 써놓아야 했는데. 그걸 생각을 못 한 거야⋯⋯. 나도 겪어봐서 아는데. 아무래도 사람이 하는 거다 보니까 코딩이 꼬일 때가 있어. 그렇게 아이템이 많고, 그렇게 많은 아이템에 세부 확률을 부여하다 보면, 손가락이 꼬여서라도 실수를 하는 거지. 나야 모르는 입장이 아니니까 그럴 수도 있겠구나 하는데. 모르는 사람 입장에서 들으면 열불이 터지고 난리 났겠지. 아휴……그거 때문에 트럭까지 부르고, 무슨 일이야, 이게? 그런 실수는 좀 일찌감치 고쳐줬으면 좋았을 텐데…….”

“말은 똑바로 해야죠.” 유진이 그의 말을 싹둑 자르고 들었다. 결혼하고 나서는 거의 없었던 일이다. “기만이잖아요, 그건. 실수가 아니라 기만이에요. 나올 것처럼 해놓고 안 나오도록 해놓았잖아요. 몰랐을 리가 없어요. 아니면 애초에 그렇게 낮게 설정할 필요도 없었을 거고요.”

“아니. 걔네는 잘 알고 있었어. 천문학적인 확률이기는 하지만, 그런 사기적인 아이템이 한두 개만 있으면 그럭저럭 괜찮은데, 사람들이 박스를 자꾸 까서 세 개, 네 개, 열 개씩 생기면. 게임 밸런스가 완전히 무너진다 이거지. 그럼 새로운 던전이든, 보스몹이든, 어떻게든 업데이트를 해야 하는데. 확률이 그 정도로 낮지 않으면 개발속도가 못 따라간다 이거야. 그래서 진짜 ‘말도 안 되게 낮기는 한데, 아무튼 0은 아닌 값’을 정의하려다 보니까 이런 일이 생긴 거지.”

“…….”

“아이, 됐어. 이미 지난 일인데. 당신이 나보다 더 속상해할 필요는 없어. 나는 이제 좀 괜찮아졌으니까. 보상이 없는 것도 아니고. 플러스마이너스 제로. 오천 가지고 재밌게 놀았다 치지 뭐.”

“…….”

"자, 이 얘기는 여기까지 하고. 슬슬 밥이나 먹자. 지난주에 엄마가 갖다 준 꼬리곰탕 아직 남아 있지?" 그가 말했다.

8

"참으로 하루키 소설 같은 전개로구만." 현준은 몇 분 동안이나 조용히 앉아만 있다가, 머쓱하게 웃으면서 말을 꺼냈다. "여기서 달만 두 개 떠 있으면 완벽했을 텐데. 항상 뭐가 부족해. 뭔가가……."

카페에는 사람이 거의 없었다. 아닌 게 아니라 판교에 있는 카페란 카페는 전부 이런 식이다. 열두 시부터 두 시까지는 밀물처럼 사람들이 들이닥쳐서는. 앉아서 대화하는 건 고사하고 커피 한 잔 받아 나가는 데에도 하세월이 걸리는데. 서너 시쯤 되면 자리가 너무 넓어서 휑하다는 느낌이 들 정도다.

"너도 참 일관성이 있네. 오랜만에 만나서 한다는 얘기가." 유진은 간만에 그 허탈한 웃음을 지어 보였다. 짓는 사람도, 보는 사람도 어색하지 않은. 오히려 너무 편안해서 지을 수 있는 그런 미소. 당최 얼마 만에 그런 표정을 짓는 것인지. 새삼스레 얼굴 근육이 뻣뻣했다.

"칭찬 고마워."

"아니거든."

"그럼 말고." 현준은 능청스럽게 대꾸한다. 늘 그랬듯이.

전면이 유리로 된 창에서 오후의 햇살이 쏟아져 들어온다. 그 따사로운 빛줄기 덕분에, 두 사람은 서로의 얼굴을 더 자세히 관찰할 수 있다. 차츰차츰 떠오르는 이목구비의 모양. 연한 얼굴 주름이 자주 지었던 표정을 가늠케 한다. 불과 사나흘 전에 만났던 것 같은 기시감. 어쩔 수 없는 세월의 흔적. 돌아가지도 더듬어보지도 못하는 기억들이 아른거린다.

"전화번호도 안 바꾸고." 유진은 말하면서 캐모마일 찻잔을 들고 후후, 불었다. 아주 조금 식은 표면을 입에 머금는다. 축 늘어지는 이 맛. 몇 년 전만 해도 죽도록 싫어하던 차였는데. 인간의 입맛이란 저도 모르게 바뀌어 있곤 한다.

"멀쩡한 전화번호를 왜 바꿔. 죄지은 것도 없는데."

하긴 그렇지, 하면서 유진이 고개를 끄덕거렸다. "요즘도 하루키를 읽어? 한동안 미친 듯이 읽어댔잖아. 정말 짜증 났는데."

"아, 그 양반이 쓴 건 다 읽은 지 꽤 됐지. 몇 번 반복해서 읽은 것도 있고. 요즘은 새로운 소설이 잘 안 나오는 추세야. 하긴 장편이 나와도, 그 사람 건 너무 금방 읽혀버리니까. 글을 너무 잘 써도 문제라니까."

"그 작가, 노벨문학상은 받을 수 있을까?"

"글쎄." 현준은 얼어 죽을 정도로 차가워 보이는 아이스라떼를, 그야말로 벌컥벌컥 들이켜고 나서 이렇게 말했다. "어떻게든

'안' 받아보려고 안간힘을 다 쓰는 것 같던데. 요즘 보면은."

"제일 최근에 읽은 건?"

"제일 최근? 음, 제일 최근이라 해도 일 년쯤 됐어. 장편이었는데. 좀 옛날 거야. 그러니까, 제목이…… <색채가 없는 어쩌구저쩌구>였어. 나머지는 기억이 안 나네. 정말로 색채가 없어졌어. 그런데 그건 왜?"

"그냥, 나도 집에서 애 보는 거 말곤 별일 없으니까. 책이나 읽어보려고." 유진은 멋쩍은 듯 양쪽 눈썹을 한 차례 들썩여 보였다. 현준이 좋아했던 습관이다.

"언제는 소설은 안 읽는다더니."

"너도 정장씩이나 입고 다닐 줄은 몰랐어. 맨날 거지처럼 하고 싸돌아다닐 땐 언제고."

"아, 이거. 입다 보니 습관이 돼버려서…… 기억도 안 나. 언제부터 이렇게 됐는지." 현준은 바짝 조였던 넥타이를 조금 느슨하게 했다. 괜히 하는 동작이다. 가만히 있기가 싫어서. 현준에게는 그런 것들이 많았다. 많아졌다.

그쯤 유진은 준비해놓았던 질문을 던졌다.

"그래, 네가 원하던 건 다 했어?"

"대충."

"어때?"

"별거 없어." 현준은 진지하게 대답했다.

"그랬겠지." 유진도 진지하게 말했다.

"원하던 걸 다 한 정도가 아니야. 지나치게 높이 올라왔어. 나는 구름쯤 가면 푹신푹신하고 좋을 줄 알았는데. 알고 보니 그냥 담배연기 덩어리고……. 그래서 더 위로 왔는데 아무것도 없더라고. 투명해. 정말 아무것도 없어."

"옛날에 읽었던 동화책 내용 같네. 그 있잖아, 애벌레들이 막 모여가지고 기둥을 만드는……."

"<꽃들에게 희망을>."

"맞아. 그거야." 유진은 집게손가락을 들어 신호했다.

현준은 옛날부터 그 동작을 볼 때마다, 마치 초등학교 선생님 같다고 생각했다. 문제를 맞힌 앞자리 꼬마에게 일 점, 하고 점수를 주는 느낌이다. 그때는 점수를 오 점 모으면 커다란 알사탕 하나를 받았다. 그 알사탕을 처음 받았을 때. 그때의 기억. 그때의 마음.

현준은 너무 기쁜 나머지 입안에 넣고 마구 굴리다가 목이 막힐 뻔했다. 때마침 옆에서 보고 있던 유진이 후다닥 보건실로 끌고 가서, 하임리히법으로 사탕을 토해내게 하지 않았다면. 차라리 그때 죽었어도 좋았을 텐데. 살면서 그 생각을 몇천 번 해왔는지 모른다. 시간이 지나면 지날수록 자주 든다. 그런 가운데. 그런 유진의 모습을 보고 있자니 눈물이 핑 돌았다. 그 뒤로 현준은 점수를 많이 모았다. 모아도 너무 많이 모았다. 마음만 먹으면 사탕

공장도 살 수 있을 것이다. 마음만 먹으면. 그런데 그 마음이 지금은 없다. 누구에게도 남아 있지 않다.

"현준아."

"응."

"나는 무서워."

"뭐가?"

"나중에는 이런 것들도 '추억'하게 될까? 적어도 지금보단 그때가 나았는데, 하고."

현준은 그 질문에 대답할 수 없었다. 세상에 어디 있단 말인가. 이런 종류에 만족스러운 대답을 할 수 있는 사람이. 반경 오만 킬로미터 이내에는 없을 것 같다. "그, 아까 말한 그 장편소설 있잖아. 내가 마지막으로 읽었다고 했던."

"뭐, <색채가 없는 어쩌구저쩌구> 하고 얼버무렸던 거?"

"어, 그래. 어째 읽어본 나보다 더 잘 아냐. 하여간."

"난 항상 그랬어."

"…… 거기 리스트가 작곡한 피아노곡이 하나 나와. 그 제목이 뭐 그런 거였거든. 향수병 같은. 정확한 건 아니고. 뭔가 말할 수 없이 아련한 그런 느낌을, 불어로 그 뭐냐, 르, 르…… 아, 거의 다 기억났는데."

"불어니까 절반은 '르Le'로 시작하겠지, 당연히……."

"아, 조용히 해봐 봐!" 현준은 고개를 팍 숙이고, 무언가 집중해서 떠올리려고 애쓰는 시늉을 했다.

그런 현준의 모습을, 유진은 '웃기시네' 하고 팔짱을 낀 채 바라본다. 고즈넉한 카페 실내로 햇발이 스며들고, 구름에 가려져 흐려졌다가, 또다시 환해진다. 그러는 동안 사람 몇 명이 걸어 지난다.

곧 유진의 시야에서 현준이 한 겹, 두 겹 옅어지기 시작한다. 초점은 저 뒤쪽 카페 구석탱이에 놓인 스피커로 조금씩 옮겨간다.

마샬Marshall에서 나온 제품이었다. 그쪽 제품이라면 유진도 한때 사용해본 적이 있다. 음질은 그저 그랬다. 하긴 살 때부터 디자인이 예뻐서 산 물건이다. 아주 세련되지는 않았다. 그런데 어쩐지 보다 보면 차분해지는, 미련할 정도로 아날로그한 디자인. 어디 팔구십 년대에서 꺼내온 듯. 바야흐로 레트로가 유행하던 시절이었다. 개화기와 경성시대, 골드러시와 아르누보. 그리고 재즈. 그 스피커에서는 재즈가 흘러나오고 있었다. 여자인지 남자인지 모를 그런 중성적인 보컬이, 무어라 중얼거리듯이 노래를 부른다. 그리고 트럼펫 솔로.

"좋아, 기억났어." 현준이 들고 있던 손을 푹 내리고 나서 말했다. "《As time goes by》야."

"뭔 소리야. 언제는 르 뭐시기라며? 방금 건 심지어 불어도 아니잖아."

"아아니, 그 옛날에 읽은 책 얘기 말고."

"그럼?"

"지금 말이야. '지금' 흘러나오는 노래."

"아, 그래……."

두 사람은 냉장고 소리 대신 음악 소리에 귀 기울인다. 이유를 알 수 없는 아련함. 그 곡도 머잖아 끝날 것이다. 시간이 지나면…….

"그럼, 이제 가볼까."

현준이 불쑥 자리를 털고 일어났다. 그리고 넥타이를 고쳐 매는 모습을, 유진은 거기 앉은 채로 올려다본다.

"벌써 가게?" 유진이 물었다.

"뭐, 너는 애도 봐야 하고."

"엄마가 잠깐 와서 봐주고 있어. 이 시간엔 괜찮아."

"아니야. 오늘은 여기까지. 그냥 언제 다시 만나서 저녁이나 한 끼 하자고." 현준은 입고 있던 블레이저 자락을 몇 번 매만지다가, 유진과 몇 초간 눈길을 주고받았다. 그리고 익살스레 웃으며 말했다. "…… 같은 얘기는 하지 말자. 우리. 뭐, 잠깐 동안 감상에 빠질 수야 있겠지만."

"당연하지." 유진이 기다렸다는 듯 대답한다.

"우리는 너무 잘 알잖아. 몰래 만나서 섹스 같은 거나 하기에는."

"나이도 너무 먹었고."

"아니, 아니야." 현준은 웃으면서 고개를 저었다. "나이의 문제는 아니지."

"그럼, 그럼."

유진은 그리운 미소와 함께 두 팔을 활짝 벌렸다. 두 사람의 포옹. 풀썩, 하는 공기의 마찰음. 마치 영화같다. 이제는 갈 시간이다.

"아, 맞다." 현준은 절로 놀라운 얼굴로 유진을 돌아다봤다. 표정만 보면 출국장에서 여권이라도 잃어버린 사람 같다. "나, 담배 끊었어."

그 말을 듣자마자, 유진은 대꾸할 가치도 없다는 듯이 돌아선다. 그러나 햇볕처럼 쏟아져 나오는 웃음을 참을 수 없었다. 우리는 정반대 방향으로 걸어 헤어졌다. 그 길로 두 사람이 다시 마주치는 일은 없을 것이다.

판교에는 기둥이 많아도 너무 많다!

The Guide for
Invisible Cat Walking in the Universe
and Their Believers

—

우주를 유영하는
투명고양이와
그 신도들을 위한 지침서

이 지침서를 읽고 계신다는 건, 당신이 '우주를 유영하는 투명 고양이'의 새로운 신도로서 첫발을 내디뎠다는 것입니다.

그게 아니라면 그냥 2호선 서울대입구역 4번 출구에서 수상한 티셔츠를 입은 수상한 사람에게서 팸플릿을 받았고, 여느 때처럼 '종이 낭비 오지네'라고 생각하며 쓰레기통에 처박기 직전에 우연히 한두 줄쯤이 눈에 들어와 읽고 있는 건지도 모르죠. 어쨌거나 중요한 것은 당신이 이 대목을 읽고 있다는 사실입니다. 또한 그 사실이 우리와의 영원한 연결점을, 나아가 당신이 이 세계에 품고 있는 걱정과 의구심을 말끔히 해결해줄 가능성을 품고 있다는 것이죠.

그래서 지금 뭔 말을 하고 싶은 거냐. 이렇게 긴 리플릿인지 팸플릿인지를 나눠준 데에는 사람들에게 무언가 말하고 싶은 게 있어서 아니냐?

과연 날카로운 지적입니다. 우리는 분명히 당신에게 말하고 싶은 것, 전하고 싶은 것이 있어 이 지침서를 나눠주었습니다. 그건 역 근처에 새로 오픈한 헬스장이 6개월 회원권을 할인가로 판매하고 있다거나(다 뻥입니다. 오픈 한 직후에는 다 제일 비싸게 파는 법이거든요. 진짜로 할인받으려면 망하기 직전의 헬스장을 찾아가세요), 초역세권 빌라가 터무니없는 실분양가로 시장에 나왔다는(역시 구라입니다. 진짜였으면 팸플릿이고 나발이고 나눠줄 필요 없이 알아서 매물이 빠졌을 테니까요) 삼류 광고 따위가 아닙니다. 그보다는 훨씬 중요한 문제에 대한 이야기입니다. 어쩌면 우리가 말하려는 이 문제보다 더 중요하다고 할 수 있는 문제 따위, 이 세상에 존재하지 않을지도 모릅니다.

이것은 결단코 과장이 아닙니다. 우리는 이게 과장이 아님을 능히 증명할 의사가 있고, 그럴 만한 능력도 있지만. 어디까지나 당신이 이 긴 리플릿? 팸플릿? 아니면…… 전단지? 하여간 여기 적힌 글을 끝까지 읽었을 때나 유효한 이야기입니다. 이쯤에서 벌써 지친 나머지 종이를 마구 구겨서는 쓰레기통에 던져 넣는 사람. 누가 뭐라고 하든 간에 자기 일밖에 생각하지 않는 사람. 세상 모든 사건이 자신과는 큰 관계가 없다고 믿으며 사는 사람. 그런 사람들에게는 우리가 아닌 누구라도 해줄 수 있는 일이 별로 없거든요. 요새 들어서는 그런 사람들을 통틀어 일반인이네 보통 사람이네 같은 거창한 칭호를 붙여주는 모양이지만.

그 와중에 용케 서문을 다 읽고 이 문장에 다다른 당신. 그런 당신에게 우리는 어쭈구리,라고 말해주고 싶습니다. 깨나 장한 일을 했습니다. 왜냐? 저희가 독자적으로 개발한 통계(독자적이라는 것은 비과학적이라는 의미가 아닙니다)에 의하면, '2020년대를 살아가고 있는 사람 중 단 20% 이내의 사람만이 그 자리에 서서 1,500자 이상의 글자를 읽어내려 갈 수 있다'는 것이 분명한 사실로서 증명되었고, 이 글은 방금 막 그만한 분량을 넘기고 있기 때문입니다. 따라서 당신은 이 대목을 읽고 있다는 것만으로도 상위 20%의 집중력과 독해력을 지녔음을 증명받은 셈입니다. 뭐, 그렇게 좋아할 만한 일은 아닙니다. 상위 20% 정도면 평균보다 높은 수준이지 그렇게 대단하다고는 할 수 없거든요. 특히 요즘 같은 세상에서는요. '어쭈구리?'라는 반응 이상도 이하도 받을 수 없습니다. 냉혹한 사회잖아요? 가면 갈수록 더더욱.

좋아요. 그럼 슬슬 '그래서 너희가 말하고자 하는 그 대단한 이야기라는 게 뭔데?'라는 질문에 대답해보도록 할까요. 하지만 그전에 필요한 절차가 하나 있습니다. 우리도 당신에게 한 가지 물어볼 것이 있거든요. 이게 아무리 저질 종이에 재생잉크로 팡팡 찍어낸 싸구려 전단지라고는 해도, 질문이라는 건 서로 묻고 대답할 수 있을 때야말로 가장 민주적인 것입니다. 우리는 당신에 대해 아는 게 없기는 하지만, 일단 한국인인 이상 민주적인 방식을 좋아한다는 것만큼은 확신할 수 있습니다. 그야 한국인들은 모두 민주적인 걸 좋아하잖아요? 도대체 뭐가 민주적이고 민주적이지 않은지는, 민주적으로 규명된 바가 전혀 없지만 말입니다. 모든 한국인은 제각기 민주적인 방식으로 민주적인 것에 대한 애착을 지니고 있습니다. 우리가 당신도 그리 다르지 않을 거라고 판단한 것이 큰 실례가 아니었기를 바랄 뿐입니다.

그럼 질문입니다. 우리가 당신에게 묻고 싶은 것은 바로 이것입니다.

우리가 사는 세계 말이죠. 지인-짜 말도 안 되지 않습니까???

…… 이게 글자 크기까지 키워서 얘기할 주제냐고요?

그야 물론입니다!!!

필요하다면 느낌표를 백만스물다섯 개라도 쓸 것입니다. 그만큼 중요한 문제이니까요. 실제로 그렇게 많이 썼다간 잉크값이 어마어마하겠지만. 그래도 이것보다 중요한 문제가 어디 있겠습니까. 우리가 사는 세계가 말이 안 된다는 것보다요.

뭐, 아마 당신은 이렇게 되물을지도 모르겠습니다. 세상의 어떤 부분이 말이 안 된다는 거냐, 정확히 어떤 것들을 납득할 수 없는 거냐고.

뭔 소리예요!!
당연히 전부잖아요???!!!!!

'틀렸어. 이 전단지와는 논리적인 대화가 불가능해' 같은 생각을 하기 전에, 이 글을 조금만 더 읽어봐 주세요. 방금 같은 건 너무 일본식 개그 같지 않냐고요. 한국인이라면 김치찌개로 밥 두 그릇은 거뜬히 먹을 수 있어야 합니다. 물론 인종차별이나 내셔널리즘은 시대착오적이지만요.

우리는 오히려 질문하는 것입니다. 이 세상에, 적어도 우리가 경험하고 알고 있는 세계에 대해 완벽하게 납득할 수 있는 것이 얼마나 있냐고요. 대단하게 깊이 있는 철학적 사유를 요하는 것이 아닙니다. 그냥 우리들의 인생을 반추해 봐도 알 수 있습니다.

일반적으로 사람들이 가지고 있는 가장 오래된 기억은 최소 서너 살이 지난 뒤에 경험한 것들이라고 합니다. 사회에서는 인간의 탄생을 매우 논리적인 맥락에서 설명하려고 하지만. 일인칭에서 봤을 땐 그저 '어느 날 갑자기 태어나 있었고, 계속 살다 보니 어른이 됐다'는 것에 지나지 않습니다. 어느 날 갑자기. 자아가 생기고, 자신의 육체를 느끼고, 주위의 세계를 인식하면서 자신이 살아 있음을 알았습니다. 언제 어디서 어떤 존재로 태어날지 등등은 전혀 정할 수 없습니다. 좋건 싫건 주어진 것에 적응하며 살아가는 수밖에 없습니다. 그걸 정 받아들일 수 없다면 죽는 것밖에는 다른 수가 없으니까요.

우리의 삶이란 어디서 어떻게 왜 감염됐는지 알 수 없는 초강력 랜섬웨어 같은 것입니다. 내게 생겨버렸다는 걸 알아도 별다른 방법이 없습니다. 그나마 컴퓨터 사용에 큰 지장이 없는 프로그램이길 바라는 것뿐이죠. 이 바이러스에서 벗어나는 방법은 딱 하나, 컴퓨터를 다시는 사용할 수 없도록 박살내버리는 것이니까요. 하지만 컴퓨터가 부서져버렸는데 랜섬웨어에서 벗어나는 게 무슨 소용이 있을까요? 바로 이것이 우리의 문제입니다. '어느 날 갑자기' 난데없이 삶을 부여받아서는, 죽을 때까지 이유도 없이 걸머지고 살아야 한다는 것 말입니다.

이쪽의 의사 따위는 전혀 개의치 않고 맡겨진 삶이지만. 심지어 그 삶을 구성하는 거의 모든 요소를 직접 정할 수도 없었지만. 세상에는 그따위 삶마저 우리에게 주어진 '축복'이네 '선물'이라는 소리를 떠들고 다니는 사람도 있습니다. 삶이 괴롭게 느껴지는 건 개인이 부정적인 생각으로 가득 차 있어서고, 누구나 마음만 먹으면 언제든 행복해질 수 있다는 논리를 펴면서요. 결국은 죽지 말고 살라 이겁니다. 이런 말을 하는 사람들 모두가 악의에 가득 찬 족속이라고는 할 수 없겠지만, 이러한 논리적 흐름 자체는 지극히 폭력적입니다. 문제의 본질을 교묘하게 외면하고 있거든요.

예컨대 우리는, 우리의 의사와 관계없이 강제로 설치된 게임을 실행하고 있는 것입니다. 원치도 않던 게임을 갑자기 시작하게 되면 누구라도 당황스럽기 마련이겠죠. 대부분은 짜증을 내면서 곧바로 작업관리자 창을 켜서 프로그램 강제종료 버튼을 누를 겁니다. 그게 당연한 반응이에요. 그런데 그중에는 우연히 접하게 된 그 게임이 마음에 드는 사람도, 생각보다 적성에 맞아서 계속 몰입해서 하게 되는 사람도 있습니다. 그런 사람이 다른 사람들에게 이렇게 말하는 것입니다. "이 게임은 충분히 좋은 게임이다. 게임이 어렵고 복잡하다고 불평하기 전에, 관점을 바꿔서 제대로 플레이부터 해봐라"라고요. 말 자체는 나쁜 말이라고 할 수 없지만, 문제의 본질은 게임이 재미있냐 재미없냐 하는 것에 있지 않습니다. 전혀 원하지 않았던 사람들마저 강제로 해야 한다는 점에 있죠. 컴퓨터를 부수기 전까지는 미처 끌 수도 없는 그런 게임을요. 취향에 맞아서 즐겁고 재미있게 하는 사람들은, 뭐 좋습니다. 시작할 때의 능력치나 환경 따위가 잘 주어졌을 수도 있고. 이 게임을 원활하게 플레이하는 데 필요한 성질을 갖고 태어났을지도 모릅니다. 그건 축하할 일입니다. 그러나 반대로, 하고 싶지도 않은 게임을 남보다 불리한 조건으로 플레이해야 하는 사람에게 '왜 더 열심히 하지 않느냐'고 비판하는 것은 이치에 맞지 않습니다. 다시 한 번 말하지만. 이 게임은 어느 날 갑자기 켜져서 끌 수도 없는 바이러스니까요.

오, 그렇죠. 엄밀하게 말하면 이건 게임이라고도 할 수 없습니다. 게임이라는 것을 한 번이라도 해본 사람이라면 알 것입니다. 게임에는 목표라는 게 있어요. 대개는 남보다 높은 점수를 기록하거나, 붙잡힌 공주를 구하고 세계를 구하거나 하는 것들이죠. 플레이어는 그 목표에 가까이 가기 위해 시련을 극복하고, 장애물을 뛰어넘고, 문제를 해결하면서 성장해나가다가, 끝내 목표에 다다라 보람을 느끼고 게임을 종료하는 거죠.

그러나 삶이라는 것에는 목표가 없습니다. 인간들이 자의적으로 정한 목표가 몇 가지 있기야 하죠. 성공이라든가, 행복이라든가, 단란한 가정 같은 것들……. 하지만 이마저도 태어날 때 어쩔 수 없었던 조건과 환경들을 고려하면 극소수의 사람들에게나 허락된다는 사실을 알 수 있습니다. 국제테러단체의 사생아로 태어난 제3국의 아이가 미국의 대통령이 될 수 있을까요? 어릴 때 전쟁으로 하반신을 잃고 후유증으로 얼굴이 흉하게 일그러진 남자가 당대 최고 미녀배우와의 결혼을 꿈꿀 수 있습니까?

그렇지 않습니다. 다들 주어진 조건에 따라 힘겹게, 어렵사리, 납득도 수긍도 안 되는 이 삶에 휩쓸려 하루하루를 살아가고 있을 뿐입니다. 도대체 당신은 이 세계의 어느 부분을 이해할 수 있습니까? 노력은 배신합니다. 외모와 재능은 불평등합니다. 주어진 환경을 바꿀 수 있으려면 그만한 환경이 주어져야 합니다. 드물게 착한 사람은 일찍 죽거나 타락하고, 나쁜 짓을 한 사람은 뻔뻔스럽게 살아갑니다. 세계는 선하지도 악하지도 않고, 따뜻하지만도 냉혹하지만도 않습니다. 그 모든 가치가 이 세계에 '이유도 없이' 존재합니다. 우리는 삶을 사랑해서, 소중하게 여겨서 사는 것이 아닙니다. 다른 선택지가 없기 때문에 살아갈 따름입니다.

어떤 게임에 100가지 콘텐츠가 준비되어 있는데, 어떤 플레이어는 아무리 노력해도 2~3개의 콘텐츠밖에 경험할 수밖에 없고, 어떤 플레이어는 90개 이상의 콘텐츠를 별다른 노력도 없이 누릴 수 있다면…… 그건 더 이상 게임이라고 할 수 없습니다. 도박조차 아닙니다. 최소한 도박은 운 앞에서는 공평합니다. 똑같이 운이 좋아 이긴 사람에게 다른 결과물을 내어주지는 않습니다. 우리의 인생은 도박만도 못합니다. 처참한 사실이지만 받아들일 수밖에 없습니다.

이건 장난입니다. 아주 성질이 고약한 어떤 존재가, 초자연적인 힘을 지닌 무언가가 '어느 날 갑자기' 저질러 놓은 장난이 수습되지 않은 채 수백억 년 동안 방치되어온 결과입니다. 어째서 장난이냐 하면.

아무리 뜯어보아도, 이 세계에는 의도라는 것이 없기 때문입니다. 아무런 목적도 방향성도 없이, 옳고 그름에 대한 기준이랄 것도 없이 저절로 벌어진 것에 가깝습니다. 터무니없는 얘기일 수도 있지만. 우리는 주어진 환경에서 직접 보고 경험한 것들을 통해서만 판단할 수 있습니다. 우리는 이것이 우리가 묶인 제약 안에서 내릴 수 있는 최선의 결론이라고 생각합니다. '어느 날 갑자기' 우리는 탄생했고, 그때 세계는 거기에 이미 존재하고 있었으며, 거기에는 아무런 의지도 목적도 없었다는 사실만이 명백합니다. 이렇듯 가장 설명적이지 못한 설명만이 그 어떤 모순 없이 세계를 설명할 수 있습니다. 이제 조금은 느끼셨을지도 모릅니다. 너무 익숙해진 나머지, 벗어날 수 없다는 생각에 갇힌 나머지, 더는 아무런 의심도 없이 받아들이고 있는 이 세계가 알고 보면 얼마나 이상한 것인지를.

이렇게나 이상한 세계를 설명하기 위해, 인류는 기원전 수천 년부터 지금까지도 오만가지 방법을 동원해가며 애써왔습니다만…… 보다시피 아직도 진리라는 개념은 요원합니다. 이 문제가 얼마나 골치 아픈지, 현대사회는 되도록 이 문제를 도외시하고 모른 척하며 살아가는 방법에 골몰합니다. 수도 없이 많은 대형 게임 프랜차이즈와, 매년 쏟아지는 신작 영화와, OTT 서비스의 단독 스트리밍 시리즈와, 더없이 사소한 것들로 구설수에 오르는 연예인 이야기가 전부 그런 의도로 꾸며진 것이라면 덜컥 믿을 수 있으신가요? 당최 이 엿 같은 세상은 누가, 왜, 어떻게 만든 것일까요?

당신이 일반적인 한국인이라면, 더구나 이렇다 할 신앙생활이 없는 MZ세대 청년층이라면 이렇게 생각할 겁니다.

'그야 우주는 수백억 년 전 빅뱅으로부터 시작했고, 우연히 지구라는 행성에 뿌리내리기 시작한 유기물이 진화를 거듭한 끝에 태어난 것이 우리들 인간 아닌가?'라고요.

과연 그것은 오늘날 청년 세대가 할 법한 발상입니다. 의무교육 과정에서 미묘한 동서양 철학 지식과 미묘한 과학적 사고력을 습득했고, 그 결과 기독교 신앙에 대해서는 어쨌거나 미신적이며 '종교인들은 세금이나 내라'는 관점을 견지하는 와중에 불교 신앙에 대해서는 미묘하게 관대한 스탠스를 지닌, 같은 나라에 살면서 사이비 종교에 빠진 사람들을 정신이상자 내지 저능아로 치부하면서, 그와 같은 관점을 보이스피싱 피해자에게도 비슷하게 적용하는, 초자연적 존재나 귀신을 믿지 않는 자신이 지극히 논리적이고 합리적인 인간이라 생각하면서도, MBTI와 주관적 관상학에 관해서는 이상하리만큼 굳건한 믿음을 가진, 조던 피터슨과 빌 버의 유튜브 영상에 깊은 감명을 받은 한편, 위키에 대충 요약된 내용을 읽고선 '여기에 대해서는 대충 이해했어'라고 생각해버리는 속 편한 클라우드형 지식인…… 아니라면 어쩔 수 없지만, 얼추 맞는다면 기분이 좋지 않을 것입니다. 그러나 걱정하지 마십시오. 우리는 당신을 흉보고, 깎아내리고, 존재 의미를 부정하기 위해 이런 말을 늘어놓는 것이 아니니까요. 단지 당신이 하는 생각이라는 것이 당신 스스로 생각하는 것만큼 특별하거나 독창적이지 않다는 점을 지적해두고, 거기에 빈정이 상해서라도 '그럴듯한 말에 의견을 수정할 수 있는' 태도를 견지하게 만드는 것이 목적이라면 목적이라 해둘까요? 거듭 말하지만, 본인에게 해당 사항이 없다면 기분 나빠 할 필요도 없는 것입니다.

종교와 신앙. 우리가 사는 2020년대의 대한민국, 특히 청년층 사이에서는 흡사 반지성주의를 상징하는 단어처럼 여겨집니다. 학식이 높은 대학교수들조차 독실한 기독교 신자로서 매주 교회에 나간다는 사실을 알면 '그렇게 똑똑한 사람이? 의외네'라는 반응이 튀어나올 정도입니다. 뭐랄까 진심으로 믿는 건 아니고 무슨 현실적인 목적이 있어서겠지, 하는 예상도 하게 되죠.

물론 다수의 현대인이 종교적 믿음을 경시한다는 점에는 아무런 문제가 없습니다. 대한민국은 헌법에 종교의 자유를 명시하고 있으며, 그 말인즉 종교를 믿지 않을 자유도 보장한다는 것이니까요. 그러나 우리 사회에 '어떤 종류의 믿음' 자체를 바보 취급하는 분위기가 팽배하다는 것은 지적해두어야 하겠습니다. 믿음의 가장 오래된 대상인 종교는 말할 것도 없습니다. 그들에게는 전통도, 혈연도, 학구열도, 애국심도 전부 믿을 수 없는 개념일 뿐입니다. 간혹가다 그런 것들을 철석같이 믿으며 사는 사람들을 보면 비웃어주는 것이 상식입니다. 요컨대 거의 모든 것에 대한 불신과 회의주의가 팽배해 있는 것입니다.

우리도 세상에 믿을 것이 별로 없다는 점에서는 지극히 공감하고 있습니다. 종교와 전통 같은 오래된 가치에 더 이상 납득할수 없는 현대인들의 입장도 십분 이해합니다. 그렇지만 그들이, 심지어 당신조차 간과하고 있는 것이 있다면, 사람이 살아가기위해서는 뭐가 됐든 '믿을 수 있는 대상'이 필요하다는 사실입니다. 그 대상이 신이든, 사람이든, 추상적 개념이든, 하여간 그런 것들이 최소 하나 이상 존재할 때에 한해 그 삶은 '유효하다'고 할수 있는 것입니다.

우리는 위에서, 현대인들이 거의 모든 것을 불신하고 있다고 언급했습니다. 요즘은 '나 자신 이외에는 아무것도 믿지 않는다'고 공공연하게 이야기하고 다니는 사람도 적지 않습니다. 하지만 거의 모든 것을 믿지 않는다는 말이, 아무것도 믿지 않으며 산다는 것을 의미하는 건 아닙니다. 수 세대 이전의 사람들과 비교했을 때, 믿음의 대상이 한없이 쪼그라들었다는 것입니다. 그들은 거의 모든 것에 대한 믿음을 잃어버렸지만, 손가락 안에 꼽을 만큼 적은 몇 가지에 대해서는 가히 압도적인 믿음과 지지를 보여줍니다. 당연한 일입니다. 정말이지 아무것도 믿지 않는 사람이라면 살아 있을 수도, 설령 살아 있다고 한들 제대로 살아갈 수도 없을 테니까요.

현대인들에게 있어 종교적 신앙은 완전히 자취를 감춘 것이 아닙니다. 과거 신과 자연, 사제와 승려에게 향했던 믿음이, 그 형태를 바꿔 과학과 그 권위자들에게로 옮겨갔을 뿐입니다.

'과학적으로 증명된 사실을 믿는 것과, 일방적인 종교적 믿음을 같은 선상에 두는 것이 말이 되느냐?'고 물으실지도 모르겠습니다. 그건 꽤 일리 있는 비판입니다.

다만 우리가 말하려는 것은 믿음의 형태에 관한 내용입니다. 과거 인류가 '주변의 이해할 수 없는 것들'을 받아들이기 위해 종교를 믿었다면, 현대에 사는 사람들은 과학과 과학자들을 믿을 뿐이라는 거죠. 무언가를 설명할 때 신의 뜻을 말하는 대신 과학적 이론을 떠드는 것이 트렌드로 자리 잡은 겁니다. '신의 뜻'이든 '과학적 이론'이든, 거기 빗대서 설명하는 사람이 '제대로 알고 있을' 확률은 거의 없지만 말입니다. 가령 과학적 지식이 전무한 사람도 상대성이론은 의심의 여지도 없이 믿어버립니다. 노벨물리

학상 수상에 빛나는 아인슈타인이 증명했다고 하니까요. 같은 이
치로, 글을 몰라 성경을 못 읽던 중세시대의 백성들도 신의 뜻은
믿었습니다. 자기들보다 똑똑한 사제와 교황이 그렇게 말했으니
까요. 역사적으로 보면 수도사와 사제들은 그 시대의 지식인이었
습니다. 어릴 때부터 엄격한 교육을 받은 철학과 신학의 전문가
였고, 라틴어와 희랍어에도 능통해야 했습니다. 뭣도 없으면서
약이나 팔던 허풍선이 아니란 얘기죠. 우리가 MIT 박사학위를 가
진 과학자의 말을 믿듯, 중세시대 사람들은 목사와 사제의 말을
믿었던 셈입니다.

　　신앙을 '자신의 힘으로 온전히 이해할 수 없는 것들에 보내는
맹목적 믿음'이라고 정의한다면, 현대인들의 신앙은 종교 대신
과학으로 터전을 옮긴 것에 지나지 않습니다. 근의 공식도 맥스
웰 방정식도 모르는 사람이 과학을 맹신하는 것이나, 신학도 철
학도 모르는 사람이 종교에 귀의하는 것은 이러한 원리에서 꼭
빼닮았습니다. 실제로 창조론과 빅뱅이론은 그 본질에 있어서는
놀랄 만큼 흡사합니다. 창세기에서는 우주의 탄생을 이렇게 설명
합니다. '오랜 옛날, 아무것도 존재하지 않던 때 신이 엿새에 걸쳐
세상을 창조했다'. 빅뱅이론은 이보다 더 간단합니다. '백억 년 전
쯤에 아주아주 작은 점이 갑자기 폭발해서 지금의 우주가 됐다'.
이렇듯 두 주장 모두 '어느 날 갑자기 이유도 없이 탄생했다'는 점
은 똑같습니다. 한데 요즘은 전자를 믿으면 바보 천치, 후자를 믿

으면 상식인 취급을 하고 있으니 참으로 웃긴 얘기입니다. '큰 쾅
과광'을 믿는 사람이 '빛이 있으라'를 믿는 누군가를 비웃을 자격
이나 있나요? 후자는 꽤 문학적이기라도 한데 말입니다. 무턱대
고 종교적 신앙을 비웃는 사람치고 학문적 조예가 깊은 사람은
거의 없습니다. 아마 중세시대의 신학이 현대철학의 초석을 마련
했다는 사실도, 빅뱅이론을 최초로 주장한 인물이 다름 아닌 신
학자였다는 사실도 모르겠지요. 그저 '종교는 멍청한 사람들, 과
학은 나처럼 똑똑한 사람들이 믿는 것'이라는, 더없이 종교적인
믿음을 가지고 살아갈 뿐이니까요. 결국 종교를 맹신하는 사람과
과학을 신봉하는 사람의 차이라고 한다면, 후자가 좀 더 거들먹
거리면서 말한다는 것밖에 없습니다.

　신에 대한 믿음이 없어진 현대인들은 점차 다른 것들로부터
신앙의 대상을 찾았습니다. 이미 언급했던 과학이론들은 말할
것도 없겠죠. 이제 사람들은 종교 대신 돈을, 자본주의를 믿습니
다. 최대소비와 무한한 욕망을 믿습니다. 피임 걱정 없는 섹스와
중독되지 않는 마약을, 값비싼 명품 브랜드의 로고와 가격표를,
화면 속 캐릭터와 가상의 세계관을, 공무원 연금과 누구나 이름
만 대면 아는 대기업 취직을, 모공도 사상도 제거된 어린 아이돌
멤버를, 잘 기획된 예능 프로그램에 출연해 사람 좋은 미소를 짓
는 유명배우를, 모든 이슈를 간단하게 정리하는 척 왜곡하는 유
튜버를, 서울대와 하버드 또는 사법고시 출신의 정치인이 하는

말을, 해외에서 입지가 대단하다는 상을 받은 감독과 작가의 역량을, 실감할 수 없이 올라가는 조회 수와 팔로워 수를, 유독 좋아요 개수가 많아 상단에 노출되는 댓글의 내용을, 얄팍한 사유를 위협적인 문투로 교묘하게 숨기는 글들을, 평생 노력해도 다 다를 수 없을 것 같은 경지의 권위와 명예를, 기술의 발전이 가져다줄 무한한 문명의 이기를, 한국식 민주주의 깊숙한 곳에 똬리 틀고 있는 엘리트주의와 계급의식을, 비일상에 대한 갈망과 자국에 대한 혐오를, 다른 선진국 이성과의 국제연애와 대안적 결혼을, 몇 달 후 출시 예정인 새 스마트폰의 작업처리능력을, 결코 떨어지지 않을 서울 및 수도권의 부동산 매매가를…… 따지고 보면 전에 믿던 것보다 유달리 나은 점도 없는 것들을, 누구보다 굳게 믿으며 살아가는 것입니다. 그러면서 '그 어떤 것도 직접 보고 경험하기 전에는 함부로 판단하지 않는 냉철한 자기 자신' 또한 믿습니다.

대단히 비아냥대는 것 같은 말투로 이야기해놓았지만, 사실 이런 부류의 사람들은 불우할지언정 멍청하다고 말할 순 없을 것입니다. 왜냐하면 앞서 말했듯 인간에게는 살기 위해 '뭐가 됐든 믿을 수 있는 것'이 필요하기 때문입니다. 고대로부터 이어져 내려온 '신'과 '종교'가 자리를 잃어버린 이상, 인간의 믿음이 그보다 돼먹지 못한 곳들로 분산되는 현상은 무너진 댐에서 저수가 쏟아져 흐르는 것만큼 당연한 이치입니다.

갈 곳을 잃은 우리들의 믿음은 철저하게 훼손되고 망가져가는 중입니다. 좋아했던 아이돌은 어느 날 갑자기 음주운전을 하고, 믿었던 정치지도자는 친인척 비리가 드러나자 잠적해버리며, 선해 보였던 배우는 부동산 투기 의혹에 묵묵부답으로 일관합니다. 이럴 거였으면 차라리 예수나 믿어버리는 게 속이 편했을지도 모릅니다. 우리는 기독교를 지지하는 입장은 아닙니다만, 최소한 이쪽은 음주운전이나 친인척 비리, 투기 의혹 같은 걸로 실망을 줄 일은 없을 테니까요.

서론이 길었습니다. 비록 전단지에 불과한 입장이기는 하지만 가끔 흥분해버릴 때가 있거든요. 이쯤에서 우리가 뭘 말하고 있었는지를 일목요연하게 정리할 필요가 있을 것 같습니다. 요즘 사람들은 하나같이 요약을 좋아하니까요. 딱 다섯 가지 항목으로 줄여 말하자면 다음과 같습니다.

첫째, 지금 우리가 살고 있는 세상에는 도저히 이해할 수 없는 것들이 많다(사실 대부분이다).

둘째, 그래서 사람은 뭐가 됐든 정신적으로 믿고 의지할 대상 (신, 종교, 과학이론, 사상, 정치지도자와 물건에 이르기까지)을 필요로 한다.

셋째, 현대에 들어 신과 종교가 급격히 힘을 잃었기 때문에, 오늘날 사람들은 별의별 이상하고 잡스러운 것에 신앙을 전가하고 있다.

넷째, 그 결과 현대인들의 정신은 상처 입고 방황하는 중이며, 그 어느 때보다도 믿고 의존할 수 있는 무언가를 갈망하는 상태다.

다섯째, 우리는 그 답을 어렵사리 찾아냈으며, 그것을 당신에게 흔쾌히 공유할 의사가 있다.

이것이 우리의 메시지입니다.

'약간 흠칫했지만, 이것도 역시 사이비종교 홍보였어⋯⋯'라고 생각했나요? 뭐, 그럴 수도 있다고 생각합니다. 아니. 그런 마음은 엄청나게 이해하고 있습니다. 어지간히 믿을 게 없는 세상이어야 말이죠. 다짜고짜 내민 종이 쪼가리에 '여기 당신이 하고 있는 모든 고민의 정답이 있습니다'라고 말해보아야 덜컥 믿을 수 있을 리 없습니다.

하지만 앞서 했던 이야기 중에 당신이 일부분이나마 공감한 내용이 단 한 줄도 없었을까요? '적어도 이 부분은 꽤 일리가 있는데'라고 느껴진 대목이 전혀 존재하지 않았을까요? 만약 그렇다면 지금 당장이라도 이 종이를 찢어 불쏘시개로 쓰셔도 좋습니다. 원망하지 않겠습니다. 어차피 저는 싸구려 종이에 불과하니까요. 어차피 현대인들이란, 지하철 출구 앞에서 나눠주는 종이에 뭐라고 적혀 있는지 같은 건 전혀 신경 쓰지 않고 살다가 뒈질 운명이니까요.

⋯⋯ 그래도 계속 읽어보기로 결심하셨다면. 기왕 읽기로 한 바에 우리의 테제라는 것도 이해해주시면 좋겠습니다. 우리는 인

간에게 무언가 믿을 것이 절실하다고 믿고 있습니다. 그 믿을 대상이라는 것은, 좋아요, 정 그걸 신이라고 부르고 싶다면 그렇게 하시죠. 아무튼 그 초자연적인 존재가 어떤 존재인지를…… 우리는 그 어느 종교집단보다도 깊게 고민했습니다.

그렇지만 그 고민은 '진실'이 무엇이냐 하는 것이 아니라, 순전히 신과 종교라는 것의 기능적 결함에 대한 것이었습니다. 오늘날 세계에 널리 퍼져 있는 대중종교들을 보십시오. 짧게는 몇백 년, 길게는 몇천 년 동안 인간의 사유를 통제하고 지배해왔지만, 과학과 현대문명이 드러낸 모순점들로 인해 예전만큼의 설득력을 갖고 있지 못합니다. 현대인들의 도덕관념이며 상식에 전혀 맞지 않는 부분이 수두룩 빽빽이니까요.

기독교의 야훼는 인간을 사랑한다는 주제에 사탄보다 사람을 더 많이 죽인 것으로 나오고, 성경에는 눈 씻고 다시 찾아봐도 공룡이 등장하지 않아 실망스럽습니다. 불교는 종교 주제에 니들 알아서 잘해보라는 심보가 고약한 한편, 제대로 해보려면 빠짐없이 대머리에 채식주의자가 되어야 합니다. 이슬람교는 어떻습니까? 저렴하고 맛있는 돼지고기는 못 먹게 하고, 여자들은 항상 닌자처럼 입고 다녀야 합니다. 돈은 돈대로 많이 드는 데다가 성차별적이기까지 합니다. 분별이 있는 사람이라면 이렇듯 낡아 있는 종교에 돌이킬 수 있는 결함이 있다는 것을, 이 상태로라면 '아는 게 너무 많아진' 현대인으로서는 확실하게 믿을 수 없으리라는 점을 알게 되겠죠.

이 슬픈 세상에 대한 우리의 고민은 결국 한 지점으로 수렴해 나갔습니다. '과연 인간이 의심의 여지없이, 이 모순된 세계를 충분히 설명할 수 있으면서도 확실하게 의지할 수 있는 존재가 어디 없을까?'라고요. 이 선하지도 악하지도 않은 세계. 대책도 없이 계속 넓어지기만 하는 광활한 우주. 인간이 겪는 온갖 비극에 그 어떤 책임도 죄책감도 느끼지 않으면서, 악의도 호의도 없이 그저 무관심하며, 우리들 인간의 감각으로는 결코 인식할 수 없는 차원에 존재하지만, 도저히 믿지 않을 수 없을 만큼 매력적이고 압도적인 그런 대상⋯⋯.

그건 바로, '우주를 유영하는 투명고양이'입니다.

네. 제대로 들으셨습니다. 이 세계는 우주를 유영하는 투명고양이가 창조해 지금에 이르고 있습니다. 그것이 우리의 결론입니다. 우리는 '우주를 유영하는 투명고양이'만큼 이 세계를 잘 설명해주는 신은 존재하지 않는다고 믿고 있습니다.

보십시오. 뭇 종교에서 말하는 '선하고 전지전능한 신'이 존재한다고 했을 때, 우리는 전혀 납득할 수 없는 세상에 살고 있습니다. 인간이 이토록 슬퍼하고 고통받게 내버려둔다면 신은 선하지 않은 것이고, 슬픔과 고통을 해결할 능력이 없다면 신은 전지전능하지 않은 것이니까요. 기성종교는 이러한 모순을 설명해낼 능력이 없습니다. 당연합니다. 그것들은 최소 천 년도 전에 발명된 것들이니까요.

하지만 고양이가 세계를 창조했다면, 이야기는 크게 달라집니다. 정말이지 많은 부분이 납득되기 시작합니다.

- 신은 이 세계를 왜 만들었나?

별생각 없었을 겁니다. 고양이니까요. 단순히 만들 수 있으니까 만들었겠죠. 어쨌든 신이고 전지전능한 존재니까.

- 그럼 왜 만들어놓고 이렇게 방치하나?

글쎄요. 잘은 모르겠지만, 아마도 질려서 그런 게 아닐까요? 고양이니까요. 뭐든지 쉽게 질리는 것입니다. 지금쯤이면 아마 지가 우주를 만들었다는 것도 까맣게 잊었을지 모릅니다. 어쨌거나 우주의 한 변두리에 있는 항성계의 세 번째 행성에서 원숭이를 닮은 종족이 번성해 저들끼리 영문도 모르고 고통 받고 있다, 같은 건 그다지 중요한 일이 아닐 것입니다.

- 그럼 왜 우리는 신을 찾지도 인지하지도 못하나?

그야 투명한데다가 우주를 유영하고 있기 때문입니다. 인류 문명이 아무리 발전한들, 머나먼 우주를 관측할 수 있는 망원경을 띄워 올린들 찾을 도리가 없습니다. 투명한 고양이이기 때문입니다.

- 그럼 그런 존재를 우리가 왜 믿어야 하는가?

사실, 꼭 그렇게 해야 할 이유는 없습니다. 다른 신들처럼 자기를 믿지 않는다고 해서 화를 내지도, 좀스럽게 벌을 내리지도 않을 테니까요. 고양이는 인간의 일에 철저하게 무심합니다. 그럼에도 불구하고 믿어서 좋은 점은 많죠. 고양이니까요. 투명하다고는 해도, 고양이인 이상 일단은 귀엽습니다. 단언컨대 인류가 발명한 모든 신 중에서 가장 귀여운 존재입니다. 원한다면 얼마든지 귀여운 상상화를 그려서 우상숭배를 해도 괜찮습니다. 고양이니까 그런 건 신경 쓰지 않거든요. 자기를 욕보였다고 해서 지옥으로 보내는 일도 없을 겁니다.

우주를 유영하는 투명고양이를 믿는 이상 '삶이 그대를 속일지라도' 일희일비할 필요가 없어집니다. 어차피 고양이가 만든 세계니까요. 이러나저러나 엉망진창인 것이 당연합니다. 우리는 터무니없게 태어난 우리 자신을 용서하게 되고, 나아가 이 모든 말썽을 저지른 신조차도 그럭저럭 용서할 수 있게 됩니다. 고양이니까. 혼자 있으니 외롭고 쓸쓸해서 우주를 만들었다가, 지금은 그게 어떻게 되어가고 있는지 아무런 신경도 안 쓰고 둥둥 떠다니고만 있구나. 한심하지만 귀여워. 그래, 네가 잘못한 게 뭐가 있겠니. 귀엽지도 않고 전지전능하지도 않게 태어난 우리들 인간의 잘못이야. 우리가 말끝에 붙이는 건 아-멘,이 아니라 고-멘입니다. 대충 '인간으로 태어나서 미안하다'는 뜻입니다. '미안해'라는 의미의 일본어 회화와 발음이 비슷한 것은 순전한 우연입니다. 뭐, 일본은 오래전부터 고양이에 대한 민간신앙이 있었던 모양으로, 그렇게 치면 아주 우연이라고만은 할 수 없을지 모르지만, 고-멘.

'그래. 답을 알려준다더니 결국 이상한 고양이 종교를 믿으라는 게 결론이냐?'라고 생각할 당신에게. 마지막으로 전해줄 희소식이 하나 있습니다.

우리가 말한 답이란 '우주를 유영하는 투명고양이'가 실존하며, 그걸 믿는 것이 가장 완벽한 형태의 현대종교라는 것과, 웬만하면 우리가 믿는 걸 당신도 믿는 쪽이 좋다는 권유 내지 제안에 그치는 것이 아닙니다. 우리는 실제로 들었습니다. '우주를 유영하는 투명고양이'님께서, 죄 많은 우리 인간들에게 최초로 보낸 메시지…… 그 투명하고 포슬포슬한 털덩어리 몸을 이끌고 현현하시어, 우리들 인간이 느끼고 있는 슬픔과 불행 그리고 고독감을 완전히, 그리고 영원히 해소할 수 있는 비결을 속삭여주고 가셨습니다.

그 해답이란 너무도 명쾌하고 직관적이어서, 우주에 둘도 없을 바보라도 한 번만 귀띔해주면 알아들을 수 있을 정도입니다. 그만큼 경이롭고, 위대하고, 황홀하며, 더없이 홀가분한 비결을, 우리는 이 종이를 통해 당신에게 알려드리고자 하는 것입니다.

준비는 되셨요? 이 모든 문제를 해결할, 단 하나의 진리이자 불변의 법칙…… 어느 날 갑자기 태어난 당신이 마주하게 된 고뇌와 외로움, 미지로부터 오는 공허감, 해소되지 않는 답답함, 언제 어떻게 찾아올지 모르는 죽음에 대한 공포…… 그 모든 것을 말끔히 떨쳐내 버릴 비결을, 마주할 준비가 되었느냐고 묻고 있는 것입니다.

됐다고요? 정말 한 치의 의심도 없이 준비가 됐나요?

그렇게까지 말씀하시니 좋습니다. 이제 정말로 '우주를 유영하는 투명고양이' 님의 메시지, 우주의 모든 문제에 대한 비결을 들을 준비가 되신 것 같군요. 그럼 바로 말씀해드리겠습니다. 그 비결은 바로……

Everybody Rides the Carousel

—

모두가 회전목마를 탄다

1

도저히 나는 삶이라는 것을 이해할 수 없다. 그것은 까닭도 없이 거기 있다가, 어느 순간 흔적도 없이 자취를 감춘다.

내가 발견된 장소는 초등학교 담장 옆을 지나가는 골목 구석이었다. 여름에는 뜨겁고 겨울에는 차가운 아스팔트와, 그 위에 솟은 전봇대 곁이 나의 고향이다. 콘크리트 기둥은 노란 바탕에 검은색 사선 줄무늬가 있는 허리띠를 둘렀다.

이삼 층짜리 낡은 주택이 즐비한 그 주변 주민들은 일반종량제쓰레기와 재활용쓰레기, 음식물쓰레기와 가끔은 더럽고 낡은 가구까지 모두 그 전봇대 앞에 던져두었다. 누가 그렇게 하라고 정해놓았는지는 모르겠지만. 아무튼 사람들은 그곳에 쓰레기 버리는 것을 당연하게 여겼다. 그렇게 쌓인 쓰레기들은 새벽마다 동네를 순회하는 수거 차량이 다녀가면 감쪽같이 사라졌다. 연휴다 뭐다 해서 유독 쓰레기 배출량이 많아졌을 때도, 쓰레기가 산더미처럼 쌓여 이걸 대체 누가 치울 수 있을까 싶은 때에도, 다음 날 아침이면 누가 삭제마법이나 부려놓은 것처럼 자취를 감추는 것이다.

간혹 예외도 있기는 했다. 예컨대 한쪽 다리가 부러진 나무의자, 리폼인지 뭔지 해보려다가 도리어 볼품없어진 서랍장, 모서리가 터져 노란 스펀지와 철제 스프링이 내장처럼 튀어나온 싸구려 매트리스 같은 것들은 '대형폐기물'로서 동사무소에서 발급하는 유료 허가증을 받고 배출해야 한다. 그러나 이런 규칙들이 으레 그렇듯 어떤 사람은 그 존재조차 알지 못한다. 스티커고 나발이고 집에 두긴 거추장스러우니 대충 아무렇게나 갖다 두고 돌아가 버린다. 마치 길바닥에 커피를 쏟았을 때, 내가 닦지 않더라도 언젠가 말라서 없어지겠지, 하고 갈 길이나 가버리는 식이다.

그렇지만 커피와 다르게 가구는 액체가 아니다. 알아서 증발해주지도 않고, 한 손에 들고 다닐 만큼 가볍지도 않다. 따라서 동사무소에서는 정해진 수거비용을 받고 대형폐기물을 처리해주는 것이다. 단지 어떤 물건을 '버리기 위해' 돈을 내야 한다는 사실이 좀처럼 납득되지 않는 사람도 있는 모양이다. 괜히 주민센터 건물까지 걸어갔다 오는 것도 번거로운 일이다.

그래서인지 일주일에 한 번은 스티커도 아무 표시도 없이 내버려지는 대형폐기물이 나온다. 그 가운데 보기에 멀쩡하고 기능상으로도 별문제가 없어 보이는 것들은 근처에 사는 누군가가 주워가기도 한다. 십중팔구는 헌 물건을 가져다 쓰는 게 습관이 된 할머니들, 억척스러운 아주머니들이다.

딱히 듣는 사람도 없는데 "아이고, 돈도 많아라. 이렇게 멀쩡한 물건을 누가 갖다버렸대? 나야 고맙지만……" 하고 중얼거리는 건 덤이다. 그렇게 가져간 물건들은 어떻게 쓰일까? 쓰임새에 맞게 제자리를 찾아줬을까? 써보다가 마음에 들지 않으면 다시 내다 버릴까? 가령 가져갈 당시 눈치채지 못했던 결함이 발견됐을 때는 어떻게 할까? 손재주가 좋은 사람이라면 적당히 고쳐서 쓸 수도 있겠지만. 그렇지 않은 이상 도로 내놓는 것밖에는 도리가 없을 것이다. 그렇게 쓰레기는 다시 쓰레기가 되어 전봇대 곁에 놓인다.

대형폐기물로 분류되는 물건들에는 어지간한 결함이 있게 마련이다. 어디까지나 쓰레기로 버린 것이니까. 새것일 땐 어땠을지 몰라도, 한 번 고장이 나버리고 나면 처치 곤란 애물단지에 불과하다. 그걸 치워버리는 일에도 수고와 노력이 필요하다.

사정이 이렇다 보니 쓰레기 수거 담당자들로서는 스티커를 붙이지 않은 대형폐기물이 달가울 리 없다. 돈 받고 해도 고생인 것을 푼돈조차 받지 못하고 해야 하니까. 잘 처리했을 때 큰 보람을 느낀다거나 사람들로부터 감사와 인정을 받을 수 있는 유의 일도 아니다. 기가 막히도록 잘해낸다 쳐도 결과는 끽해야 원상복구다. 없어져야 할 것이 없어졌을 뿐이다.

언제 한 번은 커다란 옷장이 그곳에 내놓아진 적이 있다. 그 큰 가구를 어떻게 거기까지 내다 놓았을까 싶을 정도로 큰 물건이었다. 그만한 크기라면 스티커를 붙인다고 해도 이삼만 원의 가량의 수거 비용을 지불해야 한다. 치킨을 두 마리 먹고도 감자튀김까지 서비스받을 수 있는 금액이다. 당연히 대형폐기물 수거 스티커는 붙어 있지 않았고, 옆면이 보기 흉하게 망가져 있었기 때문에 누가 가져갈 만한 여지도 없었다. 그 무식하게 크고 무거운 옷장을 자기 집까지 옮겨다 놓는 건 매우 수고스러울 뿐 아니라 완전히 무가치한 일일 테니까.

그런 건 쓰레기 수거 차량을 타는 일꾼들에게도 마찬가지였다. 가뜩이나 번거로워 죽겠는 일인데, 스티커마저 붙여놓지 않았으니 치워 갈 의무도 없는 것이다.

"미치겠네⋯⋯. 이렇게 해놓으면 누구더러 어떻게 치우라고 여기 갖다 놓은 거야? 스티커도 안 붙이고?"

나름 항의의 의미랍시고 방치해둔 것이 보름 넘게 지났을 무렵, 동네 주민들은 주민센터에 민원을 넣기 시작했다. 주민들이 쓰레기를 버리는 곳에 대문만 한 옷장이 놓여 있으니 불편한 건 말할 수도 없고, 그사이 비와 바람과 길고양이들의 소변을 먹으면서 악취까지 풍기고 있으니 하루빨리 조치를 취해 달라는 것이었다. 그 조치라는 것은 말할 것도 없이 수거였다.

처음 얼마 동안, 사람들은 함부로 옷장을 내다 놓았을 뻔뻔한 이웃을 욕했다. 하지만 시간이 지나고 나서는 '스티커가 없어서 처리를 못 하겠다'고 우기는 일꾼들에게 비난의 화살이 쏟아졌다. 스티커는 스티커일 뿐인데. 쓰레기 치우는 것이 일인 양반들이 무거워서 수고를 덜하겠다는 게 괘씸하다는 얘기였다.

버려진 옷장에 불만을 가진 주민들과 쓰레기 수거업체의 갈등은 한동안 계속해서 이어졌다. 흥미로운 사실은 그러는 동안에 누구 하나 나서서 스티커를 사다 붙이지 않았다는 점이다. 정 답 답하면 민원으로 항의하는 대신 직접 비용을 지불해버리면 그만이었을 텐데 말이다.

갈등은 결국 쓰레기 수거업체의 패배로 마무리되었다. 이러나 저러나 언제까지고 거기에 방치해놓을 수는 없는 일이니까. 쏟아지는 민원, 구청의 압박을 견디다 못한 수거대행업체 대표가 사비를 써서 처리 비용을 댔다고 한다. 옷장은 사라졌고, 전봇대 근처는 이전의 모습으로 돌아가 다시금 고만고만한 쓰레기들을 버려두는 장소로 되돌아갔다.

이 고루한 이야기의 교훈은 이렇다. 제아무리 크고 골치 아픈 쓰레기라 할지라도, 그 골목길 전봇대 근처에 내다 버리면 얼마 지나지 않아 사라진다는 것. 거기 버려두면 누가 가져가든 가져갈 수밖에 없다. 일단은 수거해서 처리할 수밖에 없다. 아무도 모르게 옷장을 내던져 놓았던 그 뻔뻔한 이웃의 생각처럼, 일단 저질러 놓고 나면 '누가 어떻게든 해주는' 것이다. 허점이 있다면 잘못 걸리면 수십만 원 상당의 과태료를 내야 한다든가, 시간이 얼마나 걸릴지는 장담할 수 없다는 점이다.

다만 그런 무시무시한 전봇대, 그리고 쓰레기 수거 차량조차 어쩔 수 없었던 것이 하나 있는데.

바로 사람이다.

버려진 사람은 수거할 도리가 없다. 전봇대 옆에서 사흘 밤낮을 죽치고 있어도 거둬주는 이 한 명 없다. 이마에 대형폐기물 스티커를 붙이고 있다면 어떨까 싶지만, 그마저도 할 일 없는 놈의 질 나쁜 장난쯤으로 여길 따름이다. 여기에 나 자신이 얼마나 쓸모없는 인간이냐 하는 것은 중요치 않다. 인간은 오직 인간이라는 이유만으로 수거되지 않는다. 일단은 살아 있으니까, 걸을 수 있고 말할 수 있으니까 거기 그대로 둔다. 이거야 스티커나 수거 업체의 문제라고는 볼 수 없겠지만.

나는 그 골목 그 전봇대 옆에서 쓰러진 채 발견되었다.

대부분 이런 이야기를 하면 '전날에 술을 너무 많이 마셨나 보네' 아니면 '더위를 먹거나 해서 잠깐 기절한 걸까' 하는 추측을 한다. 이런 추측에는 이상할 것이 전혀 없다. 가장 상식적이고 일반적인 발상이다. 잘못된 게 있다면 내 쪽에, 당시 내가 처해 있던 상황에 있다.

사실, 그때 그 상황에 대해 '정신을 차려 보니 그 전봇대 옆에 누워 있었다' 이외의 부연설명은 하기가 어렵다. 왜냐하면 나는 숙취에 못 이겨 노숙을 하지도 않았고, 계절은 막 낙엽이 지던 가을이어서 더위를 먹을 정도로 덥지도 않았기 때문이다. 그저 '정신을 차려 보니' 나는 거기에 있었다. 내가 누구인지, 어디서 왔는지, 왜 거기에 누워 있는지, 심지어 누워 있는 그곳이 어느 동네인지도 알 수 없었다. 내가 지금 뭘 할 수 있으며, 앞으로 어떤 일을 해나가야 하는지도 몰랐다. 뭐라 말로 설명할 수 없는 혼란이었다. 그나마 예시를 들자면 캐릭터 생성 직후의 게임 속 인물이 된 기분이라고 할까. 화면 밖의 나는 그 게임이 뭔지도 모르고, 시작할 생각도 전혀 없었는데.

아무튼 나는 그 전봇대 옆에서 깨어나 며칠간 거기에 있었다. 일어나서 주위를 걷고, 뛰고, 멀지 않은 골목길을 둘러보기도 했는데, 그렇다고 말을 걸어주는 사람이 있거나 새롭게 가야 할 곳이 있는 건 아니어서 다시 전봇대 옆으로 돌아와 잠을 청했다.

나를 길 잃은 동네 바보쯤으로 알던 쓰레기 수거차 직원이 경찰서에 신고 전화를 넣은 것은 내가 태어난 지 (이걸 '태어났다'고 이야기할 수 있는 건지는 모르겠지만) 사흘째 되던 날이었다.

"기억상실증인가?"라고 경찰은 물었다. 나는 곰곰이 생각해보다가 그런 것 같기도 하고 아닌 것 같기도 하다고 대답했다. 조서를 작성하던 순경이 집게 집듯 미간을 감싸쥐었다. 아무래도 답답했을 것이다. 나도 그런 대답밖에 해주지 못해서 미안한 마음이 들었다.

"그런데 기억상실증이 아니면 뭐야? 자기 이름도 모르고, 살던 집이 어딘지도 모르고. 아는 사람도 없고. 이것 참 골치 아픈 친구네. 거기 누워 있을 때까지 기억이 아무것도 안 난다고?"

"죄송합니다." 나는 진심을 담아 사과했다. "정말로 아무것도 기억이 나질 않습니다. 저한테 기억이라는 게 있었는지도 잘 모르겠어요.”

“네가 미안할 것까지야 없는데…… 이거 참 골치 아프네. 어떻게 해야 되지?”

“뭐야, 실종자 아니야? 적당히 신원 파악해서 귀가조치하면 되잖아. 뭐가 문제야?” 아까부터 이쪽 상황을 살피던 경찰관이 다가왔다. 모르긴 몰라도 내 담당인 순경보다는 높은 직급에 있는 사람 같았다.

“그게 말이에요.” 순경이 곤혹스럽다는 듯이 말했다.

“언제까지 여기 앉혀둘 수는 없잖아. 지문 검색해서 신변 확인해봤어?”

“네. 미등록 지문으로 나왔습니다.”

“미등록이라고……?” 선임 경찰의 눈이 휘둥그레졌다. 순경이 느꼈을 당혹감을 그제야 조금 나눠 받은 것 같았다. “이 근방에 실종신고된 건, 조회해봤어? 비슷하게 생긴 사람도 없었어?”

“네. 비슷하게 생긴 건 둘째치고, 나이대 자체도 안 맞습니다. 여기 근처라고 해봤자 이 동네랑 비슷한 깡촌들 뿐인데, 실종신고는 노년층이나 다섯 살 미만 애기밖에 안 들어와 있어요.”

“하긴. 근방에도 젊은 총각이 너 말고는 없었지?”

“그렇죠? 이런 촌동네에서 청춘을 썩히는 인간이 저 말고 어디 있겠습니까.”

“그러면 일을 좀 잘해보라고. 서울까진 아니더라도, 이런 데보다는 큰 동네로 옮겨가야 할 것 아니야.”

“갑자기 왜 잔소리세요. 지문 안 나온 게 제 잘못도 아니고.” 순경이 뾰로통하게 말했다. 보아하니 그리 딱딱한 상하관계는 아닌 것 같았다.

“그래. 그건 네 잘못은 아니지. 젊은 양반, 정말 기억나는 게 하나도 없어요?”

“…… 네.” 내가 대답했다.

“것 참, 귀신이 곡할 노릇이네. 그렇다고 어디 머리를 다친 것 같지도 않고.”

“그러니까요. 술을 마신 것도 아니고. 사지 멀쩡하고 정신머리도 있어요. 딱 봐도 사리분간이 안 되는 사람 같지는 않은데.”

“정말 죄송합니다.” 나는 재차 사과를 했다.

“아니, 아니. 죄송할 거는 없다니까. 기억이 안 난다는데 뭐 어떻게 하겠어? 무슨 죄지은 것도 아니니까 일단은 편하게 있어요. 쉬다 보면 뭐가 떠오를 수도 있으니까.”

선임 경찰은 격려하듯 내 왼쪽 어깨를 툭툭 두드리고 자리로 돌아갔다.

점심때가 되자 순경은 근처 식당에 전화해 백반 정식 네 명분을 주문했다. 삼십 분쯤 지나서 식당 아주머니가 양철쟁반 세 겹을 쌓아 머리에 이고 왔다.

"어, 못 보던 총각이 있네?"

수더분한 옷차림에 살갗이 까무잡잡하고, 볼과 팔뚝에 살집이 붙어 있는 아주머니였다. 순경은 쟁반을 하나씩 건네받아 파출소 가운데 있는 작업대에 옮겨놓았다.

"아이구, 새파랗게 젊은 친구가. 무슨 죄를 지어 가지고 대낮부터 조사를 받고 있어."

"딱히 죄를 짓진 않았는데요. 갈 곳이 없어서 길에 앉아 있었답니다."

"갈 곳이 없어? 왜?" 아주머니는 의아한 표정으로 반찬 그릇들을 내려놓았다. 콩나물무침과 애호박볶음, 새빨간 김치, 구운 김, 오이소박이와 고등어조림. 마지막으로 나온 은색 국그릇에는 시래기국이 담겨 있었다.

"그야 저도 모르죠. 귀가조치하려니 신원 파악도 안 되고, 본인도 기억나는 게 없다고 하니까."

아주머니는 "거 별일이 다 있구만" 하고 파출소를 나갔다. 넓지 않은 파출소 내부에 음식 냄새가 물씬 풍겼다. 화장실에 가 있던 선임 경찰관도 돌아와 식사 준비를 했다.

"자, 같이 먹자고. 아침 댓바람부터 와서 조사 받느라 수고도 많았는데."

무척 배가 고팠는지 나는 음식 냄새를 맡자마자 군침이 돌았다. 생각해보니 사흘 동안 아무것도 먹지 못했다. 애초에 뭘 먹겠다는 생각도 하지 못했던 것 같다. 아무렴 경찰에게 밥을 얻어먹다니. 왠지 범죄자라도 된 기분이었지만 일단은 맛있게 먹어 치웠다.

"이 친구, 진짜 맛있게 먹네. 그냥 싸구려 백반인데." 선임 경찰은 신기하다는 듯 나를 물끄러미 쳐다보며 말했다.

"그러게요. 난 뭐 오늘따라 맛있게 잘됐나 했네." 순경은 오이소박이를 한 입 베어 문 채 말을 이었다. "그냥 평소랑 똑같은 밥인데요."

"쌀 귀한 줄 모르는 자식. 이놈은 식사 때마다 불평불만이라니까. 끼니마다 이렇게 감사한 줄 알고 맛있게 먹으면 좀 좋아?"

"그러는 경사님도⋯⋯ 어제는 절반도 안 드시지 않았습니까?"

"그건 그냥 입맛이 없어서 그랬던 거야. 스트레스가 이만저만해서."

"그거나 그거나 똑같은 거 아닌가요?"

"입 닫고 그만 밥이나 먹어."

"예." 순경이 대답했다. 나는 그쯤 해서 밥 한 공기를 다 비웠다. 반찬을 좀 더 집어먹고 싶었지만 경찰들이 먹지 못할까 봐 자제해야 했다. 눈치 없이 행동했다가 미움 받고 싶진 않았다.

다행히도 경찰들은 밥을 먹는 둥 마는 둥 하다가 자리를 떴다. 순경은 화장실에, 경사는 담배를 피우러 파출소 앞으로 나갔다. 그동안 나는 남아 있는 반찬을 다 먹어 치웠다. 이윽고 쟁반과 그릇을 가지러 돌아온 아주머니가 "웬일로 깨끗하게 먹었네. 하여튼 밥을 잘 챙겨 먹어야 강도도 따라잡고 그러지" 하며 너스레를 떨었다. 순경은 그 말을 듣고 들릴 듯 말 듯 쿡쿡 웃었다. 나는 왠지 부끄러워졌다. 공연히 허리를 꼿꼿이 펴고 앉았다. 파출소 창문 밖으로 트랙터 소리가 점점 가까워졌다.

2

"그게, 무언가 중요한 걸 잃어버렸다는 느낌은 있어요." 나는 식당 구석 자리 테이블에 걸터앉아 말을 이었다. "그런데 그게 딱히 기억은 아닌 것 같아요. 저는 기억을 잃어버리진 않았어요."

"그게 무슨 말인지 이해가 안 된다니까, 나는" 아주머니는 앞치마를 풀어 벽 선반에 올려두었다.

"그러니까, 애초에 기억해야 할 게 없는 기분이에요. 기다리면 뭔가 기억이 날 것 같거나, 반드시 기억해내야 하는 무언가가 있는 것 같진 않다는 거예요."

"그런데 아예 기억이 없을 수가 있나. 세상에 존재하지도 않던 사람이 뿅 하고 생긴 건 아닐 것 아니야? 길 잃은 애도 아니고. 발견될 당시에도 어엿한 성인이었잖아. 조금 야위긴 했었지만."

"조금 야위긴 했었죠." 나는 인정했다. 그래도 식당 아주머니 댁에서 신세를 지고 있으니, 금방 살도 붙고 혈색도 좋아졌다. 다행히 삼시세끼 잘 먹기만 해도 건강한 체질인 것 같았다. "덕분에 많이 나아졌어요. 어떻게 감사를 드려야 할지."

"나도 몇 년이나 혼자 살았으니까…… 이렇게 집에 젊은 총각이 있으니 아들이랑 같이 사는 것 같고 재밌어. 그렇게 감사할 필요 없어."

"가능하다면 식당일이라도 좀 도와드리고 싶은데요."

"이미 많이 도와주고 있는데 뭘. 혼자서 감자랑 양파 까는 게 보통 일이 아니었는데. 확실히 남자가 하니까 손도 빠르고, 일손도 많이 덜었다니까."

"혼자 집에 있으니까 할 것도 딱히 없고요."

"그건 그렇겠지. 그래도 식당일은 안 도와줘도 돼. 주방도 좁아서 나 혼자밖에 못 들어가고. 괜히 외간 남자가 오락가락하면 오해 사기도 딱 좋지……. 너처럼 젊은 애면 또 별 얘기가 다 나올걸. 이 아줌마, 나이를 저만큼 먹어놓고 주책이네 어쩌네 할 거야. 나는 그런 건 싫다니까."

확실히 그건 그렇다. 애인치고는 지나치게 젊고, 숨겨놓은 아들이라기에는 나이가 많다. 나의 신체적 나이가 정확히 몇 살인지는 알 수 없었지만, 겉으로는 그렇게 보였다. 날 보고 하는 이야기들로 미뤄보건대, 적게는 십 대 후반, 많게는 이십 대 초중반처럼 여겨지는 것 같았다.

더구나 식당일을 도와드린다고 한들 결국엔 남남이다. 쭉 여기서만 지낼 수는 없을 것이다. 식당이 좁다는 핑계를 댔지만, 정식으로 일감을 얻고 영영 얹혀살게 되면 아주머니로서도 난처할 것이다. 나도 사람들에게 민폐를 끼치고 싶진 않다. 고마운 사람에게는 더욱이 그렇다. 아주머니는 이미 아무도 시키지 않은 일을 했다. 오갈 데 없고 자기가 누군지도 모르는 청년 하나를 일주일씩이나 먹여주고 재워주었다. 어떻게 보나 이 이상 바라는 것은 염치없는 짓이다.

"앞으로 어떻게 해야 할지는 생각해봤어?" 아주머니는 업소용 냉장고에서 플라스틱 물통을 꺼내 꿀꺽꿀꺽 마셨다.

"생각은 매일 하고 있는데, 잘 모르겠어요. 당장은 할 수 있는 일도 없고…… 돌아갈 곳도 없으니까요."

"그렇긴 하지. 자기 이름도 모르고, 나이도 모르고, 집도 어딘지 모르는데. 본인 입장에서도 참 답답할 거야. 내가 뭐라고 할 입장은 아니지만."

"아니에요. 아주머니가 아니었으면 아직도 밖에서 자고 있었을 거예요. 벌써 굶어 죽었을지도 모르고."

"그렇진 않을걸? 이 나라가 다른 건 몰라도 사람을 굶겨 죽이지는 않아. 최소한 먹을 밥이 없어 죽는 사람은 거의 없지."

"밥이 아니면 뭐 때문에 죽는 건가요?" 내가 물었다.

"글쎄. 보통은 돈 때문이겠지."

"돈이요?"

"그래. 돈이 있어야 밥도 사 먹고, 병원도 가고, 공부도 할 수 있고, 다른 사람들한테 무시 받지 않는 거야. 돈으로는 행복을 살 수 없니 어쩌니 해도 돈만 한 게 없지." 아주머니는 문지방 틈에 걸터앉아 신발을 벗었다. 식당 내부는 네 평 남짓한 단칸방과 연결되어 있었다. 아주머니에겐 이곳이 집인 동시에 일터였다. "좀 전에 중요한 걸 잃어버렸다고 했잖아."

"네…… 그게 뭔지는 모르겠지만요."

"뭔지는 몰라도 아마 돈이 되는 거가 아닐까. 왜, 드라마 같은 데 보면 그런 거 나오잖아. 돈다발이 가득 든 사과박스나 금괴가 꽉꽉 들어차 있는 가방 같은 거지."

"음…….."

"너도 그런 걸 급하게 옮기다가 그만, 누군가에게 노려져서 머리를 세게 맞고 거기 쓰러져 있었던 거야. 가지고 있던 돈이랑 금괴는 당연히 빼앗긴 거고. 그럴듯하지?"

"그런 것 같기도 하고요"라고 대답하긴 했지만, 아무래도 드라마를 너무 많이 보신 것 같았다.

"생각해보니까 좀 재미있네. 식당일 말고 작가 같은 걸 했어도 잘됐을지 모르는데."

"글을 쓰고 싶으세요, 아주머니?"

"딱히 그런 건 아닌데. 아무래도 그런 게 식당일보다는 좀 재밌지 않을까? 예술적이잖아. 자유롭게 살 수도 있고."

"그럼 그렇게 하시면 되지 않나요?"라고 내가 묻자, 아주머니가 내 얼굴을 빤히 쳐다보았다. 이놈이 나를 놀리는 건지, 아니면 정말 몰라서 하는 소리인지를 구분하려는 것 같았다.

다행히도 아주머니의 결론은 후자였던 것 같다. 금방 표정을 풀고 허탈한 웃음을 지으며 말했다. "하하하, 그러게. 그랬으면 좋았을 텐데. 근데 글이라는 거는 원래 잘 배운 양반들이나 쓰는 거야. 어쭙잖게 뭣도 모르고 시도했다간 비웃음이나 사겠지."

"글은 어떤 사람들이 쓸 수 있는 건데요?"

"공부를 많이 하고, 좋은 대학을 나온 친구들이지. 어디 큰 신문 같은 데서 상도 받고, 그런 친구들이 쓰는 거 아닐까? 나도 정확히는 몰라. 중학교밖에 안 나왔거든. 구구단도 알파벳도 지금은 다 까먹고 몰라. 그래도 식당일하고 먹고사는 데는 아무 지장이 없지만."

"그럼 그것도 그렇게 중요한 건 아닌가 보네요."

"아니지. 배운다는 건 중요한 거야. 특히 너처럼 젊을 때는 하루라도 아껴서 열심히 공부를 해야지. 그래야 남들보다 좋은 데 취직하고, 예쁜 색시도 얻어서 장가도 가고, 아들딸 낳아서 행복하게 살 수 있을 거 아니야…… 응?" 이 말을 할 때, 아주머니는 어딘지 모르게 우스운 말투로 이야기했다. 나에 대한 비웃음이나 악의가 아니라. 자기 처지에 그런 말을 누군가에게 꺼낸다는 것이 스스로 어이가 없는 것 같았다. "하여간. 중요한 건 내일도 제대로 찾아보고. 앞으로 어떻게 할지도 고민을 좀 해봐. 내가 도와줄 수 있는 건 힘닿는 데까지 도와줄 테니까. 적어도 식당일을 하고 있으니까 끼니는 챙겨줄 수 있겠지."

"제가 여기서 할 만한 일은 없을까요?"

"여기는 없어. 애초에 아무것도 없는 시골이잖아. 읍내나 더 먼 도시까지 가지 않으면 젊은이가 할 만한 일은 없지. 버스 타고 십 분쯤 가면 쪼매난 항구가 있기는 한데. 그쪽 일도 좀 험한 게 아니라서. 나잇살 먹은 아저씨나 외국인들이 붙잡고 하는 거지, 너 같이 앞길 창창한 친구가 할 일은 못 돼."

"항구가 있어요?"

"말 그대로 쪼매난 항구야. 고깃배나 겨우 몇 대 들락날락하는데지."

아주머니는 아무렇지 않게 이야기했지만, 나는 적잖이 놀랐다. 항구가 있다는 것은 이 근처에 바다가 있다는 것이고, 그 말인즉 이 마을이 어촌이라는 사실을 의미했다.

나는 아주머니에게 바다로 가려면 어느 방향으로 걸어야 하는지 물어보았다.

"바다? 바다는 왜? 가서 고기라도 잡아 오게?"

"아뇨. 그런 건 아닌데."

"기억도 없고 마음이 헛헛해서 그런가?"

"듣고 보니 그런 것 같기도 해요."

"그런데 여기서 걸어갈 만한 거리는 아니야. 버스를 타고 십 분이니까. 걸어서 가면 한 시간은 걸릴걸."

"괜찮아요. 내일 아침 일찍 일어나서 가보려고요."

"아닐 텐데." 아주머니는 어림도 없으리라는 표정이었다. "갈 때는 몰라도 돌아올 때는 엄청 힘이 들걸. 오는 버스비라도 줄 테니까 갖고 가."

"버스를 타본 적이 없어요."

"들고 가. 너무 오래 있다가 해가 질 수도 있잖아. 돌아오다가 길을 잃을 수도 있으니까……."

나는 알았다고 대답했다.

아주머니는 지갑에서 천 원짜리 지폐 두 장을 꺼냈다. 그리고 잠자리에 누운 내 머리맡에 고이 놓아두었다. 자는 동안 어디 날아가지 않도록 자그마한 돌멩이도 하나 올려놓았다. 다음 날 새벽에 나는 식당을 떠나 바다로 향했다. 버스비를 챙기지 않은 건 어디까지나 실수였다. 길 위로 이른 아침의 햇살이 흩뿌려지고 있었다.

3

항구에서 일자리를 구하는 건 어렵지 않았다. 나는 잡역부로서 막 출항 준비를 하던 작은 어선에 올라탔다.

부선장은 내가 이름도 집 주소도 대지 못하는 것에 큰 신경을 쓰지 않았다. 그 항구에는 일자리를 찾아 중국에서 밀항한 사람, 도시에서 큰 빚을 져서 도망치다 온 사람같이 신분 밝히길 꺼리는 외지인이 많았기 때문이다.

오히려 부선장이 걱정한 것은 내가 다른 선원들에 비해 많이 어려 보이고, 체격도 건장한 편이 아니라서 일을 잘할 수 있을까 하는 부분이었다. 실제로 나는 체력이나 힘이 부족해 수시로 실수를 저질렀다. 시킨 일을 뭐 하나 제대로 하지 못한다며 혼나는 일도 비일비재했다. 멀미 때문에 이틀 동안 앓아눕기도 했고, 무거운 그물을 혼자 나르다가 과로로 쓰러진 적도 있었다.

그러나 배는 이미 항구를 떠난 뒤였다. 그저 일을 못한다고 해서 선원을 바다에 던져버릴 수도 없었으므로 (그 비슷한 말로 위협한 적은 몇 번 있었지만) 나는 최소 세 달은 그 배에서 먹고 일하고 잘 수밖에 없었다. 또 백 일쯤 똑같은 일을 반복하다 보면 아무리 고되고 힘든 작업이라도 얼마쯤 적응하게 되기 마련이다.

그 시기의 내겐 배 위에서 일어나는 일이 세상의 전부였다. 그 배에서 하루빨리 내리고 싶다거나, 한결 고생이 덜한 일자리로 옮기고 싶다는 생각도 없었다. 배에서 내려봤자 마땅히 갈 곳도 없었거니와, 달리 하고 싶은 일도 없었다. 이것 외에 세상에 어떤 일들이 있을는지도 몰랐다. 아주머니가 이야기했던 작가나 글쓰기 같은 일은 어떨까, 매일 그런 일을 하며 사는 사람들은 평소에 어떤 것들을 먹을까 같은 생각을 하긴 했지만. 실제로 내가 쓴 글이나 작가가 된 모습을 상상한 적은 없었다. 그런 건 평생 일어나지 않을 일이니까.

말단 중의 말단이었던 내게 선장은 경외와 공포의 대상이었다. 원양어선을 모는 '선장'이라고 했을 때의 사회적 평판은 사람마다 천차만별이다. 그저 나로 말할 것 같으면, 의사나 변호사 그리고 모든 사람이 꿈꾸는 건물주라고 할지라도, 배 위에서의 선장만큼 대단한 위치는 못 되리라고 단언할 수 있다. 배 위의 선장은 그 세계의 대법관이자 통치자이고, 움직이는 섬의 제왕이다. 하기야 모 해적만화처럼 팔이 고무처럼 늘어난다든가 하는 초능력은 없었지만.

그는 좀처럼 말이 없는 사람이었다. 선원들에게 일을 지시할 때나 몇 번 고함을 지를 뿐이고, 개인적으로 대화를 나누거나 잡담을 꺼내는 모습은 거의 없었다. 내가 선장실로 식사할 음식들을 나르러 갔을 때도, 볼일 끝났으면 그만 나가보라는 손짓만 했다.

그의 외모는 전형적인 바닷사람으로, 다부짐과 험상궂음의 중간쯤 되는 인상이었다. 체격은 그다지 크지 않았지만, 완력이 대단해서 내가 두 손을 다 써야 겨우겨우 옮길 수 있는 짐을 한 손에 두 벌씩 들고 나를 수 있었다. 지금 와서 드는 생각이지만, 선장은 그런 식으로 내게 창피를 주는 걸 조금쯤 즐겼던 것도 같다.

고기잡이라는 일에 대해 잘 모르는 사람들이라면, 기껏해야 생선을 잔뜩 잡아 배에다 싣고 항구에 돌아오면 되는 아주 간단한 일처럼 생각할지도 모르겠다. 그러나 중국해에서 잡아 올린 갈치가 매콤하게 조려져 식탁에 올라가기까지는 여러 가지 까다로운 과정이 필요하다. 그리고 그 과정이라는 것엔 작업의 목적이나 예상되는 결과와 전혀 관계없어 보이는 일들도 있, 아니, 사실은 대부분이다.

이를테면 이런 식이다. 갈치조림을 먹기 위해선 갈치가 있어야 한다. 갈치는 꽤 먼 바다에서 서식하기 때문에 장거리 항해가 불가피하다. 그 장거리 항해에서 가장 필수적인 것은 선내의 질서를 유지할 수 있는 선장의 카리스마다. 결국 갈치조림의 필연적 근본은 선장실에 감도는 침묵인 셈이다.

실제로 내가 탄 배에선 매일 같이 크고 작은 해프닝이 벌어졌다. 선원들끼리 작은 말싸움이 생겨 주먹다짐이 벌어졌고, 처우에 대한 불만이 쌓여 분노를 터트렸다. 그러나 모든 사건은 선장이 나타남과 동시에 해결되고 봉합되었다.

일단 배에 몸을 실은 이상, 선장에 대한 존중은 선택사항이 아니다. 그건 같은 인간에게 가지는 얄량한 충성심이 아니다. 갑판에서 맞이하는 파도, 폭풍우, 갈등과 폭력은 선장의 존재 없이 극복될 수 없었다. 선장이 통제할 수 없는 상황이라면 나도 어쩔 수 없다. 선장이 죽는다면 나도 죽을 수밖에 없다. 선장은 모든 특권을 가지고 있는 동시에 모든 책임을 떠안았으며, 이에 대해 입도 뻥긋하지 않고 묵묵히 자리를 지키는 임무를 수행해야 했다.

전봇대 옆에서 눈을 뜬 내게는 아버지가 있지도 않고, 있어 본 적도 없다. 다만 사람들에게 들은 이야기로 추측해보건대, 아버지란 내가 탔던 그 배의 선장과 비슷한 존재가 아닐까 생각한다. 그때 필요한 존재였지만, 어떤 식으로든 미워할 수밖에 없는. 집 한 채만 한 나라의 초라한 지배자…….

그 뒤로 나는 약 1년 반 동안 원양어선 생활을 했다. 일을 그만두게 된 건 순전히 타의에 의해서였다. 도매업자와 연락이 끊겨 다른 항구에 잠깐 정박했을 때였다. 한동안 외국인 노동자에 대한 노동착취, 그리고 불법체류 문제가 불거졌기 때문에, 항구에 드나드는 배 전체에 인구조사가 실시됐다.

그 과정에서 내가 타던 어선은 나의 신원이 정확하게 파악되지 않는다는 이유로 항구에 발이 묶였다. 며칠 지나면 배에 있던 물고기들이 전부 썩어 극심한 손해를 보는 상황이었다.

법적으로 나는 존재하지 않는 사람이나 마찬가지였다. 주민등록도 안 되어 있으니까. 내가 외국인이 아니라는 것을 증명하는 데조차 애를 먹었다. 불법체류가 아니냐는 질문에는 말문이 턱 막혔다. 불법체류가 뭐지? 해양경찰은 '대한민국에서 태어나지 않은 이방인이자 정식 절차를 밟지 않고 국내에 체류 중인 사람'

이라고 대답했다.

나는 "잘은 모르겠지만 대한민국에서 태어나진 않았던 것 같습니다"라고 말했다. 전봇대 옆에서 '나타나' 버린 일을 '태어났다'고 말하긴 어려울 것 같아서였다.

조사가 길어졌다. 선장은 그동안의 임금을 현금으로 뽑아 건넸다. 그리고 "수고가 많았다"느니 "정말 고생했어"처럼 평소에 하지도 않는 말들을 늘어놓았다. 나는 그런 선장의 행동에 견딜 수 없이 화가 났다. 이건 내가 잘못한 것도 아니고, 시키는 일을 못한 것도 아닌데 이렇게 함부로 내치는 게 어디 있느냐고 따지고 들었다.

선장의 대응은 단순무식했다. "그럼 네가 내 배에 있는 생선을 다 살 수 있겠냐?"라고 물었다.

"다 얼마인데요?" 나는 그간 일해온 대가로 받은 돈을 허겁지겁 세기 시작했다.

"그건 택도 없어." 선장은 내가 뭘 하든 거들떠보지도 않았다. "그리고 너는 여기 사람도 아니잖아."

"저는 일 년 반 동안 선장님 배에 있었어요."

"너는 뱃사람이 아니야."

"배에 안 타면 갈 곳이 없어요. 저는 어디로 가야 되는데요?"

"그건 네가 알아서 해야지. 내 알 바 아니야. 니가 내 자식이냐? 그 정도 나이를 먹었으면 자기 일은 스스로 결정할 수 있어야 할 것 아니냐? 내가 왜 니 인생까지 책임져줘야 하는데?"

"제 인생을 책임져달라는 말은 아니었어요. 선장님. 배에 태워주세요. 지금까지보다 훨씬 열심히 일할게요." 나는 선장의 발밑에 주저앉았다. 그렇게 하면 좀 더 내 얘기를 잘 들어줄 것 같은 기분이 들었다. 그러나 어림도 없었다.

"얘기 끝났어. 갈 길 가봐."

"선장님."

"그렇게 부를 필요도 없어. 여기는 배도 아니고, 나도 선장이 아냐. 그냥 배 타는 아저씨지." 선장은 나를 한 번 더 떨쳐내며 말했다. "젊은 주제에 죽는소리나 하고……. 돈도 있겠다, 이런 곳에 있지 말고 도시에나 가봐. 젊으니까 무슨 일이든 해서 먹고살 수 있을 것 아니야? 하여간, 애초에 누군지도 모르는 놈을 배에 태우는 게 아니었는데……."

배는 떠났다. 나는 해양경찰서에 홀로 남겨졌다. 조사는 밤늦게까지 줄곧 이어졌다. 경찰은 나를 거주불명자로 등록했다. 그리고 동사무소에 가서 시키는 서류를 몇 개 작성해 내라는 심부름을 받았다.

그러나 나는 글자를 몰랐기 때문에, 주민등록서류에는 거의 아무것도 쓰지 못했다. 공무원이 시키는 대로 체크를 몇 번 하고 선을 몇 개 그은 것이 전부다. 나머지는 누군지도 모르는 사람들이 대신 써줬다.

그동안 주민센터 대기 의자에 앉아 자판기 커피를 마셨다. 한 시간쯤 지나 직원 한 명이 뚜벅뚜벅 걸어와 말을 걸었다.

"성명 기입란에 이름을 적어야 하는데요."

나는 이름이 없다고 대답했다.

"이름이 없다고요?"

"네."

"그럼 무명인가요?"

"무명이 뭔데요?"

"이름이 없다는 뜻이죠."

"그럼 무명이 맞는 것 같아요."

직원은 뭔가 복잡하다는 얼굴로, 머리를 좌우로 번갈아 기울이면서 자리로 돌아갔다. 그렇게 내 이름은 '김무명'이 됐다.

경찰은 나를 노숙자복지사업체에 넘겼다. 그러자 사업체는 다른 노숙인들에 비해 지나치게 젊다는 이유로 나의 신변을 고아원으로 인도했고, 고아원은 미성년자같이 보이지 않는다는 이유로 나를 노숙인보호소로 넘겼다. 그 보호소에서 세 달을 지냈다.

4

보호소에는 심리상담사가 있었다. 사회생활이 가능한 노숙자들의 재사회화를 돕기 위해서였다. 나도 매주 한 번씩 상담을 받았다. 상담사는 사오십 대 정도로 보이는 중년 여성이었다. 식당 아주머니와는 반대로 몸이 깡마르고 머리가 긴 여자였다.

상담사라고는 해도 그다지 말이 많지는 않았다. 그녀의 말에 의하면 상담사 대부분이 말하기보다는 듣는 것에 익숙하다는 모양이었다. 충고나 조언은 사람에 따라 기분이 나빠질 염려가 있다. 그렇지만 누구나 마음 한편에는 털어놓기 힘든 속마음이며 걱정거리가 있고, 내담자가 그것을 스스로 털어낼 수 있도록 유도하기만 하면 된다는 것이다. 그 정도만 해도 사람들은 무언가 해야 할 일이 명확해진 기분, 상황이 아주 조금은 나아졌다는 느낌을 받고 돌아간다.

하지만 상담사는 내게 "그런데 무명 씨는 그러기가 어렵네요. 쉽지가 않아요" 하고 푸념을 늘어놓았다. "본인 얘기를 거의 안 하시기도 하고요. 제가 무언가 말을 해도…… 허공에 이야기하는 느낌이에요. 상담일을 십 년 넘게 해왔지만 이런 경우는 처음이야."

"죄송합니다. 일을 어렵게 만들어서."

"그러니까, 사과할 일이 아니에요. 죄송해하지 마세요. 뭐든 죄송해하는 것도 일종의 방어기제일 수 있어요."

"……." 나는 무의식적으로 한 번 더 사과를 할 뻔했다. 죄송하다고 해서 죄송했다. 그런 방어기제를 알지 못해서, 혹은 알고도 고치지 못해서 면목이 없었다.

"무명 씨는, 웬일인지 마음의 문을 꽉 닫고 있는 듯한 기분이 들어요. 지나간 일에 대해서 말하는 걸 한 번도 들어본 적이 없는 것 같아요."

"과거에 대해서 말인가요."

"네. 맞아요. 과거에 있었던 일들. 보통 분들은 과거 이야기를 조금씩 꺼내놓기 시작해서 현재 처해 있는 상황을 비춰 봐요. 그리고 앞으로 일어날 일들과 하고 싶은 것들에 대해 이야기한다…… 그게 가장 일반적이에요. 마음이 안정되고 정신이 평안한 분들은 이런 과정을 혼자서도 잘해낼 수 있지만, 그렇지 못한 사람들을 옆에서 도와주기 위해 상담을 하는 거죠."

"이해했습니다." 내가 말했다.

상담사는 한 차례 시선을 들어 허공을 바라봤다. 별것 아닌 행동이었지만 꼭 필요해서 눈을 돌린 것같이 보였다. 나는 내가 앉아 있는 의자 뒤쪽 문 위에 시계라도 달려 있는 줄 알았다. "정말 이해했나요? 아니면…… 이해한 척하는 건가요?"

나는 "잘 모르겠어요. 죄"송합니다,라고 말이 나오려는 것을 겨우 멈췄다.

"뭘 잘 모르겠다는 거예요, 무명 씨?"

"네?"

"제가 한 말의 어디를 잘 모르겠다는 거냐고요."

"그, 이해가……."

"이해가 안 된다고요?" 상담사가 더는 답답해서 견딜 수 없다는 투로 밀고 들어왔다.

"아뇨, 그."

"그?"

"이해라는 것이 뭔지 모르겠어요"라고 나는 말했다. 상담사는 눈을 동그랗게 뜨고 나를 쳐다보고 있었다. 계속 말해보라는 신호라고 생각한 내가 말을 이었다. "…… 이해한다는 게 정확히 어떤 일인지 모르겠어요. 뭔가에 대해서 어디까지 알고, 어떻게 느껴야만 '이해했다'고 이야기할 수 있는 건지 모르겠어요. 그래서 저는 '이해했다'는 말을 완전히 진심으로 할 수 없는 것 같아요."

"…… 거기에 명확한 기준이 있지는 않죠. 스스로 충분하게 알고 있다고 느끼면 그건 이해했다고 해요. 무명 씨 본인의 생각은 어떤데요? 살면서 이해했다고 느낀 것들에 대해서 이야기해봐요. 이것만큼은 내가 이해하고 있는 것 같다, 뭐 그런 것들요."

"제가 이해하고 있는 거?"

"네. 내가 이해하고 있다고 생각하는 거."

"저는." 나는 그렇게 말하는 내가 싫었다. 그런 말밖에 할 수 없는 스스로가 절망스러웠다. 하지만 상담 시간은 남아 있었고, 내겐 그 질문에 뭐라도 대답해야 할 의무 아닌 의무가 주어져 있었다. 그래서 대답했다. 나는 "제가 아무것도 이해하지 못하고 있다는 사실만큼은 이해하고 있어요"라고 말했다.

　침묵이 흘렀다. 상담사는 아무 말 없이 책상 위의 서류를 정리하더니, "오늘은 여기까지 합시다"라고 이야기한 뒤 상담실에서 먼저 나갔다. 아무래도 나에게 화가 난 것 같았다.

　상담은 그 이후로도 몇 번 더 진행되었다. 상담사는 내게 과거에 대한 이야기를 해보라고 구슬리고 부추기고 설득하고 겁박했다. 구멍 뚫린 동전에다가 실을 매달아서, 눈앞에다 두고 몇 분이나 초점을 맞추게 하기(명백한 기행이었다)도 했다. 그녀의 말에 의하면 나는 그날 일종의 최면상태로 절반쯤 접어들었지만, 과거에 대한 이야기는 아무것도 하지 않았다고 했다.

　"그러니까, 무슨 기계처럼 말을 하고 있어요. 무명 씨는. 일반적인 사람은 있었던 일들을 언급하면서, 그 상황에서 보고 느꼈던 것들을 같이 말해요. '그때 먹었던 아이스크림은 정말 맛있었다'든가. '중학교 수학여행으로 갔던 제주도는 너무나도 아름다웠다'든가. 그런데 무명 씨는, 대체로 그냥 현재의 사실관계밖에 이야기하지 않는다고요. 아이스크림이 차갑다. 내가 가는 곳은 제주도다. 일상 대화의 대부분이 이런 정보의 나열에 불과해요. 이래서는 사람들과 정상적으로 의사소통하는 게 어려울 수밖에 없어요." 상담사는 빳빳하게 굳은 얼굴로 내 눈을 응시했다. 나라는 인간이 기계가 아닌 사람이 맞나, 내가 지금 어디서 사고실험을 당하는 것은 아닌가, 그럴듯하게 만들어진 로봇에게 허튼 노력을 하고 있지는 않나, 그런 의문들이 뒤엉켜 맥을 못 추는 것 같은 눈빛이었다. "이렇게 말하면 무명 씨의 대답은 이런 거겠죠. 예를 들어서, 죄송하다. 그렇게밖에 할 수 없어서 죄송하다는 말을 자주 해요. 하지만 그건 대답이 아니죠. 그냥 굴복할 뿐이에요. 더 이상의 대화를 할 수 없다고 생각하니까요. 변명도 하지 않고 핑계도 대지 않아요. 상대방이 자신에게 화가 났을 때나 짜증이 났을 때, 빠르게 사과하는 것으로 그 상황이 완결된다는 것을 알고 있는 거죠. 사과하고 나면 그다음은 없어요. 그런데 그건 왜일까…… 왜일까요?"

"……." 나는 아무 말도 하지 않았다. 그저 '당신의 이야기를 빠짐없이 듣고 있다'는 인상을 주고자 상담사의 눈을 똑바로 바라보고 있었다.

"제가 말해볼까요. 제가 생각해봤는데, 무명 씨는 무명 씨가 말하는 것처럼 '과거가 없다'고 진심으로 느끼는 것 같아요. 그때 그 전봇대에서 눈을 뜨기 전에, 정신을 차리기 전에 있었던 일이 전혀 떠오르지 않으니까. 갑자기 이 세상에 생겨나버렸다고 마음속 깊이 믿고 있어요. 맞나요?"

"네. 그리고 믿고 있다기보다는…… 그게 실제로 일어난 일이고요."

"그런데 있죠. 과거가 없는 사람은 없어요. 모두 어딘가에서 태어나고 성장해서 어른이 되니까요. 안 그런가요? 저도 그렇고 무명 씨도 그렇고 이곳에 오는 봉사자들도 그렇고 다른 노숙인과 보호소장님까지, 그런 점에서는 전부 똑같아요. 좋건 싫건 다들 부모님이 있어요. 행복했든 불행했든 어린 시절이 있었을 거고요. 동물들도 어디서 갑자기 튀어나오진 않아요. 어미로부터 태어나서 젖을 먹고 자라서 나오는 거고. 새가 낳은 알에서 아기 새가 껍질을 깨고 나오는 거고. 그러다 나는 법을 배워서 다시 어미 새가 되는 거지요."

"그건 책에서 본 것 같아요"라고 대답했다.

실제로 나는 최근에 보호소 내 재활프로그램의 일환으로 글자를 읽고 쓰는 법을 배우면서, 동물의 그림과 사진이 많은 책 몇 권을 가져다 읽고 있었다. 그쯤 읽고 있었던 건 '펭귄의 한살이'라는 책이었다. 확실히 펭귄은 어디서 갑자기 튀어나오는 것이 아니었다. 춥디추운 남극에서 부모가 수십 일을 감싸고 품어주어야 아기 펭귄이 태어난다. 사진으로 본 아기 펭귄은 매우 귀여웠다. 하지만 나는 법은 알지 못한다. 크면서 배울 수도 없다. 부모 펭귄도 나는 법은 모르기 때문이다. 자신도 모르는 것을 자식에게 가르쳐줄 수는 없는 법이다. 그런데 날지 못하는 펭귄은 새인가, 새가 아닌가……?

내가 이런 쓸데없는 생각에 빠져 있는 동안에도 상담사는 말하는 것을 멈추지 않았다.

"…… 없는 거예요. 무명 씨는. 뭐가 되고 싶은 것도 없고, 가고 싶은 장소도 없고, 만나고 싶은 사람도 없는 거죠. 부모님이 보고 싶지 않냐는 질문을 하면 '부모님이 뭔지 모른다'고 대답해요. 자기 자신을 되찾고 싶지 않느냐고 물으면 '자기 자신이 뭔지 모른다'고 말하고요. 그리고 사과하는 거예요. 왜 그렇게 쉽게 사과를 할까요? 그건 무명 씨가 과거를 전부 없애버렸기 때문이죠…….

솔직히 고백하자면, 저는 처음에 무명 씨가 저한테 장난을 치는 줄 알았어요. 왜냐면 그런 내담자들이 꽤 있거든요. 상담이라는 것 자체를 우습게 생각하고, 별 실효성 없이 해결하는 흉내만 내는 과정이라고 여기는 사람이 많아요. 상담사라는 사람들은 정부 보조금이나 받으면서, 애먼 사람들 시간 뺏어다가 별 도움도 안 되는 뻔한 이야기나 늘어놓는 인간이라는 말까지 들었었고요. 그게 완전히 틀린 말은 아니에요. 같은 상담사가 봐도 그렇게 느껴지는 사람들이 있으니까요……. 그런데 상담사 전부가 그런 건 아니에요. 가령 저 같은 상담사는 내담자에게 너무 이입하는 경향이 있어요. 내 앞에 있는 사람이 상담실을 나가서 진심으로 잘되길 바라고, 그렇지 못하면 슬프고 죄책감이 들기도 해요. 그래서 저도 무명 씨를 진심으로 도와드리고 싶었다고요."

나는 '알겠다'거나 '이해했다'는 대답을 할 수 없어서 "…… 네"라고만 짧게 대답했다. 당연히 그녀에 말에는 진심이 느껴졌지만, 내가 그걸 확실히 알거나 이해하고 있다는 확신이 없었다.

"그럼에도 불구하고, 이쯤 해서 저는 그만둘 수밖에 없어요. 무명 씨는 자신을 세상의 일부라고 생각하지 않아요. 살고 싶지도 않지만 죽고 싶지도 않고, 갖고 싶은 것도 없지만 잃어버릴 것도 없다고 생각하죠······. 제가 이런 말을 하긴 좀 그렇지만, 당신 같은 분한테는 상담이 무가치해요. 이런 곳에 배치된 상담사는 해야 할 일이 확실하거든요. 내담자가 다시 노숙자로 돌아가거나, 스스로 삶을 마감하는 것을 막기 위해서인데. 무명 씨는 노숙자도 아니고 자살을 원하는 사람도 아니니까요. 무명 씨는 아무것도 아니에요. 그저······ 그냥, 비어 있는 무언가일 뿐이에요."

나는 말없이 목을 세워 시간을 확인했다. 오후 다섯 시 오십 분이었다. 십 분 뒤면 상담이 끝나고 배식이 나온다. 오늘 메뉴는 뭐였더라? 전날에는 웃는 얼굴 모양의 감자튀김이 나왔다. 맛은 좋았지만 케첩이 묻거나 한 입 베어 물었을 때의 모양이 다소 충격적이었다. 매일 그런 것만 먹을 순 없을 것이다.

"김무명 씨." 상담사는 의자를 뒤로 빼고, 양손으로 깍지 낀 손을 책상에 올려놓았다. "오늘이 마지막 상담이에요. 그건 알고 계시죠?"

"네."

"마지막으로 부탁을 하나 해도 될까요?"

"부탁이요?" 나는 상담사의 말에 적잖이 당황했다. 그날, 그 순간 바로 전까지만 해도 부탁이라는 말을 들어본 적이 없었기 때문이다. 아니, 부탁이라는 말 자체는 들어보았지만.

정확히 말하면, 누군가 나에게 와서 뭘 부탁하는 일은 단 한 번도 없었다. 일방적으로 뭘 시키거나 이렇게 하는 게 좋을 것 같다는 조언, 신경질적인 핀잔은 자주 들었지만. 부탁을 받은 적은 없었다. 그런 걸 이상하다고 여긴 적도 없다. 누가 내게 어떤 일을 부탁해보았자, 내가 할 수 있는 일은 아주 한정적인 데다 믿을 만한 구석도 없기 때문이다.

그런 나에게, 상담사는 마지막 부탁을 했다. "네. 부탁이에요. 여기에서, 보호소에서 나가세요. 나가서 세상을 둘러보세요. 무명 씨는 젊어요. 이 세상이 얼마나 아름다운지를 보고, 느끼고, 행복을 경험해야 해요. 살아간다면 그렇게 해야 해요."

"보호소를 나가라고요……?"

"저는 한낱 상담사예요. 제 밥벌이조차 힘에 부치는 처지라, 무명 씨를 경제적으로 도와주거나 책임져줄 입장은 안 되지만." 상담사는 의자 뒤에 놓았던 손가방을 열어 지갑을 꺼내고, 거기서 하얀색 명함을 한 장 뽑아 내밀었다. "무언가 이야기하고 싶은 게 생기면 언제든지 연락해주세요. 십오 년 동안 똑같은 전화번호예요. 앞으로도 바꿀 일은 없을 테니까."

"나가서 어떻게 하면 좋을까요?"

"살아야겠죠. 일단은. 무책임한 말이지만…… 머물 곳을 찾고, 할 일을 찾고, 마음이 맞는 사람들을 만나보세요. 그리고 스스로가 뭘 위해 살아가고 있는지를 찾아보세요. 누가 뭐라고 하든 그런 건 의미 있는 일이에요. 제 말을 믿어요."

상담사는 웃옷을 걸쳐 입고, 가방을 챙긴 다음 천천히 악수를 내밀었다.

나는 얼떨결에 손을 마주 잡았다. 그녀의 왼손은 작고, 차갑고, 손등에 세월이 남긴 잔주름이 새겨져 있었다. 상담사는 몇 번인가 손을 흔들고 나서 상담실을 나갔다. 자세히 보지는 못했지만, 그녀는 희미하게 웃고 있었던 것 같다.

상담사는 왜 마지막에 웃었던 걸까? 명함은 왜 준 것일까? 나와의 상담을 싫어했던 것이 아니었나? 몇 분간 좁은 상담실 입구에 멍하니 서서, 금방 악수했던 손을 살펴보았다. 크지도 작지도 않은 손에 땀이 흥건했다. 나는 내가 왼손잡이라는 사실을 그때 처음으로 알았다. 그녀는 여기 들어오기도 전부터 알고 있었던 것을.

5

"그랬다면 일이 참 편했을 텐데." 오토바이에 한쪽 다리를 걸친 이상한 자세로 담배를 피우던 녀석이 말했다. 나는 입에 있던 음식을 우물거리면서 놈의 이름을 기억해내려 무진 애를 썼다. 애가 누구였지, 분명 센터 옆자리에서 옷을 갈아입는 걸 본 것 같은데. 거기 적혀 있던 이름이 덕호였나, 탁호였나…… 그 두 가지가 헷갈렸다. "사람들은 왜 평일 오후 두 시부터 빠네파스타 같은 걸 처먹는 걸까? 자기 사는 아파트에서 차로 삼십 분이나 떨어진 곳에서 파는 음식을."

"나야 모르지." 나는 캔커피를 홀짝이며 대꾸했다. 나는 몰랐다. 빠네파스타가 어떻게 생겨 먹은 음식인지도 알 수 없었다.

"당연히 너는 모르겠지."

"왜?"

"맨날 여기서 똑같은 것만 먹잖아. 늦은 점심시간에 담배 사려고 오면 니가 꼭 여기서 밥을 먹고 있어. 삼각김밥이랑 캔커피. 맨날 똑같은 것만 먹지······. 안 질려? 거기서 맛이란 게 느껴지기는 하나?"

"질리고 안 질리고가 아니라······ 그냥 배를 채우기 위해서 먹는 거잖아. 언제 어디서 콜이 들어올지도 모르고. 제일 빠르고 간단하게 먹을 수 있는 게 이 조합이라서 그런 거지."

"그러니까. 그렇게 생각할 수 있는 게 나는 대단하다고 봐. 다른 사람들도 너처럼 군말 없이, 되는대로 대충 먹고살면 얼마나 좋겠냐, 뭐 그런 얘기지······. 아, 이제 가야겠다." 덕호는 반쯤 태운 담배꽁초를 도로가 하수구에 던져 넣었다. "돈 있는 놈들 집 앞에다 야식, 간식이나 갖다주는 게 최덕호의 인생이지, 별수 있나······. 내일 보자."

역시 덕호다. 사람 이름을 탁호라고 지을 순 없는 법이다. 이거야 지나치리만치 놀려먹기 좋은 이름이 아닌가. 이런 이름을 갖고 태어날 바에야, 주어진 이름 없이 살아가는 것도 나쁘지만은 않다는 생각이 들었다.

오토바이는 시동 거는 소리와 함께 요란하게 출발했다. 이사용 박스 같은 배달음식 트렁크를 덜컹거리며 큰 도로 쪽으로 사라졌다. 덕호는 그 빠네파스타라는 음식을 가지러 연남동으로 향한다. 나는 참치마요네즈맛 삼각김밥 한 개를 막 다 먹었고, 두 모금 남은 커피를 아껴 마시며 편의점 야외테이블에 앉아 있다. 식사가 끝나면 곧바로 떡튀순을 픽업하러 가야 한다.

도시로 나와 처음으로 한 일은 편의점 아르바이트였다. 일자리를 구하는 건 어렵지 않았다. 도시에는 어딜 가나 편의점이 있다. 상가라고 할 것이 없는 주거구역에도 블록마다 하나씩은 있었다. 그리고 그 모든 편의점은 온종일 카운터를 지키며 계산일을 해야 할 사람을 필요로 했다. 그건 (내게 일을 시켰던 점장의 의견에 의하면) 손발만 잘 달려 있어도 누구나 할 수 있는 일이었다.

점장은 내게 평일 오후 근무만 빠짐없이 부탁한다고 했다가, 기존 아르바이트생과 새로 온 아르바이트생들까지 줄줄이 일을 그만둬버리자 일주일 내내 출근하는 것을 제안했다.

"물론 네가 시간이 되어야 하는 거지만." 점장이 몹시 미안하다는 투로 말했다. 왜인지 젊은 사람에게 그런 제안을 하는 것 자체가 실례라고 생각하는 것 같았다.

나는 그렇게 하겠다고 대답했다. 다른 할 일이, 또는 하고 싶은 일이 있었던 것도 아니었다. 딱히 어려운 일도 없었다. 워낙 작은 편의점이어서 정리할 물품도 많지 않았다. 그렇다곤 해도 고시원 크기의 단칸방보다는 넓었기 때문에, 나는 편의점에 멍하니 앉아 있는 일을 좋아했던 것 같다.

하지만 그 작은 편의점은 수지가 맞지 않는다는 이유로 문을 닫았다. 나는 하는 수 없이 일을 그만둘 수밖에 없었다. 놀라거나 한 건 아니었다. 워낙 장사가 안 되는 자리다 보니 늦든 빠르든 망할 수밖에 없는 편의점이었다. 난 그저 내가 앉아 있던 카운터와 맞은편의 매대들, 음료수와 즉석식품이 들어찬 냉장고들이 하나둘 사라지기 시작해서 '임대'라고 써 붙일 때까지 끝내 자리를 지키고 있어야 하는 것이 마음 아팠다. 금방이라도 눈물이 흐를 것처럼 먹먹한 기분이 한동안 계속됐다. 마지막 한 달 치 월급을 정산받지 못한 것쯤은 신경 쓸 겨를도 없었다.

내가 구한 방은 원룸이라고 하기도 애매할 만큼 작은 곳이었다. 하기는 방이 하나이니까 따지고 보면 원룸이 맞긴 하지만. 아주 작은 책상과 싱글사이즈 침대를 놓고 나면 발 디딜 데조차 없을 정도로 좁았다. 화장실은 복도 공용이었다.

외딴 전철역 입구에서 더 외딴 골목길, 굳이 찾아가지 않으면 영영 지나갈 일이 없을 것 같은 길목에 건물이 있었다. 수십 년 전에 지은 삼 층짜리 건물로 옥상은 냄새나는 초록색 페인트로 도배됐다. 내 방의 유일한 창문은 그 옥상 담벼락 바로 아래로 나 있었다. 그 머저리 같은 옥상에서 다른 세입자들이 어찌나 담배를 자주 피워대는지. 내 방 침대에 드러누워 창문을 열면 반드시라고 해도 좋을 정도로 자주 냄새가 났다. 한 번은 스트레스가 극심했던 차에 "담배 좀 작작 피면 안 됩니까? 여기 사는 사람 생각도 좀 해주세요"라고 잔소리를 했다.

"그럼 돈을 더 벌어서 월세가 비싼 데로 이사를 가든가?" 이 층에 산다는 그 아저씨가 대답했다. "창문에서 피면 냄새가 더 날 것 같아서 옥상에서 피워줬더니 말이야."

생각해보니 맞는 말이었다. 건물 옥상에서 담배를 피우면 안 된다는 법도 없거니와, 월세가 저렴하다는 이유로 잘 알아보지도 않고 구한 내 탓도 있지 않은가. 본인 말로는 그게 배려한다고 한 거라니까 더 덧붙일 말도 없었다. 나는 그냥저냥 참고 지냈다.

선장님에게 받은 현금과 몇 달간 받은 월급을 합해보니 금액이 꽤 됐다. 그동안 식비 이외에는 돈을 거의 쓰지 않고 지냈기 때문에 자연스럽게 목돈이 모였다. 또 나중에 보니 배를 타고 받은 돈도 꽤 됐다. 처음에는 금전 감각이랄 게 없어서 가방째 들고 다니면서도 그 가치를 잘 몰랐었는데. 편의점 일을 보다 보니 대충 어떤 게 얼마 정도인가 하는 감각이 생겼다. 배 위에서 겪었던 업무강도에 비하면 그렇게 많은 게 아니었을지 모르지만. 잘 모르는 내겐 줘도 그만 안 줘도 그만인 돈이었다. 어쩌면 선장 본인에게는 죄책감을 덜기 위한 방편이었을지도 모른다.

　나는 새로운 일을 구하다 말고 '이 돈으로 뭘 하지?'라는 고민으로 한 주 정도를 보냈다.

　돈이야 있는 대로 쓰면 그만이지 싶겠지만. 마음먹고 돈을 벌어보지도 써보지도 못했던 나에게는 어려운 일이었다. 내게는 잘 곳이 있다. 밥도 굶지 않는다. 하고 싶은 건 잘 모르겠다. 잘 알지도 못하는 일을 희망할 순 없는 일이다. 뭔가 나아질 줄 알고 잡았다가 더 안 좋은 상황에 처할 지도 모른다. 적어도 지금의 나는 전봇대 옆에서 자지 않아도 되고, 편의점이나 식당에서 적당하게 식사할 만한 돈도 가지고 있지 않은가.

　여기까지 생각이 다다르고 나니, 나는 굳이 무슨 일을 더 하고, 밖으로 나가서 괜한 모험을 해대는 것이 전부 무의미하게 느껴졌다. 하지만 방 안에는 나와 낡아빠진 가구 외에는 아무것도 없다. 창밖에는 지나다니는 사람도 없이 이따금 연기만 자욱할 뿐이다.

　집에 틀어박힌 지 한 달이 넘게 지난 무렵이었다. 나는 곧 죽어버릴 만큼 무료했다. 살아 있는 주제에 이렇게 한 공간에만 머물러 있는 건 어딘지 죄스럽다는 기분이 들었다. 또 어디론가 자유롭게 다닐 수 있는 무언가가 있으면 좋겠다고 생각해버렸다.

나는 그 길로 백화점에 갔다. 그리고 남아 있던 돈을 털어 마음에 드는 자전거를 한 대 샀다. 검은 바탕에 두꺼운 하얀색 줄이 그려진 모델이었다. 동네 공원에서 나흘이나 자전거 타는 연습을 했다. 잡아주거나 밀어줄 사람이 없었기 때문에 돌바닥에 자주 넘어졌고, 몇 번은 크게 넘어져 무릎이 깨질 뻔하기도 했다.

그렇지만 나는 계속해서 자전거에 올랐다. 내게 무슨 불굴의 도전정신이 있어서, 한 번 마음먹은 일을 해내기 전까지는 포기를 하지 않아서 그렇게 한 건 아니었다. 절대 그렇지 않았다. 애초에 그것 말고 내가 뭘 할 수 있으리라 생각지 않아서였다.

하여간 나는 굉장히 열심히, 최선을 다해서 자전거를 탔고, 머잖아 평탄한 길은 한 손을 놓고 탈 수 있는 수준에 다다랐다. 얼마쯤 고통과 인내가 필요하기는 했지만. 내가 모르던 일에 능숙해지고, 점점 더 나아지는 게 눈에 보이자 기분이 좋았다. 이젠 모든 준비가 끝났다. 내가 마음만 먹으면, 이 자전거를 타고 원하는 어디든지 돌아다니며 세상을 구경할 수 있을 것이었다.

모아뒀던 돈이 다 떨어졌다는 건 이틀 뒤에야 알았다.

"글쎄, 지난달 것 이체가 안 됐다니까?"

집주인이 내 방 앞까지 와서 문을 두드리며 말했다.

"그럴 리가 없는데요. 은행에서 자동이체를 등록해놓았는데."

"그럼 잔고가 없는 거겠지. 확인을 해봐."

그 길로 은행에 가서 계좌정리를 했다. 배에서 받았던 현금, 모여 있던 월급들이 어느 순간 사라져 있었다. 나는 자전거가 그렇게나 비싼 물건이라고는 생각하지 못했던 것이다. 말하자면 인생 최초의 과소비였다.

월세가 밀리면 방을 빼야 할 것이다. 그렇게 되면 변변찮은 일도 구하기 어려워질 것이고, 밥도 못 챙겨 먹게 될지 모른다. 대충 굶으며 살아가기엔 인체는 너무도 식량 의존적이다. 햇볕만 쬐고 있어도 에너지가 충전되는 식물과는 다르다. 외부에서 에너지원을 조달하지 못하면, 극심한 허기로 고통 받을 뿐 아니라 정상적인 활동도 불가능해진다.

결국은 돈을 벌어야 했다. 내가 가진 건 자전거뿐이었다. 그렇다면 그 자전거로 할 만한 일을 찾아보면 어떨까…… 그런 생각으로 시작한 배달 일이었다. 이제는 음식가방을 등에 걸머지고 자전거를 타는 일에 더 익숙해졌다.

"기왕 크게 지를 거였으면 오토바이를 사지…… 왜 자전거를 사서 고생하고 있냐?" 덕호가 말했다.

"나는 면허가 없어. 오토바이는 너무 빨라서 무섭고." 나는 전자렌지에 데운 삼각김밥을 꺼내 들고 말했다.

"무섭기는. 타다 보면 다 적응하게 되어 있어. 자전거로 한나절 뛴다고 차비나 되겠냐고. 오토바이로 재깍재깍 다니고 자기 인생 챙겨야지."

"차비는 무슨 차비. 자전거 말곤 차를 안 타는데."

"지금이라도 늦지 않았으니까 그 자전거 팔아버리고 중고 오토바이라도 한 대……." 덕호는 말하다말고 내 뒤에 세워놓은 자전거를 쳐다보더니 불쑥 그쪽으로 걸어갔다. 그러고 나서 자전거의 알루미늄 프레임을 손으로 쓱 훑는 것이 마치 병든 개를 쓰다듬는 모양새였다. "…… 장만하라고 하려고 했는데, 상태 보니까 어디 팔기도 어렵겠구만."

"팔 생각 없는데."

"왜 이렇게 험하게 탄 거야. 이 자전거 비싼 거라며?"

"그게, 하도 많이 넘어져서…… 자전거에 스크래치가 좀 났지." 나는 삼각김밥을 반쯤 베어 문 채로 대꾸했다. 빳빳한 김이 같이 씹히면서 으적으적 소리가 났다.

"좀 난 게 아닌데. 봐봐. 이런 게 아직도 굴러다니는 게 신기할 정도구만. 두 바퀴 달린 것 중에 내 오토바이보다 상태가 안 좋은 게 있다니 놀라워."

"오토바이는 수리를 안 해도 괜찮나? 달릴 때마다 이상한 소리가 나던데."

"안 괜찮지. 당연히." 덕호가 씩 웃으며 편의점 테이블에 마주 앉았다. "근데 어차피 싼 맛에 타는 거였고, 좀 있으면 이 일도 그만둘 거라서."

"그만둔다고?"

"그래."

"…… 왜?" 나는 물었다. 별로 궁금하지 않은 체했지만 속으로
는 크게 놀랐다. 나로선 한 명뿐인 말동무가 사라지는 것도 그랬
지만. 나와 달리 덕호는 요령 있게 일할 줄 아는 편이었고, 배달로
버는 월수입도 어지간한 직장인 못지않았기 때문이다. 기세 좋게
다른 일을 찾아 나선다고 해서 그만하거나 그 이상의 성과를 거
둘 만한 인간 같지도 않았다.

"진짜로 궁금해서 물어보는 거냐?"

"그렇게 궁금하지는 않고."

"안 궁금하다고?"

"조금?" 나는 다소 모호한 답변을 내놓았다. "말하기 싫으면 안
해도 되고."

"아니야. 말 못할 건 전혀 아닌데……. 내가 일 끝나면 혼자 소
주를 마시거든? 오늘 저녁 타임 끝나고 한 잔 조지면서 얘기해보
자고."

"꼭 그래야 하나?"

"이야기가 길어. 지금은 픽업하러 갈 시간이고." 덕호는 손목시
계로 시간을 확인하고, 일어나서 스마트폰 화면으로 뜬 콜 요청
에 수락 버튼을 눌렀다. "너도 이럴 시간 있냐? 좀 있으면 저녁때
인데."

"나는 어차피 많이 못 가. 자전거라서."

"그러냐? 좀 이따 여기서 보자."

"흠." 나는 남은 삼각김밥을 마저 입에 넣었다. 유통기한을 두 시간 앞둔 고추장불고기의 향을 우물거리면서, 덕호가 늘 사라지던 그 골목으로 접어드는 것을 잠자코 바라봤다. 나도 가야 하는 시간이었다.

덕호와는 밤 열 시가 다 되어갈 무렵에 만났다.

덕호는 소주가 아닌 막걸리를 주문했다. 바로 직전에 해물파전을 배달하고 왔는데 냄새가 엄청났다고 했다.

"마침 저녁도 제대로 못 먹었지, 배는 고픈데 갑자기 파전이 뭐야. 중간에 포장 뜯고 내가 먹어버릴까 생각했다니까. 어차피 며칠 있으면 관둘 건데 뭐, 파전 하나 훔쳐 먹고 가는 것도 나쁘지 않잖아."

나는 술을 잘 마시지 못하는 편이었지만, 술을 많이 마시는 사람에게는 익숙했다. 배 위에는 원체 주정뱅이들이 많았던 데다가, 대부분 온몸에서 술 냄새를 풍기며 일하는 것에 익숙했기 때문이다. 그들 말로는 한두 달까지는 어떻게 할 수 있을지 몰라도, 그 이상을 맨정신으로 버틴다는 건 불가능했다. 하기야 뱃일과 술은 오랜 옛날부터 떼려야 떼놓을 수 없는 관계에 있다. 그 좁아터진 선실과 갑판에서 매일같이 중노동에 시달리는 일이다. 술기운 없이 감당할 수 없다는 얘기가 새삼스럽진 않다. 단지 내게는 숙취와 멀미를 동시에 겪는 것이 더 고통스러웠을 뿐이다.

플라스틱 술병과 양철로 만든 잔이 나오고, 그 뒤에 막 부친 해물파전 한 접시가 따라 나왔다. 이렇게 술자리를 시작할 때면 의례적으로 주고받는 몇 마디가 있다. 이거라도 없으면 내가 무슨 낙으로 사나, 너랑 이렇게 술 마시는 게 얼마 만인지 모르겠어, 이러니까 왠지 옛날 생각나지 않냐, 같은.

슬슬 취기가 올라오자 덕호는 지방으로 내려가서 부모님과 함께 일하려는 계획을 털어놓았다.

"무슨 대단한 이야기라도 하나 했네." 나는 노골적으로 실망한 티를 냈다. 솔직히 말해서 화도 났다. 내심 비슷한 처지인 줄 알았는데, 이렇게 보니 다른 사람들과 다를 바 없었다. 나와 달리 덕호에게는 불러주는 부모님이 있고, 돌아갈 고향이 있는 것이다. 같은 나그네인 줄 알았는데 놈은 여행자였다.

"왠지 화난 것 같은데."

"그렇지 않아."

"내가 갑자기 사라지면 쓸쓸해질까 봐 걱정하는 건가?"

"아니라니까." 나는 고의적으로 절제된 반응을 보였다. 이런 데서 너무 격하게 부정했다간 서투른 긍정으로 받아들여질 여지가 있다. 현대인들의 의사소통이란 그만큼 복잡한 것이었다.

"…… 뭐, 네가 그렇다면 그런 거겠지. 하여간 나도 나이가 몇

인데, 언제까지 여기서 배달이나 하며 살 수는 없는 거니까. 슬슬 부모님한테 잘 보여서 나쁠 것 없다는 생각이 들더라고. 예전에는 그 집이 지긋지긋하기만 했었는데, 이제 와서 돌아갈 만한 곳이 되다니 좀 웃기지."

"그런가?"

"너도 딱히 이 일을 계속하고 싶어서 하는 건 아니잖아? 안 그래? 안 그렇냐?"

그렇지 않아, 라고 나는 대답하지 못했다.

덕호의 말이 맞았다. 배달일은 힘들고, 지치고, 보람도 없었다. 아무리 배달을 열심히 해봤자 사람들은 고마워하지 않는다. 오히려 한 끼 식사로 오만 원짜리 활어회를 시켜 먹으면서, 이삼천 원밖에 하지 않는 배달료 때문에 온갖 싫은 소리를 퍼부어댔다. 이 일을 계속하는 건 오직 돈 때문이다. 돈 문제만 아니었다면 자전거를 타고 전국 배낭여행을 떠났을지도 모른다.

"하하, 거봐. 결국 너도 마찬가지잖아."

"뭐가 마찬가지라는 건데?"

"다들 특별한 걸 원하지. 모든 사람이 자신은 특별한 삶을 살 거라고, 스페셜한 인생을 원하고 있다고 생각해. 그런데 실상은 뭔지 알아? 우리 같은 남자들이야 뻔한 거지. 결국 우리의 목적은 예쁜 여자친구를 사귀는 거야. 이 고독한 세상에선 그거라도 해야 외롭지 않으니까. 돈을 많이 벌고 싶은 것도, 좋은 집에 비싼

차를 장만하고 싶은 것도, 다 여자친구 때문이야. 날 믿어."

왜, 남자친구일 수도 있지,라고 말하려다가 관두기로 했다. 이 타이밍에 그런 이야기를 하면 무조건 따라오는 오해가 있다.

"아이돌과 비교해도 꿀리지 않는 그런 여친이랑 팔짱을 딱 끼우고, 할로윈에 맞춰서 롯데월드에 데이트를 가는 거야." 덕호는 내 반응을 보고 더욱더 신이 난 듯 이야기했다.

"사람이 바글바글 끓을 텐데."

"당연하지. 그걸 알고서 가는 거라고. 그렇게나 많은 사람이 있는 곳에서 나의 행복을 자랑하는 거야. 봐라. 나는 이런 여자친구가 있고, 가치 있는 사람이자 매력적인 남자다. 너희와 똑같이 행복하고, 너희랑 다름없이 외롭지 않다. 내 인생도 꽤 멋지다고 할 만한 것이다. 그런 걸 증명하기 위해서는 그렇게 사람이 바글바글한 놀이공원에 한 번쯤 가줄 필요가 있어."

"악취미 아닌가?"

"끝까지 들어봐……. 자, 아틀란티스나 자이로 드롭 같은 시시한 놀이기구들을 몇 시간이나 기다려서 타는 거야. 길게 늘어선 줄의 일부가 되어서. 여친과 나는 별말도 없이 휴대폰이나 만지다가, 너무 오래 서 있어서 다리가 아프면 한숨을 쉬기 시작하겠지. 이럴 거면 그냥 교외 어디 한적한 곳으로다가 산책이나 나갔다 오는 건데, 하고 쓸데없는 후회도 해……. 그러다가 마지막에는 뭘 타는지 아냐? 봐, 무명아. 너는 놀이공원에 가면 마지막에 항상 뭘 하고 나오냐?"

"한 번도 안 가봐서 모르겠어."

"한 번도 안 가봤다고?"

"그래." 내가 말했다. 때마침 막걸리에서 달짝지근한 맛이 났다. 뭔가 이상한 재료가 들어간 건 아닐까. 그런 건 아무래도 괜찮다. 지금은 상관없다. 그렇게 생각했다.

"그럼 지금이라도 잘 듣고 알아둬. 나중에는 어떻게 될지 모르는 일이니까. 알았냐? 잘 들어봐."

"안 듣는다고 해도 계속 얘기할 거잖아."

"청룡열차, 후룸라이드, 공중그네, 귀신의 집, 범퍼카…… 놀이공원에는 뭐가 많이 있지. 자유이용권을 끊은 사람들은 그중에서 원하는 놀이기구를 골라서 타. 그런데 마지막에는, 해가 지고 놀이공원이 폐장할 무렵이 되면 어떻게들 하는지 아냐. 다들 약속이나 한 것처럼 회전목마에 몰려들어. 왜냐하면 회전목마가 제일 늦게까지 운행하거든. 어느 놀이공원이든 똑같아. 아니, 최소한 내가 일했던 곳은 그랬지. 아, 놀이공원에 들어올 당시에는 거들떠도 안 보던 그 회전목마 앞에 줄을 서기 시작하는 거야. 아아, 얼마나 놀라운 일이냐? 이게 얼마나 놀라운 일이야? 회전목마라니! 그게 뭐야? 존나 애새끼들이나 타는 거잖아? 아니면 애새끼를 데려온 어른들이나 어쩔 수 없이 타는 거지. 야, 회전목마는 좆도 재미없어. 그걸 놀이기구라고 말할 수 있을지도 의문이라니까. 말처럼 생긴 불편한 의자에 올라타서 몇 분 동안 빙글빙글, 조금씩 오르락내리락하면서 놀이공원 풍경을 둘러보는 게 전부지. 근데 이젠 그 회전목마 앞에서 줄을 서고, 기다리고, 그 앞에서 사진을 찍기 시작해. 폐장이 가까워질수록 그런 사람들이 더 많아지고. 어느 순간부터는 그 회전목마를 배경으로 돈을 받고 사진을 찍어주는 알바들까지 생겨버렸어. 오, 이런, 내가 왜 이러는 거지. 왜 이런 이야기를 하는 거지? 언제부터 이렇게 됐지?"

"꽤 됐어."

"그래, 그래. 결론은. 나의 결론은."

덕호는 결론을 내려고 했다. 걸핏하면 결론을 내버리려는 것이 그의 안 좋은 습관이었다. 그러나 나는 그런 덕호가 서른을 훌쩍 넘긴 나이임을 나중에야 알았다. 방금 이십 대를 흘려보낸 참도 아니고, 묵어도 아주 무르익은 삼십 대 중반이었다. 그런 나이가 되면 좋건 싫건 무언가 결정을 내려야 했다. 나로선 그런 걸 알 턱이 없었다.

"무명이, 너는 누군가를 진심으로 사랑해본 적이 있냐?" 덕호가 물었다.

"없어." 나는 대답했다.

"그럴 줄 알았지."

"그건 뭔 소리야?"

"알 것 없어. 네가 알아야 할 건 그거지. 나는 있다는 거야. 있지.

있었고, 지금도 있어."

"아, 그래." 나는 코웃음을 쳤다. 덕호와 사랑은 우주에서 가장 어울리지 않는 두 단어였다. 도저히 같이 떠올릴 수가 없는 주제다.

"웃기겠지. 나도 웃겨. 그런데 어쩔 수 없잖아. 배달 일을 하다 보면 많은 사람을 보게 돼. 주로 집에서 편하게 음식을 시켜 먹는 사람들의 얼굴이지."

"치킨이 없으면 축구경기도 못 보는 사람들이거나."

"맞아. 현관에서 카드기로 계산하고 있으면 그런 소리가 들리잖아. 방 안에서, 거실에서 인기척이 들리고. 텔레비전에서 나는 소리도 들리지. 그럼 대충 어떤 분위기인지 감이 잡힌다고. 이 집이 어떤 집인지. 그리고 내 앞에 있는 사람이 어떤 종류의 사람인지 짐작이 가게 돼. 너도 그렇지 않냐?"

"그런 경우가 왕왕 있어."

"누가 봐도 젊고 예쁜 여자가 계산하러 나오는 경우는?"

"그건 많지 않지." 순간 나는 어둠 속에서, 무심코 손을 더듬다가 불쾌하게 끈적거리는 물건을 찾아낸 기분으로 물었다. "설마?"

"그래. 그녀는 유부녀였어."

나는 그 정도까진 상상도 하지 못했다.

"심지어 애까지 딸린 여자였지. 거실에서 징징거리는 소리가 들렸거든. 남편은 소파에 앉아서 티비나 보고 있는 것 같았고." 왜인지 덕호는 범죄라도 저지른 사람처럼 주위를 한 차례 두리번거리고 나서 말을 이어 나갔다. "엄청 긴장이 되는 거야. 그놈의 배달을 몇천 번 했는데. 그 카드기가 닳아도 이상하지 않을 만큼 낡았었는데. 갑자기 손이 바들바들 떨려서 그만 카드를 떨어트렸어. 그러니까 그 여자가 쪼그려 앉아서 주워주더라고. 생긋 웃으면서. 너무나도 아름다웠지."

"유부녀가 친절 좀 베푼 것 가지고. 그럼 그 상황에 웃지? 울겠냐?"

"아. 내가 아름답다고 한 건 가슴이야."

"뭐?"

"노브라였거든. 뭐, 가족끼리 단란하게 저녁거리나 시켜 먹는 때였으니까. 무방비하게 큰 사이즈 티셔츠를 입고 있다가 다 보여 버린 거지. 하마터면 그 자리에서 바지가 터질 뻔했어."

"……." 나는 무어라 할 말이 없었다. 거기선 무슨 말을 해도 바보처럼 들릴 것 같았다.

"양손에 가득 찰 정도의 크기에 모양도 색감도 완벽했어. 우유색 매끈한 피부 위에 연분홍색 물방울이 일렁거렸지……. 나는 야동에서도 그런 걸 본 적이 없어."

"진짜 역겹다"라고 말하긴 했지만, 그 역겨움의 대상은 덕호가 아닌 나 자신이었다. 그 표현이며 제스처에 홀려서 나도 모르게 머릿속으로 상상을 하게 돼버리는, 그런 스스로가 너무 역겨워서 구역질이 날 것 같았다.

"젠장. 내가 무슨 잘못이야. 보여 달라고 한 것도 아니고, 보고 싶어서 본 것도 아닌데. 나도 피해자라니까."

"피해자 같은 소리 하고 있네." 나는 면전에 침을 뱉는 듯한 말투로 쏘아붙였다. "네가 말하는 사랑이라는 게 고작 그거냐? 진짜 내가 어이가 없어서……."

"그 이상이야. 사랑의 정도가 아니었어. 인생의 가치를 송두리째 뒤집어엎게 되는 순간이었다고." 덕호는 두 팔을 휘적거리면서까지 부정하고 들었다. "그날은 그게 마지막 콜이었어. 좀 이른 시간이기는 했는데. 뭔가 더 일을 하고 싶은 마음이 들지가 않더라고. 그 대신 집에 돌아가서 이불을 펴고 누웠는데. 머릿속으로 새록새록 그런 상상이 드는 거야. 그렇게 예쁜 미소와 가슴을 가진 여자가 내가 준 음식을 들고 들어가서, 남편이랑 애새끼랑 해서 식사를 끝내고 난 뒤에는 뭘 하겠어. 대충 정리를 하고, 애를 재우고, 남아 있는 둘이 큰 방에 들어가서 질펀하게 했을지도 모르는 일이잖아. 아니, 확실하게 그렇게 했을 거야. 장담할 수 있어. 그런 걸 보고 할 생각이 안 드는 남자라면 남편은커녕 남자라고도 할 수 없겠지."

"그래서 뭐, 그런 거 상상하면서 자위라도 했나? 하고 나서 자괴감은 안 드나? 이렇게 살 바에 죽어야겠다는 생각은 안 들었어? 생각만 해도 더럽네, 더러워."

"그렇지. 그렇게 생각하겠지. 하지만 자위는 안 했어."

"거참 대단한 자제력이네." 나는 나도 모르게 비아냥거리고 있었다.

"평소였으면 그 여자랑 최대한 비슷하게 생긴 에이브이배우를 찾아서 세 발은 뺐겠지. 근데 그때는 신기하게 그럴 마음이 전혀 안 들더라고. 왜 그랬을까? 그건 잘 만든 야동 따위로 대체될 수 있는 종류의 욕망이 아니었던 거지. 그러니까 나는, 나는…… 내가 다 포기해버린 줄 알았어. 여우 같이 예쁜 아내와 토끼 같은 자식. 주말을 앞둔 저녁에 소파에 누워서 보는 축구경기. 그딴 것들이 세상에서 제일 따분하고 몰개성적인 행복이라고 생각했으니까. 그렇게 판에 박힌 삶을 살 바에야, 배달 같이 별 볼 일 없는 일을 하더라도 내 멋대로 사는 게 훨씬 낫다고. 최소한 지금의 나는 책임져야 할 무언가도 없고, 누구의 기대를 저버리거나 실망시킬 여지도 없잖아? 내가 혼자 번 돈으로 피규어도 사고 애니메이션도 보고 덕질도 마음껏 할 수 있어. 몇몇 동갑내기 친구들같이 마누라 눈치 보느라, 애 키우느라 변변찮은 취미생활 하나 못 즐기는 놈들에 비하면 상팔자가 따로 없다는 거야. 여자라는 건 한 번 결혼하고 나면 짐덩이밖에 안 되니까."

"그런 건 크게 말하지 마. 누가 들으려면 어쩌려고." 나는 이전의 덕호처럼 주위를 두리번거리며 말했다. "…… 근데 그것도 할 수 있는 사람이나 할 만한 얘기지. 너나 나 같은 입장에서 얘기해 봤자 웃긴 얘기밖에 안 돼. 누가 들으면 안 하는 게 아니라 못 하는 거라고, 그러니까 자기 좋을 대로 생각하는 거 아니냐고 생각할걸."

"음."

"뭐가 '음'이야. 지도 나만큼 애매하게 생긴 주제에."

"뭔 소리야. 나는 고향 동네에 나 좋다고 따라다니던 여자애가 한 명 있었어. 물론 내가 못생긴 건 인정하지만. 걔도 어지간하게 예쁜 얼굴은 못 되거든. 어렸을 때 사고를 당해서 한쪽 다리도 절뚝절뚝 절고 다녀."

"저런." 나는 예의상 얼굴을 한 번 쭈그러트리고 나서 물었다.

"그거 때문에 마음에 안 들어서. 기회가 있는데도 안 잡았다는 거야?"

"아니? 굳이 말하자면 잡긴 잡았는데."

"잡았다니?"

"나 결혼했어. 그 여자애랑."

"뭐라고?" 어떤 표정을 지어야 할지, 나는 당최 감이 잡히질 않았다.

"한참 됐지. 그때가 고향 떠나기 직전이었으니까. 줄잡아도 오 년은 됐을걸."

"오 년?"

"근데 딱히 내가 원해서 한 결혼은 아니었어. 알다시피 시골에 젊은 사람들이 좀 적어야 말이지. 지나치다 싶을 정도로 안 맞지만 않으면 거기 있는 사람들끼리 알아서 정하고 시집 장가보내는 느낌이 있어. 그게 안 되면 도시로 가거나, 아니면 베트남이나 러시아에서 젊고 예쁜 여자 한 명 데려와서 같이 사는 거지. 소위 말하는 국제결혼 같은 거야."

"…… 국제결혼은. 그냥 노예로 팔려 온 거나 다름없지 않나? 본인이 원해서 온 것도 아니고. 상대방이 어떤 사람인지도 모를 텐데. 말하자면 그런 건 자유의지라는 게 거의 없는 삶이지."

"그러니까. 나는 그런 건 싫었다고. 왜 그렇게까지 결혼을 해야 하나. 결혼이라는 게 그만한 가치가 있는 건가. 막상 보면 그렇지도 않다 이거지. 그럼 사람들이 결혼 같은 걸 왜 할까? 그런 거 생각해본 적 있냐, 너는?"

"그야 지들끼리 좋아 못 죽어서 같이 살기로 정하는 거니까. 자연스러운 거지."

"글쎄. 다들 그렇게들 생각하는데 그렇지 않다니까."

"그럼 뭔데? 그런 게 아니면 왜들 그렇게 결혼을 못해서 안달인 건데? 돈도 한두 푼 드는 게 아니라던데."

"그야 그냥 하는 거야. 그냥. 점점 나이는 먹어가지, 새로운 일은 거의 일어나지 않지, 꼭 살아가야 할 이유랄 것도 없지. 그런데 죽을 때까지 외롭게 혼자 늙어죽기는 싫으니까 보험을 하나 들어두는 거야……. 미리 계약을 해두면 나중에는 상황이 좀 바뀌어도 보장받을 수 있는 뭔가가 있을 테니까. 그게 좋은 거든 안 좋은 거든 간에 무슨 일이 생기리라는 건 확실하지. '나는 왜 살아가는 걸까?'라는 질문에 대해서 확실한 핑계를 마련해놓는 거나 다름없어. 왜. 나이 먹고 나선 삶의 이유에 대해서 진지하게 생각하는 양반들이 없잖아. 물어봐도 대답은 이런 것들이야. 아유, 사는 데 이유가 어딨어? 그냥 사는 거지, 다 가족 얼굴 보면서 참고 사는 거야, 뭐 그런 거지."

"그런가?" 듣고 보니 그런 것 같기도 했다. 어쩐지 자주 들은 말 같다.

"그렇게 말하는 인간들이 결혼생활이라는 걸 그렇게 애지중지하면서 사나? 절대 아니야. 적어도 나는 못 봤어. 그런 건 드라마나 영화 같은 데서나 나오는 거야. 어디서 주워듣고 본 걸 가지고, 다른 사람들도 그러니까 나도 어련히 그러려니 하고 생각해버리는 거라고."

"솔직하게 말하면, 나는 사정을 잘 모르긴 하지만."

"별것 없어. 말한 게 전부야. 나는 그럴 자신이 없어서 도망쳤을 뿐이고. 마음대로 얘기해."

"결과적으로는 자기합리화라고 생각이 되지 않나? 그런 생각이나 말 같은 것들이. 궁극적으로는 자신이 편해지기 위해서, 본인이 내팽개치고 버려버린 것들에 대해 자책하는 게 힘들어서 그런 결론이 나와 버린 건 아니냐는 거지."

"뭐, 그럴 수도 있지." 덕호는 다른 곳으로 눈을 돌렸다. 자신의 이마를 쓸어 만지는 걸 보니 역시 듣기 좋은 소리는 아니었던 것 같다. "그런 걸 부정하지는 않아⋯⋯."

"더 나아가서는 지금 하려는 것도 도망이 아닌가,라는 느낌도 들지. 애초에 그런 삶을 못 버틸 것 같아서 도망쳐놓고. 다시 돌아간다는 것도 말이야, 그쪽이 가족 간의 정이 있고 추억도 있고 그러니까 기회를 베풀어준 거나 다름없잖아."

"맞아. 오 년 동안 불안하게 살아보니까 깨달은 거지. 그 삶이 주는 지루함이나 무미건조함 같은 게, 나이가 들면 어쩔 수 없이 찾아 헤매게 되는 안정감이라는 걸 뒤늦게 알았어. 네 말마따나 운 좋게 돌아갈 기회도 생겼고."

"인정하면 그만인 건가? 비겁하게시리." 나는 오로지 덕호를 심리적 궁지에 몰아넣고 싶어 그렇게 말했다. 잠깐. 이렇게까지 말할 필요는 없었는데. 알고 있으면서도 스스로 밉살스러운 말이며 행동을 통제할 수 없었다. "나야 딱히 네가 없어지든 말든 상관없어. 왜냐면 나는 돌아갈 곳이 없으니까. 좋건 싫건 앞으로 갈 수밖에 없어."

"자전거에는 후진기어가 없지."

"⋯⋯ 잘난 척 이야기하는 것도 더 이상은 못 들어주겠네. 유부녀 가슴 보고 꼴렸다는 이유로 고향에 있는 가족한테 돌아가는 거잖아. 여기서 더 거창하게 이야기할 게 있나?"

"그거 알아? 나도 더 이야기할 생각 없어. 너한테 더 이야기할 거 없다고." 덕호는 눈을 부릅뜨며 말했다. 손으로는 내 면전에다 대고 삿대질을 했다. 그런 모습은 처음이었다. 상대방이 내 의도에 따라 화를 내자 나는 흡족한 기분이 들었다. "무슨 이야기를 해도 배배 꼬아서 받아들이고 말이야. 어차피 이런 건 다 평범한 사람들의 평범한 고민들인 거야. 그러는 너는 평범하지 않다 이거지. 너이 새끼. 그 태도가 예전부터 마음에 안 들었어. 나는…… 항상, 자기는 이 세상에 있을 만한 사람이 아니라는 양 먼발치에서 모든 걸 바라보고 생각하는 것 아니야? 그래봤자 속세의 일이고 나와는 그렇게 상관있는 일도 아니다, 나한테는 그런 것들보다 더 중요한 문제가 있다, 그런 거겠지. 뻔해. 뻔하다니까."

"그렇게 마음에 안 드는데 말은 왜 걸었는데? 너보다 못한 놈한테 가서 잘난 척이나 해보려고?"

"불쌍해서 그랬다! 남 일 같지 않아서 그랬다고!" 놈은 그렇게 말하고 나서 병모가지를 와락 움켜쥐었다. 그러곤 남아 있던 막걸리를 목구멍에 들어부었다. 뭐라 말할 겨를도 정신도 없었다. 희멀건 액체가 주둥이에 쏟아졌다. 미처 입에 들어가지 못한 것들은 덕호의 셔츠며 술집 바닥에 흩뿌려졌다. "나라고 너 같은 시절이 없었을 것 같냐! 멍청한 자식. 너는 일방적인 피해자라고 생각하고 있어. 이미 망한 세상에 태어나버렸다고 생각하겠지. 사실망한 건 니 인생이고, 니가 조져버린 니 신세인데."

"아악!" 목이 찢어지는 고통이 찾아왔다. 술상이 뒤엎어졌다. 처음부터 그럴 생각은 없었다. 흥분해서 자리를 박차고 일어나다가 테이블에 몸을 부딪은 것이다. 나는 씩씩거리며 주위를 둘러보았다. 아니나 다를까 술집에 있던 사람들 모두가 우리 쪽을 쳐다보고 있었다. 거기에 나는 보란 듯 집게손가락을 쳐들고 모욕적으로 덕호의 미간을 짓눌렀다. "이 또라이 새끼야! 나보고 어쩌라는 거야? 애초에 나는 아무것도 하지 않았어. 처음부터 한 게 없다고! 어쩌다 보니까 이렇게 된 거야! 내 뜻대로 한 건 아무것도 없고, 할 수 있는 것도 없었어. 태어나고 싶어서 태어난 것도 아니야. 그런데 이제 와서 나한테 뭐라고 한다고? 이제까지 자기 마음대로 해왔으면서. 나는 아무것도 몰랐어. 나한테 잘못이 있다면, 잘못된 인간들이 시키는 대로 한 것밖에 없어. 그러니까 나한테, 나한테 뭐라고 하지 마!"

"'어쩌다 보니 이렇게 됐다'는 말도 변명이고 도망이야. 비겁한 걸로 치면 나보다 더하지. 너는 네가 선택한 것에 후회할 용기도 없는 거야……. 왜? 나보고는 도망친다고 잘도 지껄이더니. 누가 너 보고 도망친다고 이야기하는 건 못 들어주겠다 이거냐?"

"나한테 뭐라 하지 말라고 그랬지!"

"거기, 그만해요! 여기서 이러지 마세요!" 가게 종업원이 나를 양팔로 말리고 들었다. "싸울 거면 나가서 싸우세요. 여기는 다른 사람들도 있잖아요.”

“경찰을 불러요, 아저씨.” 옆 테이블에 앉아 있던 커플 중 남자가 말했다.

“경찰이라고?” 나는 말을 꺼낸 남자를 매섭게 노려봤다. 종업원이 말리고 있지 않았다면 정말로 두들겨 팼을지도 몰랐다. “너 경찰한테 조사를 받아보기는 했냐? 아무 잘못도 없이 경찰서에 앉아서 몇 시간 동안 조사받아봤냐?!”

“그만하라니까요! 그만 좀 하시라고요!” 종업원은 간청하듯이 소리쳤다.

홀이 소란스러워지자 주방에서 나이가 지긋한 남자 한 명이 걸어 나왔다. 생김새나 옷차림이나 누가 봐도 가게 사장인 사람이었다.

“일행 분은 일단 저쪽으로 나가 계세요.” 사장은 괴상쩍을 정도로 침착하게, 덕호의 몸을 가게 밖으로 밀면서 말했다. 이것은 명령도 요청도 아닌 나의 정당한 권리다, 라고 딱 잘라 말하는 느낌이었다. 그래서 나는 그 사장도 싫어졌다.

“그 자식 그거 잘 잡고 있으세요. 무슨 일을 저지를지 모르는 놈이니까!”

덕호는 그렇게 말하고 문 옆에 있는 작은 카운터에서 계산을 마쳤다. 문이 몇 차례 열렸다 닫히는 동안, 나는 계속해서 종업원의 제지를 받고 있어야 했다. 가게는 소동으로 술렁거리는 가운데 조금씩 안정을 되찾아갔다. 상황은 이윽고 정리되었다. 경찰이 출동했고, 나는 조사를 받았다. 말할 것도 없겠지만 덕호와는 두 번 다시 만날 수 없었다. 다른 모든 사람이 내게 그랬던 것처럼.

6

그로부터 얼마 지나지 않아서 나는 결혼했다. 살짝 급작스러운 부분이 없잖아 있지만 인생이란 원래가 그런 것이다.

그녀를 처음 만난 것은 자전거로 십오 분쯤 거리에 있는 오피스텔이었다. 나는 혼자 사는 사람들이 간식을 배달시켜 먹는 주말 오후 시간대에 아이스크림 케이크를 운반하고 있었다. 시월에 접어들면서 계절은 가을에 보다 가까웠다. 하지만 일교차가 컸고 (뉴스에서는 지구온난화로 인한 이상기후 현상이라고 했다) 낮 시간부터는 늦여름 더위가 기승을 부렸으므로, 나는 케이크가 녹지 않게끔 신속하게 페달을 밟는 동시에 포장용 박스 옆면에 부딪혀 모양이 일그러지지 않도록 신경을 곤두세워야 했다.

"네." 젊은 여자가 인터폰 너머로 대답하는 소리가 들렸다. "누구세요?"

"배달입니다"라고 대답했다. 아이스크림 케이크씩이나 주문해놓고, 현관벨을 누른 사람에게 '누구세요'라고 하는 건 무슨 심보인가 싶었다. 나는 땀을 빨빨 흘리면서 엘리베이터에 올랐다. 다행히 케이크는 녹지도 일그러지지도 않은 듯 보였다.

새삼스럽지만 그런 오피스텔에 혼자 사는 사람들은 하나같이 비밀이 많은 얼굴이었다. 인상을 팍 쓰고, 무언가 두렵다는 듯이 속삭이는 목소리로 "카드 계산이요⋯⋯"라고 말했다. 복도가 넓어 작은 소리도 크게 울려서일까? 처음에는 대충 그렇게 생각하고 말았었지만, 시간이 지날수록 그냥 그렇게 예민한 인간들만이 오피스텔 같은 건물에 입주한다는 사실이 또렷해진다.

실제로 그녀의 첫인상은 좋지 않았다. 샐쭉한 얼굴에 키가 작았고, 그렇게 길지 않은 머리였음에도 (거의 단발이었던 것 같다) 머리를 위로 묶어 올렸다. 체형은 깡마르다고까지 할 만큼은 아니었지만 빈말로도 살집이 있다곤 할 수 없었다. 또 에어컨을 어찌나 세게 틀어놓았는지 현관에서도 한기를 느낄 수 있었다. 그래 놓고 그 무더운 오후에 집에 틀어박혀 두꺼운 후드티를 껴입었으니, 죽어라 자전거를 타고 간 나로선 참으로 팔자가 늘어진 여자로밖에 보이지 않았다.

그러나 여자가 처음 내민 카드는 잔액부족으로 결제가 되지 않았다. 여자는 눈에 띄게 당황하면서 다른 카드를 찾았지만, 적어도 그때 그녀가 가진 카드는 하나뿐이었다.

"저, 죄송한데요. 혹시 현금은 안 될까요⋯⋯?" 마른 여자가 시간을 뺏어서 무척 송구스럽다는 듯이 물었다. "그, 그게 제 카드가 아니어서. 잔액이 부족한 줄 이제 알았어요. 지금은 다른 카드가 없어요."

"얼마짜리 지폐에요?"

"오만 원짜리요."

나는 잔돈이 없었다. 이렇게 되면 방법이 없는데. 우리는 현관의 침침한 자동등이 꺼질 때까지 몇 초간 거기에 얼어 있었다. 하는 수 없이 계좌번호와 예금주를 알려주고 다음 픽업장소로 향했다.

내가 대납한 모양새가 된 아이스크림 케이크값은 다음 날 아침이 돼서야 입금 알림이 왔다. 뭔가 금액이 맞지 않는 것 같아서 보니 내가 낸 것보다 오천 원이 더 입금돼 있었다. 만 원이면 실수로 더 넣었다 쳐도, 오천 원이라면 일부러 더 넣었다고 밖에는 볼 수 없었다. 나는 몹시 기분이 상했다. 돈을 돌려줄 요량으로 오천 원짜리 지폐를 한쪽 주머니에 넣어놓았는데, 일주일 뒤에 다시 콜을 받을 무렵에는 어디론가 사라지고 없었다.

세 번째로 그 오피스텔에 갔을 때는 닭갈비와 막국수 세트를 배달했다. 일회용품 포장으로도 봉투가 묵직한 것이 양이 꽤 되는 것처럼 보였다. 이번에도 카드 결제였다.

여자는 다리가 다 드러나는 츄리닝 반바지를 입고 있었다. 그렇게 살찌는 것만 골라서 먹는데도 어떻게 살이 안 찔까, 하고 생각했다.

'평소에 운동을 열심히 하나?'

하지만 배달을 갈 때마다 보는 몰골을 보자니 그다지 몸 관리에 신경을 쓰는 타입은 아닌 것 같았다. 태생적으로 살이 잘 안 찌는 체형이거나, 먹는 족족 도로 토해내는 거식증 환자일지도 모른다. 그런데 거식증 환자가 배달음식을 시켜 먹을 이유가 있을까.

"요즘 배달음식을 자주 먹으시네요."

한 번은 그렇게 말했다. 카드기의 결제승인 신호를 기다리는 몇 초 사이였다. 여자에게는 "배달입니다.", "카드 결제시죠?", "맛있게 드세요"라는 말 이외에 최초로 다른 이야기를 한 것이었다. 그날따라 날씨도 화창했거니와 컨디션도 기분도 나쁘지 않았기 때문에, 내 딴에는 농담 반 친절 반으로 꺼낸 말이었다. 실제로 그 여자는 지난 한 달 동안 최소 아홉 번 배달음식을 주문해 먹고 있었다.

그럼에도 불구하고 그녀의 반응은 냉랭했다. 결제승인이 되기 무섭게 빼앗듯이 카드를 채가더니 "그쪽이랑 무슨 상관이에요?" 하고 현관을 닫아버렸다. 나는 어째 열불이 나서 당분간 그 여자의 배달주문만 부러 빼놓고 받았다. 나는 내가 한 말이 '너 왜 이렇게 많이 먹냐. 작작 좀 시켜 먹어라' 같은 뉘앙스로 들렸으리라곤 꿈에도 생각할 수 없었다.

며칠 뒤에는 근처 상가에 생필품을 사러 갔다가 그녀와 마주쳤다. 나는 생수 두 통을 들고 계산대로 걸어가고 있었고, 그녀는 중형 할인마트에 으레 딸려 있는 동네 화장품 코너에서 마스카라를 고르는 중이었다. 어쩌다 시선이 겹치긴 했지만 둘 다 아는 척은 하지 않았다.

열두 번째 배달 때는 그녀가 먼저 말을 걸었다.

"저, 지난번에는 죄송해요." 그 말에는 묘하게 콧소리가 들어가 있었다. 남자들에게 사소한 잘못을 고백하거나 용서를 구할 때, 여자들은 그런 유의 애교를 섞어 말하는 것에 능숙하다. "최근에 몸이 안 좋아서 밖에 나갈 수가 없었거든요. 근데 너무 많이 시켜 먹는다고 뭐라 하신 건 줄 알고."

"아니에요. 저야 많이 시켜주시면 좋죠. 다 돈인데."

"아, 그……."

"네?"

"저는 무료배달 구독권을 끊었거든요."

"그거랑은 관계없어요. 배달료는 똑같이 들어오니까."

"아, 그렇구나. 다행이에요."

여자는 그렇게 말하면서 타코샌드위치 콤보를 받아 안으로 들여놓았다. 나는 뭘 어떻게 해야 할지 몰라서 꾸벅 인사를 하고 돌아 나왔다. 대체 뭐가 다행이라는 건지 그때는 알 수 없었다.

다음번 호출은 사흘 뒤에 있었다. 여느 때처럼 배달을 하러 갔더니 인터폰으로 대답하는 목소리가 평소와 달라 놀랐다.

"예."

예?

나는 다른 사람이 대답했다는 것을 금방 알아차렸다. 여자의 목소리가 아니었다. 그건 남자의, 남자들 중에서도 목소리가 낮은 사람의 대답이었다. 예,라는 것도 여자의 평소 말투와는 달랐기 때문에, 감기인지 뭔지로 목소리가 잠겼다고 볼 수도 없었다. 혹시나 싶어 층수나 호수를 착각한 건 아닌지 몇 번이나 확인해보았다. 확실하게 그 여자네 집이었다.

노크를 하고 나서 십 초쯤 지났을까. 남자는 문을 아주 살짝 열어 내가 누구인지 확인했고, 그러고 나서야 잠금쇠를 풀고 음식을 받았다. 남자가 딱 맞아 떨어지는 현금을 바로 내밀었다. 그건 백 원 단위로 끝나는 금액이었기 때문에 미리 준비했다고밖에 볼 수 없었다. 따라서 내가 그 남자를 본 순간은 기껏해야 몇 초 남짓밖에 되지 않았다.

그렇지만 그 남자의 인상은 오랫동안 내 머릿속에 잔상으로 남았다. 왜냐하면, 배달을 오랫동안 했지만 그렇게 해괴한 옷차림을 하고 음식을 받는 사람은 없었기 때문이다. 집안 자체도 암막 블라인드 때문에 어두컴컴했는데, 그 안에서도 선글라스를 쓰고 있었다. 코팅이 얼마나 짙은지 눈동자는 고사하고 속눈썹도 보이지 않았다. 또 짧게 쳐올린 헤어스타일에 청바지를 입고 있었던 한편, 상의는 벗고 있었다. 딱히 자신감을 가질 만큼 보기 좋은 몸도 아니었기 때문에 그 저의를 의심하지 않기란 불가능했다. 그 모습은 뭐라고 할까, 이렇다 할 근거 없이도 충분히 범죄적인 느낌을 주는 것이었다.

혹시 영화나 소설에 나오는 살인청부업자는 아닐까 하는 추측을 해봤다. 그렇게 치면 고작 배달음식 받는 일에 그만큼 주의를 기울인 것도 이해가 된다. 그렇지만 살인청부업 같은 걸 직업으로 삼은 사람이 남의 집에서 배달음식을 시켜 먹는다는 것도 이상했다.

지난 며칠 사이에 여자가 이사를 가버렸고, 그 남자가 바로 입주해왔다는 가정을 할 수도 있었다. 다만 그간 의도치 않게 봐왔던 실내 장식이며 신발장 배치 따위에는 변함이 없었다. 그 남자는 어떻게 봐도 그녀와 모종의 관계에 있는 사람이었다. 심지어 그것도 좋은 관계 같지는 않았다. 어디까지나 추측일 뿐이었지만.

'어찌 됐건 나와는 상관없는 일 아닌가……'

집에 돌아와서도 그 남자와 그녀의 관계에 대해 고민하는 나 자신이 이해가 되지 않았다. 할 일이 그렇게도 없나. 애써 책을 펴보았지만 부질없는 시도였다. 문맥이나 문장은 차치하고 한 글자 한 글자가 내 망막을 투과해 뒤통수로 빠져나가는 느낌이었다. 문맹에서 겨우 벗어났다 싶었더니, 이렇게나 빨리 글을 잊어버렸다는 것에 배신감까지 느꼈다.

물론 그건 나의 착각이었다. 한 번 배운 한글과 자전거 타는 법은 좀처럼 잊히는 법이 없다. 로버트 루이스 스티븐슨 같은 작가의 이름이나 경인선의 최초 개통 연도 같은 건 아무리 애를 써서 외워놓더라도 뇌리에서 사라지게 마련이지만, 어떤 것들은 일부러 떠올리지 않아도 자연스럽게 기억할 수 있게 되어 있다. 덕분에 나는 다음 날도, 다다음 날에도 문제없이 호출을 접수하고 배달에 나설 수 있었다.

나흘 뒤에, 나는 여자의 집에 마지막 배달을 끝마치자마자 경찰에 신고전화를 넣었다. 나는 내가 경찰에 스스로 신고전화를 넣을 생각을 했다는 것을 믿을 수 없었고, 그걸 실천에 옮겼다는 사실은 더더욱 실감할 수 없었다. 그래서인지는 몰라도 내 첫 번째 경찰신고는 유달리 두서가 없이 횡설수설했다. 정확히 어떻게 말했는지는 기억이 나지 않지만 내용은 대강 다음과 같았다.

"저, 전화드린 것은 다름이 아니고 저는 평범한 배달원인데요. 제가 최근에 자주 배달을 가던 곳에 여자가 살고 있었거든요. 몇 번 한 게 아니라 몇 달 동안 수십 번은 왔다 갔다 할 정도로 많이 배달했는데요. 얼마 전에 갔더니 모르는 남자가 막, 선글라스를 낀 이상한 남자가 나와서 수상하게 음식을 받아서 놀랐었는데…… 네. 근데 방금 배달을 갔다 왔는데 이번에는 원래 살던 여자가 받았는데요. 머리가 박박 깎여 있고 티셔츠는 끝부분이 뜯겨져 있고…… 허벅지 안쪽에 엄청 큰 피멍이 있었어요. 발톱도 두어 개 빠진 것 같았고요. 손을 덜덜 떨면서 음식을 받는데 손등에 칼로 그은 듯한 상처가 있었어요. 네. 딱히 관계는 없지만…… 혹시나 하는 마음에…… 네네……."

물론 당시에는 이렇게 잘 정리된 투로 이야기하지 못했다. 말을 몇 번이나 더듬었는지 듣는 경찰에게 미안한 마음이 들 정도였다. 그럼에도 경찰은 신고를 접수하고 곧 현장에 출동하겠다고 대답해왔고, 상황을 살펴본 다음에 결과가 나오면 연락을 드리겠다고 하며 연락을 끊었다. 경찰의 그 대답이 소름 돋을 만큼 침착하고 사무적이었던 탓에 나는 내가 너무 별것도 아닌 문제로 신고를 한 것은 아닌지, 괜한 오지랖으로 애먼 사람들에게 민폐를 주는 건 아닌지 걱정이 되기 시작했다. 신고전화에 지나치게 진을 빼고 말았다. 더 이상 일은 할 수 없을 것 같아서 집으로 돌아가 연락을 기다리기로 했다.

초겨울의 어스름이 지고 저녁 시간이 무르익어갈 때쯤에 담당 경찰관으로부터 전화가 걸려 왔다. 신고 경위 조사차 시간이 날 때 경찰서에 방문해주실 수 있겠느냐고 정중히 묻기에 곧바로 가겠다고 답변했다. 나는 겉옷을 대강 걸치고 밖으로 향했다.

"다시 한 번 말하지만, 정말 타이밍이 기가 막혔습니다. 마침

먼젓번 주말부터 불법성매매 집중단속 기간이었거든요. 또 그 오피스텔은 전철역에서도 떨어져 있는 곳이고, 신고사례도 전무하다 보니 조사대상에서 빠져 있었는데. 그런 데서 주거용도로 부동산을 차명 전대하는 방법으로 변종 성매매가 성행하고 있으리라고는 아무도 예상을 못했습니다. 덕분에 브로커의 신변도 확보했고요. 진술하는 내용을 봐서 추가 조사도 진행할 것 같습니다. 정말 귀중한 신고를 해주셨어요. 용기 내는 것도 쉽지 않으셨을 텐데." 내가 조서를 작성하는 동안, 경찰은 작은 사이즈의 캔음료를 하나 가져와 내 앞에 두며 말했다.

"아, 아, 아닙니다. 전 그냥……. 감사합니다. 자, 잘 마실게요." 나는 어색한 동작으로 캔을 땄다. 목이 마르진 않았지만 예의상 한 모금을 억지로 마셨다. 매실음료를 좋아하는 편은 아니다.

"긴장하실 필요 전혀 없어요. 하하. 공익을 위해 좋은 일을 하신 거니까요. 지금 쓰시는 건 어디까지나 신고경위 파악을 위한 거고, 절차상 필요해서 요청드리는 거니까 혹시나 사건에 휘말리면 어떡하나 하는 걱정은 안 하셔도 됩니다."

"그렇습니까."

"예, 물론이죠. 하하." 알고 보니 웃음기가 많은 경찰이었다. 단지 실적을 달성할 생각에 기분이 들떴던 건지도 모르겠지만. 사람을 대하는 태도며 말투가 접수전화를 받던 상황과는 영 딴판이었다. "물론 경찰 측에서 어떤 보상을 해드리기는 어렵지만요. 이런 종류의 공익신고에도 포상금이 있으면 참 좋았을 텐데."

"아니, 아니에요. 돈을 바라고 한 일은 아니어서……."

"당연히 그러셨겠죠. 알고 있습니다. 그냥 아쉬운 마음에 한 말이에요. 뭐, 혹시 사건에 대해서 더 궁금하신 것은 없습니까?"

"아, 음…… 그……." 나는 분명히 궁금한 게 있었다. 경찰이 그 말을 하지 않았더라도 언젠간 물어볼 요량이었는데, 막상 그런 식으로 먼저 이야기를 꺼내오자 어안이 벙벙해졌다. "그럼, 그…… 혹시 거기 사시던 여자분은 어떻게 된 건가요……?"

"여자분이요?"

"네, 네."

"아아~ 그분이요?" 경찰은 이제 알았다는 듯 입을 벌리고 묘한 표정을 지었다. 자신이 어디까지 이야기해도 괜찮은지를 빠르게 계산해보는 것 같았다. "…… 음, 그렇죠. 아마도 폭행 및 감금, 협박 피해자로 입건될 것 같기는 한데, 절차상 성매매 혐의에 대해 최소한의 조사는 받으실 거예요. 원칙적으로는 성매매 자체가 불법이다 보니까."

"아아."

"좀 안타깝게 됐죠. 듣자 하니 연락이 되는 가족도 없고 연고도 없다는 것 같던데……. 이런 분은 어디 갈 데도 없고, 생활비는 충당해야 하니 성매매에 접근하는 경우가 많이 있어요. 그리고 그 중 대다수가 정상적인 삶으로 빠져나오기가 어렵죠. 제 생각에는 아마 이 분도 그럴 것 같습니다."

"그럴 것 같다는 게 무슨 뜻, 말씀이신지……?"

"아니, 그게. 사실 이런 분들은 성매매특별법을 위반한 범법자인 동시에 강력범죄의 피해자다 보니까 애매한 부분이 있거든요. 개인적인 사정도 이러저러하게 참작을 해서 경고를 주는 수준으로 종결하긴 하는데…… 훈방 조치가 된다고 해도 갈 곳이 없으니까요. 저희 쪽에서 할 수 있는 건 한계가 있고, 근방에 있는 여성보호소나 재활센터를 소개해주는 정도인데. 그것도 본인이 안 가겠다고 하면 어쩔 수 없는 거라서요. 대부분은 방황하다가 다시 성매매에 발을 들이게 되고, 그러다가 덜미가 잡히면 이렇게 잡혀왔다가 풀려나는데……. 막말로 먹고살려고 매춘을 하는 상황에서는 경찰이 와서 구해주는 게 마냥 좋은 일만은 아닐 수 있겠죠. 본인들 입장에선 갑자기 일자리가 사라지고 실직 상태가 되는 셈이니까요."

"그래도 감금돼서 폭행당하고, 억지로 성매매를 강요당하고 하는 것보다는 훨씬 낫지 않나요? 그야 저는 그런 거에 대해 잘 모르지만……" 나는 왜인지 모르게 잔뜩 기어들어 가는 어투였다. 이런 질문이며 이야기를 나눌 자격이, 내게는 없다고 느껴졌다.

"잘 모를 수밖에 없죠. 까놓고 말해서 남자는 몸만 성해도 어디 가서 일 구하는 데는 지장이 없거든요. 혼자서 충분히 먹고사는 게 가능해요. 그런데 여자의 경우는 다른 거죠. 뭐라고 해야 할까……. 한 번 궤도를 이탈하고 나면 원상태로 되돌아오기가 힘들죠. 그전까지 정상적인 사회생활을 하고 있었다고 해도요. 이런 거에 한두 번 엮인 뒤에는 상황이 개선되기가 어려운 거죠. 부모나 친척이 무슨 여유가 있어서 적극적으로 도움을 주면 모르겠는데. 뭐, 성매매에 뛰어들 정도면 원래부터 주위 도움을 기대할 수 없는 상황이었다고 봐야 되겠죠."

"아아, 그, 런 거였네요……. 전 그런 건 미처 생각해보질 못 했어서……."

"그렇게 쳐도 저 여자분은 딱하게 됐어요. 상황도 그렇고, 가해자가 완전 미친놈이더라고요." 경찰은 완전히 질러버렸다는 표정으로, 내게 신호를 주듯 귀 옆으로 손가락을 빙글빙글 돌려 보였다. "맞은 건 둘째치더라도 머리를 저렇게 보기 흉하게 밀어놨으니. 아유, 누가 보면 비구니인 줄 알겠어요. 저 젊고 예쁠 나이에. 딱하게 됐죠."

그 뒤의 이야기는 독자가 충분히 예상하는 대로 흘러갔다. 나는 의도치 않게 여자의 인생에 간섭한 것이 되었고, 행동의 동기부터가 떳떳하지 못했으므로 그 죄책감을 이겨내지 못했다. 결국은 경찰서에서 나와 혼란스레 두리번거리던 그녀에게 다가가 말을 꺼냈다. 호, 혹시 갈 곳이 없으면 저희 집에라도 잠깐 머무르지 않으실래요? 좁아터진 집이긴 한데 난방은 잘되는 편이고…….

우리는 약 일 년간 같이 살았다. 혼자 살기에도 좁아터진 방이었지만, 두 사람 모두 그곳 말고 딱히 갈 곳도 없었던 만큼 큰 불평불만 없이 지냈다. 머잖아 나는 자전거가 고장 나버리는 바람에 배달일을 그만둘 수밖에 없었는데, 백방으로 일을 알아보던 중 교외에 있는 작은 공장에 취직하는 데 성공했다.

공장에서 하는 일은 힘들지만 단순명료했다. 작업량만 잘 지키면 휴가도 곧잘 내줬다. 입가에 주름이 자글자글한 팀장이 "무명이는 요즘 친구들 같지 않게 빠릿빠릿해서 좋다니까"라며 칭찬을 해주기도 했다. 그런 칭찬에 익숙하지는 않았지만, 그렇다고 해서 기분이 나쁘지도 않았다.

예진이는 일주일에 한 번 상담을 받았다. 배달음식을 주문하는 것이 유일한 자유였던 감금생활, 본인의 의지와는 상관없이 강요받은 성매매, 실장의 상습적 폭행 그리고 협박 때문에 그녀의 정신 상태는 한계까지 피폐해진 상황이었다. 나는 자전거 여행을 떠날 생각으로 조금씩 모아뒀던 돈을 털어서 예진이의 재활을 돕기로 결심했다. 어차피 자전거는 망가졌고 경험상 돈이라는 건 얼마든지 다시 모을 수 있었다.

어떤 대가를 바라고 한 행동은 아니었지만. 그런 내 노력에 감응하듯 예진이 역시 필사적으로 상황을 극복하려 애쓰는 모습을 보였다. "미안해요.", "저 때문에.", "무리하지 마세요……." 가 그녀의 말습관으로 자리 잡았다. 나는 그런 말은 더 하지 않아도 된다고 말했지만, 본인이 하고 싶어서 하는 말이라면 어쩔 수 없었다.

사실 배달이나 공장일이나 일에서 보람을 느낄 수 없다는 점에선 크게 다를 바가 없었다. 나는 컨베이어벨트 사이에 서서, 조립라인 속에 정해진 동작만 제때 하면 그만이었다. 거대한 기계 속의 톱니바퀴가 된 것 같았다……고 하면 지나치게 상투적인 표현일지도 모르겠지만. 골 아프게 그날그날의 일정을 체크하고 스스로 동선을 계산해야 한다는 번거로움은 사라졌다. 업무는 나의 마음가짐이나 준비 여부 또는 삶에 대한 의지 같은 것들과는 관계없이 내 눈앞에 나타났다. 거기서 내가 할 일은 정해진 순서대로 손발을 움직이는 것밖에 없었다.

한편 나는 일에서 얻을 수 없었던 삶의 보람을 다섯 평짜리 단칸방에서 찾아냈다. 예진이는 더딘 속도로나마 내면의 상처를 극복해나갔으며, 여승처럼 박박 깎였던 머리도 다시 자랐다. 굳이 내색은 하지 않았지만, 일련의 과정에서 내가 느낀 충족감은 이루 말할 수 없을 만큼 놀랍고 경이로운 것이었다.

예진이가 "네일아트라는 걸 공부해보려고요"라는 말을 먼저 꺼냈을 때는 너무 감격해서 눈을 글썽이기까지 했다. 아무리 재활 중이라지만 집에서 혼자 지내는 시간이 무료한 건 어쩔 수 없을 것이고, 장기적으로 봤을 때 그녀에게도 무언가 할 일이 생겨야 삶을 이어 나갈 수 있을 터였다. 그렇다고 내가 나서서 너는 이런 일을 하는 게 적성에 맞겠다, 하고 시키는 것도 우스울 테니까. 스스로 선택할 수 있게끔 진득하게 기다려보려던 찰나에 그런 얘기가 나온 것이다. 본인으로선 고민에 고민을 거쳐 간신히 꺼낸 말이었겠지만.

나는 "잘 생각했어. 네가 하고 싶은 일이면 최선을 다해서 공부해봐. 내가 도와줄 수 있는 건 최대한 해볼게"라고 말했고, 정말로 그렇게 할 작정이었다. 필요하다면 부업이나 연장근무도 고려할 의사가 있었다. 어쨌든 임신테스트기에서 두 줄이 뜬 건 요령부득한 일이었지만, 어떻게든 이겨날 수 있으리라고 생각했다. 삶에 대한 의지도, 미래에 대한 희망도 충만한 시절이었다.

공장에서 일을 마치고 나오면 한밤중이었다. 교외의 비포장도로에는 칙칙한 주황색 불빛이, 두꺼비인지 개구리인지 모를 울음소리가 가득했다. 그런 길을 십오 분쯤 걸어서 야간광역버스에 몸을 싣고 나면, 삼십 분을 달려 집 근처 버스 정류장에 도착했다. 나는 그렇게 돌아간 집 현관에서 "다녀왔어" 하고 말하는 것을 가장 좋아했던 것 같다.

초음파검사를 마치고 나오는 길에, 나와 예진이는 관할구청에 들러 혼인신고서를 접수했다. 그렇게 우리는 부부가 되었다. 그럴듯한 결혼식은 없었지만. 혼인신고서의 어디에도 '결혼식을 언제 어디서 어떻게 했는지'를 기입하라는 칸은 존재하지 않았다.

다만 나로서도 결혼한 기분은 내고 싶었기 때문에, 시간이 허락하는 대로 틈틈이 나무를 조각했다. 서투른 솜씨 탓에 작은 나무반지 한 쌍을 만드는 데에도 보름이 걸렸다. 예진이는 반지를 건네받고 나서 한 시간은 족히 울어댔다. 얼마나 서럽게 우는지 '괜히 반지 같은 걸 줬나' 하는 생각마저 들었는데, 잘 때나 씻을 때까지도 약지에 끼워져 있는 걸 보니 제법 마음에 든 모양이었다.

그녀는 임신 중에도 부지런히 네일아트 공부를 지속했다. 아이가 태어날 무렵엔 실습과정까지 마쳐서, 출산 후에는 곧바로 일할 곳을 찾아볼 생각이었다. 그러는 동안 나는 둘이서 살기에 더 적당한 집을, 지금보다 조금 더 넓은 방을 구하기 위해 적금을 들었다. 적금이라고는 해도 워낙 변변찮은 돈이라 예정일이 다 되어서야 겨우 말을 꺼냈다. 다행히도 그땐 민망하지 않을 만큼 돈을 모아놓은 상태였는데, 그녀는 이 말을 듣자마자 버럭 화를 내며 말했다.

"둘이 같이 살 집이라니, 말도 안 돼요."

"아……니, 왜? 지금 여긴 좁아도 너무 좁잖아. 태어날 아이도 있고…… 약간이라도 더 넓은 곳으로 이사 가는 게 좋지 않을까."

"그럼 말을 정확하게 했어야죠." 예진이는 부쩍 무거워진 몸을 일으키고 말했다. "셋이 같이 살 집이라고."

나는 "그게 뭐야, 그냥 말이 그렇다는 거잖아?" 하고 대답했다. 우리는 한바탕 웃고 부부처럼 포옹했다. 그렇지만 나는 그때 했던 대답을 후회할 수밖에 없었다. 물론 우여곡절 끝에 더 넓은 집을 구하기는 했다. 하지만 그곳은 내 말실수 그대로, 그저 둘이 같이 살아갈 집이 됐을 뿐이다. 상담 선생님의 명함을 찾는 것도 곧 그만두었다.

7

바다가 보이는 마을에는 최소한 한 곳의 슈퍼마켓이 있다. 그리고 그런 슈퍼마켓에는 반드시 빛바랜 양철 표지판이 매달려 있다. 하늘색 바탕에 빨간 글씨로 '담배'라 쓰인 물건이다. 나는 오늘도 페로몬에 이끌리듯이, 그 표지판을 향해 비틀거리며 걷는다.

…… 뭐, 이름만 슈퍼마켓이지 안에 있는 내용물들은 전혀 슈퍼하지 않다. 매대도 세 개뿐이고. 그나마도 하나는 벽에 고정된 삼 층 선반에 지나지 않는다. 사실 슈퍼까지는 말할 것도 없고, 세상에서 가장 별 볼 일 없이 쉽게 구할 수 있는 것들만 골라서 모아 놓은 곳에 가깝다. 이런 촌동네에서 구할 수 있는 물건은 도시에서도 구할 수 있다. 손가락 몇 번 튕기면 될 만큼 간단한 방법으로도 현관문 앞에 대령시키는 것이 가능하다. 나는 담배와 술을 사기 위해 여기 들르긴 하지만, 그건 주위에 편의점이 한 군데도 없어서일 뿐이다. 요컨대 이곳은 슈퍼라고 말할 가치도 없는 허름

한 점포에 불과하다.

"이 자식이, 웃어른한테 못 하는 말이 없어!" 슈퍼마켓 할아버지는 글을 읽어 내리기 무섭게 호통부터 치기 시작했다. 아무래도 이번에는 진심으로 화가 난 모양이었다. 이런 것들이 의도대로 되면 기분이 썩 좋아진다. "이번 글은 시작부터 우리 가게 욕이냐. 슈퍼라고 말할 가치도 없다는 게 무슨 소리야? 너 진짜 나한테 맞아 죽고 싶냐?"

"그건 할아버지가 직접 말한 것 아닙니까? 자기가 운영하고는 있지만, 솔직히 이런 데는 슈퍼도 아니라고 그랬잖아요." 나는 퉁명스레 대꾸했다. 열심히 쓴 글에 태클이 들어와서, 민망한 마음에 괜히 한 말은 아니었다. 정말로 그랬다면 냅다 소리를 지르고 손에 잡히는 대로 물건을 집어던졌을 것이다. 나는 할아버지가 좋았다. 거동이 불편해 방 안에만 있는 할머니도 진심으로 사랑했다. 그래서 직접 말하기도 했다. "할아버지, 할머니, 제가 많이 사랑하는 거 알죠? 좀 알아줬으면 좋겠는데."

"그걸 어떻게 알아. 염병할 자식이. 사랑하면 너는 글을 이렇게 쓰면 안 되는 거지."

"사랑에도 여러 방식이 있는 거예요."

"그리고 나는 할아버지가 아니야. 최소한 슈퍼 아저씨로 고쳐 쓰도록 해." 슈퍼 할아버지가 말했지만 나는 귓등으로도 듣지 않

있다.

"머리가 하얗게 세면 다 할아버지죠."

"아직 환갑도 안 지났어."

"액면가로는 아무리 젊게 잡아도 칠순잔치 이후에요."

"이제 살 거 다 사지 않았나? 볼일 봤으면 집에나 가라고. 사람 귀찮게 만들지 말고."

"예. 알겠습니다."

나는 까만 봉투를 안 쓰는 손목에 걸고 슈퍼를 빠져나왔다. 건물은 다소 황량한 대지 위에 덩그러니 서 있다. 잡초가 무성한 황무지 중간에 길이 하나 나 있고, 저쪽 논밭이 있는 곳에서 트랙터 모는 소리가 환청처럼 들린다. 내가 걸어가는 반대쪽 길은 작은 바닷가로 이어져 나갔다. 길을 따라 걷다 보면 다소간의 오르막과 내리막길이, 마주 보이는 언덕배기에는 몇 년 전까지 방풍림을 조성해보려 노력했던 흔적이 남아 있다. 한마디로 말해 폐허다. 쓰레기장이다. 그러나 나는 흔적이라는 말을 더욱 사랑한다.

나는 담뱃불을 붙이려다 발길을 멈췄다. 초점이 멈춘 곳에 빗자국이 선명한 전봇대가 서 있다. 어딘지 모르게 익숙한 광경이다. 광활한 사막 위에 외따로 놓인 신기루 같기도 하다. 곁에는 사람들이 버려둔 쓰레기와 스티커 없는 폐가구 같은 것들이 아무런 규칙 없이 나뒹굴고 있다. 비닐봉지에서 막걸리를 한 병 꺼낸다. 돌연히 시야가 흩어진다. 전봇대에 다가가면 다가갈수록 흐릿해진다…….

"쯔쯔. 그놈의 양반, 불쌍한 청년한테 왜 그렇게 못살게 굴고
그래요." 아주머니가 말한다.

"내가 뭘 어쨌다고 그래." 아저씨는 지지 않고 맞선다. "저 자식
저거 언제까지 저렇게 허송세월이나 하고 있을지 몰라. 젊은 총
각이 말이야. 가정을 꾸리고 착실하게 살아갈 나이가 됐는데 저
러고 앉아 있으니, 참……."

"한참도 전에 결혼한 사람한테 총각은. 쌀독만 한 딸애도 있었
다는데."

"그걸 누가 알아. 지금은 잃어버리고 없다잖아. 우리야 본 적도
없는데 믿을 수가 있나? 그리고 누가 저런 아비 밑에서 자라고 싶
겠어. 차라리 혼자 사는 게 낫지."

"어떻게 말을 그렇게 해요? 나이 처먹을수록 인정머리만 얄팍
해져 갖고."

"뭣이 어째?"

"너무 그러지 말라 이거예요. 애기 들어보니까 젊은 사람이 딱
하게 됐더구만. 안사람도 애 낳다가 그만 병원에서 죽었고, 애는
실종돼서 찾을 수가 없고. 그만치 마음고생을 했겠지. 팔자가 기
구하면 사람이 망가지기도 하고 그런 것 아니겠소."

"지랄하고 자빠졌네……. 누군들 인생은 서럽고 힘든 게 없어

서 열심히 사는 줄 아나. 이런 촌구석에 틀어박혀서. 허구한 날 취해가지고…… 전봇대나 붙잡고서 그만, 아이고, 아이고, 곡소리나 하고 쓰러져 있다가 경찰 출동한 게 대체 몇 번이냐고. 저것이. 이젠 불쌍하지도 않아."

"아니. 그렇게 싫으면 그놈의 글은 뭣 하러 읽어줘요? 눈이 침침해서 신문도 못 읽겠다는 양반이 말이야." 아주머니는 역정을 내면서, 한 손으로는 효자손을 찾아 바닥을 더듬는다.

"어떤 할 짓 없는 놈들이 저따위 글을 읽어. 나라도 선심을 써서 읽어주지 않으면 아무도 안 읽겠지."

"아이구, 허리야. 이리 와서 등 좀 긁어봐요. 손이 안 닿을라니까……. 당신이 봤을 때 재능은 좀 있는 것 같아요?"

"재능은 개뿔이, 재능 같은 소리하고 있네. 지도 쪽팔려서 재능이 어쩌고 하는 얘기는 안 할걸. 그냥 못 배운 놈이 할 일 없어 아무렇게나 휘갈기는 글이지……." 슈퍼 아저씨는 카운터를 벗어난다. 방이 있는 쪽으로 가는 이유는 등을 긁어주기 위해서일 것이다.

"근데 정말로 그래요?"

"…… 아니, 뭐…… 나야 안목도 없는 인간이고, 원체 옛날 글밖에 읽질 않아서 알 수가 없지. 말 그대로 그냥 읽어주기만 하는 거야. 뭐라 평가할 입장도 아니고. 말한다고 들어먹을 인간도 아니겠고."

"그 양반, 참 큰일하고 있네."

"그럼, 큰일이구말구."

…… 같은 이야기를, 나는 전봇대 옆에 드러누워서도 능히 들을 수 있다. 일종의 초능력일지도 모르겠다. 나의 세상은 계속해서 돌고 돈다. 조금 더 진심에 가까운 얘기를 하자면, 실은 너무 많이 돌아서 현기증이 난다. 어지러운 것은 당연한 이치다. 이 정도면 사르트르의 〈구토〉가 어떤 것인지도 알게 되고, 우주의 섭리와 삼라만상, 그럴듯하게 글 쓰는 일에까지 대충은 통달하게 되는 법이다. 나의 문제는 지나치게 감상적이라는 점, 웬만해서 멈추는 방법을 모른다는 점, 끊임없이 도는 바람에 머물러 있지 못한다는 점이 아닐까.

아니. 아니다.

내가 도는 게 아니다. 나는 그저 쓰러져 있을 뿐이다. 끊임없이 도는 쪽은 세상이다. 언제나 바다는 멀리 있고, 술독에 빠진 남자는 붕 뜨고 가라앉기를 수없이 반복하는 것이다. 어디에도 존재하지 않는 아이를 생각하며 정신을, 자신을 잃어가는 중이다.

8

커튼이 걷히자 병상은 감쪽같이 사라지고 없었다. 앞에는 하얀

가운을 입은 마술사가 물음표 상자 대신 진료차트를 들고 말을 걸어왔다.

"실례지만 김예은 님 보호자 분 되시나요?"

"네." 나는 대답과 동시에 자리에서 벌떡 일어났다. 낡아빠진 병원 의자의 공기가 빠지면서 피익- 하는 소리가 났다. "어떻게 됐나요. 어떻게……."

"출혈이 많아 긴급 수혈이 필요한 상황입니다. 급한 상황이라, 신원 파악만 빠르게 하겠습니다. 성명 김예은. 여아. 나이는 만 삼 세이고 사월 육 일생. 맞나요?"

"네, 네. 맞습니다……. 제가 뭘 하면 되나요? 지금 들고 계신 그 서류에 서명하면 되는 건가요?"

"네. 응급수술에 대한 동의와 책임한계에 대한 내용입니다. 읽어보시고 동의하시는 경우 서명해주세요."

"했, 했습니다. 지금 했어요." 나는 셔츠 윗주머니에서 볼펜을 빼 들었다. 서류 가장 아래쪽 서명란에 휘갈기듯 서명을 한 다음 내던지듯 돌려주었다. 내용은 조금도 읽어보지 않았다. 지금 읽는다고 해서 내용이 머리에 들어올 것 같지도 않았고, 어쨌거나 서명을 할 수밖에 없는 종이였다. "수술은 언제 들어가나요?"

"자, 보호자님, 두 번 이야기하기 어려우니 잘 들어주세요." 응급실 의사가 내가 서명한 곳을 살펴보고 나서, 거의 침착함을 강요하는 태도로 말하기 시작했다. "환자분이 희귀 혈액형이라는 것 알고 계셨나요?"

"아뇨, 몰랐습니다."

"…… 지금 확인되는 바로는, 현재 우리 병원에는 비축분이 없는 혈액형입니다. 일단 긴급으로 요청을 해놓은 상태인데, 정확히 언제 도착할지는 알 수가 없어요. 그래서 최대한 빠르게 수술을 시작하려면, 지금으로서는 가족수혈이 가장 빠른 방법입니다. 보호자님은 수혈할 의사가 있으신가요?"

"얼마든지 하겠습니다." 더 말할 것도 없었다. 당연히 할 수밖에 없다. 나는 해야 한다.

"알겠습니다. 혹시 먹고 있는 약이라거나 수혈에 지장이 되는 관련 질환을 앓으신 적이 있나요?"

"없습니다. 아무것도 없으니까…… 최대한 빨리 조치를 취해주세요. 부탁입니다."

"네, 네. 진정하세요. 보호자님. 모든 게 잘 될 겁니다." 의사의 대답은 더할 나위 없이 따뜻했다. 적어도 그런 상황, 그런 입장에서 할 수 있는 최선이었을 것이다. 그럼에도 나는 고작 그따위 대답이 최선이라는 사실에 분노가 치밀었다. "이쪽으로 따라오세요. 최대한 빠르게 채혈 진행하겠습니다."

채혈실에 도착하자마자, 나는 간호사에게 얼른 주사바늘을 꽂아달라고 애걸하다시피 했다.

간호사는 그런 내 태도에 맞춰 능숙하고 노련한 솜씨로 혈관을 찾아내 바늘을 찔러 넣었다. 나는 심지어 약간의 따끔함조차 느낄 수 없었다. 당장이라면 마취주사 없이 장기를 빼내는 것도 가능하겠다는 생각이 들었다.

그러나 간호사는 헌혈팩 하나가 다 차기도 전에 채혈을 멈추고 말했다.

"…… 저, 보호자님. 정말 실례이지만……."

"예…… 예? 아, 네. 네. 무슨 일이……?"

"혹시 사고 난 아이와 관계가 어떻게 되실까요?"

"저는 애아빠입니다." 이 무슨 뚱딴지같은 질문인가. 얼떨결에 대답하기는 했지만 정말이지 바보 같다고 생각했다. 이렇게 지능이 떨어지는 사람이 간호사로 재직해도 괜찮은 것인지 의문이 샘솟을 정도였다.

"혹시 입양을 하셨나요?"

"…… 아뇨. 친아빠입니다." 제발. 그만하고 피나 마저 뽑아. 나는 마음속으로 명령하기도 하고, 싹싹 빌어보기도 했다.

그러거나 말거나, 간호사는 계속 물었다.

"사실입니까?"

사실이냐니? 나보고 예은이의 아버지인 게 사실이냐고 물었나? 이렇게 우물쩡거리는 이유가 그저 내가 아빠라는 사실을 확인하기 위해서였나? 나는 도저히 그 상황을 받아들일 수가 없었다. 납득이 되지 않았다. 아주 잠깐이지만, 나는 스스로가 '사실'

이라는 단어의 뜻을 전혀 이해하지 못하는 사람인 것처럼 느껴졌다.

그러는 와중에도 시간은 계속 흘렀다. 예은이는 일시정지 없이 죽어갔다. 간호사는 그런대로 정신을 차려 대책을 찾기 시작한 반면에, 나는 금방이라도 실성할 것 같이 몸을 가누지 못했다. 여기서도 나는 자격이 없는 것이다. 내겐 아무런 자격도 없다. 유일하게 남아 있는 가족도 살릴 수 없을 뿐 아니라, 이제는 진짜 가족이라고 말할 수도 없을 것이었다.

그렇게 모든 게 끝났다고 생각되는 상황 속에 낭보가 날아들었다. 가장 가까운 병원으로부터 금방 피를 공수했다는 소식이었다. 아슬아슬하게 도착한 혈액 덕분에 수술은 무사히 끝났다. 예은이는 엄마와 다르게 살아 돌아왔고, 오히려 너무 건강한 나머지 그 모든 고생이 허탈하게 느껴질 지경이었다. 남은 거라곤 보험으로 수습이 불가한 수술비, 알고 보니 내 피는 한 방울도 흐르지 않았던 여자아이, 그리고 '원인불명의 무정자증으로 원활한 생식이 불가능해 보인다'는 비통한 검사 결과에 지나지 않았다.

예은이의 얼굴에서 웃음이 떠나지 않았다. 아기일 때부터 잘 웃었지만 그날따라 더 많이, 크게, 자주 웃는 모습이 눈에 띄었다. 하기야 난생처음 놀이공원에 왔으니 무리도 아니었다. 이해할 수는 없지만 사람들은 대체로 그렇게 여긴다. 나는 그 해맑은 아이의 손을 잡고 걸어 다니는 것이 이상해 보이지 않도록, 아빠처럼 웃는 얼굴을 몇 번인가 연습하다 포기해버렸다.

예은이는 꼭 손을 붙잡고 있지 않아도 잃어버리는 법이 없었다. 내가 예은이를 찾기 전에 언제나 예은이가 나를 먼저 찾았다. 양손을 주머니에 푹 꽂아 넣고 있어도 아무 걱정 없었다. 부모 입장으로서는 편리하기 그지없다. 유난히도 귀소본능이 출중했던 그 아이는, 지나치게 머리가 비상한 비둘기 같아 보였다.

"…… 아빠." 예은이는 놀이기구를 탄 흥분이 미처 가라앉지 않은 듯했다. "아빠."

"응."

"아빠도 즐거워요?"

"응. 즐거워."

"그럼 행복해요?"

"아주 행복해."

"무지하게 행복해요?"

"무지하게 행복하지." 문득 나는 테마파크 천정 꼭대기로 스며드는 빛을 가리키며 말했다. "예은아. 저것 봐."

"응." 예은이는 내가 시키는 대로, 실내에 쏟아지는 노을의 침략을 찬찬히 바라보았다.

"해가 지고 있어."

"해가 져요."

"그래."

나는 벤치에서 일어서서, 뒷주머니에 넣어 꾸깃꾸깃해진 놀이동산 약도를 펼쳤다. 예은이는 팔을 뻗어 업어달라는 시늉을 했다. 나는 아이를 번쩍 들어 어깨에 짊어진 채 한 번 더 약도를 펼쳤다.

"아빠. 이제는 뭐 타러 가요?"

"아무래도 회전목마겠지."

"우와~." 예은이는 아이처럼 호들갑을 떨어댔다. 지나가던 교복 차림의 커플 한 쌍이 기묘한 눈빛을 쏘고 지나갔다. "아빠는 회전목마 좋아해요?"

"아니." 내가 대답했다.

"그럼 왜 회전목마를 타요?"

"이젠 탈 수 있는 게 그것밖에 없으니까."

몇 분 사이 해는 고꾸라지듯 떨어져 자취를 감췄다. 꺼져 있던 실내등이 마법처럼 켜지고, 사람들은 제각기 약속이나 한 듯 회전목마가 있는 방향으로 발길을 돌렸다. 사탕 덩어리를 발견한 개미 무리처럼 졸래졸래 줄을 지어 몰려가고 있었다. 나와 아이는 그 개미행렬에 섞여들어서, 무언가에 홀린 양 머리를 텅 비우고 걷기 시작했다.

회전목마 주변은 심각할 정도로 붐볐다. 적당히 거리를 두고 사진을 찍는 것조차 엄두가 나지 않았다. 사진 찍는 아르바이트생이 "사진 좀 찍게 비켜주세요~" 하며 공간을 만드는 모습이 보였다. 상황이 여의찮은 대로 대충 셀카나 몇 장 찍고 돌아가는 사람들도 있었다. 그러나 대부분의 사람은 회전목마 앞에 서 있었다. 이 시각 유일하게 운행 중인 어트랙션…… 그 동심원을 원점으로 두고 대기행렬이 두 줄, 세 줄로 겹겹이 쌓여갔다.

모두가 회전목마를 탄다. 사람들은 몇 시간이나 줄을 서 있다. 조금 있으면 누군가 내리겠지, 하는 마음으로. 움푹 웅크린 얼굴들이 거기에 있다. 나는 예은이의 손을 꼭 붙잡고 그 뒤에 바짝 붙어 섰다. 인파는 잦아들기는커녕 갈수록 사람이 많아지는 것 같았다. 폐장시간이 가까워 오는데 흔쾌히 나가는 사람은 없다.

탑승할 차례가 돌아오길 기다리면서, 나는 회전판 위에 자리한 모형들을 차례로 뜯어보았다. 가만 보니 회전목마에도 각자의 역할이라는 것이 있다. 말들은 서로 다르게 디자인되어 있다. 백마 탄 왕자님이 절로 연상되는 하얀색 말, 기다란 속눈썹에 앙증맞은 리본을 단 분홍색 암말, 앞발굽을 힘차게 치켜세워 정력적인 느낌을 주는 검은색 말은 풍성한 갈기를 늘어트리고 있고,《만화동산》에서 조연으로 나올 것 같은 당나귀는 억지스런 웃음을 짓고 있다. 색이 다른 말 한 쌍이 지붕 덮인 호박마차를 끈다. 하얀 뿔과 날개를 가진 유니콘은 조금 작게 설계된 대신 가장 높게 안장이 설치되어 있다. 누구나 회전목마를 타지만, 하나하나의 말에 그런 역할이 존재한다는 사실을 모두가 알진 못한다.

꽤 오랜 시간이 지났다. 좀처럼 줄어들 것 같지 않던 줄도 끝이 보이고, 곧 우리에게 탑승할 기회가 주어졌다. 안내직원이 목마로 향하는 출입구를 열어줬다. 나는 예은이를 그 안으로 들여보낸 다음 줄 바깥으로 걸어 나왔다.

"어, 아빠는 안 탈 거야?" 예은이는 회전판에 오르다 말고 뒤를 돌아봤다. 그사이 뒤따라 올라간 어른들, 아이들이 각자 마음에 드는 탈것을 골라 타고 있었다. "아빠, 아빠는 안 타?"

"응. 아빠는 안 타."

"왜?"

"누군가는 밖에 있어야 사진을 찍어주지."

"아하. 그럼 아빠가 찍어줄 거야?"

"그래." 나는 미소와 함께 대답했다. "얼른 들어가. 마음에 드는 예쁜 말 타야지. 늦으면 못 탄다."

"네에."

예은이는 종종걸음으로 회전판 위를 돌아다녔다. 제 눈에 가장 좋아 보이는 말을 골라타기 위해서였다. 시간이 임박하자 안내원이 두 명이 나서서 아이들을 안아 올렸다. 떨어지지 않게 안전벨트 매는 것까지 도와주었다. 때문에 어떤 아이들은 원하는 말에 타지 못해 심통이 난 얼굴이지만, 마지막 놀이기구를 탄다는 생각에 대체로는 즐거워하고 있다.

운행 시작을 알리는 안내방송이 나왔다. 잔뜩 신난 예은이가 꺄르르 웃어댄다. 우스꽝스러운 음악이 흘러나오고 회전판이 돌아가기 시작한다. 모든 말들은 단단히 고정돼 움직이지 않는다. 돌아가는 것은 회전판뿐이다. 말들은 제자리에서 오르락내리락하며 똑같은 움직임을 반복하기만 한다.

나는 멀거니 서서 회전목마의 불빛을 바라보았다. 예은이가 어떤 말을 탔는지는 알 수가 없다. 어둠 속에 눈이 부셔 보이지도 않는다. 나는 그저 인파 속에 몸을 숨기고, 아무도 모르게 여기를 빠져나가는 상상을 하고 있었다.

*From an Infinitely Long and
Shallow Outer Circulation Train*

—

한없이 길고 얕은
외선순환열차로부터

인간의 비극은 웬만해 신경 쓸 일 없는 작은 일에서부터 싹트곤 한다. 사람은 자신의 일상을 이루는 사소한 것들이 얼마만큼의 고통을 가져올지 알 수 없고, 그때그때 별생각 없이 내린 결정으로 인해 쉽사리 불행해진다. 가령, 이날 두 남자가 겪은 고통은 아래의 하잘것없는 회화로부터 시작되었다.

"오빠들은 문래에 이렇게 좋은 카페가 있는 줄 몰랐죠?" 두 사람의 만남을 주선한 여성이 오래된 골목을 빠져나오면서 물었다. "지난번에 와봤는데 엄청 좋더라고요. 언제 한 번 셋이 만나면 여기서 보는 게 좋겠다고 생각했었어요. 너무 괜찮지 않아요?"

"맞아. 인테리어도 예쁘고 커피도 꽤 맛있던데. 케이크는 너무 달긴 했지만 나쁘지 않았어." 화려한 무늬의 하와이안 셔츠를 입은 남자가 말했다. 평범하게 마른 체격에 헤어스타일은 좌우 옆머리를 짧게 치고 위쪽을 살짝 볶았다. 전반적으로 유행을 따라가려고는 하는데 어딘지 어설픈 느낌이 드는 외양이다. 연한 갈색 면바지는 얼마 전에 새로 산 티가 확연하다.

"그렇죠? 근데 오빠는 집이 어느 쪽이에요? 어차피 지하철 타죠?"

"응." 검은색 오버사이즈 티에 회색 벙거지를 쓴 남자였다. 나머지는 평범하디 평범한 청바지와 운동화 차림이기 때문에, 이렇게 특징 없는 남자는 편의상 벙거지라고밖에는 부를 수 없을 것이다.

"와아~ 그럼 다같이 지하철 타면 되겠다!" 그녀는 앞으로 일어날 일에 대해 전혀 알지 못한 채, 입가에 미소를 머금고 쾌활하게 말했다. "하와이 오빠도 지하철 타니까. 어느 방향으로 가?"

'나는 하와이인 건가……?' 하와이안 셔츠를 입은 하와이 남자는 생각했다.

사실 그가 살고 있는 집은 성수역 인근으로, 문래역과는 같은 지하철 노선의 정반대 방향에 있었다. 둥글게 연결되어 있는 현대의 무한열차, 2호선. 원형으로 이어진 노선 덕분에, 어느 방향으로 가든 잠자코 있기만 하면 모든 역에 도착할 수 있다. 다만 서울에 사는 현대인은 십 분, 이십 분도 소홀히 할 수 없는 신경증에 늘 노출되어 있는 상태다. 따라서 2호선을 탈 때면 가고자 하는 역이 지금 역에서 어느 쪽으로 몇 정거장이나 떨어져 있는지를 파악한 다음, 시계 방향의 내선순환, 반시계 방향의 외선순환 중 택일하여 조금이라도 시간이 적게 걸리는 쪽에 탑승하는 것이다.

그러나 문래에서 성수라고 하면. 원의 원점을 가로지르는 선분의 두 교차점 같은 두 역이다. 위로 가든 아래로 가든, 안으로 가든 밖으로 가든 비슷하게 멀다. 요컨대 하와이로서는 지하철을 타기만 하면 그만이었던 셈이다.

따라서 그는, 대학교 시절 짝사랑하던 후배의 제안으로 문래까지 건너왔던 남자는, "아, 나도 똑같은 방향이야. 같이 타면 돼"라고 무심코 대답해버렸다. 어디로 가든 먼 길인데, 기왕 이렇게 된 거 혼자 가는 것보다야 셋이서 대화나 나누며 가는 게 좋지 않은가?

군자에서 온 벙거지도 그와 비슷하게 생각했다. 회사 동료의 소개라고는 해도 일면식도 없던 또래 남성과 만나 아무 대화를 주고받는 건 쉽지 않은 일이었다. 중간에 앉은 그녀가 회사에서처럼 털털한 말주변으로 텐션을 끌어올려주지 않았다면…… 이런 자리는 서로 적당히 휴대폰이나 만지작거리다가 어색하게 헤어졌을 것이 틀림없다.

하지만 다행히 그들에게는 그녀가 있었다. 덕분에 낯선 동갑내기 남자들끼리 금방 너나들이하며 말을 놓을 수 있었다. 두 시간가까이 이런저런 실없는 소리를 주고받으면서 꽤 즐거운 시간도 보냈다. 평일 내내 회사가 주는 격무에 시달리느라 머릿속이 어지러웠던 벙거지로서는, 이렇게 무난하고 가벼운 대화 시간이 가뭄의 단비처럼 느껴졌다. 달리 말해 그는 조금 들떠 있는 상태였다고도 할 수 있을 것이다.

세 사람의 대화는 함께 문래역에서 외선순환열차에 올라탔을 때부터 신도림을 지나 대림역에 도착할 때까지도 화기애애하게 이어졌다. 원래라면 그즈음에서 내려 7호선으로 갈아타서, 왔던 길대로 곧장 군자로 갈 생각이었던 벙거지는 '대화가 즐거우니까 조금만 더 가서 환승해도 되겠지'라고 생각했기 때문에 그대로 대림역을 지나쳤다.

그렇게도 안이한 생각들, 판단들이 쌓이고 쌓여…… 마침내 비극의 윤곽을 드러내 보이는 순간. 그 불길한 신호는 전 대학교 후배이자 현 회사 동료인 그녀의 입에서 튀어나왔다.

　"아, 벌써 신대방이네! 나는 이제 내려야겠다."

　"…… 엥? 어……? 너, 신대방 살아?" 하와이는 화들짝 놀라며 물었다. 생각지 못한 상황에 당혹감을 감출 겨를도 없었다.

　"응. 여기서 내리면 걸어서 십 분 거리야!"

　"은주…… 너 모란인가 어딘가에서 살지 않았어? 강남에서 갈아타는 줄 알았는데."

　"에이, 그건 부모님 집이고! 나는 신대방으로 이사온 지 두 달쯤 됐어. 언제까지 부모님 신세만 지고 살 순 없잖아? 나도 이제 회사원인데 내 앞가림하고 살아야지."

　"뭐야? 언제는 부모님이랑 같이 사는 게 너무 좋다며?" 벙거지는 오래전 회식 자리에서 들었던 내용까지 더듬어가며 현실에 저항해보려 했다. 그러나 그것은 저항이라기에 너무 미약했고, 오히려 인지부조화로 인한 유아퇴행 현상에 가까웠다.

　"그건 그렇지. 근데 좋아하는 거랑 별개로~ 나도 독립할 때 됐으니까! 같이 사는 것도 좋지만 자랑스러운 딸이 돼야 하지 않겠어?"

　"그것참, 엄청난 효녀인데." 전철 출입문 너머로 펼쳐지는 신대방역 플랫폼을 망연히 바라보면서, 하와이는 적의에 가득 찬 비아냥을 퍼부었으나 은주에게는 효과가 없었다.

"히히, 그치? 나도 내가 자랑스럽다니깐~ 아무튼 도착했다! 오빠들, 오늘 먼 곳까지 와줘서 너무 고마워! 그럼 안녕~. 다음에 또 봐! 바이바이~."

"그래, 안녕……." 나란히 서서 지하철 손잡이를 잡고 있던 두 남자는, 스크린도어 밖으로 총총 뛰어 사라져가는 은주의 뒷모습을 보며 힘없이 중얼거렸다. 그들은 본능적으로 깨달았다. 그 광경, 그 작은 역의 모습이 산뜻한 주말 오후의 종말을 의미한다는 것을. 더불어 어색하고 음침한 터널 구간으로의 진입을 상징한다는 것을 말이다.

전체는 부분의 합과 다르다. 그것은 인간관계에서도 충분히 적용될 수 있는 원리이다. 여러 명이었을 때는 절호조였던 대화 분위기가, 단 한 사람이 빠진 것만으로 혼자 있느니만 못한 상황이 된다. 잘 섞여 있던 물질에서 유화제를 빼면 물과 기름이 따로 놀듯이.

비유를 하나 들어보자. 그러니까, 거북이는 토끼와 친하고, 토끼는 다람쥐와 친하다고 생각해보는 것이다. 이 세 친구가 함께 모여 즐겁게 노는 일은 그리 어렵지 않은 일이다. 중간에 토끼라는 친근한 안내자가 있으니까. 서로 아는 게 전혀 없었던 거북이와 다람쥐도 몇 마디 농담을 주고받으며 유쾌한 시간을 보낼 수 있다. 하지만 토끼가 화장실이다, 전화통화다 해서 잠깐씩 자리를 비워야 할 때면? 이 두 동물은 부모 잃은 이복형제 같은 사이가 되는 것이다. 잘 아는 사이는 아니지만 도저히 모른 척할 수 없는, 그렇다고 알은체를 하자니 본질적으로 아무 관계가 없는 서로가 남는다.

하지만 이들에게 전혀 희망이 없는 건 아니었다.

"혹시 이거 타고 어디까지 가세요?" 벙거지는 부자연스럽게 쾌활한 태도로 물었다. 그는 조금 전 카페에 있을 때 서로 말을 놓기로 했던 것을 까맣게 잊은 상태였다.

"저, 저는 성수요……" 하와이는 침울하게 답변했다. 말을 놓기로 한 것 아니었나? 왜 갑자기 거리를 두는 거지? 그런 생각이 실낱처럼 떠오르다가 똑 하고 끊겨 사라졌다.

"성수…… 아, 그러시구나. 완전 멀리서 오셨었네요?"

"네. 어쩌다 보니 그렇게 됐네요. 그쪽은 어디서 내리시나요?"

"아, 저요." '그쪽'이라니, 벙거지는 그것이 문득 지나치게 거리를 두는 대명사같이 느껴졌다. 뭐야 이 자식? 사실 따지고 보면 본인이 먼저 말놓기로 한 걸 되돌린 셈이었지만……. 이제 와서 그런 건 아무래도 좋지 않은가? 어쨌거나 그가 내놓을 대답은 "저는 7호선으로 환승할 거라서요. 좀 있으면 내릴 거 같아요."였으니까.

"아아~ 그럼 어디서 내리시죠? 어디였더라, 다음에 7호선으로 갈아탈 수 있는 역이……?"

"그걸 지금 찾아보려고요. 어디 보자……. 2호선에서 7호선으로 갈아탈 수 있는 역이…… 대림 다음에는……." 벙거지는 어쩐지 불길한 예감이 들었다. 휴대폰 화면에 뜬 지도 앱. 2호선의 연두색 지하철 노선도를 눈으로 거슬러 올라가는데, 7호선과 겹치는 역이 좀처럼 나오지 않았던 것이다. 외선순환열차의 맹진은 2호선 저 반대편 부근에 가서야 우뚝 멈춰 섰다. "건대입구역……????"

"…… 예??" 하와이는 한순간 귀가 먹먹해지는 것을 느꼈다. "건대입구면…… 성수 바로 직전 역이잖아요."

"그러네요." 벙거지의 대답은 명료했다. 별안간 땅이 꺼지는 것 같이 느껴지는 무게감……. 누구도 원치 않는 이인삼각 경기가 시작된 참이었다.

'그렇다고 해서 건대입구까지 계속해서 가야 할 이유가 있을까?'라는 생각은 벙거지도 당연히 했다. 누가 뭐라고 해도 그는 인서울 사 년제 대학을 무난하게 졸업한 인간이기 때문이다. 적당히 사당역쯤에서 내려서 4호선으로 갈아탄 다음, 한 정거장만 이동하면 7호선 환승역인 이수에 갈 수 있었다. 비록 두 번 갈아타야 한다는 단점이 있긴 했지만, 그 지옥 같은 시간을 정면으로 맞서 견디는 것에 비하면 전혀 어려울 것 없는 부분이었다.

하지만 벙거지는 그렇게 할 수 없었다! 그는 대학을 졸업한 인텔리인 동시에 한국인이었고, 한국 회사에 다니며 한국식 예의

구조에 익숙해진 한국의 샐러리맨이었기 때문이다. 말했다시피 한 번 갈아탈 것 두 번 갈아타는 것쯤이야 어렵지 않다……. 그렇지만…….

'뭔가 내밀한 메시지를 주는 것처럼 느껴지면 어떡하지?'라는 생각이 들었다. 조금 전만 해도 건대입구역이네 어쩌네 해놓고서는, 갑자기 "전 이쯤에서 내려서 두 번 갈아타고 갈게요"라고 말한다? 그건 내밀함을 넘어 아주아주 명징한 메시지로 다가온다. '너 같은 녀석이랑 지하철을 같이 타고 십수 개나 되는 정거장을 거쳐 갈 순 없지. 두 번 갈아타는 번거로움을 감수하더라도 너와 같이 있는 건 사양이다'라는……. 지금을 사는 MZ세대라면 그렇게 받아들일 수밖에 없지 않은가?

사실은 그렇지만도 않았다. 하와이는 2호선 말고 다른 노선을 타본 일이 거의 없었고, 7호선이 어떻게 생겨 먹은 지하철인지도 잘 모르는 입장이었다. '두 번 갈아탄다'는 말만 하지 않았다면 대충 그게 더 빨라서 저리로 가는 거겠지, 하고 무리 없이 받아들였을 부류의 인간이었다. 요컨대 그렇게 깊게 생각하고 행동하는 사람이 아닌 것이다. 사회는 한 세대의 성격이나 특성을 뭉뚱그려 생각하려고 하지만, 실상은 저들끼리도 납득되지 못하는 갈라파고스다. 갈라파고스 세대다.

그런 피상적인 이해밖에 하지 못하기 때문에, 요즘 사람들은 (심지어 같은 세대와 성별에 속하는 사람들조차) 이리저리 겉도는 대화를 하게 된다. 영락없는 수박 겉핥기. 출발하면 되돌아갈 수 없고, 실수라도 취소할 수 없는 1차원의 세계. 벙거지는 건대입구역이라고 이미 말해버린 이상 건대입구역에 내리지 않으면 안 된다. 그들은 막차 시간까지 빙글빙글, 끊임없이 도는 외선순환 열차 안에 서 있으므로.

"은주는 참 좋은 친구예요." 사당을 지나 방배로 접어드는 시점에 하와이가 말을 꺼냈다. "학교 다니던 시절에도 항상 먼저 말을 걸어줬거든요. 사실 전 붙임성이 있는 성격이 아니라서……."

"그, 그래요? 제가 보기에는 꽤 인싸처럼 보였는데요." 벙거지는 드물게 진심을 담아서 대꾸했다. 본인 입으로 붙임성이 안 좋다는 말을 먼저 꺼내다니. 진짜로 붙임성이 없는 인간이라면 할 수 없는 일이다.

"아하하, 지금은 많이 나아진 거죠. 은주랑 같이 지내다 보니까 나아진 것도 있고요. 예전에는 정말 심했거든요. 아시다시피 은주가 여자애치고는 털털한 성격이잖아요? 그래서……."

벙거지는 이런 하와이의 말을 들으면서 여러 생각이 교차했다. 첫째로, 왜 자신에게 이런 이야기를 꺼내는 것일까? 직장동료인 그로선 알 턱이 없는 학창 시절 얘기를 말이다. 벙거지에게 그런 건 알고 싶지도 않고, 솔직히 말해 짜증스러운 얘기였다. 생판 남의 꿈 얘기와 학창 시절 얘기를 듣는 것만큼 지루한 일도 없다.

여기에 하와이가 자신을 잠재적인 연애 라이벌로 보고 있는 것은 아닌가, 그래서 괜히 타인은 알 수 없는 과거의 일들을 꺼내 놓으며 그녀와의 특별한 관계를 과시하는 것은 아닌가 하는 데까지 생각이 미치자 열이 뻗쳤다. 확실히 벙거지는 은주를 짝사랑하고 있었지만, 스스로를 공사 구분이 철저한 인간으로 착각하는 경향 때문에 의식적으로는 깨닫지 못하고 있는 상태였다.

'역시 사당역에서 내렸어야 했나? 어차피 다시는 안 보게 될 사람일 수도 있는데.'

한편 하와이는 괜한 과거 얘기로 말문을 튼 나름의 이유가 있었으니, 휴대폰 배터리가 오 퍼센트 미만이 되어 이 이상 화면을 보며 딴청을 피울 수 없었기 때문이다.

'아침에 너무 급하게 나와버렸어. 자기 전에 충전 좀 해놓는 건데. 아니, 보조배터리라도 챙겨왔더라면⋯⋯.'

뒤늦은 후회는 상황에 대한 수용 능력을 약화시킬 뿐이다. 하와이는 정면돌파를 시도했다. 완전한 타인은 아니지만 모르는 척할 수도 없다. 그런 어색한 분위기 속에서 멍하니 서 있는 것보다는, 뭐라도 이야기를 주고받는 게 시간을 더 빨리 지나 보낼 수 있는 방법 같아 보였다. 그의 입장에서는 제법 용기를 쥐어짜내서 한 행동이었던 것이다.

그러나 세상의 일이라는 것들이 좋은 의도만으로 좋게 좋게 굴러가주지는 않는다. 하와이는 그나마 두 사람의 공통분모라고 할 수 있는 은주를 주제로 대화를 꺼내보았으나, 의도치 않게 벙거지의 민감한 부위를 건드린 꼴이 됐다.

"글쎄요……. 은주가 그런가? 회사에서는 자기 맡은 일만 처리하는 느낌이라 저는 잘……." 이라는 벙거지의 답변은, 실로 말라비틀어졌다는 표현이 적절했다. 지열로 자글자글 끓어오르는 사막. 그 한복판에 몇 달째 방치된 한 떨기 민들레……

이윽고 하와이는 '내가 뭘 크게 잘못 말했나?'라는 생각에 휩싸였다. 어쨌든 먼저 말을 꺼낸 건 자신이었으므로, 어떤 얘기를 꺼내서라도 이 참담한 분위기를 수습해야 한다는 사명감이 강하게 움텄다.

"강, 강남역에 자주 오세요?"

"아뇨." 벙거지는 잠깐 쳐다보던 휴대폰을 주머니에 집어넣으며 대답했다. 아무리 봐도 내켜하는 기색은 아니었지만, 어쨌든 옆에 서 있는 사람이 말을 하는데 고개를 숙이고 화면만 보고 있는 건 기본 예의가 아니라고 생각하는 듯했다. "솔직히 올 일이 별로 없어서요."

"아하. 그렇구나……. 전, 일 년 전쯤에 어학원 다니느라 자주 왔었거든요. 그때마다 사람이 어찌나 많은지. 숨 막혀 죽을 뻔했다니까요."

"아아. 2호선은 사람이 많죠."

"……."

하와이는 더 이상 할 말이 없었다. 벙거지는 금방 자신이 한 말을 되새겨보고는 자책하기 시작했다.

'2호선은 사람이 많다는 게 대체 뭔 개소리였지……?? 저쪽도 나름대로 말을 붙여보려고 한 얘기 같은데. 관심 없다는 걸 너무 대놓고 티 내버렸잖아……. 예의가 없어도 정도가…….'

벙거지에게 모르는 사람에게 살갑게 말을 거는 재주 같은 건 존재하지 않았지만, 그럼에도 불구하고 그는 노력했다……. 하지만 노력이라는 것은 좋은 의도라는 것과도 닮아 있어서, 그 자체로 좋은 결과를 담보해주지는 못한다…….

"역삼……." 벙거지가 중얼거리기 시작했다.

"?"

"역삼역은…… 거꾸로 해도 역삼역이네요……. 신기하다……."

"……!!"

하와이는 즉각적인 사태 파악에 어려움을 겪었다. 그 대화(라고 할 수 있을지 없을지 모르겠지만)의 시작은 매우 느닷없는 것이었다. 그렇지만 그는, 벙거지가 자신의 용기에 감응해 나름의 노력을 기울이기 시작했음을 알아차렸다. 다만 웃어주기에는 너무 늦었다. 몇 초나 지나서 웃어댔다가는 사람을 조롱하는 것처럼 들릴 수도 있다. 따라서 여기서는 다른 차원의 기지가 필요했다.

"저, 그…… 노원역에 가본 적이 있으신가요?" 하와이가 물었다.

"아. 가본 적은 없고 지나가본 적은 있는 것 같은데…… 북쪽에 있는 곳이죠?"

"에에, 북…… 네. 북쪽이기는 하네요." 요즘 세상에 나침반이라도 들고 다니는 것일까. 아니야, 이 말에 악의는 없다. 대수롭지 않은 말이야,라고 생각한 하와이는 두 발로 서서 당혹감을 버텨냈다. 그리고 말을 이어갔다. "그거 아시나요? 모든 역에는 영어 역명이 있거든요……."

"아. 네. 플랫폼 벽면에 적혀 있는 그거요." 벙거지는 얼마쯤 만들어낸 활기를 원료 삼아 맞장구를 쳤다.

"그걸로 치면, 노원도 역삼역이랑 똑같습니다."

"네?"

"노원의 영어 역명은 Nowon이거든요……" 하와이는 여기서 이미 뭔가가 잘못됐음을 느꼈다. 그렇지만 안다고 해서 누구나 멈출 수 있는 건 아니다. 일단 출발하면 끝까지, 적어도 끝이라고 생각할 수 있을 때까지 계속 가야만 하는 것들이 있다. 플랫폼을 출발한 외선순환열차. "철자를 거꾸로 해도 똑같아요. N-O-W-O-N. 거꾸로 해도 N-O-W-O-N."

"아아아아." 벙거지는 머릿속이 새하얘져서 대답했다. 뭐라고 할 말이 없었다. 그냥 그런 건…… 아무래도 좋은 사실이었다. 애초에 그리 중요한 얘기를 해야 하는 상황은 아니었지만. 아니, 따지고 보면 완전히 반대라서 아무 얘기나 해도 상관없는 상황 같지만. 그는 노원역의 숨겨진 비밀이 아니라, 그런 무가치한 비밀까지 튀어나올 만큼 가망이 없는 이 대화 소스에 경악했다. 두 사람은 서로에 대해 아무것도 모르는 것이다. 아무것도 알고 싶어하지 않는 것이다. 아무래도 상관없는 풍경에 불과한 것이다. 그런 그들에게 남아 있는 대화라고는, 그렇게나 무색무취한 것들밖에는 남아 있지 않은 것이다. 다람쥐가 말을 걸어오면, 거북이는 황당한 표정으로 바다에 들어가버린다. 하지만 이곳은 외부세계가 아닌 지하철이다. 외선순환열차다. 역은 플랫폼을 또 한 번 떠난다……. "그것참, 신기하네요. 전혀 생각해본 적이 없었는데……."

"그렇죠. 신기하죠."

"노원, 노원……." 벙거지는 환자처럼 고개를 내리깔고 중얼거리기 시작했다. '노원'이라는 단어의 뜻이 짓뭉개지고 쪼개져서, 도대체 뭐가 뭔지 알 수 없을 때까지 되뇌는 것이었다. 그 희한한 집중상태가 얼마나 깊었던지, 서 있던 곳 바로 앞에 빈 좌석이 났는데도 앉을 생각이 들지 않았다. 옆옆자리에 서 있던 아줌마는 몇 초의 우선권이 증발하기 무섭게 자리를 꿰차고 앉았다. 한편 그 젊은 청년들이 자신을 어떻게 볼지도 신경이 쓰였기 때문에, 괜히 천연덕스러운 표정을 지으며 주위를 두리번거린 다음 휴대폰을 꺼내들었다.

하와이 역시 노원에 대해 생각하고 있었다. 하와이는 멀리 노원역까지 과외수업을 다니던 시절을 회상했다. 노원역은 아예 다른 역이라고 해도 좋을 만큼 멀리 떨어진 두 역을 포함하고 있어서, 사람이 북적일 때는 환승하는 시간만 이십 분이 걸렸다. 거꾸로 해도 말이 되는 영어역명은 그 긴 환승터널을 걸어 지나면서 생각한 것이었다. N-O-W-O-N. N-O-W O-N, N-O W-O-N……

외선순환열차 속 사람들은 전부 전원이 꺼져 있는 것 같다. 거꾸로 말해, 누구도 켜져 있는 것 같지가 않다. 그 어떤 곳보다 사람으로 바글거리지만, 밀도에 비해 터무니없을 정도로 낮은 질량이 우주적으로 느껴진다. 그러므로 여기 있는 이들은 승리해본 적이 없다. 패배하지는 않았지만 제대로 이겨보지도 못했다. 하와이는 지하철을 타면서 그런 생각들을 했다. 지금? 지금은.

벙거지는 '아무도 없는' 노원을 생각했다. 여태 살면서 거기 멈춰본 적이 없기 때문에, 텅텅 빈 가상의 역사를 상상하는 것은 쉬웠다. 그 역에서는 아무도 나를 찾지 않는다. 누구도 나를 구해주지 않는다. 오직 시간뿐이다. 시간만이 그를 구원해줄 수 있다. 더디게 흐르는 시간에 굴복해, 고개를 떨구고 있을 때 비로소 목적지에 도착한다.

"…… 저기요?" 하와이가 벙거지의 어깨를 툭툭 건드렸다.

"아, 네, 네?"

"졸고 계셨나 보네요."

"아아뇨. 자진 않았는데." 벙거지는 자신이 왜 그런 말을 하고 있는지도 몰랐다. 정말이지 잠깐이라도 졸았다는 기분은 들지 않았는데. 어디론가 의식이 가라앉아 있었던 것은 분명했다.

"이제 건대입구역이에요." 하와이는 담백한 어투로 말했다. "여기서 환승하신다고 하셨잖아요. 7호선으로."

"맞아요."

"곧 내리셔야겠네요."

"네." 벙거지는 짧게 대답했다. 그러고 나서도 너무 짧게 대답했다는 생각 때문에, "오늘, 만나서 정말 반가웠습니다"라고 덧붙이고 말았다.

"저도요."

하와이는 건대입구역 플랫폼에 다다라 앉아 있던 사람들이 일어나는 모습을 둘러보았다. 붐비는 환승역이 으레 그렇듯 앉을 자리가 많이 났지만, 그는 그대로 쭉 서 있기로 했다. 한 정거장만 더 가면 성수에, 마침내 역을 빠져나가 집으로 돌아갈 수 있었다.

벙거지는 2호선 전철에서 내리려는 수십, 수백 명의 사람에게 휩쓸려 플랫폼으로 나왔다. 하와이가 지금쯤 휴대폰 화면을 쳐다보고 있지는 않을지, 궁금한 마음에 고개를 돌려보았으나 인파에 가려 아무것도 보이지 않았다.

젊은 사람들, 나이 많은 사람들, 울지 않는 어린아이들과 외국인, 헤진 옷차림에 거동이 수상한 노숙자들. 환승구역에 접어들자 스멀스멀 풍겨오는 델리만쥬 냄새. 커스터드 크림. 벙거지는 그 들끓는 통로를 가로지르며 생각했다. 노원, 노원…… 그 말이 나왔을 때 물어볼 걸 그랬다. 노원에서 당신은 무슨 일이 있었느냐고. 그리고 혹시 당신도 은주를 좋아하고 있지는 않느냐고. 여자로서가 아닌 인간으로서의 그녀가 얼마나 매력적인지 아느냐고. 하지만 두 사람은 알고 있었다. 외선순환열차에서는 도저히 그런 대화들밖에 할 수 없다. 한없이 길고 한없이 얕은, 아무도 관심 두지 않는 외로운 궤도들.

And One!

—

앤드원!

1

김 감독은 마지막 타임아웃을 불렀다. 경기 종료까지 26초가 남은 시점이었고, 매지션즈는 두 점 차로 앞서고 있었다.

창단 이후 여자농구 프로리그 첫 번째 우승이 코앞에 있었다. 오천 석 규모의 체육관은 만원 관중으로 몹시 들끓었다. 대형 앰프를 통해 쿵쿵 울리는 응원곡 소리, 응원을 유도하는 단장의 외침, 거기에 호응해 일제히 아우성을 치는 관객들 때문에 혜원은 귀가 먹먹했다. 바로 옆에서 목이 터져라 작전을 지시하고 있는 김 감독의 목소리를 잡아내는 일마저 힘이 들었다.

"……라고. 알아들었지? 투 포 원이라고. 우리는 무조건, 무조건 이십사 초를 다 쓴다. 샷클락 울릴 때까지. 죽어도 공을 뺏기지 않는다고 생각하고 들어가야 해. 우리가 지금 이 점 차로 이기고 있고, 저쪽은 타임아웃이 없어. 점수를 지키는 게 먼저야. 이번 공격은 빗나가도 상관없어. 아무튼 끝까지 시간을 끌어야 해. 괜히 무리하게 공격하다가 시간을 더 주지 말란 말이야. 지금은 일 점 더 내는 것보다, 상대 쪽 속공 시간을 일 초 더 줄이는 게 훨씬 중요하다. 알겠어?"

"…… 네!" 매지션즈의 주장이자 센터인 영지는 다소 지친 목소리로 대답했다.

"힘든 거 알아. 육 차전까지 거의 쉬지도 못하고 계속 뛰었잖

아. 이번만, 딱 이번만 잘 넘기면 우승이다. 마지막까지, 끝까지 정신줄 놓지 말고. 집중하라고. 유종의 미를 거둬야지. 너희들도 잘 알잖아. 농구라는 거가 그렇다고. 아무리 중간과정을 기가 막히게 잘해도, 마지막 결정적인 순간에 하지 못하면⋯⋯."

별안간 혜원의 시야가 여러 겹으로 나눠졌다가 다시 합쳐졌다. 속눈썹 끝에 맺혀 있던 땀방울이 흘러들어 눈앞이 흐리고 따가웠다.

'땀을 너무 많이 흘렸는데.'

급한 대로 선수용 이온음료를 벌컥벌컥 마셨다. 유니폼과 스포츠타올은 쥐어짜면 양동이 하나를 다 채울 수 있을 만큼 푹 젖었고, 연달은 경기 일정으로 몸의 근육들은 파업을 시작한 듯했다. 뇌리에서부터 '조금만 더 버텨라' 하고 아무리 명령해본들 '더는 지속할 수 없다'는 저항에 맞부딪힌다.

"⋯⋯ 스스로를 이겨내야 해! 한계를 극복해야지! 여기서 끝나면 이도 저도 안 되는 거야! 여기서⋯⋯" 김 감독의 샤우팅이 간헐적으로 인식된다. 스스로를 이겨내라. 한계를 극복해라. 김 감독의 말은 전부 좋은 말들이다. 스포츠 선수들의 교과서 같은 내용이다. 그러나 한계, 한계란 무엇일까? 혜원은 생각했다. 한계가 무엇이든 간에 지금의 자신과는 관계가 없다. 도저히 상상하지 못했던, 도달할 줄 몰랐던 수준까지 다다르는 것을 말한다면, 그건 아주 오래전에 극복해 지나쳐버린 것이다. 한편 한계라는 단어가 결과론적으로 해석되어서, 최종적으로 자신이 닿지 못한 영역을 가리키는 것이라면, 그것은 개인의 성실성이나 노력과는 상관없이 개념적으로 존재하는 것이다. 이 경우에서의 한계는 극복하지 못하기 때문에 한계라고 일컫는다. 악이며 깡이며 정신력 같은 것으로 어찌어찌 극복할 수 있는 것이라면, 그건 더 이상 한계라고 말할 수 없다.

혜원의 신장은 백육십사 센티미터였다. 전체 여성으로 치면 평균을 조금 웃도는 수준이나, 농구선수로서는 턱없이 불리한 신체 조건이다. 중학교 농구부에 들어갈 당시에는 상당히 장신으로 취급받아 파워포인트 내지 센터 역할을 도맡아 했는데, 그 뒤로는 이상하리만큼 키가 크지 않아서 반강제적으로 포지션을 바꾸어야 했다.

"농구는 포기하는 게 어떻겠니. 어차피 이대로는 프로가 될 수도 없을 텐데……."

고등학교 졸업반에 들어가자마자 들은 말이었다. 그래도 아직은 미련이 남아 있었기 때문에, 성장판이 완전히 닫히지 않았다고 믿었기 때문에 농구를 계속했다. 드물긴 하지만 뒤늦게 폭발적으로 키가 크는 케이스도 존재하니까. 그런 희망에 기대 악착같이 훈련을 소화하고 경기를 뛰었던 혜원은 프로에 데뷔할 때까지 겨우 삼 센티미터가 더 자랐을 뿐이다.

"근성으로 어떻게든 하면 돼요. 걱정하지 마세요. 백팔십, 백구십인 선수가 한 번 뛸 때 저는 두 번 세 번 뛰면 되는 거예요."

사람들 앞에서야 그렇게 말했지만, 현실은 녹록지 못했다. 두 번 세 번 뛴다고 해서 훨씬 더 높이 닿지는 못한다. 점프력은 어느 레벨 이상으로 늘어나지 않기 때문이다. 힘을 키워도 체급에서 밀린다면 도리가 없다. 농구라는 스포츠에 있어 키가 작다는 것은, 다른 모든 것을 전부 합쳐도 메꿀 수 없는 약점을 의미했다. 초인적인 활동량과 끈기, 깔끔한 슛 동작, 전술에 대한 이해, 집중력…… 이 모든 장점에도 불구하고, 혜원은 키 때문에 농구선수가 될 수 없을 것처럼 보였다.

그런 면에서 사람들은 (심지어 혜원의 부모님마저도) 그녀가 가까스로 데뷔한 것부터가 기적이라 여겼다. 매일같이 훈련장에 나와 수백 번의 슛 연습을 하고, 몇 년간 혹독한 근력 운동을 거치며 리그에서 가장 빠른 선수가 되기 전까지는 그랬다.

"다들 알고 계시겠지만 이혜원 선수는 리그 최단신입니다. 백육십사 센티의 키로 올 시즌 알토란같은 활약을 펼치고 있는데. 이게 얼마나 대단한지 짐작이 가시나요?"

매지션즈 경기를 중계하던 해설위원이 옆에 앉은 캐스터를 보며 말했다.

"정말 대단하죠. 백육십사 센티면. 농구선수는 고사하고 일반인 여성으로도 평균적인 정도밖에 안 되잖아요. 사실은 저희 와 이프도 이혜원 선수보단 키가 크니까요. 운동과는 몇 광년 거리 가 있는 사람인데.”

“그런데 요즘 같은 맹활약의 기반이라고 하면.”

“뭣보다 수비력이겠죠. 솔직히 농구에서 이 키라는 것이…… 공격도 공격인데, 키가 작으면 수비 자체가 안 돼요. 상대방 선수 가 앞에서 대놓고 슛을 쏘는데, 최대한 높게 뛰어봤자 손끝도 안 닿는다고 하면요. 다른 강점이 아무리 뛰어나다고 해도 팀 전력 에 큰 구멍이 생깁니다. 감독 입장에서는 농구가 공격만 하는 게 임이 아니기 때문에. 아무래도 키가 적정 수준 이상 되지 않으면 기용하기가 겁날 수밖에 없죠.”

“그런데 이혜원 선수 같은 경우는 뛰어난 수비력으로 정평이 나 있잖아요? 그건 어떤 이유에서라고 보시나요?”

“미친 듯한 활동량과 승부 근성이라고 저는 봅니다. 블록슛을 할 수 없다고 해도 끝까지 달라붙어 컨테스트하는 태도도 그렇고 요. 코트 위를 종횡무진 뛰어다니면서, 정말 예상치 못한 곳에서 튀어나와 상대편 패스길을 끊어놓거든요. 또 공격력은 학창 시절 부터 인정받고 있는 부분이었는데, 슛이 가면 갈수록 좋아지는 것 같아요. 올 시즌 같은 경우에는 자유투 성공률이 구십 퍼센트 를 넘는데, 이거 정말 대단한 겁니다.”

“그렇죠. 엔비에이에서도 구십 퍼센트를 기록하는 선수는 많지 않으니까요.”

“물론 여자농구라는 특수성을 감안해야겠지만…… 이혜원 선수는 정말 이런, 키가 작은 데도 불구하고 엄청난 활약을 보여주는 걸 보면 놀랍다 못해 감동적입니다.”

“하하하, 하긴 해설위원님께서도 선수 시절 땐 키가 큰 편이 아니셨었죠?”

“어휴. 말도 마세요. 요즘은 나이를 먹으니 더 작아져서…… 얼마 전에 재보니까 이젠 백팔십도 안 되더라고요. 어디 가서 왕년에 농구선수였다고 하면 믿어주지를 않아요. 하하…….”

캐스터와 해설위원은 각자 털털하게 웃어젖혔다. 그러나 이날 벌어진 결승 6차전의 결과에 대해 말하자면, 딱히 놀랍지도 감동적이지도 않았으며, 그다지 웃기지도 슬프지도 못해 애매한 무언가로밖에 정의 내릴 수 없다. 그건 마치 극작가가 한창 몰입해서 쓰던 도중에, 어떤 천재지변 같은 이유로 실종돼 탄생해버린 미완성 희곡 같았다. 불가피한 사정이 있었으니 미완성된 것에 크게 화를 내기는 어려운데 (졸작이냐 수작이냐 같은 비평은 차치하고) 이게 비극이냐 희극이냐 하는 것조차 확인할 수 없다. 독자는 도대체 여기서 무엇을 느껴야 할지, 여태껏 몰입해온 시간과 에너지를 어디서 보상받을지 알지 못한다. 배우는 길을 잃는다.

2

혜원은 감상에 젖지 않는다. 게임플레이에 도움이 되지 않기 때문이다. 한 번의 슛, 한 번의 플레이에 지나친 의미 부여를 해선 안 된다. 아무리 처절한 패배를 맛본다 한들 농구선수에게는 다음 플레이가 남아 있다. 이번 슛을 놓치더라도 다음 슛을 쏘아야 한다. 이번 경기를 놓쳐도 다음 경기를 뛰어야 하며, 이번 시즌을 놓쳐도 다음 시즌에 뛰어야 한다는 사실은 변치 않는다. 그 일련의 과정에 감상이란 거추장스러운 것이다. 프로에게 필요한 것은 감상 아닌 타성에 젖는 능력이다.

만일 그녀가 지금껏 프로농구 선수로 활동하고 있었다면, 그때 그 경기에서 저지른 실수가 불가피한 은퇴를 불러오지 않았다면. 이렇게 평일 대낮부터 홀로 산책로를 거니는 일은 없었을 것이다. 무릎이 반대로 꺾여서 십자인대가 파열되지 않았더라면. 그렇게 천천히 걷지도 않았을 것이다.

그녀는 경기가 없을 때도 늘 뛰어다니곤 했다. 동네 인근의 할인마트에 갈 때도 그냥 걸어가는 법이 없었다.

"훈련도 좋고 다 좋아. 근데 그러다가 차에 치이든가 해서 크게 다치면 어떡하려고 그래?"

전업주부였던 남편은 꼭 그렇게 전업주부처럼 잔소리를 하다가 죽었다. 교통사고로 피를 철철 흘리다가 그만 세상을 떠났을 때가 이 년 전이었다. 혜원은 훈련장에서 급히 잡아탄 택시 뒷좌석에서 남편의 부고 소식을 들었다. 어린 딸은 아빠 대신 외할머니가 데리러 가야 했다.

"마음은 알겠지만…… 웬만하면 보지 않으시는 것이 나을지도 모릅니다."

영안실 관계자가 시신을 보러 온 가족에게 그렇게 말하는 일은 드물다. 그녀는 거듭된 만류를 무시하고 남편의 시체를 보았다. 그것은 말뜻 그대로 두 토막이 나 있었다. 상반신과 하반신은 어슷썰기한 대파처럼 깔끔하게 분리되어 있었다. 섬뜩하리만치 정적인 모습이었다. 그 두 살덩어리가 몇 시간 전까지만 해도 생기를 띠고, 자신의 의지로 말하고 행동했다는 것이 믿기지 않았다.

혜원은 그 장례식, 빈소에 찾아와 눈물짓는 일가친척 및 전 직장 관계자들, 남편의 학창 시절 친구들, 혜원의 팀 동료들, 영정사진 양옆으로 줄지어 선 조화들, 여전히 상황 파악이 안 돼 고개를 갸웃하는 딸까지…… 모든 게 현실성 없이 인공적으로 때워낸 산물처럼 보였다. 저 안에 있는 한 쌍의 살덩이가 그녀의 남편일 리도 없는데. 그런 마네킹 따위가 망가진 일을 놓고 이만큼 거창한 의식을 치러대는 것도 이해가 안 됐다. 그녀는 그저 집으로 돌아가서, 남편이 차려준 저녁을 먹으며 이 웃긴 해프닝에 대한 농담을 늘어놓고 싶었다.

"사람들이 얼마나 웃겨? 알고 보면 별일도 아는 거에다가 그냥 호들갑이란 호들갑은 다 떨어대고 말이야. 다들 그까짓 공놀이에 목숨이라도 건 것처럼…… 뭐? 그야 나는 그걸로 돈을 벌고 있기는 하지. 그렇다고 이해가 안 되는 걸 다 받아들인 것처럼 할 순 없잖아……. 그렇지. 그렇게 따지면 게임이 아닌 게 딱히 없지. 먹는 거나, 사는 거나. 그렇지. 골대에 공 집어넣는 건 그나마 단순한 게임에 속하니까. 나야말로 팔자가 늘어진 거지. 사는 건 단순할수록 좋은 건가 봐."

세상은 실로 단순했다. 그녀는 실수했다. 팀은 그 실수로 인해 졌다. 남편은 죽었고, 무릎은 돌아갔다. 매지션즈는 주전 포인트 가드였던 그녀를 빼고 다음 시즌을 준비할 것이고, 딸은 학교를 다닐 것이다. 수술은 무사히 끝났지만, 정상적으로 걸어 다니려면 최소 일 년간의 재활 기간이 필요했다. 그녀는 딸과 함께 친가로 이사했다.

"정말 혼자 가도 괜찮겠어?"라는 엄마의 질문에, 혜원은 "네. 목발보다 엄마가 편하지도 않아요" 하고 대답한 뒤 현관을 나왔다. 그래도 혼자 외출하는 건 몇 달만이었다.

그녀가 자리를 비운 십여 년 동안 동네 외관은 많이 바뀌어 있었다. 우선 읍내에 흐르던 실개천 위에 콘크리트 다리가 세워졌다. 다리 좌우 끝에는 계단이 하나씩 있어서, 내려가면 냇가를 따라 조성된 아담한 산책로로 이어졌다. 혜원은 한 발 한 발 신중하게 목발을 내딛어가며 계단 밑으로 향했다.

산책로 초입에 들어서자 풀 내음이 짙게 풍겼다. 개울은 무슨 공사를 했는지 그녀가 기억하는 것보다 두 배는 폭이 넓었다. 항상 모래가 섞여 있던 탁류도 맑아져 볕을 튕겨냈다. 수면 아래로 크고 작은 물고기들이 헤엄치고 있었고, 유난히 목이 기다란 왜가리 한 마리가 그 모습을 지켜보며 기회를 노리고 있었다. 혜원은 그 왜가리를 보고, 자연스레 팀의 센터였던 영지를 떠올렸다.

"혜원아, 패스해. 패스하라니까."

영지는 위치 선정이 좋은 선수가 아니었다. 농구 센스의 부족을 우월한 체격조건으로 커버하는 타입이었고, 그조차도 활동력 좋은 가드가 패스를 찔러주지 못하면 제 역할을 하지 못했다. 그럼에도 김 감독은 매 경기 영지를 중용했다. 매지션즈에는 영지보다 키 큰 선수가 없었기 때문이다. 농구는 그런 게임이었다. 팀 내 최장신을 기용하는 건 당연한 선택이다.

목발에 의지해가며 십오 분 정도를 더 걸었다. 협소했던 산책로가 돌연 탁 트였다. 혜원의 기억 속에선 황량한 모래톱이었던 곳이 자그마한 공터로 바뀌어 있었다. 배드민턴 네트와 이 차선 다리. 그 너머로 계속 걷자 꽤 넓은 농구 코트가 나타났다.

'이런 데 농구장이 다 생겼구나. 정말 좋아졌네⋯⋯.'

한 쌍의 골대가 마주보고 있는 야외 코트였다. 요즘 것도 옛날 것도 아닌 초록빛 우레탄이 깔려 있고, 너비는 프로 경기장보다 조금 좁아 보였다.

사람은 아무도 없었다. 림에 매달린 그물망도 모양이 말짱한 것이, 그저 보기 좋게 만들어놓았을 뿐 제대로 쓰는 사람이 없다는 사실을 금방 알 수 있었다. 그 동네에는 길거리 농구를 즐길 만큼 어린아이들, 혹은 건강하고 열정적인 어른들이 전멸하고 없다. 또 누구든 이런 시골에 돌아올 때쯤이면 공놀이를 할 수 없을 만큼 지치고 망가진 상태가 되어 있기 마련이다. 혜원은 인적 없는 야외 코트를 빤히 바라보다가, 벌컥 기분이 안 좋아져서 왔던 길을 되돌아갔다.

"산책은 잘 다녀왔고?" 엄마는 일부러 현관까지 나와 혜원을 부축했다.

혜원은 "응. 쓸데없이 잘 꾸며 놨던데" 하고 대답했다. "오랜만에 혼자 바깥바람 쐬고 하니까 좋았어."

"그렇지? 너 있을 때랑 비교하면 많이 바뀌었어."

"기분이 이상해."

"주말에 날 좋으면 애랑도 같이 다녀오고 그러지? 재활도 하고."

"애는 뭐 하러 데려가? 지 친구들이랑 놀게 하면 되지. 재활은 나 혼자 할 수 있어. 나 혼자 해야 하는 거고. 그러니까 엄마는 신경 쓰지 마."

혜원은 쏘아붙이듯이 대꾸하고 방에 들어갔다. 괜한 짜증을 낸 자신이 한심스러워졌다. 날씨가 좋으면 딸이랑 집 앞 공원에 산책이나 다녀오는 게 어떻겠느냐. 그건 가족이 아닌 누구라도 할 수 있는 말 아닌가. 그녀는 그저 자기 딸에게 농구 코트를 보여주는 것이 무서웠을 뿐이다.

석 달이 지나자 혜원은 목발 없이 걸을 수 있게 되었다. 여전히 뛰는 건 언감생심이지만, 한 걸음 한 걸음 힘을 주어 경보하듯 빠르게 걷는 것까지는 어렵사리 가능해졌다. 텅 비어 있던 농구 코트에서 공 튀기는 소리가 들리기 시작한 것도 그 무렵이었다.

"얍!"

초등학교 고학년쯤 돼 보이는 어린아이가 레이업슛 비슷한 걸 연습하고 있었다. 당연히 자세는 엉망이고, 슛도 들어가는 것이 거의 없었다. 키도 백삼십이나 겨우 될까? 팔도 짧아서 림 근처까지 공을 올려놓는데도 무척 힘이 드는 모양이었다. 거추장스럽게 긴 머리 때문에 제대로 보고 공을 튀기는 것 같지도 않았다.

양팔로 공을 감싸듯이 집어 들고, 골대에 돌진하듯 뛰어가다 슛을 놓친다. 농구공이 림에 튕겨 멀리 굴러간다. 그럼 아이는 또다시 뛰어 공을 주워온다. 십 초쯤 주저앉아 헉헉거리고 땀도 닦고 하다가, 다시 달려가 슛을 놓친다. 우스꽝스럽기도 하고 귀엽기도 했다.

그런 건 연습이 아니라 놀이였다. 평가하길 포기하고 나면, 뭐든지 보는 게 즐거워지는 법이다.

혜원은 저만치 멀리 떨어진 곳에, 아이가 자신의 존재를 알아차리지 못할 정도의 거리에서, 그 모습을 빤히 지켜보다 왔던 길로 되돌아갔다. 웬만하면 이 길로 산책하지 말아야겠다는 다짐을 하면서.

3

"얍!" 하는 구호를 외치지 않으면, 도저히 숯을 던질 수 없는 병이 있는 것 같았다.

그 아이는 열두 살 때의 혜원보다도 가냘파 보였다. 남자애라는 사실도 해가 지나 우연히 머리를 바짝 민 걸 보고 나서야 알 수 있었다.

"솔직히 남자애라는 건 별로 안 놀랐는데." 혜원은 지근거리에 있던 콩나물무침을 집어 들었다. 밥상 옆에 앉아 있던 엄마가 "그렇게 말하는 것 치곤 놀란 얼굴 아니야" 하고 말하는 바람에, 그녀는 반찬을 씹으며 답변을 보충했다. "…… 숯 실력이 놀랍더라고. 오랜만에 보는데 하나도 안 늘었어. 거의 일 년 가까이 연습했을 텐데. 하나부터 열까지 전부 엉망이야. 그런 애가 내 자식이었으면 공은 손에 건드리지도 못하게 만들고 종일 공부만 하게 시켰을걸."

"지금도 그러고 있잖아."

"아, 우리는 딸이잖아."

"딸애는 자식으로 쳐주지도 않는 거야?"

"딸은 예외지." 그렇게 말하면서, 혜원은 딸아이의 방문 쪽을 표연히 쳐다봤다. 평일 점심이니 학교에 가고 없는 건 당연지사였다. "여자애한테는 운동 같은 거 시키는 거 아니야. 인생에 하나도 도움 안 돼."

"여자애라도 꾸준히 운동하면 좋지, 뭘. 꼭 너처럼 프로선수가 될 애만 시키라는 법 있니? 제 할머니처럼 늙어서 골골댈 바에야, 미리부터 건강관리를 하면……."

"그러니까, 하나도 도움 안 된다니까? 오히려 잘못하면 다치기만 하지. 애초에 여자들은 운동을 하도록 태어난 몸이 아니야. 아무리 열심히 해도 남자만큼 키도 안 크고, 근육도 안 붙고, 관절도 약해. 몇 년쯤 하다 보면 무릎이든 손목이든 나가게 돼 있고. 그래서 선수생활도 오래 못하지……. 여자애들은 그냥 공부나 좀 잘해서 적당한 대학 나온 다음에 시집이나 잘 가는 게 답이라니까. 방구석에 앉아서 얌전히 국 끓이고 바느질하는 게 행복이야. 험한 건 남자들한테 시키고."

"너, 혹시나 애한테는 그렇게 말하지 마라."

"왜? 애도 현실이 어떤지는 알아둬야지."

"그렇게 말해봤자 안 듣는 애는 안 듣잖아. 괜히 반항심만 키우지 말고. 자연스럽게 가게 내버려두라는 거야."

엄마는 혜원을 뚫어져라 보며 말했다. 멋쩍어진 혜원이 다 먹은 밥그릇 치우는 시늉을 했다. 손질하고 남은 시금치가 부엌에 한 묶음 남아 있었다.

"압!"

아이는 어김없이 슛을 놓쳤다. 다음 슛도 놓쳤고, 그다음 슛도 놓쳤다. 다다음 슛은 아슬아슬하게 안으로 빨려 들어가는 듯하다가 림을 핥고 도로 나왔다.

'내가 보고 있어서 못하는 건가?'라고 생각한 혜원은, 다음 날 산책할 땐 일부러 기척을 숨겨가며 몰래 관찰하기로 했다. 떠올려보건대 혜원의 팀 동료 중에도 그런 선수가 있었다. 과감할 때와 소심할 때의 플레이가 완전히 다른 케이스. 연습 중에선 잘만 하다가도, 팀 동료들이나 감독이 지켜보고 있으면 손이 굳어버렸다. 이런 경우는 의외로 일반적이다. 대부분은 타인의 시선을 인식하는 순간 집중력이 흐트러진다. 기량 자체가 출중한 사람은 꽤 많지만, 주위의 압박감을 이겨내고 제 실력을 발휘하는 사람은 손에 꼽는다. 그리고 그 일부만이 프로선수로 데뷔할 수 있다.

하지만 그녀는 알게 되었다. 그 아이는 주변에 누가 있든지 전혀 상관하지 않고 그 '놀이'에만 집중하고 있으며, 보든 안 보든 농구공을 다루는 방식이 형편없기는 똑같았다. 단순히 재능이 없었던 것이다. 농구에 관심이 없는 일반인들이라도 '꾸준히 하다

보면' 도달할 수 있는 레벨이 있는데, 그런 평범한 수준에조차 다다를 수 없는 몸치들이 있다. 오전 내내 혼자서 레이업슛을 연습하는 그 아이가 정확한 사례였다. 그 사실은 너무도 명백하고 냉정한 나머지 애처로워 보였다.

연민은 프로선수에게 좋지 않은 습관이다. 동정하는 마음은 판단력을 흐리게 만든다. 미래의 경쟁자에게 손수 도움을 건네게끔 하고, 마땅히 받아야 할 대가를 사양하도록 부추긴다. 연민을 행동으로 옮긴 사람은, 훗날 그 자신이 연민의 대상으로 전락함으로써 보상받는다. 이율이 형편없는 채권이다.

혜원은 얼마 전까지 농구계로부터 깊은 연민을 받았다. 그건 그녀의 잘못이 아니었다. 사람들의 잘못이었다. 그녀가 마지막 순간에 한 일이라고는 (감독의 작전대로) 최대한 시간을 끌다가 영지에게 패스했던 것이며, 센터가 슛을 놓치자마자 누구보다 빨리 백코트한 것이다. 그 판단은 전적으로 옳았으며, 양 팀 모두 체력적으로 한계에 다다른 시점이었다는 점을 고려할 땐 경탄할 만한 프로정신의 발휘였다.

챔피언 결정전, 상대 팀에 있는 리그 최고의 삼 점 슈터가 역전 버저비터를 노리는 상황에, 그녀는 악착같이 뛰어가 수비하려고 했다.

무릎 인대는 마지막 경합 과정에 다다라 완전히 찢어져 끊겼다. 극심한 격통과 동시에 수비 자세가 일그러졌다. 힘없이 나동그라진 혜원의 상체 일부가, 마지막 점프슛의 착지 지점을 침범했다. 슛은 빗나갔지만 심판은 파울을 선언했다. 관중석에서 야유가 쏟아졌다.

그녀가 들것에 실려 긴급처치실로 실려 가는 동안, 상대 팀은 세 개의 자유투를 모두 성공시키고 6차전을 가져갔다. 매지션즈는 결국 우승하지 못했다.

팬들은 그러한 실패의 책임 일부를 '우승을 확정지을 수 있었던 순간에 쓸모없는 파울을 한' 혜원에게 돌렸다. 혜원은 매지션즈 팬들 사이에서 공공의 적이 되었고, 팬 게시판에는 하루가 멀다 하고 비판글이 올라왔다. 다만 놀랍게도, 이러한 공격들은 혜원의 무릎 부상이 '선수생활 은퇴가 불가피할 만큼 심각'하다는 사실이 알려지기 무섭게 잦아들었으며, 한 달 뒤 남편의 죽음이 보도된 뒤로는 압도적인 동정으로 돌아섰다. '그까짓 공놀이 때문에 사람 한 명을 쥐 잡듯이 몰아간' 악성 팬덤들에 대한 추궁도 이루어졌다.

혜원에게는 그 모든 상황 변화가 너무도 급작스러웠다. 구단 관계자가 설명하는 사후 대처 방침 따위에 집중할 수 없었으며, 한시라도 빨리 이 모든 걸 그만두고 고향으로 돌아가야겠다는 충동에 사로잡혔다. 농구가 진짜 공놀이에 불과했던 곳, 나이에 비해 부쩍 큰 여자아이의 취미였던 곳으로 돌아가 지친 심신을 달래고 싶었다.

"재활하기에는 서울이 좋으실 텐데요. 병원과의 거리도 그렇고, 의료진도 그렇고…… 따님 교육에 대한 문제도……. 이건 선수협회와 구단 보험에서 지출이 되는 거니까, 혹시라도 비용은 걱정하지 않으셔도 됩니다. 저희로서도 도의적인 책임을 지는 방향을 생각해보았을 때는……."

혜원은 구단 관계자의 제안을 거절했다. 딸의 교육에 대해서는 짧게 대답했다.

"상관 마세요. 어차피 대단한 일을 할 것도 아닐 테니까."

겨울 추위가 바깥 활동에 지장을 끼칠 만큼 심해진 시기였다. 이 년간의 재활 기간 동안, 혜원의 몸 상태는 몰라볼 정도로 호전됐다. 꽤 긴 산책로를 거뜬하게 왕복했고, 무릎에 무리가 가지 않는 선에서는 러닝도 할 수 있었다.

그러나 고향은 원래 눈이 많이 내리는 동네였다. 눈이 하루 이틀씩 멈추지 않고 내리는 경우가 허다했다. 그렇게 쌓인 눈은 날이 갠 뒤에도 곧잘 녹지 않아서, 한 번 빙판길이 얼면 보름간은 왕래를 자제해야 했다. 선수 시절 습관이 붙은 혜원은 몸이 찌뿌드드한 것이 온종일 좀이 쑤셨다.

날이 풀리고 길이 녹자 다시 러닝을 시작했다. 그녀는 별 느낌 없이, 응달을 피해 볕이 잘 드는 길로 뛰던 중에 농구 코트 옆을 지났다.

코트의 우레탄 바닥은 딱 좋게 건조된 상태였다. 공기도 청량하고, 그제 녹아 흐르는 개울가에서 상쾌한 풀 내음을 풍기고 있었다. 골대와 림은 물때가 조금 탄 것 말고는 멀쩡했다. 그야말로 농구하기엔 최적의 날씨였다. 어렸을 때는 단지 '날씨가 너무 좋다는 이유로' 농구공을 들고 나온 적이 많았다. 봄이나 가을을 앞둔 하늘을 배경으로 슛을 쏘는 것이 얼마나 즐거웠던지!

그때 혜원은 평소 같지 않게, 사정을 모르는 사람이 봐선 좀 과하다 싶을 만큼 감상적인 얼굴로 거기 있었다. 만약 그곳에 굴러다니는 농구공이 하나 있었다면, 하마터면 그녀는 그 공을 주워서 공의 감촉을 느껴본 다음, 적당한 거리에서 몇 번쯤 슛을 쏘았을지도 모른다. 깨끗한 곡선이 그녀의 손끝을 떠나서, 곧 투명한 효과음을 내며 그물을 통과했을 때. 그리운 감각에 몸서리치다 꼴사납게 주저앉아버렸을지도 모른다.

하지만 다행스럽게도 (왜 그것을 다행스럽게 생각하는지 그녀 스스로는 알 수 없었지만) 코트 안팎에는 그녀 말고 아무도 없었다. 공 튀기는 소리도 들리지 않았다. 땀방울이 흩뿌려진 흔적도 찾을 수 없었으며, 촌스럽게 "얍" 하는 구호도 어디 가고 없었다. 그녀는 아무도, 그 누구도 자신만큼 공놀이를 좋아하지 않았다는 사실을 기억해냈다.

4

대부분의 스포츠는 조건적이다. 야외 코트에서 하는, 소위 말하는 길거리 농구의 경우에는 날씨의 영향이 크다. 먼저, 눈이나 비가 오는 날은 할 수 없다. 공과 코트가 젖기 때문이다. 손끝 감각이 출중한 사람이더라도, 공이 물기에 미끄러져 나가는 것까지는 어찌할 수 없다. 또 수십만 원짜리 농구화를 신는다 쳐도, 흠뻑 젖은 코트 위에선 사정없이 미끄러지므로 부상 위험에 노출된다.

그런가 하면 온도와 습도도 중요하다. 너무 추우면 근육이 금방 굳고, 더우면 탈수현상이 극심해져서 오래 뛰는 것 자체가 불가능하다.

이런 이유로, 세간의 인식과는 달리, 농구라는 종목은 맨 처음부터 실내스포츠로 고안되었다. 험한 날씨 조건 속에서 농구공을 튀기고 던지는 행위는, 어떤 면에선 농구의 아버지인 네이스미스 박사를 배신하는 것이나 다름없다.

이런 잡다한 조건들에도 불구하고, 농구가 길거리 스포츠의 대명사로 자리 잡은 데에는 그럴 만한 이유가 있다. 농구는 혼자서 연습하기 용이한 구조로 되어 있다. 야구는 (최소한 캐치볼이라도 하려면) 공을 받고 던져줄 사람이 필요하고, 축구는 빈 골대에다 슛은 때릴 수 있을지 몰라도 공을 주우러 가는 데 대부분의 시간을 허비하게 된다.

반면 농구는, 같이 할 사람이 아무도 없더라도, 공과 골대만 있으면 얼마든지 공을 튀기고 던질 수 있는 것이다. 물론 본인의 체력과 열정이 허락하는 내에서겠지만. 텅 빈 체육관 안에서 땀과 함께 고독을 만끽할 수 있는, 정말이지 몇 안 되는 구기 종목이다.

혜원이 맨 처음 농구에 빠져들게 된 이유도 그러한 점 때문이었다. 농구공은 좀처럼 혼자임을 상기시키는 일이 없다. 나 말곤 아무도 없다는 것이 외로울지는 몰라도. 최소한 그것이 자못 치명적인 결함처럼 느껴지진 않는다. 도리어 농구는 같이 하는 게 지쳐서 혼자가 되고 싶은 마음까지 들 때가 생긴다. 혼자 하면 공을 독점할 수 있으니까. 어디 패스할 필요도 없도, 언제 어떻게 드리블을 치든, 슛을 쏘든 내 마음대로다. 공이 골대에 들어가느냐, 들어가지 않느냐는 순전히 자세에 달려 있다. 그곳에서는 '나만 잘하면 돼'라는 지극히 이기적이고 자기방어적인 욕망이 용서받는다.

혜원은 슛이 좋은 선수였다. 커리어 내내 그렇게 평가받았다. 공을 쏘아 올릴 때의 자세나 밸런스가 흠잡을 데 없이 훌륭했다. 몇몇 팀의 코치들은 혜원의 슈팅폼을 교보재 삼아 신인 훈련에 사용하기까지 했다. 자유투는 늘 리그 최정상급이었고, 집중력도 좋아 오픈 찬스를 거의 놓치지 않았다. 감독들이 좋아할 수밖에 없는 부류의 선수였다. 그저 사이즈만 더 컸어도,라는 말이 그림자처럼 붙어 다녔다. 그럴수록 그녀는 혼자 하는 연습에 열을 올렸으나, 키가 더 자랄 나이는 결코 아니었으므로 그런 뒷말이 사라지는 일은 없었다.

이듬해 여름이 되자 "얍!" 소리가 다시 나기 시작했다. 그냥 여름이 아니라, 살이 거멓게 타고 매미가 나무 밑으로 떨어질 만큼 더운 날이었다.

아이는 그사이 키가 좀 큰 것 같았다. 하기야 한창 클 나이인데다, 못 본 시간도 꽤 됐다.

'이젠 한 백오십은 되겠는데.'

건강한 남자애니까. 평균만큼 커도 몇 년 뒤에는 나보다 커지겠지, 하고 생각하려던 찰나 눈에 띄는 것이 있었다. 아이는 땀에 절인 티셔츠와 반바지 밑으로, 오른쪽 발목 부근까지 통깁스를 휘감고 있었다.

웬만해선 애들한테는 반깁스를 해줄 텐데, 삐어도 크게 삐었거나 뼈가 나갔다 보다, 하고 그녀는 생각했다. 한동안 농구 코트를 비웠던 것도 그 다리 때문인 듯 보였다. 그새 농구에 싫증이 났거나 열정이 바닥난 것이라고 생각했던 게 좀 미안해졌다. 오히려 발이 저렇게 되었는데도, 지금껏 회복 중인 게 분명한데도 그러고 있는 모습에 머리가 아찔했다.

녀석은 이제 골밑슛을 연습하고 있었다. 레이업슛을 하려면 뛰어야 하니까, 그런 발로는 골대 바로 밑에서 백보드를 맞춰 넣는 것밖에 할 수 없었을 것이다. 뭐랄까 애처로운 광경이었다. 한쪽 발에 깁스를 하고 있는데도 혼자 농구공을 던지고 논다는 것은, 달리 다른 놀이를 찾을 형편이 안 된다는 것을 의미했다.

"…… 미치고 팔짝 뛰겠네." 그녀는 부리나케 농구 코트로 뛰어 들어갔다. 때마침 아이가 던진 슛이 백보드에 맞고 튕겨 나왔다.

혜원은 그 공을 두 손으로 감싸 쥐었다. 그리고 햇살을 등진 상태에서, 일부러 아이의 시선에 그늘을 드리워가며 위협하듯 말했다.

"이제 그만해. 집에 가."

"?" 아이는 아직 상황 파악이 덜 된 것 같아 보였다. 맹해 빠진 표정이 '누구세요, 제 공 돌려주세요'라고 말하는 것처럼 애절했다.

"가라니까. 발도 다친 주제에 무슨 농구를 하고 있어."

"…… 저." 아이가 곤혹스럽다는 투로 말을 꺼냈다. '얍!' 말고 다른 목소리를 들은 건 처음이었다. "죄송한데, 공이 그거 하나밖에 없어서요. 돌려주시면 안 되나요?"

"돌려주면 어떻게 할 건데?" 혜원이 물었다.

"골밑슛을 연습해요."

"그럼 안 돼. 집에 가."

"왜요?"

"발 다친 상태로 농구하면 안 되니까. 그렇게 한다고 해서 실력이 느는 것도 아니야. 오히려 자세만 무너지고, 무리하다 보면 잘 낫지도 않지. 쉴 때는 제대로 쉬는 게 좋아."

"저는 이거 말고는 할 게 없는데요."

"왜 할 게 없어. 공부라도 하면 되지. 집에서 할 수 있는 게 얼마나 많은데."

"집에 있으면 안 돼요."

"왜 집에 있으면 안 되는데?"

"엄마가 화를 내거든요. 거슬리게 계속 처박혀 있지 말고 밖에 나가 놀라고요."

혜원은 그 말을 듣고 아차, 하면서 짧게 숨을 머금었다.

감정에 휩쓸려서 또 한 번 손을 너무 깊이 뻗은 것이다. 손대지 말아야 할 곳을 터치해버렸다. 수비를 열심히 하는 선수는 이런 부분에서 감점을 받는다. 최선을 다해 막아봤자 좋은 건 별로 없었다.

"⋯⋯?"

두 눈을 천진난만하게 뜨고, 한쪽 발로 겨우 몸을 지탱하고 서서 자신을 올려다보는 아이에게. 혜원은 차악의 답변을 내놓기 위해 부심했다.

엄마가 왜 화를 내는데, 같은 질문은 상황을 악화시킬 뿐이다. 잘 알지도 못하는 남자아이다. 더 알고 싶은 마음은 티끌만치도 없다. 그렇다면 뭐가 있을까. 어른으로서의 체면도 보전하면서, 자기 자신도 그럭저럭 납득할 수 있을 그런 대답이.

"저, 공······."

"그럼 나와. 나오기만 하면 되겠네." 혜원이 끝내 입을 뗐다.

"네?"

"여기 나오기만 하라고. 슛은 더 쏘지 말고."

"던지지 말라고요?"

"그래. 자세가 이미 엄청 망가졌다니까." 원래도 못 던지기는 했지만,이라고 생각하기는 했다. "공은 내가 갖고 있을 거야. 발이 다 나으면 돌려줄게. 그동안은 내가 슛 쏘는 자세 같은 걸 좀······ 조금씩 알려줄 테니까."

"아줌마는 농구 잘하세요?"

"글쎄····· 그럭저럭 할걸······." 혜원은 농구공의 감촉이 다소 생소하게 느껴졌다. "그래도 너보단 잘할 거야."

"저는 농구를 잘 못해요."

그녀는 그건 나도 알아,라고 대답할 뻔했다. 그게 사실이기는 하지만. 괜히 상처를 주고 싶지도 않고, 마음에도 없는 사탕발림으로 애를 부추기고 싶지도 않은 것이 "그러니까 연습을 할 거면 제대로 해야지." 같이 어정쩡한 대꾸로 튀어나왔다.

"골대에 공을 잘 넣고 싶은데. 잘 안 돼요." 아이가 말했다.

"당연히 잘 안되지. 넌 키도 덜 자랐고, 팔도 짧고, 폼도 제멋대로니까. 들어가는 게 오히려 이상하지 않을까. 이걸 잘하려면 연습을 엄청 해야 해. 언제 어디서든 완벽한 슛폼으로 던질 수 있게,

아예 몸에 습관을 만들어버려야 하는 거야. 그러려면 제대로 된 폼부터 익힐 필요가 있어."

"제대로 된 폼이요?"

"그래…… 그건 내가 대충은 보여줄게. 봐봐……." 혜원은 방금까지 자신이 한 말이며 행동이 불현듯 창피해졌다. 고개를 좌우로 돌려 혹시 다른 사람이 보고 있지는 않나 확인한 다음, 공을 왼쪽 허리춤에 끼워 들었다. "넌 지금 공을 그냥 마구 '던지고' 있어. 그건 슛이 아니라 쓰로잉이야. 팔과 어깨를 써서, 골대 방향으로 냅다 던질 뿐이잖아. 그렇게 하면 안 힘들어? 한 시간만 해도 팔이 아플 텐데."

"힘들면 조금 쉬었다가 다시 하면 돼요."

"그런 얘기가 아니잖아?"

"네……."

그러는 동안 혜원은 등짝이 바짝 타고 있는 느낌을 받았다. 해가 중천에 뜨기 시작한 것이다.

"야, 근데 양심적으로 너무 더우니까…… 저기 그늘진 곳으로 가서 얘기하자."

"네."

아이는 그녀의 손짓에 따라서, 순순히 코트 구석의 그늘진 곳으로 따라 걸었다. 깁스를 두른 발을 내딛을 때마다, 퀴퀴하고 오래된 병원의 처치실 냄새가 풍겨 나왔다.

혜원은 빈손으로 목덜미의 땀을 훔쳤다. 그리고 생각했다. 어린애를 유괴하는 것에 난이도 같은 게 있다면, 이 녀석을 납치하는 건 최하라고 쳐도 괜찮겠다. 하기야 유괴를 해서 돈을 뜯어낼 정도의 집안이라면 이렇게 아이가 혼자 밖에 싸돌아다니도록 방치해두지도 않았을 것이고, 이런 깡촌에서 쭉 살고 있지도 않았을 테지만…… 뭐, 어쨌거나 무책임한 부모라는 점은 확실해 보였다.

그녀는 '내가 그런 생각을 할 자격이나 있나?' 하는 생각에 불쑥 하늘을 올려다봤다. 절반도 눈을 뜰 수 없을 만큼 눈부신 하늘에, 조각조각 찢어진 이불솜 모양 구름이 군데군데 떠다녔다. 보이지 않는 높은 곳에서 비행기 나는 소리가 아득했다.

5

"야얍!" 아이가 던진 농구공은 공중에 아주 잠깐 떠 있다 내려왔다.

"또, 또, 또, 또!" 혜원이 더럭 신경질을 냈다. "또 그러네. 내가 뭐라고 했어? 공을 던지고 나서 손 모양이 이상하잖아? 방금도. 던지고 나서 손목 모양이 어떻게 돼야 한다고 했어?"

"…… 청둥오리 모양이요." 아이는 다소 풀이 죽어 대답했다.

"꼭 청둥오리일 필요는 없고."

"네."

"덕 넥Duck neck이라고. 끝에 가서 손목이 딱, 하고 튕겨주는 느낌이 있어야 하는 거야. 왼손은 그냥 방향만 잡고 거들어 주는 거고…… 손가락이나 팔로 던지는 게 아니라니까. 온몸의 균형을 맞춰서, 마지막까지 공의 감각을 느끼면서 올라가야 하는 거지. 그렇게 되면 손목이 이렇게……" 혜원이 오른손으로 슛하는 시늉을 했다. 물 흐르듯 자연스러운 동작 끝에 손목이 확 꺾이고, 그 반동으로 파르르 접혔다 펴지는 모습이 분명하게 보였다. "오리목 같은 모양이 되는 거야. 스프링이 팡, 하고 튀는 느낌이라고 해야 하나? 이렇게 해야 공을 더 높게, 멀리 쏠 수 있으면서 힘은 덜 들어가는 거야. 자, 해봐."

아이는 혜원이 건네준 공을 받아 조심스럽게 오른손 위에 올렸다. 그리고 하늘을 향해서, 발표하려고 안달이 난 초등학생처럼 번쩍하고 팔을 뻗었다.

"아, 오리……."

그러나 공은 힘없이 코트 바닥에 굴러떨어졌다. 아이의 손 모양은 혜원의 동작과 비슷해 보려 시도는 한 것 같았지만, 그건 제멋대로 던진 다음 뒤늦게 시늉을 한 것에 불과했던 데다(코칭을 하다 보면 흔히 경험하게 되는 현상이다) 그 형태도 그다지 오리처럼 생겼다고 할 수 없는 것이었다.

"아, 젠장."

"왜요?"

"그렇게 생긴 오리가 어디 있어. 목이 꺾여서 이미 죽은 거 같잖아."

"음."

아이는 여전히 무사태평한 표정이었다. 혜원은 그런 얼굴에 발끈해서 공을 쏘아보았다. 안 그래도 더워 죽겠는데. 자신이 대체 무슨 삽질을 하고 있는 건지 알 수 없었다. 나이를 이만큼이나 먹고서는…… 모르는 집 애새끼랑 소꿉장난이나 하고 있다니. 그렇게 생각하자 한없이 바보가 된 것처럼 느껴졌다.

"그냥 그것만이라도 연습해……. 골대에는 던지지 말고."

그녀는 그렇게 말하고 돌아왔다. 나머지는 다음에 만나면 가르쳐줄게, 같은 말도 꺼내지 않았다. 주제넘게 참견할 생각은 없었다. 단지 자기 몸을 망치고 있는 것이 보기 싫었을 뿐이다. 남이 어떻게 되든 상관없지만, 자기 눈에 띄는 곳에서 헛수고나 해대는 걸 참을 수 없었을 따름이다. 이런 오지랖으로 가장 고통 받는 인간은 그녀 자신이다.

그러고 나서 혜원은 일주일쯤 산책을 나가지 못했다. 하루 이틀쯤은 뭔가 창피하기도 하고, 인간적으로 밖이 너무 덥기도 하고, 그 멍청한 아이에게 심술도 나서 그랬지만. 무심코 미국 드라마에 손을 대면서 한동안 폐인이나 다름없는 시간을 보냈던 것이다.

엄마는 그런 혜원을 보면서, 한 사흘까지는 "그래도 행복해 보여서 좋네……"라고 비아냥대더니, 나흘째가 되어서는 "딸까지 있는 엄마가 부끄럽지도 않은 거야?" 하고 노골적인 비판을 가하기 시작했다.

"아, 밖이 너무 덥다고."

"근데 애는 학원 보내놓고? 너는 집에서 노냐? 집안일은 할머니한테 다 시키고?"

"난 돈을 벌었잖아. 은퇴선수연금도 받잖아."

"게을러터진 년."

"…… 뭐야? 애가 들으니까 나보고 욕 쓰지 말랄 땐 언제고."

"학원 가서 저녁에나 오는데 뭔 상관이야? 이년아. 비켜. 바닥 좀 쓸려니까." 엄마는 혜원의 허리를 발로 걷어찼다. 혜원은 "악!" 하고 고통을 호소하면서도, 휴대폰 화면에서는 눈을 떼지 않았다.

"이, 이게 뭐야. 애가 왜 여기서 죽는데……?"

도저히 그럴 수 없는 상황이었다. 엄마는 고개를 저었다.

마귀할멈의 등쌀에 못 이긴 혜원이 다시 산책을 하러 나왔을 때였다.

'좀 안 뛰었다고 그새 몸이 무거워졌네…….'

날씨도 이전만큼은 아니지만, 여전히 푹푹 찌는 축에 속했다.

평소의 절반도 못 뛰고 숨이 차기 시작했다. 그러다 농구 코트 구석 자리에 쪼그려 앉아서 한 가지 동작(혜원이 십 분 정도 시간을 내서 알려준)을 기계처럼 되풀이하고 있는 아이의 모습이 보였다.

"아, 아줌마." 녀석은 혜원을 보자마자 아는 체를 해왔다. 그새 머리가 좀 길었다. 발을 싸매고 있던 통깁스가 반깁스로 바뀌어 있는 걸 보니 상태가 나아진 모양이었다. "골대에는 안 던지고 있어요."

"그래? 잘했네." 혜원은 별 감흥 없이 대꾸했다. 통깁스를 금방 푼 것 보면 그렇게 심각한 부상도 아니었나 싶었다. "발은 좀 나았나?"

"의사 선생님이 이제 뼈가 좀 붙고 있대요."

"그래. 우유 많이 마시고."

"이젠 좀 되는 것 같아요. 오리 손목." 아이가 농구공을 머리 위로 던져 보였다. 확실히 이전보단 나아진 것 같았다. 아직 엉성하긴 했지만. 성장도 덜한데다 근육도 없는 십 대 초반에게 너무 많은 걸 바라는 것도 어불성설이다. "이제 슛 던져도 돼요?"

"아니"라고 답하자 실망한 기색이 만면에 가득해졌다. 혜원은 그걸 보니 어쩐지 수습해야 할 듯한 기분이 들어 이렇게 덧붙였다. "…… 일단 깁스는 다 풀어야지. 그 전에는 어림도 없어. 그리고 슛 쏘는 각도가 너무 낮다고 할까? 자세는 나아졌지만, 아무래도 공이 더 높게 가야 해. 지금은 몸에 있는 힘이 완전히 전달되지 않고 있는 거야.”

“그래요?”

“앉아서 연습하지 말고, 일어나서 해. 하체에다가…… 아니. 무릎에다가 무게중심을 둔다고 생각하고, 아니. 다친 다리가 아니라. 그쪽은 거의 안 써도 상관없어. 정말이야. 왼쪽 무릎으로 몸을 한 번 튕겨주고…… 그렇지, 그렇게 밑에서부터 힘을 끌어와서, 공에 최대한 힘을 그대로 전달한다는 느낌으로 해. 엄청 무거운 대포알 같은 걸 들어서 힘껏 쏘아 올린다고 생각하면 좋아.”

“이렇게요?” 아이는 포즈를 취하면서, 왼쪽 무릎을 굽혀 엉거주춤해진 자세를 취했다.

“음. 나쁘지 않아. 근데 지금보다는 좀 더 굽혀야 해. 조금 더 똥 마려운 것 같은 자세가 돼야지.”

“그러다 진짜 똥 싸면 어떡하게요.”

“갈아입을 바지를 챙겨와.”

아이는 고개를 한 번 끄덕여 보이고는, 고개를 위로 쳐든 다음 연신 공을 던지고 받기 시작했다. 혜원이 돌아가는 길에 아무 뜻 없이 뒤로 돌아보았을 때도, 아이는 여전히 똑같은 동작을 되풀이하고 있었다. 좀 떨어져서 보니 그런 모습이 우스꽝스럽긴 했다. 물론 자기가 시키긴 했지만. 왜 그렇게까지 하고 있는지는 미스터리였다. 어른이 시켰으니까 별수 없이 하는 것일까. 어쩌면 그럴 수도 있을 것이다.

　그 애는 딱 봐도 (정박아라고는 할 수 없어도) 행동이 모자란 구석이 있었다. 말투도 좋게 말하면 순수했지만, 나쁘게 말하면 나이에 맞지 않게 어눌했다. 똘똘하게 말하는 걸로 따져서는 녀석보다 두어 살 어린 그녀의 딸이 훨씬 어른스러웠다. 사실 딸아이의 대답은 어려서부터 늘 의젓하고 또박또박했다. 더 정확히 말하면, 딸은 그녀에게 정확하게 대답하는 것 말고는 이렇다 할 대화를 나누지 않았다. 어차피 그녀가 그렇게 길게, 누군가에게 도움이 될 만큼 구체적으로 말해줄 수 있는 건 농구에 관한 것뿐이었으며, 그런 얘기는 딸의 인생에 하등 쓸모가 없었다. 그깟 공놀이에 관해 이야기를 나누는 것보다는 대학까지 나온 남편과 한마디라도 더 나누는 쪽이 나았고, 남편이 죽고 없는 지금은 명문대 출신의 학원 교사들과 시간을 보내는 것이 훨씬 인생에 도움이 될 것이었다.

　결과적으로 혜원은, 무리를 해서라도 '집보다는 학원에서 최대한 많은 시간을 보내도록 해주는 것'이 엄마로서 할 수 있는 최선이라 믿었다. 공놀이 따위에 지나치게 열을 올리는 건 바보들뿐이다. 오직 바보들만이 어른이 시키는 대로, 부추기는 대로, 멍청하게 한 가지 일에만 집중하다가, 단 한 번의 실수 또는 사고로 인해 망가져버린다. 그렇게 망가진 바보들, 제 갈 길 모르고 갈팡질팡하는 머저리들에게, 시간은 놀라우리만치 무심하고 냉정한 태도로 일관하는 것이다.

그 병신 같은 자식이 언제까지 농구공을 붙잡고 늘어질지, 혜원은 더 이상 걱정하지 않기로 했다. 마땅히 딸에게 베풀어야 했을 것을 모르는 아이에게 낭비하는 게 아니다. 그녀가 하는 말과 행동은 겨우 공놀이에 관한 것이었고, 애들 장난이었으며, 무엇보다 '재능도 가망도 없는 분야에 과몰입했던' 자기 자신을 향한 조소였다.

"이……얍!"

아이는 계속해서 슛을 쏘고 있었다.

6

집에서 멀지 않은 곳에 작은 헬스장이 문을 열면서, 혜원은 산책로보다 운동기구 옆에서 시간을 보내는 일이 잦아졌다. 야외 러닝과 다르게 헬스장은 날씨에 개의치 않고 나갈 수 있었다. 아무 생각 없이 산책로를 왕복하는 것보다는 그때그때 필요한 근육을 자극하는 쪽이 몸 관리에도 좋았다.

헬스장은 오픈 시간 내내 흥겨운 노래를 틀어놓았다. 그녀는 별다른 일이 없는 한 거의 매일 운동을 하러 갔다. 체육관에 있는 사람들과도 자연스럽게 친해졌다. 쌍둥이 자매가 딸아이와 같은 초등학교를 졸업했다는 한 학부모와도 친해졌다. 나이 차가 좀 나긴 했지만, 상대 쪽 아줌마가 워낙에 붙임성이 좋아 금방 말을 틀 수 있었다.

"애 엄마가 어쩜 이렇게 피부가 좋을까. 몸도 탄탄하고. 정말 부럽다니까."

"헉, 헉…… 아니…… 그래도 전 운동선수였으니까……." 혜원은 들고 있던 바벨을 헬스장 고무바닥에 내려놓고, 숨을 가다듬으며 겨우 대답했다.

"너무 멋있는 거 있지. 우리 딸애들도 운동이나 시킬 걸 그랬나 봐. 공부도 찢어지게 못하는데 어려서부터 운동이라도 시켰으면."

"에이, 무슨, 운동으로 밥 벌어먹기 쉽지 않아요. 차라리 공부가 훨씬 낫지. 운동해서 프로선수 데뷔하는 거나, 공부시켜서 서울대 가는 거나 확률은 비슷할걸요?"

"그런가? 그래도 코치를 잘 두면 어떨지 모르지. 어때, 우리 딸애들한테 운동 좀 가르쳐주면 안 될까? 가만 보면 여기 일하는 남자 선생님들보다도 잘 가르칠 것 같은데."

"못할 거 없죠. 돈만 줘요."

아줌마가 "자기도 참. 돈은 무슨 돈이야! 하하!" 하고 혜원의 등을 툭 치고 갔다. 기분이 썩 좋진 않았다. 돈을 받는다고 해도, 자신이 누굴 가르칠 입장은 못 될 것 같았다. 그러다 퍼뜩 농구 코트의 그 아이가 생각났다. 생각해보니 안 간 지 한 달이 좀 넘게 지난 참이었다. 아직도 연습을 하고 있을까?

'뭐, 이젠 상관없지. 지금쯤이면 발도 다 나았을 거고.'

그 모자란 애가 멀쩡해진 다리로, 하나부터 일곱 여덟까지 어디 하나 맞는 게 없는 폼으로 다시 레이업슛 연습을 하고 있을 걸 생각하니 웃음이 터졌다. 멍청해 보이기는 했어도, 보는 사람한테는 뭔가 중독적인 재미를 주는 구경거리였다.

하여간 그녀는 발상이 짓궂긴 하지만 묘한 책임감도 느끼고 있고, 혹시나 그사이에 남모를 발전을 했을지도 모를 일이라고 생각해서, 오랜만에 산책을 나가보기로 마음먹었다.

다다음 날이 돼서 그녀는 산책로에 러닝을 나갔다. 아니나 다를까, 농구 코트가 미처 다 보이지도 않는 거리에서도 "얍!" 하는 구호가 들려왔다. 아이의 다리는 멀리서 봐도 말짱했다. 깁스를 푼 것도 꽤 됐을 거고, 걷거나 뛰는 모습을 보니 통증도 느끼지 않는 것 같았다.

"아, 아줌마." 아이는 혜원을 보고선 왠지 화들짝 놀란 반응을 보였다. 몰래 냉장고에서 음식을 훔쳐 먹다가 딱 걸린 애들이 지을 성싶은 표정이다. "그게. 저……."

"다리는 다 나았나 보네?"

"네. 그래서…… 드리블을 좀 해봤어요. 슛은 안 쐈어요."

"그래. 건강해 보여서 좋네." 혜원은 진심으로 그렇게 말했다. 정말로 건강이 제일이라고 생각해서 말한 것이다. 그렇지만 말하고 보니 뭔가 진심 같지 않게, 비꼬는 뉘앙스처럼 들릴 것 같아 마음이 불편했다.

물론 아이는 그런 건 신경도 쓰지 않는 듯, 그녀가 자신을 조금이라도 신경 써줬다는 것에 들뜬 양 활짝 웃었다. 거기에 한술 더 떠서, 이것도 칭찬해달라는 듯 다리 사이로 공을 몇 번 튕겨 보이기까지 했다.

"오, 대단한데."

"헤……."

"그래서, 슛도 좀 늘었니?"

"잘 모르겠어요. 계속 위로만 던져서……."

"왜? 골대에 슛도 해보고 그러지?"

아이가 그 말을 듣고 약간 반항기 섞인 표정을 지었기 때문에, 그녀는 뭐랄지 '네가 그러지 말라고 했으면서!'라는 원망을 받고 있다는 생각이 들었다. 속으로 '뭐야. 그런 건 적당히 알아서 스스로 판단했어야지' 하고 변명까지 했다.

"음…… 레이업은 할 수 있겠어?"

"잘 모르겠어요. 안 해봐서."

"뛰는 건 괜찮고?"

"네. 뛰는 건 얼마든지 뛸 수 있어요. 더 딴딴해진 것 같기도 해요."

"그럼 해봐. 레이업슛. 골대 근처에 놓고 온다는 느낌으로. 알지?"

"레이업…… 지금요?"

"지금 아니면 언제 하니?"

혜원이 다소 쏘아붙이듯 말하자, 아이는 잠깐 주춤하다 말고 골대에서 두세 발 떨어진 곳에 자리를 잡았다. 그러고 나서 엉거주춤하게 발을 내디뎠다. 어김없이 바보 같은 자세로 공을 올려놓다가 튕겨 나온 공에 머리를 맞았다.

'역시 기대를 저버리지 않네…….'

상상했던 것보다도 더욱 발전이 없는 모습 때문에, 혜원은 그걸 비웃거나 질책할 마음조차 느끼지 않았다. 더는 불쌍하지도 않았고, 걱정이 되지도 않았다. 뭐가 잘못되었는지 지적하고 싶지도 않았다. 근본적인 원인부터 하나하나 따져 이야기하자면 끝도 없는 얘기가 될 것이었다. 그 아이는 일단 키가 너무 작고, 팔도 짧고, 타고난 센스도 없고…… 무엇보다, 잘못 태어난 것이다.

그런 그녀의 속마음은 아랑곳하지도 않는 듯, 아이는 소처럼 맑고 어리숙한 눈으로 쳐다보며 "슛도 쏴봐요?"라고 물었다.

혜원은 그 꼴이 참을 수 없을 만큼 가증스러웠다. 뭐 이렇게 모자란 애가 다 있을까? 누군가를 보면서 이렇게 갑갑했던 적이 있었나? 당장에라도 욕설을 퍼붓고, 두 번 다시 농구 같은 건 하지 못하도록 공을 개울에 내다 버리고 싶은 것을 꾹꾹 참았다. 대신 못 내킨다는 식으로 손을 내저으면서, 그만 됐어, 하고 툭 던지듯 말한 뒤 산책로를 빠져나갔다.

'참나. 부모가 어떤 사람인지는 모르겠지만, 애 상태가 저 모양이면 성질 죽이기도 쉽지 않았겠어. 아니, 내가 지금 무슨 생각을…… 스트레스를 많이 받았나 봐. 운동을 좀 더 하고 가야겠어. 이런 기분으로 곧장 집에 갔다가는…… 아무 이유 없이 살림을 때려 부술지도 몰라……'

그녀가 그런 애매한 시간대에 헬스장에 간 건 그날이 처음이었다. 사람이 제법 있었지만 다들 본 적이 없는 얼굴이어서, 평소에 다니던 곳이 전혀 아닌 것 같이 느껴지기도 했다.

뭐, 어차피 운동은 혼자 하는 것이니까. 어떻게든 땀을 빼고 싶다는 생각으로 아무 트레드밀에 자리를 잡았다. 빠른 속도로 이십 분쯤 뛰자 몸이 물씬 덥혀지는 것이 느껴졌다.

이윽고 혜원은 텐션을 늦추고 주위를 둘러보았다. 옆옆 기계에서 젊은 남자가 땀을 뻘뻘 흘리며 뜀박질을 하고 있었다. 그 남자는 그녀와 비슷한 삼십 대 중반이었지만, 잘 다듬어진 몸매와 건장한 체격 덕분에 실제보다 훨씬 젊어 보였다. 얼굴이 잘생긴 편은 아니었다. 따져보자면 조금 촌스러운 쪽이었지만, 이목구비나 턱선이 워낙 뚜렷해서 남자다운 분위기를 풍겼다. 요컨대 무슨 일을 시키든 (어느 정도는 몸 쓰는 것과 관계가 있어야겠지만) 잘해낼 것 같은 듬직한 일꾼 타입이었다.

'심지어 키도 크네. 백팔십 중후반쯤 되려나……'

머신에서 내려온 그녀는 새로운 수건으로 땀을 닦으며 생각했다. 만일 자신이 저런 체격을 가진 남자로 태어났다면, 지금보다는 좀 더 편하고 폼 나는 인생을 살고 있을지 모른다…….

그녀로서는 이러한 유의 선망에 진절머리가 났지만, 아무리 해도 멈출 수가 없다. 이 순간 그녀의 몸을 구석구석 핥고 있는, 그 기분 나쁜 욕구의 정체란, 아무리 노력해도 얻을 수 없었던 것들. 그 출중한 남성성을 간접적으로나마 정복하려는 욕심일지도 모른다……. 그리고 어쩌면, 어쩌면 그런 아이…… 그렇게 왜소하고 병약해 보이는 남자에게 분노가 치솟는 것은, 그녀와 다를 바 없이 도태될 수밖에 없는, 말하자면 동족혐오 같은 감정일는지 모른다…….

생각이 그런 곳까지 닿자, 혜원은 급격히 몰려오는 자괴감에 못 이겨 사물함에 머리를 퍽퍽 찧었다.

욕구불만인가? 아니면 내가 정말 미친 건가? 나는 남의 자식 신경이나 쓸 처지가 아니다. 하나뿐인 내 자식에게나 집중하자.

공교롭게도, 혜원은 그렇게 마음먹은 날 저녁부터 뜻밖의 사실을 알게 되었다. 딸아이가 일주일 넘게 무단결석을 하고 있었던 것이다.

그녀는 충격에 빠졌다.

"…… 싫어, 싫어…… 싫어! 싫다니까! 절대 안 가. 절. 대. 안! 간다고!"

꾸짖어도 보고 달래도 봤다. 엄마와 할머니, 학교 선생님과 학원 강사까지 나서서 딸을 설득했다.

그러나 딸아이는 그저 집에만 있겠다고 고집을 부렸다. 억지로 옷을 입혀서 밖에 내보내려고 하면, 온 동네에 다 들리도록 소리를 꽥꽥 지르며 난동을 피웠다.

"그 얌전하던 애가 왜 저렇게 돌변한 건지……."

그건 아무도 알지 못했다. 혹시나 왕따를 당한 것은 아닌가 싶어 개인적인 차원에서 조사를 벌이기도 했지만, 선생님이든 또래 아이들이든 그런 기미는 전혀 없었다고 입을 모아 말했다.

"워낙 조용한 편이라 그렇지, 막 친구들이랑 못 어울리고 그런 아이는 아니었어요. 한 번도 화내거나 소리 지르는 것도 본 적이 없고요."

딸애의 상태가 그렇다 보니, 예전처럼 학원은커녕 정상적인 학교 출석도 기대할 수 없는 상황이 됐다. 거의 온종일 방 안에 틀어박혀서, 같은 지붕 밑에 사는 가족들조차 뭘 하는지 알 수 없었다.

이따금 배가 고픈지 밥도 먹으러 나오고, 가만히 앉아 TV를 보고 있는 모습도 보이긴 했다. 그렇지만 그게 다였다. 어떻게 밖에 나가야 한다든가, 무슨 상담 선생님과 만나 보는 게 어떻겠냐는 얘기를 꺼내는 순간, '죽어버리겠다'든지 '아무도 모르게 밖에 나가 다시는 돌아오지 않겠다' 같은 말들을 하곤 도로 사라졌다.

머잖아 혜원은 딸이 그렇게 된 것이 모두 자기 책임이라고 여겼다.

"내가 미친년이야. 내가 다 이렇게 만든 거야. 애 아빠 죽고, 원래 사귀던 친구들이랑도 헤어지게 하고, 애를 점점 고립시키기만 했어……. 학교랑 학원만 어떻게 잘 보내면 될 줄 알았던 거야. 똑똑한 애니까, 알아서 잘 적응하고 잘 클 거라고 외면하고 있었어. 나는…… 나는 엄마라고 할 자격도 없는 인간이야. 어떡해, 이제 어떡해, 우리 딸. 불쌍해서 어떡해……. 내가 다 망쳤어. 내가 다 끝장내버렸어……."

새벽녘에 걸려 온 혜원과의 전화에서, 과거 팀 동료였던 영지는 "아직 끝난 건 아니잖아"라고 말했다.

"너는, 현역 때는 항상 좋은 선수였지만…… 굳이 문제가 하나 있다면 그런 게 문제였어. 한 번 실수하면 모든 게 끝났다고 생각한단 말이야."

"무슨 소리야, 그게?" 혜원은 계속해서 울먹거리고 있었다.

"아니 이…… 네가 있지. 아니, 우리가…… 프로선수씩이나 됐으면 말이야. 모든 경기를 이길 순 없다는 건 알잖아. 당연히 모든 슛을 성공시킬 수도 없고."

"그야…… 넌…… 슛이 별로 안 좋으니까……."

"야, 너 무슨 말을 그렇게 하냐? 보자 보자 하니까!" 영지는 귀에 들리게 발끈했다. "그래도 요즘엔 꽤 좋아졌거든? 너 은퇴하고 나선 농구 잘 안 보지?"

"응……." 혜원이 마지못해 대답했다.

"아…… 진짜, 너무하네."

"미안……."

"그렇게 진심으로 사과하지 말고……."

"응……."

"들어봐. 내가 하고 싶은 말은…… 너는 슛 한 번 놓치고, 경기 하나 놓쳤다고 세상이 망한 줄 알아. 그게 무슨 돌이킬 수 없는 일인 것처럼……. 물론 그렇긴 하지. 이미 지나간 건 어쩔 수 없는 게 맞아. 근데 그렇다고 다음 경기를 안 뛰나? 사지 멀쩡하고 부상 없으면 뛰는 거야. 그게 선수가 하는 일이니까. 사실 기회는 계속해서 남아 있어. 뭐 어떻게 실수를 하고 망치고 했든 간에……."

"영지야, 근데…… 나는 실수도 하고…… 경기가 아니라 우승을 망쳤어…… 다치기까지 했고…… 더 이상 선수도 아니게 됐고……."

"아, 우승 못한 게 뭐? 까짓거 공놀이잖아! 매지션즈도 언젠가

334

는 우승을 하겠지! 올 시즌도 꼴찌 경쟁 중이긴 하지만…… 언젠가는 할 거야. 그게 그땐 아니었던 것뿐이지. 그건 불행한 사고였어. 넌 수비하려고 최선을 다했을 뿐이잖아. 농구 좀 아는 사람들은, 적어도 같은 선수들은 널 아무도 비난하지 않아. 오히려 너무 안타깝다는 사람이 대부분이지. 그때 너한테 지랄했던 팬들은…… 야, 팬들은 원래 그런 애들이야! 잘해도 욕하고, 못하면 더 욕하는 애들이야. 알잖아? 걔네는 그냥 우승 못한 거 때문에 화가 난 거고. 그때 가장 욕하기 쉬운 대상이 혜원이 네가 됐을 뿐인 거지. 물론 보는 사람이 다 속상하기는 했지만……. 나 좀 봐. 나는 아직도 욕먹어. 쟤는 몇 년을 뛰었는데 슛이 나아지질 않냐면서. 그거 때문에 진짜, 나는 요즘 머리가 다 빠진다니까. 여성 탈모 정말 무서워. 너도 조심해. 미리미리 예방을 해놔야 나중에……."

"그래, 그래. 알았어." 혜원은 탈모 얘기는 그다지 듣고 싶지 않았다. 영지는 원래가 머리숱이 많지 않은 편이었다. "그냥…… 네가 무슨 마음으로 그렇게 말하는지는 알아. 그런데 지금 뭘 어떻게 해야 할지 모르겠어. 내가 애를 위해서 할 수 있는 게 있을까? 엄마 말대로 어디 기숙학교나 병원에 맡기는 게……."

"애는, 말 같지도 않은 소릴 하고 있어! 야. 딸한테 정말 미안하면…… 늦게라도 잘해보겠다는 마음을 가져야지! 좋은 엄마, 착한 엄마가 되긴 이미 글렀으니까 애를 더 방치해버리겠다는 거야 뭐야? 그거야말로 정말 무책임한 거야. 이미 망쳤다고 아무것도 안 해? 혜원아. 우리 인생이 그렇지가 않아. 오늘 경기 끝장나도 내일 경기 뛰어야 해. 선수 은퇴한다고 인생 끝나는 것도 아니고. 딸이 학교 몇 달 빠졌다고 인생 조진 것도 아니야. 그 과정이 힘들지 않다면 거짓말이지. 너무 고통스럽고 외롭기까지 해. 그래도 해야 한다고. 살아가야 해. 뭐라도 하긴 해야 해. 나도 그렇고, 너도 그렇고. 게다가 너는 엄마잖아."

영지의 제안에 따라, 혜원은 딸아이에게 같이 집 앞으로 산책을 하러 나가지 않겠느냐고 제안했다. 물론 딸은 거절했다. 밖에 나가는 것도 싫고 엄마도 싫다고 했다. 또 이상한 수작으로 자신을 학교나 학원에 돌려보내려고 하는 것 아니냐며 의심까지 했다.

"아니야, 그렇지 않아. 네가 원하지 않으면 학교도 학원도 안 가도 돼. 정말이야. 그냥 나는, 지금부터라도 우리 딸이랑 잘해보고 싶어. 엄마가 네게 너무, 너무 무심했어. 아빠도 돌아가시고 없었는데. 너는 정말로 혼자였는데……. 나는 나만 너무 힘들다고 생각해서, 내가 힘든 것에서 도망치는 데 급급했어……. 미안해. 엄마가 정말 미안해. 그러니까 지금부터라도, 아주 조금이라도 나아질 수 있게…… 엄마가 엄마로서 노력할 수 있게 기회를 줄래? 응……?"

그녀의 진정성이 딸에게 전달되는 데는 시간이 걸렸다. 다만 시간은 큰 문제가 되지 않았다. 다행히 그녀는 선수연금을 받고 있었고, 급하게 해야 하는 일도 없었다. 긴 시간을 들여서라도 딸의 마음을 돌릴 수 있다면 얼마든지 그렇게 할 작정이었다. 뒤늦게나마 부모가 되고 싶었다. 딸의 방문 앞에 앉아서, 차분함을 잃지 않으면서 최대한 딸의 이야기에 귀를 기울였다. 그래, 그랬어, 넌 그럴 수밖에 없었을 거야, 그동안 혼자 참고 견디느라 힘들었겠구나.

딸은 추석 명절 끝 무렵에 방에서 나왔다. 그리고 엄마와 함께 산책길에 나섰다. 해쓱하게 높은 하늘과 여느 때보다 투명한 햇살이 신비로운 조화를 이루는 날이었다.

재활 시기부터 시작해, 언제나 혼자 왔다 갔다 했던 산책로. 그곳을 딸과 함께 걷자니 혜원은 몹시 새삼스러우면서도, 자신의 끈질긴 설득이 열매를 맺었다는 생각에 가슴이 웅장해졌다.

'행복이 이렇게나 가까운 곳에 있었는데. 왜 그동안 아무것도 모르고 지냈을까?'

이제부터는 이 한 몸 바쳐서, 우리 딸에게 오롯이 헌신하는 삶을 살리라. 혜원이 또다시 그런 다짐을 마음에 새기던 때, 딸이 그녀의 옷자락을 잡아당기며 말했다.

"엄마, 저기, 저기." 딸은 조르르 흐르는 시냇물 가운데를 가리켰다. "엄청 하얗고 강해 보이는 오리가 있어."

"아아. 저건 왜가리라고 하는 새야."

"왜가리?"

"응. 누가 봐도 오리는 아니지만…… 강하긴 할걸? 여기서는 아마 왕이나 다름없을 거야."

"여기 오리는 없어?"

"글쎄? 내 기억으로는 아마 있었던 것 같은데. 같이 한 번 찾아볼까?"

"응. 내가 먼저 찾을래."

정말 오랜만에 신난 표정을 하며 뛰어나가는 딸……. 그런 아이의 뒷모습을 바라보면서, 혜원은 돌연 원인 모를 상념에 빠져들었다.

'뭐지, 뭔가 잊고 있었던 것 같은 기분이 드는데…… 이 앞에 뭐가 있었더라……?'

"엄마! 오리가 있어! 여기!"

딸이 저 앞까지 가서 소리쳤다.

마침내 혜원은 기억해냈다. 아뿔싸! 그 산책로에는 분명 오리가 있었다. 작고, 불쌍하고, 외로운 오리가 한 마리 있었는데. 그녀는 그 오리의 목을 꺾어버리곤 까맣게 잊고 있었던 것이다.

아, 세상에. 어떻게 그걸 송두리째 까먹을 수 있는 걸까. 나란 인간은 도대체……. 자신과 딸 이외에 아무도 없는 산책로를 거닐며, 또 한 번 깊은 우수에 젖어가던 그때. 멀리 농구 코트 쪽에서 익숙하고, 익숙한 만큼 짜증스럽기도 한 소리가 날아와 귓전을 때렸다.

"…… 얍!"

여전히 그곳에는 오리가 살고 있었다.

8

딸과 그 아이는 곧잘 어울려 놀았다. 둘 다 말수가 적은 편이었지만, 피차 또래 친구나 다른 인간들에게 지쳐서인지 그쪽을 더 편안해하는 듯 보였다.

혜원에게는, 솔직히 말해 탐탁지 않은 현상이었다. "애들끼리 잘 지내면 좋지 뭘 그래?"는 할머니들이나 하는 소리였다. 야무진 딸내미와 그런 동네 바보 같은 남자아이가 어울려 노는 것에 맘 편할 엄마가 어디 있으랴.

"멍청한 애랑 놀면 본인도 멍청해지기 쉬운 거야."

"남의 자식한테 못 하는 소리가 없네. 네 딸은 몸에 금 두르고 태어났니?"

엄마는 혜원에게 꾸짖듯이 말했다.

"까놓고 보면 너나 나나, 느그 딸내미나 태어나길 똑똑하게 태어났다고 할 순 없어. 집안에 공부머리 타고난 사람이 있어야 말이지."

그렇잖아도 혜원은 이것이 지능적 차원의 문제가 아니라는 생각을 하고 있었다. 누군 뭐 얼마나 명석하게 태어났으며, 그래서 다른 사람더러 머리가 좋다 나쁘다 이야기할 자격이 있는 건 아니다. 그저 이렇게 해가 잘 쬐는 날에, 산책로 구석 자리 벤치에 앉아서 웬 이름도 모르는 남자아이와 공을 던지고 튀기는 딸의 모습이, 교활하게 묘사되는 패배의 초상처럼 느껴졌다.

아무 고민도 시련도 없다. 또렷한 사고를 하지 않는다. 시간은 안이하게 흐르며, 퇴적된 실패의 산물들이 부패한다.

여태까지 있었던 인생의 기로들에서, 그녀는 이성적인 판단과 동물적인 직감 사이의 비율을 적절히 조절해왔다고 생각했다. 다시 시간을 돌아가더라도 같은 상황에선 그보다 더 나은 대처를 할 수 없다, 말하자면 그런 선택들만을 해왔다고 자신할 수 있었다.

그러나 결과는? 보다시피 이렇다. 완전히 바닥에 처박혔다고 할 수 있는 막장 인생은 아니지만(누군가는 이것을 더러 성공한 삶이라 퉁치고 싶을 것이다), '이러저러해서 성공했소' 하고 거리낌 없이 말할 수 있는 게 있느냐면 그렇지도 못했다.

혜원은 어려서부터 자신이 똑똑한 편이 못 된다는 사실을 잘 알았다. 그래서 머리보단 몸 쓰는 일을, 기왕 하는 거 재밌게 잘할 수 있을 것 같은 농구를 골랐다. 기대만큼 자라지 못해 고생하긴 했지만 프로선수로 데뷔까지 했다. 하지만 그녀의 선수 커리어는 몇 년 가지 못했고, 끝맺음의 순간은 불명예스러웠다. 남편은 사고로 죽었다. 더 이상 도시에선 할 일이 없었고, 고향집으로 내려왔다. 여기서 남아 있는 딸 하나라도 그럴싸하게 키워보겠다고 마음먹었는데.

"…… 야얍!"

"…… 얍!" 같이 멍청한 소리나 따라 하며 깔깔거리고 있는 딸의 모습이라니. 마지막 성냥을 집어 들자마자 물벼락을 맞은 것이다. 이래서야 역전의 가능성이 제로나 마찬가지 아닌가.

혜원은 딸을 또 다른 인생의 복권쯤으로 여기고 있는 자신의 발상에 소름이 끼쳤다. 난 좋은 엄마는 고사하고 평범한 또는 정상적인 엄마가 되는 것도 불가능할지 몰라, 속으로 되뇌며 시선을 떨구고 있는 곳에 데굴데굴 공이 굴러들었다. 그녀는 반사적으로 공을 팍 쳐서 주웠다.

"엄마, 공 좀 줘." 딸이 말했다.

"뭐? 싫은데."

혜원은 공을 잡고 허리 뒤쪽으로 붕붕 돌렸다. 어릴 때 남자아이들이 여자애들을 괴롭힐 때 하던 짓 그대로였다. 물론 그녀는 그렇게 굴었던 남자애의 정강이를 후려 까고 금방 공을 돌려받았었다.

'그래도 딸인데 엄마를 때리진 않겠지'라고 생각하던 찰나. 생각지 못한 해프닝이 벌어졌다.

딸은 소싯적의 그녀처럼 정강이를 때리지도 않았고, 다른 계집애들처럼 징징거리지도 않았다. 대신 "엄마가 슛 쏠 거야?"라고 물어왔다.

"너무 오랜만에 해서 잘 될지 모르겠네." 앉은 자리에서 일어난 혜원은 저도 모르게, 무의식적으로 밑밥을 깔았다. 그 말이 애들 앞에서 과도하게 폼을 잡으려고 하는 어른 같이 느껴져서, 자신이 좀 경멸스러워졌다. 뭐야, 두 번 다시 농구공 따위 손에 잡지 않겠다고 한 다짐은 어떻게 하고?

'그런 다짐은 한 적이 없는데.'

정말 그랬다.

아니, 그렇지. 그럼 두 번 다시 슛 같은 건 쏘지 않겠다고 스스로 맹세했던 건 잊어버리고 만 거야?

'그런 맹세도 한 적 없어⋯⋯.'

몇 번을 다시 생각해봐도, 혜원은 거기서 슛을 쏘지 말아야 할 이유가 아무것도 없었다. 그야 나중에 빗나간 뒤에나 "아! 거기서는 패스를 했어야지!" 같이 투덜거리는 애들이 늘 있었지만. 그런 부류들의 특징은 (실상 아무리 무리한 슛이었더라도) 성공하고 나면 좋은 판단이었다고 말한다는 것이다. 혜원은 그런 게 싫었다. 프로는 결과로 증명한다는 말도 있지만. 그건 다 지나간 이후의 넋두리다. 모든 게 다 끝난 뒤에. 결과값이 빤히 나온 시점에서 거기다 대고 잘난 척 씨부리는 것은, 세상에서 가장 못난 사람이더라도 입만 멀쩡하면 할 수 있는 일이다. 그것은 더없이 부조리하기도 했다. 그 결과에 대해 그 누구보다 집중해왔던 사람이더라도, 여태껏 아무 생각도 자각도 없이 살아오다가 우연히 그 결과를 마주친 사람에게조차 그 평가를 허락해야 한다는 점. 그러므로 어른이 된다는 것, 프로가 된다는 것은, 바로 그러한 부조리함에 시달리다가 죽어갈 자격을 의미했다. 그녀는 그녀가 사랑하는 딸이 어떤 일의 프로는 고사하고 어른이 될 일도 없기를 바랐다.

'잡생각, 잡생각!'

혜원은 머리를 좌우로 흔들어 털었다. 그리고 호흡을 가다듬었다. 들숨에 공을 몸 중심으로 당겨놓고, 날숨에 활시위를 당기듯 쏘아 올리는 것이 기본이었다. 그 모든 동작은 물 흐르듯이 자연스럽게 이뤄졌다.

"후!"

얼마 만에 쏜 슛이었을까? 일 년이 넘게 지난 뒤로는 헤아린 적도 없다. 농구공은 그녀의 시선에서 주욱 하고, 컴퍼스를 대고 그린 곡선처럼 아름다운 궤적을 그리면서, 골대 옆에 서 있던 남자아이 앞에 퍽 하고 떨어졌다.

"패스한 거예요?" 아이가 물었다.

"그래." 혜원이 대답했다.

"롭패스라는 거죠? 티비에서 봤어요."

"……."

혜원은 자신의 대답에 견딜 수 없이 부끄러워졌다. 어른으로서 보여주어야 할 최소한의 위엄을 유지하기도 벅찼다. 딸은 아무 말도 없이, 엄마가 시야에 들어오지 않는 방향으로 고개를 돌린 채 있었다.

"맨날 혼자 해서 패스는 연습할 수가 없었어요."

"이리 줘." 혜원이 말했다.

"네?"

"나한테 패스하라고." 혜원은 단호하게 말했다. "이번에는 슛을 보여주지."

"하하하하!!" 엄마는 반찬통을 닫다가 말고 또 한 번 크게 웃어 댔다. "하하하!"

"아, 왜 자꾸 웃어? 허파에 바람 들었어?" 혜원이 볼멘소리를 냈다.

"안 웃게 생겼니? 다 큰 어른이라는 애가, 애들 공 뺏어서 놀다가 왔다는데. 그것도 선수였으면서…… 하하하하!!"

"그래도 처음 것 빼고는 거의 다 집어넣었어."

"그 문제가 아니잖아? 유치하기는!" 엄마는 툭 던져 놓듯이 말하고 부엌으로 갔다.

"그래도 엄마, 멋있었어." 오랜만에 둘러앉아 밥을 먹은 딸이었다. "선수 때는 훨씬 잘했었던 거지?"

"뭐, 그렇지." 거짓말은 아니었다.

"진짜 멋있어." 딸은 진심으로 감탄하는 눈치였다.

"하나도 안 멋있어……. 그러니까 너는 농구 같은 거 할 생각하지 마. 혹시라도."

"나는 딱히 하고 싶지는 않은데? 그런 생각은 안 했어."

"그래?"

"응. 그냥 엄마가 멋있어서 좋았어."

혜원은 대답하지 않았다. 어떻게 대답하면 좋을지 알 수 없었다. 제대로 배우고 연습한 적이 없는 동작은 하지 않는다. 혜원이 농구에서 배운 건 그런 것들이었다.

머잖아 딸아이는 다시 학교에 가기 시작했다. 다만 '일주일에 최소 한 번 이상 같이 산책을 나갈 것'이라는 조건이었다.

혜원은 마지못해 승낙했다. 솔직히 산책 자체는 어려운 일이 아니었다. 그러나 나갈 때마다 농구 코트에 들러 어린아이의 공을 빼앗아 슛을 성공시키는 모습을 보여주어야 한다면?

'음.'

다행히 딸이 바랐던 것은 그런 게 아니었다. 그저 아빠가 떠난 뒤에, 단 한 명 남은 부모와 충분히 시간을 보내고 싶은 마음이었다. 꼭 산책이 아니더라도, 뒷동산을 함께 거닐거나 읍내에 있는 영화관에 같이 놀러 가는 것으로도 하루를 보낼 수 있었다.

말이 산책일 뿐 사실상 모녀의 정기 데이트였고, 서로에게 있어 남편과 아빠의 부재를 마주하는 동시에 극복해나가는 시간이 되었다.

한편 딸아이는 혼자서도 가끔 산책로에 나가서, 그 농구 코트에 있는 아이와 잠깐씩 대화를 하거나 놀다가 돌아오는 것 같았다. 혜원은 그 모자란 남자아이가 딸에게 안 좋은 영향이나 끼치지 않을지, 어느 날 갑자기 눈이 뒤집혀서 해코지나 해오지 않을지 아주 잠깐 걱정을 했지만, '레이업숏도 제대로 못하는 그런 애가 내 딸을 어떻게 할 수 있을 리 없지'라는 생각 덕분에 곧 아무런 신경도 쓰지 않게 됐다.

때마침 다니던 헬스장에서 임시 트레이너직을 제안받기도 했다. 워낙 외딴 동네다 보니 보수는 많지 않았지만, 그럭저럭 새로운 사회생활을 시작하는 데는 더없이 좋은 계기였다. 연금이 나온다고 해서 언제까지고 집에 처박혀 있을 수도 없었다. 일에 시달리며 사는 사람들 대부분은 '돈만 있었으면 일 같은 건 때려치우고 평생 놀고먹기만 했을 텐데' 같은 말을 입에 달고 살지만, 막상 할 일이 하나도 없는 상황이 되면 비로소 깨닫는다. 그 꼴 보기 싫었던 일들이 자기 인생의 가장 성가신 부분을 해소하고 있었다는 것을. 다름 아닌 권태와 지루함 말이다.

모녀에게는 그리 나쁘지 않은 시기였다. 달리 말해 행복한 시절이었다. 까칠하기는 해도 잘 챙겨주는 할머니, 의도치 않은 은

퇴로 좌절했다가 다시 새 삶을 개척해나가는 엄마, 그런 엄마의 바람대로 부지런히 공부하며 쑥쑥 자라나는 딸. 앞으로는 모든 게 좋아지고 나아질 일들만 가득해 보였다. 엄마의 엄마일 뿐이었던 할머니가 '진짜' 할머니가 돼서, 어느 날 손녀의 얼굴도 알아보지 못할 정도로 심한 치매 증상이 생겼더라도, 어찌어찌 잘 극복해나갈 수 있으리라는 근거 없는 희망을 품게 될 만큼.

9

혜원이 헬스 트레이너로 일한 지 시간이 꽤 지나고, 헬스장 측으로부터 정식 계약을 제안받았을 무렵이다. 그녀는 딸에게 '할머니를 요양원에 보내는 것'에 대해 말했다가 크게 다퉜다. 딸의 입장은 확고했다. 할머니가 좀 편찮으시다고 해서 아는 사람 한 명 없는 요양원에 보내는 것은 너무한 일이다. 엄마가 일을 그만두거나 내가 학원을 줄이거나 해서 할머니를 옆에서 돌봐드리는 것이 맞다.

혜원은 "학원을 줄인다니 말도 안 돼"라고 말했다. 그렇다고 지금 하는 일을 그만두고 싶지도 않았다. 선수생활 은퇴 이후 처음으로 제 역할을 하고 있다고 느꼈다. 직장동료와 회원들로부터 신뢰받는 기분이 좋았고, 끊임없이 몸을 움직이며 건강해지는 일도 보람찼다. 그러나 그 일자리를 정식으로 받아들이자면, 하루의 대부분을 집에서 혼자 보내야 하는 그녀의 엄마를 챙길 수 없었다. 어느 방향으로 보나 요양원에 가서 전문적인 관리를 받는 것이 최선이라고 생각했다.

그런 혜원의 말에 딸은 울음을 터트렸다. '엄마는 하나도 변하지 않았다'느니 '결국 자기 자신밖에 생각하지 않는다' 같은 말을 퍼부어 혜원의 가슴에 비수를 꽂고는 밖으로 뛰쳐나갔다.

혜원은 힘들여 쫓지 않기로 했다. 잡는다고 해서 잡힐 것 같지도 않았다. 아직 해도 지지 않았으니까, 적당히 밥 먹을 시간에 맞춰 전화로 돌아오라고 말할 셈이었다.

아무리 똑똑해도 아직은 애구나,라는 생각이 들었다. 딸의 입장에서는 '돈이 절실한 것도 아닌데 왜 할머니를 내버려두면서까지 일을 하려고 하나' 싶겠지만, 선수연금이 계속 나온다고는 해도 평생 넉넉하게 살 수 있을 정도는 아니었다. 딸이 점점 자라서 대학에 입학할 나이가 됐을 때를 생각하면, 장기적으로는 지금 하고 있는 일 이외의 다른 부업도 고려해봐야 할 것이었다. 남편 없이 남겨진 모녀가 부족함 없이 살아가려면 각오가 필요했다. 어설픈 낙관만으로 살아가다가는 언제 큰일을 당해 곤경에 처할지 모른다. 언젠가 딸도 그런 그녀의 뜻을 헤아릴 때가 오겠지. 지금은 어리니까 어쩔 수 없어…… 하고 물을 한 컵 마실 즈음에 전화벨이 울렸다.

…… 오리는~ 날 수 없다~ 엄마에게 혼났죠— 늦은 밤 잠에서

깨어~ 날개를……

삑.

"여보세요?"

"엄마!" 딸의 목소리였다.

"어머, 우리 딸. 무슨 일이야? 집 나간 지 한 시간도 안 돼서 배가 고팠어?"

"농구 코트…… 빨리!"

"뭐?"

"지금 빨리 좀 와줘. 진짜 큰일났어! 제발!"

뚝.

'제발……?'

혜원은 상황 파악이 다 되기도 전에 옷을 챙겨입고, 방 한쪽 구석에 앉아 혼잣말을 하고 있던 그녀의 엄마에게 당부하듯 말했다.

"엄마, 나 잠깐 나갔다 올게. 어디 나가지 말고, 이상한 사람 와도 문 열어주지 말고, 알겠지?"

그녀는 집에서 나오자마자 뛰기 시작했다.

해가 다 넘어가기 직전에 농구 코트에 도착했다. 무슨 소란이 있었는지는 몰라도 당장은 조용했다. 거기서 딸을 찾는 건 쉬운 일이었다. 아무도 없는 가운데 혼자 코트에 주저앉아 울고 있었던 것이다.

"은설아!" 혜원은 크게 놀라서 딸에게 다가갔다. 울고 있는 은설이의 양쪽 뺨을 그러잡고 절규하듯 물었다. "괜찮아? 무슨 일 있었어? 누가 무슨 짓을 했어? 응? 괜찮은 거야?"

은설은 고개를 두어 번 저었다. 그리고 자기 앞에 쓰러져 누워 있는 누군가의 실루엣을 가리켰다.

"피가 많이 나……."

혜원은 은설이 가리키는 곳으로 시선을 돌렸다. 해가 기울었고, 코트에서도 그늘진 곳이었던 통에 멀리서는 보이지 않았던 모습이 드러났다. 그 남자아이, 레이업숏 드럽게 못하던 그 아이가, 이번에는 피로 흥건하게 젖은 머리를 우레탄 바닥에 누인 채 시체처럼 뻗어 있었다. 이마 부근에서 계속 피가 흘러내리고 있었다. 그 핏줄기는 관자놀이를 타고 머리 뒤쪽으로, 무거운 핏방울은 그대로 바닥에 떨어져 고였다. 다 저물어 어슴푸레한 햇빛을 받은 피는 새카맣고 끈적끈적한 원유처럼 보였다.

그런 와중에 아이의 의식은 뚜렷했다. 피에 흠뻑 젖은 눈꺼풀을 껌뻑이면서, 평소와 다름없는 표정으로 누워 하늘을 보고 있었다. 눈물을 멈추지 않는 딸아이, 곧바로 119에 전화해 위치를 설명하고 있는 혜원, 우연히 지나가다가 그 광경을 목격한 행인과 비교하자면, 아이의 태도는 믿을 수 없을 정도로 침착하고 평온했다. 자신의 머리에서 그렇게나 많은 피가 뿜어져 나오고 있다는 자각도, 그에 따른 격통도 전혀 느끼지 못하는 것처럼 보였다.

하지만 그 태도에는 어딘지 모르게 처연하고 의연한 분위기가 있었다. 최소한 '자신이 크게 다친 걸 이해하지 못할 만큼 머리가 나빠서' 그러고 있는 것 같지는 않았다. 오히려 지금 상황을 너무도 잘 이해하고 있기 때문에. 별달리 할 수 있는 것이 없다고 판단했기에 취하는 태도처럼 보였다.

"왜 곧바로 119에 신고를 안 하고?" 혜원은 조금은 꾸짖는 투로 말했다. 사람이 이렇게 피를 흘렸으면 당연히 119에 먼저 연락을 했어야지. 넌 그 정도 사리 판단도 안 되는 아이가 아니잖아. 그런 질책이 섞여 있는 물음이었다.

"애가 하지 말라고 했어." 은설은 엄마가 당연히 그런 질문을 할 줄 알았다는 듯, 그래서 오히려 기다리고 있었다는 듯이 대답했다. 누워 있는 아이를 힐끔거리면서, '여기서는 더 이상 해줄 말이 없다'는 얼굴로 혜원을 쳐다봤다. 아이들에게도 그럴 수밖에 없는 저들만의 사정이 있다는 눈치였다.

혜원은 읍내 병원으로 가는 앰뷸런스 안에서, 그리고 응급실 접수처에서 그 이유를 완전히 이해할 수 있었다. 호송 차량의 스태프부터 응급실의 간호사와 의사까지. 피 흘리는 아이 옆에 서 있는 혜원에게 "보호자 분이십니까?"라고 물었던 것이다.

처음에 혜원은 "그게, 저……" 하고 머뭇거리며 확실한 답변을 피했다. 딸은 왜인지 짜증이 난 것 같았다. 결국 응급실에서 똑같은 질문을 받았을 때는 "네. 일단은요"라고 답을 수정했다. 그러자 딸의 얼굴 근육이 다소간 이완된 것이 보였다.

어른과 달리 아이에게는 주민등록증이 없었다. 다행히 의식이 또렷했기 때문에, 지혈을 하는 동안 이름이며 주소를 물어볼 수 있었다. 혜원은 그 남자아이의 이름이 '정한이'라는 것, 병원에서 버스로 두 정거장 거리에 있는 중학교에 등록되어 있는 (등교는 거의 하지 않는 듯했다) 열네 살짜리라는 것을 알았다. 친부모님의 연락처나 집 주소를 좀처럼 이야기하지 않았기 때문에, 학교 행정실에 전화해 신분을 확인해야 했던 것이다.

다만 한이의 집은 비어 있었고, 하나뿐인 가족인 어머니와는 연락이 되지 않았다. 그 사실을 깨닫고 우왕좌왕하는 어른들을, 아이는 변함없이 무표정한 얼굴로 지켜보고 있었다. 그것 보세요. 말을 하지 않은 것도 병원에 전화하지 말라고 한 것도 다 이유가 있었는데. 어른들은 왜 항상 모르나요, 같은 말이 뇌리에서 증발되길 기다리는 것처럼.

한이의 상처는 아주 심각한 것은 아니었다. 적어도 기능적인 부분으로만 보면 그랬다. 왼쪽 눈두덩이가 찢어져 열여덟 바늘을 꿰맸을 뿐이다. 얼굴에 꿰맨 상처 자국이 남긴 하겠지만. 눈이나 머리에는 이상이 없었다. 당초 출혈이 심하긴 했는데 그쪽은 원래 그런 부위였다. 사람 신체에는 다치기만 하면 피가 철철 나는 곳이 있다. 하기야 남들보다 조숙하긴 해도 아직 초등학생인 은설에게는, 한이가 그대로 '죽어가고 있다고' 생각한 것도 무리는 아니었다. 머리에서 피가 철철 흐르고 있는데, 눈두덩이가 찢어졌는지 총에 맞았는지 분간할 도리가 있었겠는가. 혜원은 비로소 대강의 상황을 파악하고 이해할 수 있었다.

그렇지만 전혀 이해가 되지 않는 것은, 그 남자아이의 눈두덩이가 찢어진 원인에 대한 것이었다. 한이는 웬만한 질문에는 대답을 하지 않겠다고 결심을 한 모양새였으므로, 그 상황을 옆에서 보고 있었던 은설에게 사정 청취를 해야 했다.

딸아이의 말에 의하면, 할머니를 요양소에 보내니 마니 하는 문제로 화가 나서 덜컥 집을 빠져나오기는 했지만, 딱히 갈 만한 곳도 없어서 개울가의 산책로로 갔다고 했다. 몇 분쯤 바람을 쐬며 걷고 있자 농구 코트가 나왔다. 한이는 여느 때처럼 농구 코트에서 혼자 슛 연습을 하고 있었는데, 다가가서 평소처럼 몇 마디 대화를 하고 있으려니 못 보던 남자아이들 무리가 다가와 시비를 걸었다는 것이다.

"여섯 명 정도 됐어." 은설이 말했다. 교복을 입고 있는 것으로 미뤄보아 근처 학교 학생이 분명해 보였다. 그 근방에는 고등학교가 없고 (차로 십오 분은 족히 가야 한 군데가 있었다) 중학교도 읍내에 있는 곳뿐이니 십중팔구 그쪽 학생이겠지,라고 혜원은 생각했다.

"걔네가 와서 시비를 걸었어?"

"그게, 처음에는 같이 농구를 하자고 했는데."

무리로 모여 있는 남학생들의 생각은 거기서 거기다. 처음에는 '같이 하자'고 하면서 농구공을 가져와서는, '너 안 쓰면 좀 빌릴게?'로 말이 바뀌고 나면 그때부터 저들끼리의 시간이다. 한이는 몇 분쯤 바보처럼 서 있다 이내 결심을 굳힌 듯, 용기를 내서 '그건 내 공이니까 돌려줘'라고 말했을 것이다.

"그랬더니 안 줬어?" 혜원이 물었다.

"응. 그리고 막 비웃으면서 놀렸어."

"뭐라고 했는데?"

"'농구도 조또 못하면서 공은 왜 필요하냐'고. '집에 가서 발씻고 자라'고."

'그야 농구를 못하는 건 사실이지만.'

혜원은 그 지점에서 견딜 수 없이 화가 났다. 그저 농구를 좀 못한다고 해서 농구공을 갖고 놀지도 못하게 하는 건 말이 안 된다. 남에게 피해를 주지도 않았는데. 그저 그 자리에서 어쩔 수 없는 시간을 보내고 있었을 뿐인데.

"그러다가 걔들이, 농구를 해서…… 오 점을 먼저 내는 쪽이 공을 가지기로 하고."

"내기를 했구나."

"응." 딸이 대답했다.

왜 그런 말도 안 되는 내기에 응했던 거니, 라고 말해봤자 이제

와서는 아무 의미도 없을 것이다. 그런 상황에서는 달리 선택지가 없다. 공을 그대로 뺏기느냐, 그래도 저항은 해보고 뺏기느냐의 문제였을 뿐이다. 더구나 한이도 어리숙할지언정 엄연한 남자아이다. 여자애가 보는 앞이었으니, 본인 나름의 자존심이라는 것도 있었을 것이다.

"그래서, 완전히 졌구나? 한이가."

"응? 아니." 은설이 눈을 동그랗게 뜨고 대꾸했다. "한이 오빠가 이기고 있었어. 사대 영으로."

"뭐? 말도 안 돼." 혜원은 귀를 의심했다. "니가 뭔가 잘못 알고 있는 거 아냐? 쟤가 어떻게 점수를 냈겠어."

"멀리서 슛을 쏴서 넣었어. 엄마가 하는 것처럼."

내가 하는 것처럼, 이라고?

혜원은 조금 빈정이 상했다. 자신은 프로에서도 엘리트 슈터였는데. 그런 허접한 동네 꼬마랑 비교를 당하다니 아무리 딸이라고 해도 기분이 좋지 않았던 것이다. 그러거나 말거나, 은설은 계속해서 그때의 상황을 이야기했다.

"그러다가 오빠가 다섯 번째 슛을 놓쳐서, 걔네가 공격하는데…… 뒤에서 구경하던 다른 애들이 말했어. '코치님한테 배운 걸 써'나, '피지컬로 개털어버려' 하고……. 그래서 상대편 애가 공을 잡고 골대 쪽으로 달려가면서……."

"돌파하면서 애를 패버렸구나."

"팔꿈치로 눈을 때렸어."

'그랬겠지, 그랬으니까 피가 저렇게 많이 났겠지.' 혜원은 생각했다. 드리블 돌파 기술을 배운 지 얼마 안 된 아마추어들, 특히 학생들은 그런 실수를 한다. 농구는 분명 공격자에게 유리한 스포츠다. 그런 룰을 이용해 적극적으로 몸싸움을 걸어오는 선수들도 많다. 그렇다고는 해도 공격자가 수비자를 몸으로 들이받아버리거나, 아예 후려쳐버려도 된다는 얘기는 아니다. 그것은 명백한 공격자 반칙이다. 이런 점을 간과한 초심자들은 자기 동작에만 신경을 쓴 나머지, 레이업을 하다가 수비하는 사람을 타격하는 경우가 생기는 것이다.

"그래서, 걔네는 그대로 도망쳤어?"

"도망치지는 않았어."

"응? 도망을 안 쳤으면 어디로 갔는데?"

"오빠가 쓰러지니까. 그냥 공을 들고 가던 길로 가버렸어."

"가버렸다고? 공은 왜 들고 가? 지들이 져 놓고?"

"걔네말로는 오빠가 파울을 했대."

"파울이라고? 쟤가?" 혜원은 어처구니가 없어져 숨이 턱 막혔다. "…… 아, 적반하장도 유분수지. 애를 저렇게 패서 피를 내놓고, 뭐? 파울이라고?"

"응. 그래서 다 한이 오빠 잘못이라고. 연습 좀 하라고……."

"……."

생각할수록 어이없고 가증스러운 녀석들이다. 자기 기술이 미숙해 사람을 다치게 만들어놓고는, 다친 상대방한테 파울을 운운하는 버르장머리며, 하나밖에 없는 공을 빼앗아 가는 주제에 연습을 더 하라는 막말은 또 뭐란 말인가.

그러고 보니 '코치님한테 배운 대로'라고 했나? 어쩌면 그 중학교의 농구부 소속일 수도 있겠는데.

혜원은 화가 머리끝까지 났다. 이윽고 홀로 몸서리를 치며 욕지거리를 했다. 온갖 더티한 플레이가 난무하던 프로 시절에조차 이만큼 분노가 일었던 적은 없었다. 그때는 얼마나 감정이 격했던지, 모르는 아이의 응급실 비용을 대고 퇴원 수속을 대신 밟아주면서도 자신이 무슨 일을 하고 있는지 몰랐다. 심지어 혜원은 이렇게까지 말했다.

"너, 어차피 집에 가도 아무도 없지? 그럼 오늘은 우리 집에 같이 가자. 그리고 내일 학교에 같이 가는 거야. 거기서 널 때린 애를 찾아내서 혼쭐을 내줘야지. 그런 싸가지 없는 놈들은 일찌감치 버릇을 고쳐줘야 사고를 안 친다고. 알겠니?"

한이는 전혀 모르겠다는 표정이었지만, 혜원은 아랑곳하지 않았다. 두 아이의 손을 꽉 붙잡고, 잰걸음으로 집까지 걸어갔다. 초가을 밤길은 제법 쌀쌀했다. 그제까지 집에 혼자 있던 할머니는 '생각해보니 원래 손주가 두 명 있었던 것 같다'고 사뭇 진지하게 말했다.

10

"아이고! 쪽팔려 죽겠다!!" 혜원은 아이를 몇 걸음이나 앞질러 교문을 빠져나온 다음 소리쳤다. "내가 못 살아! 정말!! 한이야. 너는 정말 정신이라는 게 있는…… 아이고!! 내 팔자야!"

한이는 별달리 할 말이 없다는 듯 입꼬리를 좌우로 죽 늘렸다.

"야이……, 농구부에서 훔친 공이었다는 건 미리 얘기를 했어야지! 왜 말을 안 했어?"

"안 물어보셨으니까……."

"으흐으…… 아아악!" 이렇게 급격히 혈압이 오르면 그 자리에서 쓰러질 수도 있겠다는 것을, 혜원은 생애 최초로 느낄 수 있었다.

'남의 자식을 데리고서 이게 뭐 하는 짓인가'라는 생각이 없지는 않았다. 하지만 농구를 배운다는 녀석들이 사람을 부상 입혀 놓고, 공까지 뺏어갔다는 것은, 어른으로서도 한 명의 농구인으로서도 도저히 용납해선 안 될 일이라는 생각이 있었다. 마침 그날 오후에는 중학교 농구부의 정기 훈련이 있었기 때문에, 혜원은 체육관에 들어가자마자 큰소리를 치며 코치와 아이들에게 따져 물을 수 있었다.

"농구를 잘하면 얼마나 잘하길래, 애 얼굴을 이렇게 피떡으로 만들어놓고 그냥 갈 수가 있어요? 아니, 농구는 못해도 인성교육은 똑바로 시켜야 하는 것 아니에요? 코치라는 양반이 말이야. 어디서 굴러먹다가 왔는지는 모르겠지만⋯⋯."

"저, 대학생까지 농구부였습니다. 부상 경력 때문에 선수가 되지는 못했지만." 코치로 보이는 남성은 정중한 태도로 말했다. 방금까지 학생들을 지도했던 터라 이마에 땀이 맺혀 있었다. "구단 프런트로 일을 조금 하다가, 지금은 고향으로 돌아와서 이렇게 중학생들한테 농구를 가르치고 있네요. 뭐, 그렇습니다."

"허, 참. 그런 건 제가 알 바 아니고요?!" 혜원은 기가 차서 소리쳤다.

"방금 물어보셨잖아요. 어디서 굴러먹다 왔는지요."

"그런 얘기가 아니잖아요."

"그런데 저는 어머니가 누구이신지 알 것도 같은데요⋯⋯."

"아! 누가 어머니에요?"

"실례지만 이혜원 선수 아니십니까? 몇 년 전까지 매지션즈에서 뛰다가 은퇴하셨던⋯⋯."

혜원은 말문이 막혔다. 이런 촌구석에서 자신을, 더구나 농구 선수로서의 혜원을 알아보는 사람이 있으리라고는 상상도 하지 못했다.

당황한 혜원의 반응을 통해, 코치는 자신의 추측이 정확했음을 확신하는 모양새로 덧붙였다.

"역시 그러셨군요! 정말 반갑습니다. 제가 여자농구에 관심이 많아서, 하마터면 직장도 그쪽으로 갈 뻔한 적이 있었거든요. 여농 좀 본다고 하는 사람이면 이혜원 선수 모르는 사람이 없죠! 수비도 잘하고, 슛도 잘 쏘고! 개인적으로 정말 팬이었습니다. 혹시 실례가 아니라면 악수라도……."

"아, 에, 예……." 혜원은 반쯤은 어리둥절한 채, 나머지 반쯤은 몸이 달 정도로 쑥스러워진 기분으로 남자 코치가 건네는 손을 맞잡았다. 크고 다부진 손, 운동을 한 사람답게 자잘한 굳은살이 배겨 있는 손바닥이었다.

"하필 이런 상황으로 만나 뵙게 될 줄은…… 일단 저쪽 체육교사실에서 이야기 나누시겠습니까? 애들은 자율연습하게 시키고, 다과라도 챙겨서 가겠습니다. 차 드시나요? 커피? 아니면 음료수라도 드릴까요?"

"…… 물이면 충분해요."

"역시. 알겠습니다. 곧 가겠습니다." 코치가 말했다.

본인의 날카로운 태도와 상반되는, 전혀 예상치 못한 살가운 대응에 혜원은 적잖이 당황스러웠다. 선수 시절의 혜원을 진심으로 존경했다는 코치의 말은 거짓말 같지 않았다. 본인조차 가물가물한 과거의 경기내용들을 들춰가면서 본인의 팬심을 과시했다. 잔뜩 화가 나서 찾아온 혜원이었지만, 그런 말을 계속해서 듣고 있다 보면 기분이 으쓱해질 수밖에 없다. 덕분에 전보다는 훨씬 가라앉은 말투로, 비교적 침착하게 상황을 설명할 수 있었다.

코치는 혜원의 말이 끝날 때까지 경청하는 자세를 잃지 않다가, 얘기가 마무리되자마자 녹차를 한 모금 마시고 턱을 만지작거렸다. 힘들여 묻지 않더라도 무언가 고심하고 있다는 것을 알 수 있는 얼굴이었다.

"사실 정한이 학생이라면 저도 알고 있습니다." 코치는 몇 초간 고민하다가 말을 이었다. "이 학교 학생이니까요. 학교에 잘 안 나온다고 듣긴 했지만요. 저는 말이 체육교사지, 실질적으로는 농구부 전담 코치로 일하고 있어서 자세한 사정은 모릅니다. 단지 한이 학생이 학교에 올 때면, 체육관 문가에 서서 농구부가 연습하는 모습을 빤히 지켜보는 경우가 많았거든요."

"아, 그랬나요?" 혜원은 겉으로만 대충 맞장구치는 체했다.

"네……. 저도 처음에는 농구를 좋아하는 애인가 보다 했는데, 그게 횟수가 잦아지다 보니까."

"신경이 쓰였겠네요. 그건."

"네. 그야 훈련에 큰 지장이 생기거나 하는 건 아니었지만. 다른 부원들이 신경 쓰인다고 쫓아내라는 말도 하고 그러긴 했습니다."

"하. 누가 보는 게 그렇게 신경 쓰이면, 프로생활은 어떻게 하려고? 거긴 많으면 몇천 명도 몰려와서 지들 농구하는 걸 보는 데……."

"뭐, 그 말도 맞습니다마는. 아무래도 모든 학생이 프로선수를 목표로 농구부 활동을 하는 건 아니니까요."

"으음."

"어쨌든 저는 코치 입장이기 때문에. 한 번은 한이 학생한테 다가가서 '혹시 농구부 입부에 관심이 있니?' 하고 물어봤어요. 그랬더니 고개를 절레절레 흔들더라고요. 부끄러움을 많이 타는 학생인가? 싶어서 '그럼 들어와서 공 좀 가지고 놀다 가'라고 했죠. 그러니까 뚜벅뚜벅 들어와서 농구공을 하나 잡더라고요. 그러고는 비어 있는 골대를 쭉 바라보더니…… 그대로 공을 들고 튀쳐나가버렸다니까요."

"고, 공을 훔쳐갔다고요?" 혜원은 화들짝 놀라 자리에서 몸을 반쯤 일으켰다가 다시 앉았다.

"물론 보는 앞에서 가져갔기 때문에 '훔쳤다'라고는 말할 수 없겠지만……."

"아니, 그게 훔친 거지 뭐예요? 아이고, 내가 미쳐."

"여기선 그냥 '스틸'했다고 해둘까요. 그쪽이 좀 더 농구스럽기도 하고." 코치는 자기가 한 말에 보일 듯 말 듯 웃고 나서 다시 이야기를 이어갔다. "아무튼 그때 이후로는 본 적이 없어요. 근데 당시에 상황을 지켜보던 부원들끼리 뭔가 작당을 했던 모양이에요.

보이면 잡아서 흠씬 때려준 다음에 공을 찾아오겠다고요. 하여간 그런 얘기를 하고 있길래 제가 뜯어말렸습니다. 한이 학생도 뭔가 이유가 있어서 가지고 갔을 거라고. 언젠가 때가 되면 돌려주러 올 거라고요. 솔직히 그 농구공 하나 얼마 한다고 애를 때려준답니까? 농구부 비품이기는 하지만 그거 빼고도 공은 많이 있어요. 딱히 훈련을 못 하게 된 것도 아니고요. 잃어버렸다 셈 치고 너희 할 거나 하라고 했죠. 그래서 그 일은 그냥 넘어간 줄 알았는데……."

"그랬는데, 넘어가지 않았잖아요. 실제로 애가 다쳤고요."

"맞습니다. 그래서 뭐라 말씀드려야 할지 모르겠습니다. 제 지도 부족입니다. 애들이 그렇게 나쁜 얘기를 할 때, 따끔하게 혼내줬어야 했는데. 대충 웃으며 넘어간 게 이런 일이 될 줄은……."

"그, 뭐. 꼭 코치님 잘못이라고는." 코치가 크게 자책하는 모습을 보자, 혜원은 왜인지 멋쩍은 기분이 돼서 말했다. "그냥 한이를 때린 아이만 제대로 혼내주면 될 일이에요. 물론 걔가 농구공을 훔친 건 잘못한 일이지만, 앞으로 농구할 때도 그런 일이 생기면 안 되잖아요. 저는 그냥, 무슨 손해배상을 청구하려는 게 아니라……. 솔직히 저는 그럴 입장도 아니지만요. 하여간 그렇게 팔꿈치를 휘둘러서 사람을 때려놓고 '니가 파울했어'라고 말하는 게 제대로 된 스포츠 정신이라고는 할 수 없는 거잖아요. 피를 저만큼이나 흘리고, 바늘을 열 바늘이나 넘게 꿰맸는데."

"맞는 말씀입니다. 그건 오히려 공격자 반칙이죠. 아주 악질적인 반칙이에요. 다시는 그렇게 하지 못하도록 정신머리를 고쳐놔야겠어요." 코치는 뭔가 결심한 듯 자리에서 벌떡 일어났다. 그러고는 교사실 입구 쪽에 앉아 있던 한이에게 손을 내밀며 말했다. "그럼, 한이 학생. 우리 같이 나가서 부원들을 한 번 볼래? 너한테 심한 짓을 한 친구가 누구인지 말해주면 내가 나중에 조용히 불러서 두 번 다시 이런 일이 없도록 주의를 주도록 할게. 어떠니?"

하지만 그런 코치의 배려가 무색해질 정도로, 한이의 대응은 무심하고 답답스러웠다. 열 명이 조금 넘는 그 부원 중에서, 얼굴을 아는 사람이 단 한 명도 없다는 식으로 굴었던 것이다. 보다 못한 혜원이 "쟤야?" "아니면…… 쟤?" 하며 손가락으로 가리키면서까지 일일이 물어보았으나 아이는 묵묵부답이었다. 한이는 그저 부원 중 몇 명의 얼굴을 살펴보고 나서, 여기에는 없는 것 같아요,라고 대답했다.

"정말이니? 정말로 여기에 없어?"라는 코치의 질문에는 "그때는 어두워서 어떤 애들인지 얼굴을 못 봤어요", "이젠 별로 안 아파서 괜찮아요" 같은 아이들 특유의 궁색한 변명을 덧붙였을 뿐이다.

물론 혜원은 그것이 명백한 거짓말이라는 사실을 알았다. 또 혜원과 한이가 체육관에 들어오고서부터, 눈에 띄게 경직되고 어색한 표정으로 애써 태연한 척하는 학생들이 있다는 것도 알았다. 그러나 어떻게 한단 말인가. 본인이 여기 없다는데. 자기 자신이 원하지 않는다는데. 그런 사람에게 더 해줄 수 있는 것은 없었다. 설령 자신이 무엇을 원하고 원하지 않는지, 아직은 제대로 분간할 수 없는 소년이라고 할지라도.

"그래, 네 덕분에 나는 아주 창피해 죽겠다……. 이제는 농구도 못하겠네? 훔친 공도 없어졌으니까." 혜원은 여전히 심통이 나 있었다. 그런 마음을 퍽이나 알고 있는지, 한이는 고개를 푹 숙이고선 교문 옆 담벼락에서 한 발짝도 움직이지 않고 있었다. 혜원은 그 모습에도 짜증이 치밀어 마구 쏘아붙이기 시작했다. "야. 지금 뭐 하자는 건데? 안 가겠다고? 지금 반항하는 거야? 이게 뭘 잘했다고……."

"……요." 아이가 바람결보다 작은 목소리로 속삭이듯 말했다.

"아?"

"죄송……해요……."

아이는 울고 있었다. 눈물방울 하나가 오른쪽 뺨을 타고 주르르 흘러내리고, 왼쪽 눈두덩이를 칭칭 감아놓은 붕대가 촉촉하게 젖어왔다.

혜원은 그 아이가, 한이가 우는 모습을 앞에 두고, 차라리 피 흘리는 모습을 봤던 때보다 더 크게 당황하고 말았다. 문득 얼어붙은 머리에 선선한 바람이 불어 귓속이 울렸다.

무슨 말을 해야 하지? 이럴 땐 무슨 말을 해야 할까? 아니야, 네 잘못이 아니야. 살다 보면 이런 일도 있고 저런 일도 있는 거야……?

이것도 저것도 도통 마음에 들지 않았던 혜원은 끝끝내 이렇게 말하고 말았다.

"…… 까짓것 농구공 얼마나 한다고. 더러워서 내가 하나 사주마. 앞으로는 그걸로 연습해. 아주…… 아주 가끔은 내가 자세도 봐주고 할 테니까…… 그만. 그만 울라니까! 꿰맨 지 얼마 되지도 않았는데! 그렇게 울면 아물 상처도 안 아물겠다! 사내 녀석이 뭐가 그렇게 억울해서 울고 그래? 응? 자. 눈물 닦고……. 그리고 코치님이 아까 말한 거 너도 들었지? 학교만 잘 나오고, 부지런하게 연습하겠다고 약속하면 농구부에 받아주겠다고 했잖아! 이제는 같이 하면 되는 거야. 혼자 농구하지 말고, 친구들이랑 다 같이 하는 거야. 그럼 실력도 금방 늘 거고……. 그러니까 울지마. 아줌마가 도와줄 테니까……."

11

농구부 입부를 전후해 혜원은 몇 번쯤 한이의 연습을 도와줬다. 얼떨결에 그러겠다고 약속도 했거니와, 그런 해프닝 이후에 들어갔는데 '농구를 너무 못해서' 쫓겨난다면 본인 체면도 말이 아니겠다는 것이었다. 이렇듯 사람이 하는 모든 일에는 핑계가 필요한 법이다.

그녀로선 다소 의아했던 것도 있었다. 그 사건에서 있었던 작은 게임(물론 눈두덩이가 찢어지는 사고로 끝나버렸지만)에서, 한이는 어떻게 점수를 네 점이나 뽑았던 것일까. 기본기 중의 기본기인 레이업슛조차도 몇 년째 제대로 익히지 못하는 녀석이었는데. 아무리 초심자라지만 중학교 농구부원을 상대로 이기고 있었다는 것은 확실히 이상했다.

혜원의 의문은 연습 첫날에 말끔히 해소됐다. 너는 레이업도 못하는데 어떻게 점수를 냈니? 라고 물어봤더니,

"그냥 적당히 쏴서 넣었어요"라고 대답했던 것이다.

"그럼 내가 수비를 설 테니까. 그때랑 똑같이 해봐." 혜원이 말했다.

한이는 얼떨떨한 기분으로 농구 골대의 가장 바깥쪽에 있는 선 너머에서 공을 잡았다. 그러고 나서 양손으로 잡은 공을 자기 배꼽 쪽으로 당겨 넣더니, 마치 투포환을 쏘아 올리는 것처럼 잽싸게 하늘로 쏘아 올렸다.

쏘아 올린 농구공은 한 치의 오차도 없이 매끄러운, 여태껏 본 적 없는 아름다운 포물선을 그리며 림으로 빨려 들어갔다. 철썩, 하고 강하게 그물 때리는 소리가 났다. 삼 점 라인에서 세 발자국이나 떨어져서 쏜 슛이었다.

이 모든 것은 혜원이 눈 깜짝 하는 사이에 벌어졌다. 그녀는 조금 벙찐 표정으로 서 있었다. 그리고 "준비가 안 됐는데 쏘면 어떡해. 방금 건 무효니까 다시 한 번 해봐" 하고 공을 다시 주워 한이에게 던졌다.

한이는 다시 한 번 공을 잡았다. 혜원은 전보다 진지한 자세로, 제대로 수비 위치를 잡고 손을 아래로 내렸다. 한이는 그런 혜원의 모습을 힐끔 보더니, 또다시 예상치 못한 타이밍에 휙 하고 슛을 쐈다. 공을 잡고 섰던 자리에서 단 한 발자국도 움직이지 않았다. 공은 한 번 더 공중에 긴 호를 그리더니, 아까와 똑같은 철썩, 소리로 마무리됐다.

그렇게 몇 번을 똑같이 했지만 결과는 똑같았다. 한이의 모든 슛이 낫띵 벗 네트 Nothing but Net였다.

"그게 뭔데요?" 아이가 물었다.

"공이 림은 건드리지도 않고, 그물만 통과할 만큼 깔끔하게 성공한 슛을 말해. 네트 말고는 아무것도 안 건드렸다. 말 그대로 '낫띵 벗 네트'지." 혜원이 말했다. "너는 지금 모든 슛이 그렇게 들어가고 있어. 여태 던진 것들이 전부. 하나도 빠짐없이……."

"원래는 그러면 안 되는 거예요?" 아이가 물었다.

"원래는 그렇게 못해. 사람이면."

"엄마가 저한테 '사람 새끼도 아니'라고 자주 말하긴 했어요."

'뭐야, 이건…….'

못 보던 사이에 엄청난 실력 상승이 있었던 걸까? 혹시나 싶어 레이업슛을 다시 시켜봤지만 여전히 엉망이었다. 한이는 농구를 잘하는 아이가 아니었다. 오직 골대에서 멀찍이 떨어진 곳, 삼 점 슛으로 인정되는 구역에서의 정확도가 경이로운 수준이었다. 자기 앞에 수비가 있든 없든, 열 번 쏘면 열 번이 다 들어가고 스무 번 쏘면 한 번을 놓칠까 말까 했다.

휙- 철썩…… 통, 통, 통… 휙- 철썩…….

어떻게 그럴 수가 있지? 혜원이 보기에 슈팅폼의 완성도가 높다고는 할 수 없었다. 몸 전체를 써서 힘껏 던진다는 걸 빼면 그냥 저냥 엉성한 폼이었다. 한데 어디서 그런 힘과 집중력이 나오는 것인지. 한이가 멀리서 쏘아 올린 공들은 농구 골대보다도 높게 솟구쳤다. 정점에 머무르는 시간도 길어서, 언제쯤 공이 그물 안으로 떨어질지 마음먹고 기다려야 했다.

머잖아 혜원은 그 슛의 비결이 아이의 손동작에 있다는 것을 알아차렸다. 그건 혜원이 봐온 것 중에 가장 아름다운 마무리 동작, 그야말로 완벽한 덕 넥이었다. 손목이 조금 가늘기는 하지만. 그거야 아직 크고 있는 아이니까 어쩔 수 없는 거겠지.

"그러고 보니 이제 잘하는구나. 오리 모양 손목."

"네. 아줌마가 계속하라고 했잖아요."

혜원은 자신이 그런 걸 가르쳐줬다는 사실도 까맣게 잊고 있었다.

―누구나 아이였던 시절에는 어른들의 사소한 말과 행동에 엄청난 영향을 받는다. 그랬던 사실을 어른이 되고 나서까지 기억하는 사람은 거의 없다. 누구의 말마따나 대부분의 어른은 자기가 아이였다는 사실조차 잊곤 하니까. 결과적으로 혜원이 가르쳐줬던 그 동작은, 그 아이가 살면서 들은 최초의 '코칭'이었던 것이다. 처음이자 마지막이었을 가르침이었다. 그 하나의 가르침을 가지고, 한이는 자는 동안에도 그 손동작을 연습해왔을 것이다. 농구를 좋아하기 때문에. 더 잘하고 싶기 때문에. 계속하고 싶기 때문에.

어떤 일에서의 재능이란 무엇일까? 처음 그 상황에 놓이자마자 남보다 능숙하게 일처리를 하는 태생적 천재성일까? 스승의 가르침을 스펀지처럼 흡수해 금방금방 제 역할을 하게 되는 적응력일까? 최근 들어 재능이라는 단어는 전보다 광활한 분야에서 사용되고 있는 모양이므로, '거기 재능이 있다'고 말하기 위해 구체적으로 어떤 자격들이 필요한지 정의하기란 쉽지 않을 것이다.

다만 '재능이 없다'는 말이 나오기 위해서는 단 한 가지 조건만 충족하면 된다. '눈에 보이는 하찮은 결과물'이다. 레이업슛을 열 번 연속으로 놓치는 사람을 보고 '농구에 재능이 없다'거나 '연습을 열심히 하지 않는다'고 생각하게 되는 건 당연해 보인다. 어쩌면 그 누구에게도 올바른 자세와 방법을 배우지 못했을 뿐일지도, 기회가 있었다면 지금과는 다른 결과가 있었을지도 모를 일인데 말이다.

혜원은 알고 있다. 키가 큰 아이들, 선수들에게는 모든 코치가 알아서 다가와 지도편달에 열을 올린다는 것. 반면 높이가 부족하고 체격이 왜소한 아이들은, 기본적인 드리블 자세에서 풋워크까지 끈질기게 묻고 배우는 자세로 임해야 겨우 살아남을 수 있다는 것. 당시의 기울어진 과정은 그 자체로 하나의 결과였다.

사람들은 슛 한 번의 성공 여부로, 결정적인 경기의 승패만으로 선수의 실력과 재능과 인격 그리고 살아온 날들에 대한 것까지 한꺼번에 재단해버리길 좋아한다. 혹시 그런 일이 지나치게 가혹한 것은 아닐까? 같은 질문을 하는 사람에게는 '인생이란 원래 잔인하고, 승부의 세계란 냉혹한 것이다'라는 답변으로 일관한다. 사실 정말로 잔인한 것은 그런 말을 하는 사람들 개개인이 겪어야 했던, 인생의 몇몇 순간에서의 좌절감과 패배감이다. 그누구도 위로해주지 않고 관심을 가지지 않았던 당시의 소외감. 그로 인해 세상보다 더 냉혹해질 수밖에 없었던 사람들과, 결국 그런 사람들만이 끊임없이 증식하며 냉각되어가는 사회 그 자체다. 결과론이 냉혹해야만 하는 이유는 없다. 그저 그런 냉혹한 결과론에 돌이킬 수 없는 상처를 입은 사람들이 주변에 많을 뿐이다.

혜원은 한이의 슛 동작에서 부족한 부분을 하나씩 짚어 천천히 고쳐가도록 했다. 레이업슛은 자신이 없으면 하지 않아도 되지만, 기본적인 동작과 원리는 확실하게 이해해두는 게 도움이 될 거라고 말했다. 한이는 혜원의 레이업 자세를 최대한 세세한 부분까지 따라 하는 방법으로, 한 달쯤 지나서는 꽤 그럴듯한 폼으로 고쳐나갈 수 있었다. 성공률은 그다지 높아지지 않았지만.

문제는 수비를 어떻게 가르쳐야 하는가 하는 것이었다. 선수 시절 혜원은 사이즈치고 수비를 매우 잘하는 축에 속했지만, 그건 프로무대에서의 오랜 노력과 매치업 경험을 통해 습득한 노하우로 자연스럽게 익힌 것이지 아무것도 모르는 아이에게 뭘 어떻게 해야 한다는 식으로 알려줄 만한 것은 없었다.

더욱이 한이는 농구를 좋아한다고 하면서도, 수비 관련 룰에 대해서는 전혀 아는 것이 없는 수준이었다. 혜원과 가벼운 일대일 게임을 벌일 때도 한이는 파울이라는 개념이 없이 플레이하는 것 같았다. 수비할 때는 있는 힘껏 뛰어올라서, 발바닥이 다시 땅에 닿기 전까지 온 힘을 다해 팔을 휘저을 뿐이었다. 그런데 그게 희한하게 상대편의 몸은 건드리지 않았다. 뭐가 파울인지 알지도 못하는 주제에, 알아서 파울을 관리하고 있었던 것이다.

어쩌다 실수로 슛을 쏘던 혜원의 팔을 툭 건드리기라도 하면 "아, 방금 건 아니에요. 무효야. 다시 해요"라고 말하며 공을 다시 건넸다.

혜원은 파울을 모르는 한이가 그런 말을 하는 게 미심쩍어 "…… 왜?" 하고 물었다.

"제가 비겁했어요. 슛 쏠 때 팔을 건드리면 슛을 제대로 못 쏘잖아요. 공만 쳐 냈어야 하는데……."

한이는 농구에서의 신체 접촉을 '비겁하기 때문에' 하지 않았던 것이다. '규정상 파울이라서'가 아니라. 혜원에게는 그런 한이의 기준도 생소하고도 우스꽝스러웠다. 프로에서는 일부러 룰을 어기고도 심판을 속여서 파울이 아닌 척하는 선수가 '영리하다'고 말하는데 말이다.

"…… 근데 있지. 방금 건 무효가 아니야. 이건 네가 울고불고 해도 무효로 해줄 수가 없어."

"예에?" 한이는 당황한 표정으로 땀범벅이 된 얼굴을 쓸어올리며 말했다. "왜, 왜요?"

"네가 내 팔을 친 건 확실히 파울이야. 그래도 어찌어찌 쏜 슛이 들어가긴 했잖아. 이걸 뭐라고 하는지 알아?"

"몰라요."

"득점 인정 상대 반칙."

"네?"

"줄여서 앤드원And One이라고 해. 못 들어봤어?"

"무슨 뜻인데요?"

"무슨 뜻이긴." 혜원은 푸후후, 하고 가볍게 웃으면서 공을 들고 자유투 라인에 섰다. "'한 번 더' 쏘라는 거지."

"아하."

"주위의 방해에도 불구하고 끝까지 해낸 데 대한 포상이랄까."

혜원은 그렇게 말하고 나서 깔끔한 동작으로 추가 자유투를 성공시켰다. 그물에서 '철썩' 소리가 났다. 그러고 나서 그녀는 아주 찰나의 순간 동안, 그 무뚝뚝한 한이가 배시시 웃는 모습을 본 듯한 기분이 들었다.

한이는 다음 달 초 농구부에 정식으로 입부신청서를 냈다. 보름 뒤에는 처음으로 경기를 뛰었고, 이듬해 열린 시장배 중고교 대회에는 주전 멤버로 출전했다. 그 첫 경기에서 한이가 적중시킨 삼 점슛 개수는 전후반 합쳐 모두 아홉 개였다. 아마추어 대회 신기록이었다.

12

읍내 중학교에 은설이 입학하고 나서, 한이가 혜원의 집에 찾아오는 빈도는 전보다 눈에 띄게 늘었다. 해가 지면 그쪽에서 학교까지 이어지는 등하굣길이 눈에 띄게 어두워지기도 했고, 사람이 많지도 않았기 때문에 남자아이인 한이가 바래다주는 경우가 많았던 것이다. 그게 혜원으로서는 신세를 진 것이기도 했던 데다가, 그쪽 집안 사정도 모르는 바가 아니었으므로 "안 바쁘면 저녁이나 먹고 가라"는 것이 일상처럼 돼갔다.

저녁 식사 자리에 한이가 끼면 조용하던 딸아이도 말문이 트였다. 좀처럼 듣기 힘든 학교생활에 대해 먼저 이야기를 꺼내기도 하고, 얼마 전 학교대항전에서 한이가 얼마나 멋진 슛을 성공시켰는지에 대해 자랑을 늘어놓기도 했다. 한이는 그런 대화에 적당히 맞장구를 쳐주고, 밥을 깔끔히 비운 다음에 설거지까지 자진해서 끝내곤 밤늦게 집으로 돌아갔다.

한편 엄마의 엄마, 즉 할머니의 치매 증상은 나아지는 기미가 없는데, 대관절 무슨 조화인지 한이가 집에 찾아올 때만 미묘하게 정신이 돌아와 "에구, 우리 새끼들" 하고 밥이며 간식거리들을 챙겨주고는 했다.

혜원은 그런 모습을 보며 "노망난 할망구 같으니. 걔는 당신 손주 아니라니까?" 하고 투덜대면서도, 이따금이라도 사람 사는 집 분위기가 되는 것은 그럭저럭 봐줄 만하다고 생각하고 있었다. 은설과 한이에 대해서는 '저러다 정분이 나면 어쩌나' 하는 염려가 없지 않았지만. 은설이 한이를 대하는 태도는 한두 살 차이 나는 친남매 그 이상도 이하도 아니었다. 아무래도 오래 보다 보니 사이가 좋아졌을 뿐 피차 이성적인 감정이 있는 것 같지는 않았다.

해가 지나 그런 일상이 점차 시들해지고, 급기야 한이의 발길이 뚝 끊기게 된 데에는, 어쨌거나 할머니의 죽음이 결정적이었다. 치매 말고는 자잘한 병치레도 없었던 할머니가 수면 중 뇌졸중으로 어느 날 갑자기 사망했다. 장례식은 가까운 친지 몇 명, 평소 알고 지내던 친구와 어르신 몇 명만이 모여 조촐하게 치러졌다. 그즈음 동네에는 이상하게 경찰차며 앰뷸런스가 많이 돌아다녔다.

은설은 급작스런 할머니의 죽음에 적잖이 충격을 받았다. 한동안 공부에 집중하지 못해 성적이 뚝 떨어지기도 했고, 몸살이다 뭐다 해서 수시로 등교를 거부하는 일도 있었다. 그렇지만 두 모녀에게 있어 가까운 가족의 죽음이 처음 있는 일은 아니었기 때문에, 제자리의 일상으로 돌아가는 데는 충분한 시간만 있으면 될 것이었다.

하지만 혜원은 여전히 한이에게 화가 나 있었다.

"결국 남이라 이거지. 그 배은망덕한 자식……. 엄마가 지한테 얼마나 잘해줬는데. 밥을 몇 끼나 얻어먹어놓구선!"

"그 오빠 요즘 많이 바쁘다던데. 다른 학교 출장 가서 농구 경기를 하고 그래서, 최근에는 거의 바래다주지도 못하고 있어." 은설은 가볍게 두둔하는 말투였다. 그 점이 혜원의 성질머리를 긁었다.

"경기가 있으면 하루 종일 있어? 누구는 학생 때 농구 안 해본 줄 알겠네. 상식적으로 말이야, 평소에 신세를 졌던 집에, 알던 어르신이 돌아가셨다고 하면 얼굴이라도 비치는 게 예의야. 아무리 애라고 해도 그 정도는 알아야지!"

"…… 자기가 와도 되는 자리인지 헷갈렸을 수도 있고."

"그게 무슨 소리야? 한이 걔는 할머니가 자기 손주처럼 대하듯이 했던 애야. 당연히 왔어야지. 염치라는 게 있는 애였으면……. 그래, 하긴 어쩌겠어? 아버지는 안 계시지, 어머니는 허구한 날 집 나가서 안 돌아오지. 그런 최소한의 밥상머리 교육이라도 제대로 됐을 리가 있나! 이래서 사람은 어렸을 때……."

"아!"

은설은 더는 못 듣겠다는 듯 밥상에 수저를 '쾅' 소리가 날 만큼 세게 내려놓고는, 그대로 방에 들어가 문을 잠갔다.

혜원은 그런 딸의 행동에 더욱더 기가 차서 말했다.

"야! 누가 너 보고 뭐라고 그래? 왜 니가 화를 내고 난리야? 진짜 이게 무슨…… 저놈의 기집애가. 벌써부터 편들어주고 대신 화내주고 하는 거 보니 나중에 아주 잘되겠구만. 집 나가서 너희들끼리 살림 차려! 어!"

한이가 다시 은설을 바래다주고, 혜원의 집에 들르게 된 것은 장례식 이후 한 달하고도 반이 더 지나서였다. 물론 혜원은 그때까지도 한이를 괘씸하게 생각하고 있었기 때문에, 마음 같아서는 저녁 식사를 같이하기는커녕 문전박대를 해도 모자랄 것 같았지만, '그래도 이유나 한 번 들어보자'는 생각으로 끼니를 같이 하기로 했다.

"그동안 연락이 잘 안 됐지." 먼저 말을 꺼낸 것은 혜원이었다. "어떻게 지냈니? 은설이한테는 물어봐도 그냥 바쁘다고만 대답하고."

"…… 네, 바빴어요. 시도 대회도 최근에 끝났고……." 한이는 마지막으로 봤을 때보다 더 무표정하고, 더 움츠러든 태도로 대답했다.

"그래? 요즘 농구부는 학생도 어지간히 바쁘게 시키는가 보구나? 글쎄. 그럼 프로가 되면 더 힘들 텐데. 프로선수가 될 마음은 있니? 듣자 하니 너 꽤 잘하고 있다며."

"그건 상황이 허락했을 때……."

"상황이 허락하는 거 말고. 네가 하고 싶냐고? 할 수 있는지 없는지를 물어보는 게 아니잖아. 하고 싶냐, 아니냐를 묻는 거야. 그 정도도 얘기를 못 해?" 혜원은 오래전 한이에게 느꼈던 답답함을 상기하며 말하는 것 같았다.

"하고, 하고 싶어요. 가능하기만 하다면."

"그래? 뭐, 그럼…… 열심히 해라."

"…… 예에."

"그래도 지나치게 열심히는 하지 마."

"…… 네?"

"이건 동네 아줌마가 아니라, 전직 선수로서의 조언이야. 프로가 될 거라면 언제 어디서나 부상을 조심해야 해. 몸으로 먹고사는 직업이니까 말이야. 막말로 학생 때 너무 열심히 뛰어서 어디 다치기라도 하면, 어디 프로구단에서 '아이구 열심히 했구나' 하고 칭찬이라도 해줄 줄 알아? 전혀 아니야. 똑같은 실력이라도 부상 경력이 있는 선수한테는 큰 계약을 주지 않지……. 게다가 넌 아직 중학생이잖아. 고등학교도 대학교도 가려면 지금부터 신경을 써야 해. 뛰라고 시키는 족족 뛰다 보면 어딘가 탈이 나도 나는 법이라고. 다른 누구 것도 아닌 니 몸이야. 그러가 부상 당하면 누가 책임져주겠어? 니 몸은 니가 알아서 챙겨야지."

"…… 그러니까요." 한이는 반쯤 기어들어 가는 목소리로 말했다. "그러니까 열심히 해야죠……."

"응? 뭐라고 했어?"

혜원은 자신의 질문에 아무 대답도 하지 않고, 그저 '잘 먹었습니다'라는 말과 함께 설거지를 마치고 돌아가는 한이의 모습에 한층 정나미가 떨어졌다. 저 뻔뻔스러운 낯짝을 또 한 번 내밀어 오는 순간에는, 그때야말로 면전에 물세례를 날려줘야겠다는 결심을 했다.

"애가, 진짜 말 같잖은 소리를 하고 있어." 혜원은 출근 준비를 하다말고 정색을 하며 딸에게 대꾸했다.

"무슨 소리야. 엄마. 예전에 나랑 약속했었잖아. 일주일에 한 번은 같이 산책하러 가기로."

"그거랑 이거랑은 다르지. 내가 왜 황금 같은 주말에 개 농구 경기하는 걸 보러 가? 내가 네 엄마지, 개 엄마야? 염치도 모르는 그런 애를 갖다가 뭐가 예쁘다고 공놀이하는 것까지 봐줘야 되는데? 너도 그런 거 보러 가지 마. 그냥 나랑 같이 영화나 보러 가. 최근에 링클레이터 감독 신작 나왔다더라. 평점을 보니까 꽤 재밌어 보이던데……."

"엄마. 이번 주말에는 꼭 보러 가야 해." 은설은 다시 한 번 단호하게 주장했다. "왜냐하면, 이게 중학생 토너먼트 대회 결승전이고……."

"그래봤자 애새끼들 대회 결승전인데 뭘. 나는 더 대단한 결승전에서도 뛰어봤어. 별거 아니었어. 됐지? 그럼 얘기 끝."

"아, 엄마! 내 얘기 좀!"

"아, 왜?"

"한이 오빠는 와줄 사람이 없단 말이야. 한 명도 없어. 다른 사람들은 부모님도 오고, 멀리서 친척도 오고 그러는데. 그 오빠는 학교에서 제일 잘하는 선수인데도 아무도 없어. 불쌍하지 않아?"

"그래. 불쌍하지 않아. 그러니까 갈 거면 너 혼자 가! 너희 엄마 붙잡고 늘어지지 말고."

혜원은 자신의 말이 다 끝나기도 전에 등을 돌려, 그대로 출근

길에 올랐다. 이제는 무더웠던 여름도 끝이 보였다. 아침에는 스산한 공기 때문에 얇은 외투를 챙겨나가야 했다.

다음 날 혜원은 동료 트레이너의 병가로 밤늦게까지 길어진 근무를 소화해야 했다. 그 덕분에 평소 업무시간에는 만날 일이 없던, 저녁마다 와서 근력 운동을 하는 농구부 코치와 만나 인사할 일도 생겼다. 말이 많은 성격은 여전해서 누가 묻지도 않는데 "한이는 요즘 잘 뛰고 있습니다. 정말 엄청난 활약이에요." 같은 말을 늘어놓기 시작했다.

"그러고 보니 이번 주가 결승전이라면서요?"

"네. 저희 학교 체육관에서 합니다. 또 운 좋게 홈 어드밴티지를 얻었거든요."

"그거 잘됐네요."

"생각보다 꽤 권위가 있는 대회예요. 우리 중학교로서는 이런 큰 대회 행사가 처음이고요. 사람이 제법 몰려올 거라던데요. 혹시 이혜원 선수도 자리를 빛내러 와주시는 걸까요?"

"아니, 제가 왜요?" 혜원은 본인이 의도한 것보다 더 퉁명스러운 답변이 튀어나온 데 조금 놀랐다. "저는 전혀 관계가 없는 사람인데요."

"관계가 없기는요. 따지자면 우리 학교 에이스의 든든한 보호자…… 아니, 조력자 아니십니까?"

"그냥 자세나 몇 번 봐줬을 뿐이에요. 가도 걔 엄마가 가야지, 왜 제가 거길 가겠어요?"

"아……."

혜원은 줄곧 들떠 보이던 코치의 표정이 삽시간에 경직되는 것을 확인했다. 싹싹한 성격의 코치치고는 너무 적나라한 표정 변화여서, 그녀로서는 '내가 뭘 잘못 말했나' 하고 생각하지 않을 수 없었다.

"뭐, 무슨 문제라도 있나요?"

"아니, 저…… 그게." 코치는 평소답지 않게 말을 더듬었다. "하, 하긴 모르실 수도 있겠네요. 저는 워낙 가까우시니까 당연히 알고 있을 거라고."

"뭘요?"

"두 달 전에 돌아가셨거든요. 한이네 어머니."

그런 소식들이 있다. 다른 사람들은 저들끼리 떠드느라 다 알고 있는데, 왠지 특정 인물만은 당연히 알고 있을 거라고 취급되는 바람에 얘기를 전해 듣지 못하거나, 듣더라도 일이 일어나고도 한참 뒤에야 알게 되는 소식.

알콜중독 증세가 심했던 한이네 엄마에게는 타지에 자기보다 젊은 내연남이 있었던 모양이다. 짧게는 하루 이틀, 길게는 한 달이 넘도록 집에 들어오지 않으면서 하나뿐인 아들을 방치해둔 것은 그 때문이었다. 이제 곧 고등학생이 될 아들을 둔 그 여자가 내

연남과 어떤 미래를 그렸을지는 모른다. 분명한 것은 그녀가 어떤 미래를 상상했든 간에, 내연남이 저 또래의 젊은 여자와 결혼 예정임을 밝힌 동시에 산산조각이 났으리라는 점이다.

한이 엄마는 처음엔 자살소동을 벌이려고 했다. 그렇게 해서라도 떠나간 내연남의 마음을 붙잡아보려는 요량이었을 것이다. 하지만 결심을 굳힌 그는 애 딸린 유부녀의 무력 시위에도 꿈쩍하지 않았다. 그리고 '자살소동의 실패'는 고스란히 '자살의 성공'으로 이어졌다. 그녀는 아들의 만류에도 불구하고 자기 몸에 칼질을 하다가, 그마저도 반응이 만족스럽지 않자 집 근처에 흐르던 개천에 몸을 던졌다. 그녀의 사체는 다음 날 아침 강 하류에서 발견됐다. 거기서 오 분만 걸으면 농구 코트가 나오는, 바로 그 산책로 옆 개울가에서.

인적이 드물긴 해도 동네 주민들이 산책하라고 만들어놓은 곳에서 그런 일이 있었으니, 사람들에게는 여간 숭한 일이 아니다 싶어 소문도 금방 잦아들었다. 단지 몇몇 동네 어른들만이 혀를 차며 걱정했을 뿐이다. 젊은 여자가 정 때문에 죽은 건 어쩔 수 없다 쳐도, 혼자 남은 아들은 앞으로 어떻게 살아야 하느냐면서.

주말 오후 읍내 중학교 내부에는 입구에서부터 외부 차량이 줄을 지어 주차되어 있었다. 혜원은 일부러 경기가 시작하는 시간보다 조금 늦게 체육관에 도착했다. 딱히 바쁘지는 않았지만,

아무렴 제시간에 맞춰서 게임이 시작하길 기다리는 건 극성맞은 엄마들이나 하는 짓 같다는 생각 때문이었다.

과연 중학생들이 참여하는 대회치고는 규모가 꽤 되는 것처럼 보였다. 관중석 대신으로 꾸며진 이 층 층계참이 수십 명의 인파로 가득 찼다. 좌우 층과 정면 쪽 계단을 합치면 이백 명쯤은 거뜬히 넘는 것처럼 보였다. 촌구석에 있는 이런 보잘것없는 중학교 체육관이 이토록 많은 사람으로 채워진 것은 개관 이후 최초일 거라는 생각이 들었다. 하물며 딸아이 입학식 때조차도 사람이 많지 않아 어딘가 휑하고 으스스한 기분이 들었던 곳인데, 지금은 기자처럼 보이는 몇 사람이 카메라 플래시까지 터트려대고 있으니 영 다른 장소처럼 느껴졌다.

은설은 오른쪽 이 층 계단의 중간 정도에 자리를 잡고 앉아 있었다. 그녀가 말해두지도 않았는데 두 명분의 자리를 맡아둔 것이 어딘지 모르게 대견하게 느껴졌다. 혜원은 경기 분위기를 조심스럽게 살피며 딸의 옆자리에 걸터앉았다.

"어떤 것 같아?"라는 질문은, 당연히 지금까지의 경기가 어떤지에 대해 물어본 것이었다.

하지만 딸의 대답은 어딘가 포인트가 달랐다. "글쎄. 표정이 좋지는 않은 것 같아. 아무래도 실제로 경기를 본 건 처음이니까 조금……."

"응? 표정이 왜?"

"저 맞은 편에." 은설은 맞은편 이 층 계단 맨 앞줄에 앉아 있는 아저씨들을 가리켰다. 실내체육관인데도 굳이 선글라스를 끼고 있고, 경기를 유심히 지켜보는 와중에 수첩이며 노트북에 뭐라 적어대는 걸 보니 아무래도 선수 스카우터 같았다.

"중학교 선수까지 보러 오는구나? 요즘에는."

"한이 오빠는" 은설이 운을 떼자 약속이나 한 것처럼 휘슬이 울렸다. 경기는 이제 후반에 접어든 참이었다. "얼마 안 가서 보호소로 가야 한다고 그랬어. 기숙사가 있는 고등학교로 가거나, 누군가 입양해주지 않는 이상은."

"그렇지." 혜원은 계단 옆 난간에 몸을 살짝 기댔다. "잘 나가는 고등학교 운동부는 다 기숙사나 합숙소가 있고."

"엄마도 알고 있어?"

혜원은 딸이 자신에게 정확히 뭘 알고 있냐고 묻고 있는 건지 알지 못했다. 그래도 "대강은 알고 있어"라고 대답은 해야 할 것 같았다.

"한이 오빠. 많이 지친 것 같아. 전반에 슛을 세 개밖에 못 넣었어."

"그 정도면 꽤 잘했네, 뭘."

"평소에는 이것보다 두 배는 넣는데." 딸은 새치름하게 대꾸했다.

"아무래도 결승전이니까."

"여기서 잘해야 한다는 압박이 있는 거야."

"아, 하긴, 재한테는 이게 마지막 기회일 테니까." 혜원은 어딘지 몸이 가려운 사람처럼 이리저리 상체를 틀면서 말했다. "좀 있으면 졸업이고. 여기서 스카우터 눈에 못 띄면 앞으로는 농구를 못 할 수도 있겠다고 생각하겠지……. 나름대로 필사적인 거야. 그게 항상 결과로 이어지지는 않지만…… 제한된 기회를 살려서 자기 것으로 만드는 능력도 재능이지. 프로가 되려면 결국 스스로 이겨내야 하는 부분이야. 결국은 혼자……."

삑! 하는 심판의 신호와 함께 공이 다시 움직였다. 공격 찬스를 잡은 한이가 먼 거리에서 삼 점슛을 쐈지만 림을 맞고 튕겨나왔다. 혜원과 코치의 지도로 폼은 훨씬 깔끔해졌지만, 지금은 지쳐서인지 전만큼 높은 포물선이 나오지 않았다. 재빠른 수비 가담으로 속공은 저지했지만 공격권은 상대 팀에게 넘어갔다.

은설은 그 일련의 플레이를 가만히 내려다보면서, 옆으로 고개도 돌리지 않고 말했다.

"기회는 항상 있어. 엄마."

"……."

혜원은 딸이 가끔 그런 알쏭달쏭한 말을 할 때마다 골이 당겼다. 방금 그게 대체 무슨 뜻일까 싶다가도, 이게 공부 좀 했다고 자기 엄마를 놀려먹는 건가 하는 생각에 기분이 상할 때도 종종 있었다. 기회? 그래봤자 중학생인 딸이 기회에 대해서 알면 나보다 얼마나 잘 안단 말인가?

'그래도 오늘은 농구를 보러 온 거니까……. 농구 경기에 집중하자. 잡생각은 하지 말고. 경기에…….'

게임의 양상은 접전으로 흘러갔다. 한쪽이 득점하면 다른 한쪽이 또다시 득점하고, 또 한쪽이 수비에 성공하면 또 다른 한쪽이 악착같이 달라붙어 점수를 못 내게 만들었다. 양쪽 다 점수판이 올라가고는 있지만, 막판에 어느 쪽이 승기를 잡을지는 알 수 없는 상황이었다. 후반전에 들어서 다섯 점 차 이상 벌어진 적이 없을 정도였다.

선수 한 명이 공을 잡을 때마다, 그 아이의 가족인 것처럼 보이는 사람들의 응원소리가 터져나왔다. 경기 내내 벤치에 앉아 있다가, 주전 멤버들의 체력 관리 차 잠깐 출전한 아이에게도 잠깐의 환호가 쏟아졌다. 그러자면 아이는 어딘가 동작에 힘이 들어가버려서 실수를 남발하고, 한쪽 팀 코치가 어수선한 분위기를 제어하기 위해 타임아웃을 부르는 것이었다.

반면에 한이는, 팀의 주요 득점원이 된 만큼 매 공격마다 공을 만졌음에도 응원하거나 환호하는 사람이 없었다. 이날은 은설과 혜원이 있었지만, 두 사람 모두 큰 소리로 응원을 보내는 타입은 아니었다. 이렇든 저렇든 한이는 자기가 임한 농구 경기에 혼신의 힘을 다해 집중하고 있는 듯했다. 자신을 보기 위해 관중석에 누가 몇 명이 와 있든 전혀 신경 쓰지 않을 것 같았다. 최소한 겉으로는 그렇게 보였다.

팀은 줄곧 지고 있었다. 차이가 벌어지려고 하면 어떻게든 따라잡고, 점수 차가 커지지 않게 안간힘을 썼지만, 후반전 남은 시간도 일 분이 채 남지 않았다…….

다섯 점 차이로 뒤지고 있는 상황에서 한이가 공을 잡았다. 골대에서 꽤 먼 곳에서 슛을 쏴 적중시켰다. 삼 점 라인에 발끝이 닿아 있었기 때문에 득점은 이 점으로 인정됐다. 이어지는 상태팀의 공격은 빗나갔고, 코치는 마지막 슛 찬스를 확보하기 위해 하나 남은 타임아웃을 불렀다.

"이젠 삼십 초도 안 남았어." 딸이 말했다.

작전판을 든 코치를 중심으로 아이들이 둥그렇게 모여 섰다. 한이는 그사이에도 키가 컸는지, 이제는 다른 농구부원들 사이에 서 있는데도 결코 작아 보이거나 하지 않았다. 이리저리 손짓하며 지시를 하는 코치의 말에 고개를 끄덕이는 모습이 상당히 의젓해 보였다. 이제는 어엿한 농구부 선수가 된 것이다.

"좋아, 이제 마지막 공격이다. 하나, 둘, 하면 화이팅이다. 하나, 둘!"

"어이!!"

남자들의 구호는 이해할 수 없다.

공이 어디로 갈지는 이미 정해져 있었다. 후반전 시간이 끝났을 때 지지 않고 연장전에 돌입하려면 삼 점슛을 성공시키는 것밖에 다른 방법이 없었다. 그리고 그 팀에는 중학생 대회 최고의 삼 점 슈터가 있었다. 상대 팀도 그것을 알고 있었다.

경기를 매조질 수 있는 순간인 만큼, 휘슬이 울리고 공이 투입되기도 전에 매서운 수비가 시작됐다. 한이는 공격 제한 시간이 다 끝나가기 직전에 공을 잡고 하늘 위로 쏘아 올렸다.

퉁! 하고 공이 튕겨 나왔다. 슛은 실패했다……. 그러나 시간은 아직 삼 초 정도가 더 남아 있었다. 튕겨 나온 공을 한이의 팀 동료가 빠르게 낚아챘다. 그리고 방금 슛을 실패했던 한이를 찾아 다시 한 번 패스를 전달했다.

한이가 다시 공을 잡았을 때, 그리고 점프슛 동작 끝에 공이 손끝을 떠났을 때. 경기장 시계는 일 초도 남지 않은 시간을 표시하고 있었다. 그렇게 쏘아 올린 농구공이 아주 높이, 높이 (어쩌면 이 층까지 올라올 수도 있겠다는 생각이 들 정도로) 높이 떠올라서, 고심 끝에 낙하지점을 찾아 내려가려고 하던 그 시점이었다.

삐삐익-

호루라기 소리.

"으으악!!"

끔찍한 비명 소리.

퍼뜩 일어난 혜원이 이 층 난간에서 상체를 쭉 내밀자 코트 사이드 쪽 상황이 보였다. 한이는 마지막 슛을 쐈고, 그 앞에서 수비를 하고 있던 상대 팀 선수는 필사적으로 컨테스트를 하러 들어 갔다. 슈터가 점프를 끝내고 착지할 지점까지 뺏고 들어간 것이 화근이었다. 한이의 다리가 반대 방향으로, 부러진 수수깡처럼 꺾이는 모습을 모두가 지켜봤다…….

뼈가 부러졌나? 무릎이 돌아갔나? 아니, 그냥 발이 삔 것뿐일지도 몰라. 하지만 만약에, 만약에 십자인대가 나갔다거나. 한쪽 다리를 못 쓰게 되는 심한 부상이라면 어떻게 하지? 하필이면 마지막 순간에, 어떻게 저런 일이 일어나서ㅡ

ㅡ더는 생각할 여유가 없었다. 집에 불이 난 걸 안 사람도 혜원만큼 빨리 일 층으로 내려갈 순 없었을 것이다.

"잠시만요. 관계자나 가족이 아닌 사람은 일 층에 내려오시면 안 됩니다."

"아, 비켜요. 비켜!"

"안 된다니까요!"

"비키라니까!"

혜원은 옷자락을 잡아끌며 만류하는 태프를 힘으로 밀어내고서, 한이가 쓰러져 있는 방향으로 곧장 달려갔다. 넋이 빠진 사람처럼 들이닥쳐서는, 아이를 둘러싸고 있는 코치와 다른 부원들도 좌우로 밀어냈다.

"아, 아으아……." 한이는 슛을 쐈던 그 자리에 그대로 뻗어 신음하고 있었다. 다리뼈가 부러진 것 같았다. 종아리 옆으로 날카로운 뼛조각이 돌출되어 있었다. "아…… 아아……."

"한이야, 한이야." 혜원은 한이의 얼굴을 거꾸로 내려다보며 뺨을 맞잡았다. "…… 괜찮아. 괜찮아. 괜찮은 거야. 전부 괜찮을 거야. 그러니까. 괜찮아. 아무것도, 아무것도 끝나지 않을 거야. 그러니까 걱정하지 마. 걱정하지 마. 한이, 우리 한이. 잘했어. 충분히 잘했어. 최고로 잘했어."

"아…… 아줌마……." 한이는 계속해서 극심한 통증을 느끼는 모양이었다. 끊임없는 고통으로 호흡이 곤란해 보였다. 이마와 정수리에서 쉴 새 없이 식은땀이 배어났다.

"응. 한이야. 여기 있어. 아줌마 여기 있어. 응. 듣고 있어."

"그, 그, 그, 그거 맞죠, 방금 건……."

"그래, 그래." 혜원의 얼굴에서 눈물이, 밸브를 덜 잠근 수도꼭지처럼 마구 흘러나왔다.

"저, 저, 저는……."

"맞아, 맞아, 맞아." 혜원은 몇 번이나 고개를 끄덕이며 말했다.

"앤드원이야……."

If You Don't, Quit

—

꼬우면 접어라

그 일인 가구의 현관문을 열기 위해서는 총 일곱 번의 방문이 필요했다. 내 개인으로서는 말할 것도 없고, 관할 복지관 행정 역사상 최다 기록이었다.

"그 정도면 보통 고독사거나 실종된 케이스거든." 팀장은 자못 놀랍다는 투로 말했다. "마지막에 문을 열었다는 게 더 신기한 거야."

그렇게 대단한 일인 것처럼 말하긴 했지만, 일개 직원인 나에게는 해야 할 일이 더 늘어났을 뿐이다. 기쁘지도 슬프지도 않았다. 7번씩이나 사전방문 통보를 하고, 직접 찾아가 문을 두드려댔던 것도 일이니까 한 것이었다.

남자는 십 년째 혼자 살고 있었다. 알고 지내는 사람도 챙겨주는 가족도 친척도 없다고 했다. 나이는 사십 대 초반으로, 중키에 평범한 체형을 가진 아저씨였다. 팔다리는 얇은데 매 끼니를 영양가 없는 음식으로 대충 때우는 듯 배만 볼록하게 튀어나와 있었다. 그 나이대에 접어든 아저씨들에게서 흔히 볼 수 있는 현상이다.

사회와 단절된 채 살아가는 사람들은 대개 집안이 어질러져 있다. 누군가는 편견이라고 할지 모르겠지만. 그런 방구석 폐인들을 지켜보고 관리하는 현업 종사자의 입장에서는 거의 자명하다고 해도 좋은 사실이었다.

다만 그 남자의 집(이라고 해봐야 열 평도 안 되는 낡은 단칸방이었지만)은 소외된 일인 가구치곤 매우 깔끔한 편이었다. 아니, 여기서는 소외된 어쩌고 할 것이 아니라…… 평범한 생활을 하는 일반인보다, 학창 시절 기숙사에서 '유달리 깔끔을 떤다'며 볼멘소리를 들었던 나의 자취방보다 깨끗했다고 말해두는 편이 좋겠다.

나는 사회복지사로 일한 지 오 년이 넘게 지났지만, 그의 방만큼 깔끔하게 유지되는 일인 가정집을 본 일이 없다. 집안에 두는 물건 자체도 많지 않았거니와, 가구도 오래된 나무옷장과 탁자 그리고 키 작은 책장 몇 개가 고작이었다. 책장들에는 크고 작은 책들이 빽빽하게 꽂혀 있었다. 여타 살림살이에 비해 책이 눈에 띌 정도로 많았기 때문에, 살림집보다는 소규모 공부방이나 일인용 독서실 같은 인상을 풍겼다.

처음에는 "누가 와서 청소를 해주시나요?"라고 물었다. 남자는 그렇지 않다고 대답했다. 나는 놀랐다. 이런 말 하기는 좀 뭣하지만, 혼자 사는 남자 분치고는 방이 깨끗하다고 말했다. 방에서 잘 안 나오는 분들은, 대체로 쌓여 있는 쓰레기 봉투들 때문에 앉거나 서 있을 곳도 없다는 말도 덧붙였다.

"그건 이상하네요." 남자가 말했다.

"네? 뭐가요?"

"방이 깨끗해야 하는 것 아닌가요. 오랫동안 집에 있는 사람일수록……"

"그런가요? 실제로는 그렇지 않아서요."

"대부분의 시간을 거기서 보낸다면요. 청소를 잘하고 살아야죠."

들고 보니 일리가 있는 말이었다. 일이다 약속이다 해서 허구한 날 집을 비워놓는 나야 방구석 꼬라지가 어찌 됐든 상관이 없겠지만, 온종일 집에 처박혀 있는 사람이라면 사실상 그 방이 온 세상의 전부나 마찬가지 아닌가. 가급적 쾌적한 상태로 유지하고 싶은 게 당연한 것이다. 그럼에도 방이 지저분하다는 건. 그 사람이 그런 이치를 초월할 만큼 게으른 인간이라거나, 그 방 이외에 다른 도망칠 세계가 있다는 사실을 의미했다. 예컨대 온라인 게임 속 세상이라든지.

"게임은 저도 하기는 하죠." 남자는 테이블 아래에 납작하게 누워 있는 컴퓨터 본체를 가리켰다. "저걸로. 그렇게 자주하는 건 아니지만, 오래 하면 하루에 열 시간도 넘게 할 때가 있어요."

"그거랑 방 청소는 별개의 문제다?" 나는 남자를 따라 장판에 엉덩이를 깔고 앉아 물었다.

"저한테는 그런 것 같네요. 다른 사람은 어떨지 몰라도."

"책도 많이 읽으시나요?"

"네. 예전만큼 많이 읽진 않지만. 꾸준히 읽으려고 노력은 하고 있습니다."

"노력이라면?"

"아…… 그러네요. 노력이라기보다는." 남자는 아무것도 없는 방 모서리 쪽으로 눈을 슥 돌리며 말했다. "…… 습관입니다. 습관이 돼서 그냥 하는 거예요. 별다른 뜻은 없어요."

대수롭지 않은 듯 둘러대려고 애를 쓰는 모양새였다. 나는 더 캐묻고 싶은 마음도, 달리 내놓을 주제도 없어서 곧바로 서류를 꺼냈다. 어느 공공복지서비스 제공에 동의한다는 내용의 문서였다. 담당 복지사가 관할지역의 소외된 일인 가구에게 매주 한 번씩 무료 도시락을 배달해주고, 그때그때 해당 가구와 짧은 면담도 나누면서 재사회화에 대한 의지를 되살린다는 취지. 일하는 입장에서나 돈이 들고 번거로울 뿐 받는 처지에서는 손해 볼 것이 없는 서비스라고 설명했다. 다만 실행을 위해서는 복지대상자의 동의와 서명이 필요한데, 거기 협조해주는 사람이 많지 않아 실적이 애매한 상황이었다.

"결국 그런 거네요. 저는 매주 공짜 도시락을 받고……."

"맞습니다."

"그 대가로 아직 안 죽고 살아 있다는 걸 인증하는 거네요."

그것도 맞다. 하지만 그렇게 대답하지는 않았다. 그런 건 사실이라고 해도 필요 없는 대답이다. 남자는 얼마간 잠자코 앉아 있었다. 그리고 내가 내민 볼펜을 들어 문서 하단에 서명한 다음 말했다.

"다음 주에 봅시다."

"이번에는 불고기 도시락이에요."

"오오." 남자는 하얀색 비닐봉지를 받아들자마자 도시락 박스를 꺼내 뜯었다. "불고기 좋죠. 지금 바로 먹어도 되나요?"

"저랑 이야기를 조금 하셔야 하는데요."

"먹으면서 하면 안 돼요?"

남자는 그렇게 질문하기는 했지만, 이미 도시락을 다 뜯고 먹을 준비를 마친 상태였으므로 나로선 뭐라 말릴 수도 없는 처지였다. 다 차려진 식사를 앞에 놓고 '조금만 참으라'고 말할 만한 자격이 복지사에게는 없다.

혼자 사는 중년의 백수에게 도시락을 배달하고, 형식적인 질문을 건네며 서류를 작성하는 것. 본래 그런 일에는 낭만도 보람도 없이 그저 빨리 끝나버렸으면 하는 소망만 있을 따름이다. 그나마 남자의 먹성이 좋고, 판에 박힌 면담에라도 협조적으로 나와주는 것이 행운이라면 행운이었다.

"지난번 방문 이후에 담당 복지사로서 간단한 신상정보를 확인했습니다." 나는 맛나게 불고기 도시락을 먹어 치우는 남자 앞에 앉아서, 그 모습을 얼마만큼의 빈도로 바라보아야 좋을지 고민하며 조심스레 물었다. "지금은 하시는 일이 없으시다고 하셨지만. 과거 자료를 살펴보니 보니 직업작가를 하셨다고 나와 있던데요."

남자는 내 말을 확실하게 듣고 있었다. 부러 들은 체 만 체하며, 도시락에 있는 반찬에만 몰두하는 모습이 어째 싱겁게 느껴졌다.

"이런 걸 여쭙는 게 실례일 수도 있지만, 어째서 일을 그만두게 되신 건지, 앞으로 다시 일을 시작하실 계획은 없으신 건지……"

"밥을." 남자가 입에 있던 음식을 꿀꺽 삼키고 나서 못 참겠다 는 듯 덧붙였다. "밥을 다 먹고 이야기할까요? 그건 먹으면서 할 얘긴 아닌 것 같아서요."

"아, 예. 그러시…… 그렇게 하시죠. 죄송합니다."

나는 얼떨결에 그리 대답하기는 했다. 그래도 남자가 도시락을 '와구와구 쩝쩝' 먹어대는 소리를 말없이 계속 듣고 있자니 얼마 간 짜증이 났던 것도 사실이다. 식사가 끝날 때까지는 달리 할 것 도 없어서, 남자가 살고 있는 방 구석구석을 눈짓으로 살펴보았 다. 연식이 꽤 된 듯한 PC 모니터가 눈에 띄었다. 내가 오기 전까 지 사용을 하고 있었는지 몰라도, 지금은 검푸른 화면보호기가 띄워진 모습이었다.

"게임은 주로 어떤 게임을 하시나요?"

"……"

"아, 이런. 죄송합니다. 다 드실 때까지 기다린다는 게……"

"그냥 평범한 온라인 게임이에요." 남자는 목이 멨는지 벌떡 자리에서 일어나 컵에다 물을 받아 마셨다. "판타지 세계를 여행하면서, 몬스터를 잡고, 아이템을 얻고, 레벨업을 해서 성장하는…… 그런 흔한 거 있잖아요. 복지사님도 게임은 하시죠? 젊은 남성분이시니까."

"하하. 요즘은 일이 바빠서 못하고 있습니다. 예전에는 저도 많이 했었는데요." 나는 거짓말을 했다. 마침 그때는 새로 시작한 모바일 게임에 빠져서, 주말에는 눈뜨고 있는 시간 내내 휴대폰 화면만 쳐다보며 살던 시기였다.

"그렇습니까? 게임은 좋죠. 잠깐이나마 현실을 잊게 만들어주니까요." 남자는 다시 자리에 앉아서, 조금 전보다 호의적인 말투로 이야기했다.

"맞는 말씀입니다……. 지금은 잘 못 하고 있지만, 어렸을 때 그런 알피지 게임을 하면 기분이 좋았던 것 같아요. 어떻게 보면 현실을 완전히 잊어버릴 정도로…… 게임 속의 나 자신에게 완전히 이입했던 거죠. 현실에서의 나는 너무 보잘것없고 하찮은 사람인데, 게임 안에서는 멋있는 모험가가 돼서 누구한테나 인정받으니까……. 한때는 일이라는 것도 모르고 게임에만 몰두했던 적이 저한테도 있었거든요. 그렇지만 사람이라는 게 결국에는 뭐라도 일을 해야만 한다는 걸, 저도……."

내가 그렇게 속내가 훤히 들여다보이는 말을 늘어놓는 동안, 남자는 도시락 용기를 깔끔하게 비우고 물로 헹군 다음 재활용 쓰레기통에 분류해 넣었다. 그리고 컵에다 물을 좀 더 받아서 돌아왔다.

"죄, 죄송합니다. 쓰잘데기 없는 얘기를 해서."

"아닙니다. 게임 얘기는 재미있으니까요." 남자는 마시던 물컵을 까딱여 보였다. 내가 손을 들어 정중히 거절하자 다시 마주 앉아서 말을 이어갔다. "하지만 게임을 즐기는 방법은 다들 다를 거예요. 복지사님이 말씀하신 것처럼 게임에서 그런 걸 느끼는 사람도 많겠지만…… 저는 그렇게는 하지 않습니다. 게임에서의 저도 별 볼 일 없는 건 매한가지라…… 대리만족을 느끼기에는 너무 하찮은 플레이어거든요. 레벨도 낮고, 아이템도 변변찮고, 돈도 없어서 포션 사는 비용도 아껴야 할 정도예요. 정말로 현실 못지않게 비참하다니까요."

"에이, 게임인데요. 뭘…… 거기에 대단하고 비참하고가 어디 있나요? 재밌으려고 하는 건데요."

"아, 무슨 말씀을. 전혀 그렇지 않아요. 현실보다 게임에서 더 심한 경우도 있는데요. 빈부격차 같은 건. 오히려 게임이기 때문에 더욱 원색적으로 드러난다고 할까……."

"그건 무슨 말씀이시죠?" 내가 물었다.

"잘 아시지 않나요? 온라인 게임이면, 당연히 현실에서처럼 돈이 많은 사람이 유리하니까요……. 저 같은 무과금유저가 한 달 내내 열심히 사냥을 해봤자, 엄청나게 과금해대는 헤비유저의 하루 성과를 따라갈 순 없어요. 뼈 빠지게 노력해서 100만 골드짜리 무기를 사서 착용할 때쯤이면, 다른 유저들은 10억 골드짜리 무기의 성능이 좋지 않다면서 100억짜리 무기의 재료로 써버려요. 잘 모르는 사람들이 '그래도 현실보다는 게임이 낫다'는 식으로 들 이야기하는데…… 막상 해보면 그렇지도 않다는 걸 금방 알게 되잖아요."

나는 잠깐 동안 말문이 막혔다. 당장 지난 주말만 해도, 그 멍청한 모바일 게임에다 십만 원을 때려 박고서야 깨닫지 않았나. 어차피 이 모든 게 삽질이라는 것을. 뽑기의 두근거림은 아주 잠깐일 뿐이고, 이따금 따라주는 행운에도 턱없이 짧은 유통기한이 주어진다. 어찌 됐건 나보다 더 많은 돈을 벌고, 더 많은 돈과 시간을 게임에 쓸 수 있는 사람들에게 짓눌리게 되어 있는 것이다…….

그래도 여기서 침묵해버리는 건 좀 아니다 싶어서, 종국에는 쥐어짜내다시피 대답한 게 겨우 이런 말이었다.

"그건, 그래도…… 타인과 경쟁하지만 않으면 그럭저럭 재미있게 게임을 즐길 수 있는 것 아닐까요? 꼭 남들과 비교할 필요는……."

"그것도 결국에는 허울 좋은 얘기일 뿐이죠."

"어째서요?"

"그 게임을 운영하는 게임사도 엄연히 이윤을 창출하는 회사니까요. 저처럼 돈이 안 되는 유저들보다는, 매달 어마어마한 돈을 때려 박는 소수 헤비유저들의 니즈에 맞출 수밖에 없어요. 새로운 콘텐츠도, 업데이트 방향도, 운영방침도 전부 그들을 위해 만들어지지 않겠어요?"

"…… 만약 그렇다면, 가볍게 게임을 즐기는 사람들에게는 불리하기만 하다는 거군요."

"뭐…… 저 같은 유저는 그런 걸 감수해가면서도 하긴 하지만요. 그래도 아직은 재미있는 부분이 있으니까…… 언젠가 재미없어지면 그만두거나 하겠죠? 저한테는 끈기 같은 건 안 남아 있으니까요." 남자는 선뜻 의미심장하게 말하고 나서, 괜히 쑥스러워진 듯 어깨를 으쓱거렸다. "…… 글쓰는 것도 똑같았습니다. 그래서 지금은 안 하죠. 완전히 질려버려서요."

"그럼, 다시 해보실 계획은……."

"없습니다." 남자는 딱 잘라 말했다.

"그러면 좀 따져보는 건 어떨까요?" 바쁜 듯이 함박스테이크 도시락을 해치우고 있는 남자 앞에 앉아서, 나는 이렇게 물었다.

"…… 구게 뭔 소립니까?" 남자는 어지간히 당황스러웠던 모양으로, 평소 같지 않게 음식을 입에 넣은 채 대꾸해왔다.

"아니, 지난 주에 했던 게임 얘기 말이죠……. 선량한 유저로서 게임을 재밌게 즐기고 싶은데, 돈을 적게 쓰는 유저는 끊임없이 피해를 보게 되잖아요. 구조적으로 문제가 있는 것 아닙니까? 다른 유저들에게든, 게임사에게든 따져서……."

"하하하, 난 또 무슨……." 남자는 짧게 너털웃음을 짓고 물을 한 모금 마셨다. "그럴 때 우리 게임 유저들이 하는 말이 있어요."

"뭔데요?"

"'꼬우면 접어라'라고요."

"아니…… 그게 뭔."

"맞아요. 냉혹한 얘기지만."

"냉혹한 게 아니라, 좀 생각이 없지 않나요?" 나는 진심으로 기가 차서 말했다. "기껏해야 게임일 뿐인데요. 근본적으로 생각해보자면요, 자기들이 누리고 있는 것들도 비교할 대상이 없으면 말짱 쓸모없는 것 아닌가요? 게임이 너무 지겹고 힘들어서, 사람들이 죄다 '꼬와서' 접어버렸다고 치면, 그들은 무슨 재미로 그 게임을 할 수 있겠어요? 아무도 안 하는 게임에서 혼자 북 치고 장구 쳐봤자 무슨 소용이 있냐고요."

"뭐…… 그건 그렇겠죠……." 남자는 맥없이 대답했다.

그런 그의 대답이 어렴풋한 굴복처럼 느껴져서, 나는 괜한 말을 덧붙였다가 된통 당하고 말았다.

"게임사 측도, 다른 유저들도, 밑에 있는 유저들한테 더 신경 써줄 필요가 있다고요. 진짜로 사람들이 '꼬우니까 접자'라고 생각하기 전에요."

"그렇고 말고요. 그러니까 제가 이렇게 도시락도 얻어먹고 있는 거 아니겠어요?" 남자는 정말로 이렇게 말했다. "잘 먹었습니다. 복지사 선생님."

그에게 마지막으로 가져다준 도시락에는 갈치조림이 들어 있었다.

남자는 여느 때처럼 내가 보는 앞에서 도시락 뚜껑을 열고, 능숙하게 발라낸 살코기를 밥에 조금씩 얹어 먹었다.

"생선뼈를 잘 발라내시네요. 어렵지 않으세요?" 그때쯤 나는 제법 친숙한 말투로 대화를 시작할 수 있었다.

"뼈 발라내는 게 싫으면 생선 같은 건 먹지 말아야겠죠."

"그것도 '꼬우면 접어라'군요."

"…… 그렇게 되나요?" 남자는 괜히 웃음을 참는 느낌이었다.

"저 그래서…… 진짜 그만두려고요."

"그렇습니까?"

"네. 저도 선생님 말처럼 지긋지긋해졌거든요. 원래 사회복지에 관심이 있었던 것도 아니었고……."

"사람이 관심 있는 일만 하고 살 수는 없죠."

"진지하게 말하는 거예요." 나는 참지 못하고 표정을 굳혔다. "어쩌면 오늘이 제가 여기 찾아오는 마지막 날일지도 모릅니다."

"공짜 도시락도 이젠 끝인 건가요?"

"…… 아뇨. 제가 퇴사하고 나면 다른 담당 복지사가 배정될 거예요. 도시락은 계속 올 겁니다. 단지 제가 아닌 다른 사람이 가져올 거라는 거죠."

"그렇군요. 아직 젊고, 이것저것 다양한 일을 해보는 것도 좋을 겁니다." 남자는 느닷없이 진중한 태도를 취하며 말했다. 심지어 반쯤 먹고 있던 도시락도 내려놓고선 나를 똑바로 쳐다봤다. "그래도 아쉽게 됐네요. 몇 달 동안 조금 친해졌다고 생각했는데."

"저도 그렇습니다. 그래서 꼭 직접 찾아뵙고 말씀을 드리고 싶었어요……." 나는 귓전에서 뭔가가 울컥 뛰어오르는 소리를 들었다. 하품이 나올 것 같았다. 까딱하면 눈에 물이 고여서, 괜한 오해를 살지도 모르겠다는 생각이 들었다. "저는 선생님의 글을 읽어본 적이 없습니다. 글쓰기에 대해서는 아는 게 전혀 없고, 좀 어렵다 싶은 글들은 제대로 읽는 방법도 모릅니다……. 그래도 그냥 제 느낌에, 이런 말이 굉장히 곤혹스러우실 수도 있겠지만, 선생님이 계속해서 글을 쓰시면 좋겠다는 생각을 갖고 있었어요."

"제가 계속 쓰면 좋겠다고요?"

"아니, 일을 구하라거나 그런 말이 아닙니다. 이제는 복지사도 아니니까요. 아아니, 아직은 복지사이기는 하지만…… 그런 입장에서 벗어나서 드리는 말씀입니다. 말씀드렸다시피 저는 글에 대해서 일자무식이라, 이렇게 말씀드리는 것이 당황스러우시겠죠. 그럴 거라고 생각합니다. 그래도 저는 선생님이 좋은 작가일 거라는 생각이 듭니다. 책도 많이 읽으시는 것 같고. 짧은 시간이었지만 대화를 나누면서 배울 것이 참 많은 분이라고 느껴졌습니다. 적어도 이렇게 집에 틀어박혀 있다는 이유로, 사회에서 낙오자 취급을 받을 만한 사람은 절대 아니라고 확신했습니다. 그렇기 때문에…… 선생님?"

남자는 내 말이 다 끝나지도 않았는데 몸을 벌떡 일으켜 세웠다. 역시 이런 대화는 불쾌했던 걸까? 내가 소리 없이 마음을 졸이는 동안, 그는 책장 위에 있던 종이상자를 꺼내 들었다. 상자에 먼지가 자욱하게 쌓여 있었던 것이나, 조심스러운 손길로 테이프를 뜯는 남자의 표정을 보니 한참 동안 꺼내지 않았던 물건이 분명했다.

그는 상자에서 손가락 두 마디 두께의 종이 뭉치를 꺼냈다. 어림잡아도 이백 장은 되어 보이는 분량이었다. 나는 대번에 그게 무엇인지 알 수 있을 것 같았다.

"내가 십 년 전까지 쓰던 장편소설입니다. 나름대로 최선을 다해 썼다고 생각하지만, 끝까지 완성하지 못했고요."

"…… 저한테 주시는 건가요?"

"읽고 나서 가지고 싶으면 가지세요. 이제 저한테는 아무 의미도 없는 거니까." 남자는 먹다 만 도시락의 뚜껑을 덮었다.

"출판이라도 해보시지 그러셨어요? 분량을 조금 나눠서라도⋯⋯."

"글쎄, 읽어보고 말하라니까요. 읽지도 않고 어떻게 알아요?"

"예, 예에."

나는 남자가 커다란 서류 봉투에 넣어준 서류를 품에 안고, 현관에서 작별 인사를 나눈 뒤 마지막 방문을 마쳤다.

일주일 뒤 그는 자신의 방에서 목을 매달아 죽은 채 발견됐다. 가족도 친척도 없었던 남자는 지자체로부터 무연고 사망자로 분류되어 별도의 장례식 없이 화장터로 향했다.

나는 그가 마지막으로 건넨 원고를 사체와 함께 태워달라고 요청했다. 화장 시설 직원은 못 해줄 일은 아니라면서도, 그게 무슨 중요한 서류철이나 되는 건 아닌지 걱정하는 것처럼 말했다.

"나중에 뭐라고 하셔도 저희는 책임 못 집니다."

"네. 괜찮으니까 그냥 그분이랑 함께 태워주세요."

"미리 복사라도 해놓으셨나요?"

"아뇨. 그럴 필요 없었습니다."

나는 그렇게 대답하고 시설을 빠져나왔다. 죽 걸어 나와 버스 정류장 뒤꼍에서 망연히 담배를 꺼내 무는데, 그제야 비로소 양손이 홀가분해졌음을 느꼈다. 생각해보니 그건 소름 끼칠 정도로 무거운 종이 뭉치였다. 제대로 잉크가 묻어 있는 건 다섯 페이지 밖에 되지 않았는데도.

Glad I Met Pat

— For Duke Jordan

1

휴학신청서를 접수한 다음 날. 나는 대구에 있던 부모님 집으로 내려갔다. 오후의 경부선은 열차 사이 통로까지 사람이 가득 차 있다. 차창 밖의 풍경은 못 본 사이 부쩍 어두워졌다. 공기는 숨이 갑갑하리만큼 따뜻하게 데워져 있고, 보이지 않는 저 앞쪽에서 아기 울음소리가 불규칙적으로 들려온다. 간접등 불빛이 좌석 사이 통로를 따라 비춘다.

이 년간의 상경 생활이 그렇게 끝났다. 짐은 캐리어 가방 하나에 전부 들어갔다. 거기에는 아무런 소득도 보람도 없었다. 처음부터 어마어마한 꿈을 품고 올라간 건 아니었는데, 오히려 잃고 돌아올 줄은 상상도 하지 못했다. 당시의 내겐 허탈함조차 없었다. 하물며 허탈함도 그 캐리어 가방보다는 무거울 것이다.

'……깜빡하고 서울에 두고 온 건 없나?'

아니, 이럴 땐 차라리 뭘 무사히 갖고 나왔는지를 헤아려야 한다. 말하자면 나는 태풍에 집이 날아간 이재민 또는 처절한 전투 끝에 돌아온 패잔병 신세였다. 얻은 건 아무것도 없고, 그저 살아서 돌아간다는 사실에 놀라워한다. 그러나 삶에 감사하기에는 슬프고, 미워하기에는 너무 보잘것없는, 그런 상황이었다.

"…… 아, 여보세요?" 내 옆자리, 그러니까 같은 줄 통로 쪽 좌석에 앉아 있던 여자였다. 깔끔한 세미 정장에 묶은 머리, 자그마하지만 값비싸 보이는 귀걸이. 누가 봐도 영락없는 도회지 사람이다. "이제 신탄진쯤 지난 것 같은데…… 도착은 아마 저녁쯤에나 할 것 같아. 응……. 근데 지금 열차에 사람이 많아서……."

여자는 이렇게 인구밀도가 높은 공간에서 전화를 받는 것이 불편한 모양이었다. 가능한 소곤소곤, 수화기 너머의 상대방도 들릴 듯 말 듯한 목소리로 이야기하다가 전화를 끊었다. 하기야 이런 곳에서 큰 목소리로 대화를 한다는 건, 실시간으로 전화 내용을 도청당하는 것이나 다름없다. 요즘 사람들에게는 악몽 같은 일이다. 따지고 보면 통화로 주고받는 내용 같은 건 거기서 거기인데. 더구나 이런 데서 "동대구역으로 폭탄을 옮기고 있어, 응. 연착되지만 않는다면 자정이 되자마자 터지게 설정해놨지……. 모든 게 완벽하게 흘러가고 있어……" 하고 중차대한 문제를 이야기할 리도 없다.

'또, 또, 쓸데없는 생각.'

내가 기껏 머리를 써서 떠올린다는 것은 하나같이 경박하고, 별 볼 일 없고, 통제되지 않는 것뿐이다. 이런 생각들에서 당최 규칙성이라곤 찾아볼 수 없다. 시시때때로 변하고 바뀌는 바람에 어디 써먹기도 곤란스럽다. 달리 말해 '선택'과 '집중'을 못하는 것이다. 의사는 내 이런 부분이 병리적 현상일 수도 있다고 말했다.

'주의력결핍과잉행동장애(Attention Deficit Hyperactivity

Disorder)'. 줄여서 'ADHD'가 나의 병명이었다. 아직 확정적인
건 아니지만. 부모님은 거의 기정사실로 받아들였다. 무슨 이상
한 음악 하겠다고 서울에 올라가더니 그새 마음에 병이 생겨서
이러지도 저러지도 못한다, 일을 하든 뭘 하든 일단 집에 내려와
서 해라……가 어머니의 주장이었다. 나로선 달리 변명할 말이
없었다. 내게 마음의 병이 있다는데 뭐라고 대꾸를 해야 좋단 말
인가? 대꾸하고 싶은 마음이 드는 것도 병이라고 하면 그땐 뭐라
고 대꾸할 것인가?

'생각할수록 무적의 논리로군'이라고 나는 생각했다.

내게는 변명할 여지도, 의지도 남아 있지 않았다. 더 이상은 아
무것도 할 수 없었다. 하고 싶지 않았다. 집에 가는 일조차도 내겐
너무도 복잡하게 느껴졌다. 어머니는 그런 내 상태를 어떻게 알
았던 건지, 대구로 내려가는 열차표며 서울역까지 갈 택시비까지
모두 준비해놓았다. 나는 그저 거기에 몸을 올려놓기만 하면 된
다. 집으로 돌아가기만 하면 된다. 그러나 내겐 어느 목적지라고
할 것 없이 죄다 멀게만 느껴졌다. 다시 말해두지만. 그땐 그런 상
황이었다.

멍하니 앉아 있기를 삼십 분. 여자가 전화를 끊고 난 뒤로, 객
실에서는 그 어떤 평범한 사건도 일어나지 않았다. 열차는 시속
백 킬로미터가 넘는 속도로 계속 달리는데. 고작해야 몇 센티쯤
되는 간격을 두고 부대낀 사람들은 화장실 한 번 가는 일이 없

다. 아찔한 정적이었다. 발아래에 있는 통풍구에서 뜨거운 바람이 쉬지도 않고 밀려든다. 차장은 언제까지고 히터를 끌 생각이 없어 보인다.

휴대폰 진동이 위잉— 하고 울린다. 나는 두 번째 진동이 울리기도 전에 주머니에 손을 넣고, 착신 거부 메시지를 자동으로 보낸다. 보고 말고 할 것도 없다. 그건 어머니의 전화였다. 그리고 어머니의 전화는 예나 지금이나 다른 게 하나도 없다. 그래, 밥은 먹었니. 지금 어디쯤 지났니. 가능하면 저녁 시간 이전에 오너라. 네, 엄마, 할 수 있으면 그러도록 할게요. 전화 끝.

나는 지긋지긋했다. 서울에서의 혼탁한 삶, 숨 막히도록 별일 없는 대구, 그 두 도시를 잇는 후덥지근한 객실까지. 거기엔 온통 지겨운 것들밖에 없었다. 열차는 그 지겨움의 내핵을 향해 곤두박질친다. 그리고 절대 멈추지 않는다.

2

집에 도착할 무렵에는 온 동네가 까마득했다. 그 까마득함은 내게 너무 익숙한 나머지, 불과 어제까지도 이 동네에 쭉 살고 있었던 게 아닐까 하는 생각까지 든다.

좋다. 지난 이 년이 모두 꿈이라면 나로서도 마음이 편하다. 하지만 그런 일은 일어나지 않는다. 가장 무서운 악몽은 깨는 법이 없다.

"아이고, 우리 아들!" 어머니는 아예 현관문 앞으로 마중을 나와 있었다. 내가 보이자마자 콱 소리가 나올 정도로 세차게 끌어안고, 뭐라 말할 새도 없이 캐리어 가방을 낚아채 집 안으로 들어갔다. 그 일련의 행동에는 도저히 내가 저항할 수 없을 만한 준비성이 깃들어 있다. "진짜로 서울 가서 고생이란 고생은 다 하고. 내가 진작에 내려오라고 했나, 안 했나? 좌우지간 빨리 들어와서 밥 먹어라. 어디서 뭐 하느라 이래 늦게 왔노. 너그 아버지는 벌써 다 먹고 방으로 들어가뿟다 아이가."

"아, 엄마. 좀! 내 숨 좀 쉬자……." 나는 만난 지 몇 초 만에 넌덜머리가 나서 말했다. 애써 익힌 서울말은 전부 무용지물이 됐다.

"그래, 그래. 숨이고 뭐고 일단 들어와서 해라. 얘기할 시간은 이제부터 많으니까네."

나는 도착하자마자 어머니가 차려둔 저녁밥을 먹었다. 레시피는 변한 게 없다. 똑같은 그릇에 똑같은 계란말이, 똑같은 잡곡밥, 똑같은 간장 종지와 김과 된장찌개. 어머니는 그런 것들이 나로 하여금 집에 대한 그리움을 환기시켜줄 거라 생각하는 듯했다. 그런 데 짜증이 치미면서도 꾸역꾸역 입안에 무언가 쑤셔 넣었다. 그러고 나서 "아, 잘 먹었다" 하고 괜히 배를 두드려 보인 다음에 방에 들어간다. 문을 닫는다.

내 방은 내가 떠날 당시의 모습 그대로 보존되어 있었다. 말 그대로 보존이었다. 뒤통수가 뚱뚱한 컴퓨터 모니터에는 먼지 한 점 쌓여 있지 않았고, 침구며 베개의 위치까지 완벽하게 각이 잡힌 채로 침대 위에 있다. 이 년이라면 꽤 긴 시간일 텐데. 이렇게나 변한 게 없다니 내심 깜짝 놀랐다.

'엄마의 원래 직업은 박물학자였을지도 몰라. 전업주부는 그냥 위장된 모습일 뿐이고'

그런 되도 않는 생각을 하며 침대 위에 주저앉았다. 푹신한 매트리스와 팽팽하게 정돈된 솜이불이 내 엉덩이를 중심으로 움푹 구겨진다. 이 방엔 분명 사람이 살았던 흔적이 있다. 그렇지만 그 사람은 여기를 집이라고 여기지 않았고, 그저 잠깐 머물러 있는 곳이라고만 생각했던 것 같다. 그때로서는 '따로 머물 데가 없으니까' 그 방에 있었을 뿐이다. 그리고 방이 비어 있는 동안은 나이 든 아주머니 한 분이 들어와 방을 말끔히 정돈해둔다. 언제 불현듯 찾아오더라도 반갑게 맞이할 수 있게끔 말이다. 이 감상이며 속성들을 놓고 봤을 때, 내게 그 다섯 평 남짓한 공간은 외지의 조용한 모텔방 같은 곳이었다. 언젠가 돌아와야 할 고향이 아니라. 나는 그대로 드러누워서 잠들었다. 가져온 짐은 열어보지도 않았다.

이튿날 아침. 나는 일찍 눈을 떴지만, 거실에 나가 아버지와 마주치고 싶지 않았다. 그래서 대낮까지 방에서 자는 체를 하고 있었다. 창가로 스며드는 햇살은 께느른했고, 방 안의 습도는 인간이 밍기적거리기에 가장 적합했다.

그러나 내 작전은 창문 바깥에서 "아아아앗!!" 하고 누가 소리를 질러대는 바람에 엉망이 됐다. 덜 깼던 잠도 달아나버렸다. 그 소리는 위층에서 아래로, 내가 있는 곳으로 뛰어들 듯이 가까워져 왔으며 (내 방은 이 층으로 올라가는 돌계단 옆구리에 붙어 있었다) 실제로 슬리퍼 바닥이 돌바닥에 팍팍 부딪히는 소리가 메트로놈처럼 뒤따라 들려왔다. 현관문이 열리고 누군가 뛰쳐나간다.

"이 망할 놈의 새끼!" 위층 할머니의 고지식한 목소리다. 확실히 뭐가 도망치기는 했는데, 돌계단을 내려와 쫓아갈 기력은 없으신 모양이었다. 위층 복도에 그대로 서서 "문디 자슥이…… 집에 들어오기만 해봐라" 하고 역정을 내실 뿐이었다.

'그러고 보니 위층에 있는 방 하나를 세놓았다고 했지.'

부모님이 계신 집. 그러니까, 내가 고등학교를 졸업할 때까지 살았던 그 집은, 대한민국 어느 주택가에서나 볼 수 있는 구조의 흔한 이층집이었다. 부모님 내외는 위아래 층을 다 쓸 생각으로 샀다는데, 생각 외로 자식이라곤 외동아들(나) 하나밖에 없었다. 성인 두 명에 애새끼 하나가 다 쓰기에는 집이 쓸데없이 컸다.

그래서 내가 성인이 될 즈음 꽤 큰돈을 들여 위층 전체를 셋집으로 개조하는 공사를 했다. 그것도 엄연한 부동산인데, 아예 놀리는 것보다는 세입자라도 받아서 매달 월세라도 받는 게 좋지 않겠느냐는 판단에서였다.

그렇지만 그 집은 대구에서도 후미진 동네에, 심지어 그 동네에서도 다소 외딴곳이라고 할 수 있는 골목에 자리해 있었다. 현관을 나와서 이십 분은 걸어야 작은 버스 정류장이 나온다. 편의시설이라고는 옆옆 골목의 구멍가게가 고작이다. 전세든 월세든 누가 이런 곳에 살아보겠다고 돈까지 주고 들어온단 말인가. 사람 좋다는 복덕방 아주머니조차 우리 집 세입자를 구하는 일에는 난색을 표했다. 요리사도 똥으로는 음식을 못 만든다고 했던가? 발끈한 어머니는 '우리 집이 똥이라는 말이냐'면서 따지고 들었고, 아주머니는 '내 말은 뭐, 말이 그렇단 거지' 하고 어영부영 넘어갔다. 어쨌든 그 동네에 제대로 된 복덕방이라고는 거기 하나밖에 없었던 것이다.

그런데 내가 서울에 올라가고 나서 반년쯤 됐을까, 아침 댓바람부터 어머니로부터 연락이 왔다. 그때의 어머니는 곧장 숨이 넘어갈 것처럼 "세입, 세입자가 들어왔다니까, 글쎄!" 하고 고래고래 자랑을 해댔다.

세입자는 독실한 가톨릭 신자인 어느 할머니 한 분이었다. 자식을 둘 낳았지만 둘 다 성인이 되고 나서 떠나버렸고, 지금은 나라에서 주는 연금으로 검소하게 신앙생활을 하신다는 것이다. 그러고 보니 집 근처에 오래된 성당이 한 곳 있기는 했다. 근처라고 해봐야 걸어서 이십 분은 되는 거리지만, 독실하다고 할 정도의 신자라면 그 정도는 순례길 축에도 끼지 못한다는 게 어머니의 전언이었다.

"우리 입장에서는 더 좋은 세입자가 어딨겠노? 할머니 혼자 사셔서 시끄러울 일도 없으니. 연금 받아 생활하시니까네 세 밀릴 일도 없고."

사실 그때 우리 집 이 층에 세든 할머니에 대해서는 기억이 가물가물하다. 하도 시간이 오래 지나 이름도 기억나지 않지만 (하긴 부모님 집에 세 들었던 할머니 이름을 쭉 알고 있었다면 그게 더 이상할 것 같다) 김씨 성을 쓰고 계셨다. 어머니는 세입자 할머니라는 말보다는 '김 할머니'라는 호칭으로 부르길 좋아했다. 아무리 그래도 한 지붕 아래에 사는데 주인집네, 세입자네 하고 부르면 너무 정 없는 사이 같지 않느냐면서. 그래서 나도 위층 집 할머니를 김 할머니라고 불렀다. 이외에도 내가 김 할머니에 대해 알고 있는 사실은 십중팔구가 어머니에게 전해 들은 것이다.

김 할머니는 모범적인 세입자였다. 어머니는 김 할머니가 이사 올 때 짐이 너무 없어서 깜짝 놀랐다고 했다. 혼자 사는 노인이라고 해도 그렇지. 자그마한 서랍장과 옷장, 기도하고 성서를 읽을 때 쓰는 앉은뱅이책상 말고는 이렇다 할 가구도 없었다. 일주일쯤 지나서 낡은 세탁기와 구식 텔레비전이 추가로 들어왔을 뿐이다. 나중에 얘길 들어보니 그 텔레비전은 고물 중의 고물이라, 안테나를 똑바로 세워놓지 않으면 화면 절반이 지직거린댔다. 그런 물건은 대체 어디서 구하셨던 걸까? 지금까지 남아 있다면 어디 청계천 근처에 있는 골동품 상점에 팔아치울 수도 있을 텐데 말이다.

하여간 김 할머니가 생활하는 모습을 일주일쯤 보고 있노라면, 어머니는 '참 인생이라는 게 별것 없구나' 하는 생각이 절로 든다고 했다.

"이걸 뭐라 캐야 되나……. 어디 절간 가서 스님들 사는 거 보고 있는 느낌이라니까네. 살면서 가끔씩 욕심도 나고, 고기도 실컷 묵고 싶고, 그런 게 좀 부끄럽게 느껴진다 아이가."

"엄마도 참 얄궂다. 가톨릭 신자시라는데 절간이 뭐고, 절간이" 하고 나는 핀잔을 줬다.

"말이 그렇다는 기지. 말이."

어머니는 본인이 말하고 나서도 아차 싶은 표정이었다.

아닌 게 아니라, 김 할머니의 일상은 정말이지 소박함을 넘어 호젓한 구석이 있었다. 평소에 식사를 하시는지 안 하시는지도 분간할 수 없다. 가끔 삶은 고구마를 가져와 건네시는 걸 보면 채소 위주로 뭘 드시긴 하는 것 같았는데, 혈색을 보자면 나이에 비해 아주 건강하고 기운차 보였다. 환갑이 훨씬 넘으셨지만 허리도 빳빳하셨다.

또 매일 아침이 되면 아무도 시킨 적 없는 계단 청소를 자진해서 하셨다. 어떤 호의나 의무감에서 나온 행동이 아니었다. 내가 보기에 그건 좀 더 본능적인 행위였다. 주변 공간을 깨끗하게 하는 건 '당연한 것'이고, 그렇지 않는 게 오히려 이상하지, 같은 느낌이다.

내가 주로 기억하는 김 할머니의 모습은 그랬다. 전체적으로 소박하지만 추레한 인상은 전혀 없었다. 주말 아침이면 깔끔하게 정돈된 옷차림을 하고 성당에 가셨다. 가을에 접어들어 겨울이 지나 봄이 올 때까지는 늘 똑같은 코트를 걸치신 모습이었다. 얇지도 않고 그리 두껍지도 않은 진한 보라색 코트였다. 정갈한 디자인임에도 무척 비싼 티가 났다. 나로선 그런 걸 김 할머니 본인이 사셨을 거라곤 상상이 되지 않았기 때문에, 아마 장성한 아들이 백화점에서 선물로 사온 것이 아닐까 하고 짐작했다.

한편 김 할머니는 휑하던 이 층 복도 구석에 크고 작은 화분도 두세 개 들여놓으셨는데, 얼마나 관리를 잘하셨는지 눈 내리는 겨울(대구에서는 드문 일이다)에도 싱싱하게 살아 있었더랬다. 김 할머니에게는 분명 그런 아우라가 있었다. 주위에 있는 모든 것에 항상성을 부여하는, 몹시 선하고 은은하지만 진한 영향력 같은 것 말이다. 그런 김 할머니의 일상을 일그러트릴 수 있는 사건이나 존재가 얼마나 있었겠는가? 묵시록에 나오는 적그리스도의 출현, 최후의 심판…… 확실하다고 할 수 있는 건 그 정도였다. 어느 날 김 할머니의 수중에 외손자가 떨어지기 전까지는.

3

어머니가 그 일곱 살배기 꼬마를 추가 세입자로 받아들이기로 한 것은, 내가 서울에서 돌아오기 불과 일주일 전에 결정된 사안이었다.

"얘기 들어보니까네, 그 아가 불쌍해도 보통 불쌍한 애가 아니라카이. 내 오죽하면 할머님 애기 듣고, 마 당장 데꼬 오이소. 십 년이든 이십 년이든 간에, 우리가 집주인인 이상은 언제까지 살아도 암 말 안 하겠심더, 그 캤다 아이가."

어머니는 어쩐지 내게 미안한 기색까지 보였다. 왜인지 그 꼬맹이가 윗집에 들어오는 일이 내 정신건강에 해가 될지도 모른다고 생각하셨던 듯하다. 나는 "괜찮아요" 하고 짧게 대답하고 말았다. 솔직히 말해 나는 아무 상관도 없었다. 위에 할머니 한 분이 살든, 그 슬하에 사정이 딱한 손자 하나가 더 들어오든, 내게 있어선 하등 중요하지 않은 문제였다. 말하자면 장기 투숙 중인 모텔 방 위에 다른 손님을 받은 것이다. 불평할 이유가 없다. 알고 보면 그 꼬마나 나나 입장은 비슷했다. 둘 다 편의상 집이라고 부르는 곳에서 손님처럼 살았으니까.

실제로 내가 집에 돌아온 뒤로 한두 달간은 조용했다. 짐을 풀지도 않고 잠들었던 그다음 날, 김 할머니가 아끼던 화분을 깨트리고 후다닥 도망친 사건을 빼면 별다른 일도 없었다. 외손자는 아침 일찍 유치원에 가서 저녁께나 돌아왔고, 밥을 먹고 텔레비전 만화를 조금 보다가 일찌감치 잠드는 모양이었다. 유치원이 쉬는 주말 역시 모습을 보이지 않았다. 희한한 일이긴 했지만, 나는 주말마다 애를 맡아주는 곳이 따로 있나 보네, 하고 대수롭지 않게 생각했다.

이런 연유로 나는 줄곧 조용한 나날을 보낼 수 있었다. 이 시기의 나는 거의 집 안에서만 지냈다. 연말연시가 다가왔지만 뭘 해야겠다는 생각이 없었다. 방에서 나가지도 않았고, 온종일 컴퓨터로 게임을 하거나 침대 쪽 구석에 틀어박혀서 책을 읽거나 했다. 배가 고플 즈음에는 어김없이 밥상이 차려졌고. 불편할 건 하나도 없었다.

가족끼리도 대화하는 일이 많지 않았다. 아버지는 나를 거의 없는 사람 취급했고, 나 역시 아버지를 그렇게 대했다. 거실이든 부엌이든 하여간 뭘 하겠다고 움직이는 사람은 어머니밖에 없었다. 내 방에 노크를 하고, 먼저 입을 떼서 말을 걸어오는 것도 어머니뿐이었다.

그즈음 어머니는 나를 무척이나 조심스럽게 대했다. 아마도 나를 '잘못 건드렸다가는 언제 폭발할지 모르는' 시한폭탄처럼 생각하셨던 것 같다. 집안은 뇌관이며 부비트랩이 가득한 전장이었다. 어머니는 아무도 없는 거실 마루를 걸어 다닐 때도 살금살금, 거의 발소리를 내지 않게끔 애를 썼다. 군사전문가가 비무장지대에 살더라도 그때의 어머니만큼 오래도록 조심성을 유지하긴 어려웠을 것이다.

"…… 그거는 그렇고, 니 그…… 피아노는 우째 됐노. 서울 어디 맡기 놓고 왔나? 이짝으로 갖고 올 생각은 없나?"

깊은 고민 끝에, 어머니는 기어코 그 질문을 꺼내놓았다. 집에 돌아온 지 막 한 달이 지났을 무렵이었다.

나는 알고 있었다. 언젠가 그 질문을 받으리라는 걸 이미 예상하고 있었다. 아무래도 먼저 얘기할 만큼 자랑스러운 사건은 아니니까. 묻지 않는데 괜히 나서서 말할 필요는 없지,라는 태도였다. 그렇지만 막상 그런 상황에서(점심 식사 직후에 나온 말이었다) 질문을 맞닥뜨리자니 머리통 전체가 얼어붙은 것 같았다.

"이제 니 피아노 치는 것 갖고 뭐라 할 생각 없다. 그러니까네, 음악을 하든 뭘 하든 일로 갖고 와서……."

"우짜기는, 팔아뿟다." 나는 나몰라라는 식으로 말했다.

"…… 뭐라꼬?"

"팔았다니까. 악기상에…… 한 세 달 됐다. 월세가 없어 갖고."

"…… 니 그거 엄청 아끼던 거 아니가."

"아끼고 자시고, 돈은 내야 되니까."

"아이고, 이노마야. 돈이 없으면 좀 달라 카지! 휴대폰은 폼으로 들고 댕기나? 응?"

"아, 엄마가 뭔 상관인데? 내 돈 모아 산 거 내가 팔아서 돈 좀 쓰겠다카는데…… 그거랑 엄마가 뭔 상관이냐고!" 나는 자신이 그렇게 큰소리를 칠 수 있다는 것에, 그 집의 거실이 그만큼 소리가 잘 울리는 장소였다는 것에 깜짝 놀랐다. 내게 화낼 기운이 남아 있다는 것도 신기했다.

나는 그 자리에서 고개를 푹 내리깔고, "…… 그리고 엄마, 내가 그거 피아노 아니라꼬 그렇게 말했다 아이가……" 하고 중얼거린 다음 방으로 돌아 들어갔다. 어머니는 내가 친 고함을 듣고 망부석이라도 된 듯 한참을 굳은 채 서 있었다.

그 사건이 있은 뒤로 며칠쯤 지났을까. 또 한 번 일이 터졌다. 내 방에서 화장실에 가려면 거실을 가로질러 가야 했는데, 어머니가 그사이를 놓칠세라 내 옷깃을 탁 붙들었다. 그러고 나서 만 원짜리 지폐 다섯 장을 쥐어주고는, "집에만 있지 말고, 나가서 머리도 깎고 외식도 하고 온나……. 알겠제?" 하고 말하는 것이다.

……눈물 나는 모정이다. 정말 눈물이 난다.

이윽고 내가 손에 들고 있던 돈들은 마룻바닥을 향해 휘날렸다.

나는 방에 틀어박혀 사흘 동안 나오지 않았다. 밥도 먹지 않고,

물도 마시지 않았다. 그저 이불을 뒤집어쓰고 수시로 울었다. 나이를 스물 몇 살이나 처먹고 그렇게 울기란 쉽지 않은데. 어머니는 잘못한 게 없었다. 그렇다고 스스로를 탓하기에는, 나는 너무 약해져 있었다.

어머니의 생각대로, 그 당시 나의 자존심은 돌바닥에 떨어진 유리가면 같았다. 조각조각이 나서 원래의 형체를 알아볼 수가 없었다. 그렇지만 그때 내가 울었던 이유는 '어머니의 한결같은 사랑에 감동해서' 같은 게 절대 아니었다. 물론 어머니는 내가 그 깨진 조각을 밟아 다칠까 걱정한 것이겠지만…….. 나는 그 깨진 꿈들을 치워버리는 일만큼은 할 수 없었다. 내 지난 이 년을 비추는 거울. 거기에는 처참한 실패의 결과물이라도 남아 있어야 했다. 패배자에게 아무것도 허락되지 않는 세상. 거기에도 패배에 대한 소유권은 보장되어야 했다.

손때가 덕지덕지 묻은 검은색 소니 워크맨. 그건 내가 서울에서 가지고 돌아온 몇 안 되는 물건 중 하나였으며, 철저하게 망가지고 짓이겨진 패배의 상징이었다. 그 워크맨에 연결한 이어폰에서는 날 향해 고함치는 소리, 침 뱉는 소리, 이미 깨진 꿈에 구태여 망치질하는 소리밖에 들려오지 않았다.

…… 사실 그건 내 환청이고. 그냥 이어폰이 오래돼서 아무 소리도 들리지 않았던 거지만.

그때로서는 캐리어에서 워크맨을 꺼낸 것 자체도 굴욕적이었다. 머리끝까지 화가 나서 견딜 수가 없을 지경이었지만. 그대로 가출해버리기에는 딱히 갈 데가 없다. 가진 돈이라 봤자 주머니에 든 오천 원짜리 한 장이 전부였다.

'이럴 거면 아까 용돈이라도 받아놓을 걸 그랬어⋯⋯. 아니! 아니야, 젠장. 내가 지금 무슨 생각을 하는 거지? 서울에서 욕 좀 처먹고 오더니 이젠 배알도 없어졌나?'

그래도 그렇지, 며칠씩이나 좁은 방에만 처박혀 있는 건 정말 쉬운 일이 아니었다. 책장에는 다 읽었거나 지루하기 짝이 없는 것들밖에 꽂혀 있지 않다. 컴퓨터 게임도 어지간하니 신물이 났다. 음악이라도 있어야 했다. 그것만이 내게 허락된 유일한 마약이다. 패배자이기는 해도 음악을 '듣는' 일은 할 수 있잖아. 《쇼생크 탈출》에서도 음악은 들었다고. 그런데 내가 무슨 죄를 지었다고 음악까지 못 듣고 있나, 뭐 그런 생각으로 자존심을 굽혀 워크맨을 꺼냈더니 이어폰이 고장 나 있다. 얼마나 모양 빠지는 상황인가.

혹시라도 남는 이어폰이 있을지 모른다, 싶어서 책상 서랍을 마구 뒤졌지만 그런 게 있을 리 없었다. 난 고장 난 이어폰은 제때제때 갖다 버리는 타입이었다. 한쪽 귀만 들리지 않아도 곧장 새것을 샀다. 내 씀씀이 자체가 헤프지는 않다. 종합적으로 따져봤을 때, 나는 오히려 쪼잔한 축에 드는 사람이다. 옷은 되는대로 주위 입었고, 반찬 투정도 안 했고, 딱히 군것질을 즐기지도 않았다. 오직 음악에 관한 것들뿐이었다. 그까짓 돈 한두 푼 따위,라는 생각이 드는 건.

'약쟁이가 약을 끊는 게 쉬울까, 아니면 딴따라가 음악을 끊는 게 쉬울까?'

그야 둘 다 못 끊고 비극적으로 죽은 사람도 많다. 찰리 파커도 그랬고, 쳇 베이커도 그랬다. 빌 에반스도 그랬고, 버드…… 그 버드 '씨발놈의' 파웰도 그랬다. 마약도 음악도 끊지 못하고 살다가, 그길로 목숨을 끊었다. 그 화려하고 위대했던 순간은 어디로 가고. 매일 새벽 버려지고 수거되는 쓰레기처럼 죽어버렸다. 그들의 잔해는 전부 불타거나 땅에 묻혔다.

그러나 만약 그들에게 영혼이란 게 있었다면. 그들의 영혼만큼은 죽지 않고 지금껏 살아 있다고 나는 말할 수 있다. 그들이 정성껏 쓰다듬고 지나간 악보들, 전 세계에 있는 레코드판, 카세트테이프, 몇 년 뒤 유행할 mp3파일과 그다음에 나올 스트리밍 데이터에 영원히 살아 있을 것이다. 지금으로선 그 영혼과 나를 이어주는 이어폰…… 줄이 없을 뿐이다. 줄은 힘이다. 줄은 내게 힘을 줄 수 있다! 그러나 그 줄은 고장 났다. 언제 고장 났는지도 모르게 고장 나 있었다. 그래서 나는 여기에, 모텔방처럼 쓸쓸한 내 방에 아무렇게나 퍼질러져 있다. 바람 빠진 신장개업 인형조차 지금의 나보다는 영혼이 충만할 것이다…….

아, 별안간 야마하 신디사이저가 눈앞에 아른거렸다. 손가락의 움직임에 따라 세상 모든 소리를 어루만질 수 있었던, 내 인생 최고의 장난감이었다. 그렇다. 장난감이다. 나는 장난을 치고 있었는데. 어느 순간 그 장난을 돈으로 바꿔보려고 했다.

'맞아. 그래서 서울에 갔었지. 그런데 내가 한 건 정말로 애들 장난이었어. 장난이었다고.'

나는 뭔가 착각하고 있었다. 내가 누르는 C#도 빌이나 버드가 누른 C#과 똑같은 소리가 난다고 생각했다. 아니, 천만의 말씀. 그건 다른 음이다. 영혼은 달라도 음의 높이 정도는 같지 않은가? 아니, 그것도 천만의 말씀. 높이도 다르다. 진동이 다르다. 그들은 다른 세계에 있다. 그들은 수십 년 전의 52번가에, 민튼스 플레이하우스에, 여송연을 입에 꼬나물고서 C#을 쳤다. 심지어 치지 않고도 소리를 낼 수 있었을 것이다. 그들은 살아 있는 악기였다.

그렇지만 나는, 나는, 나는 악기가 아니다. 나는 그저 태평양 건너 저 멀리, 신비의 나라 일본 옆에 소리 없이 존재하는, 대한민국이라는 작은 나라에서도 별 볼 일 없는 동네에서, 그 어떤 자유로운 소리도 내지 못하는 유기체다. 나는 악기가 될 수 없고, 내가 갖고 있던 유일한 악기는 낙원상가에 내다 팔았다. 무려 중고가 오십만 원. 그 오십만 원은 바로 다음 날 흔적도 없이 사라졌다. 영혼의 가격은 두 달 치 월세였다. 두 달, 무려 두 달……. 밤낮없이 죽어라 연습했던 '클레오파트라의 꿈'도. 지금은 첫 두세 마디조차 건드릴 수 없다.

또 한 번 야마하 신디사이저가 눈앞에 아른거렸다. 끝까지 멈추지 않고 연주했던 버드 파웰. 헤어핀이 코앞인데도 엑셀에서 발을 떼지 않는 F1드라이버. 그러나 나는, 악기가 아니다. 불 꺼진 모텔방엔 거울이 없다.

4

재즈는 비주류 음악이다. 물 건너 음악을 더 쉽게 접할 수 있게 된 지금에 와서는 제법 매니아 층이 생긴 편이지만. 말만 빠르게 하면 랩, 그런 랩이 곧 힙합이었던 2000년대 초반에는 재즈라는 단어 자체가 생소하기만 했다. 그런 그때. 친구들이 록에 빠져 전자기타를 만지작거리던 시절. 나는 무슨 이유에선지 재즈에 빠져 건반을 두드렸다. 그 장대한 바다와 파도에 맞서 격렬히 허우적댔다. 먼 훗날 나는 아카데미 수상작인 《문라이트》를 보고 놀라지 않을 수 없었다. 거기서 나오는 바다수영 장면은, 내가 어렸을 적 재즈를 접하며 머릿속에 그렸던 풍경과 정확히 일치해 있었던 것이다.

부모님 세대에게 '음악을 배우고 싶어요'라고 말하는 건 어려운 일이다. '저는 록스타가 될 거예요'라고 말하는 건 그보다 더 어려운 일이지만, 적어도 여기까지는 인간적인 이해의 범주에 있다. 부모님도 부활의 이승철, 시나위의 김종서, 김경호나 윤도현 정도는 알고 계실 테니까. 그런데 재즈? 재즈는 어떻게 설명을 해야 좋단 말인가? 누구를 예시로 들지? 루이 암스트롱? 엘라 피츠제럴드? 마일스 데이비스? 아, 차라리 로널드 레이건이라고 하는 게 나을 것이다. 부모님 세대에선 한 번쯤 들어봤을 이름이니까. 제리 멀리건이랑 성도 비슷하고. 이 정도면 그렇게 큰 거짓말은 아니다⋯⋯ . 참내, 생각도 말이 되는 생각을 해야지.

성인이 되기 전까지. 머릿속으로 얼마나 시뮬레이션을 돌려봤는지도 나는 헤아릴 수 없다. 수천 번은 족히 했을 것이다. 좋아. 스무 살이 됐다. 그래서 서울에 올라가기로 마음먹는다. 짐을 싸고 나서 부모님에게 할 말이 있다고 한다. 두 분이 내 앞에 마주 앉는다. 나도 따라서 앉는다. 그리고 말을 꺼내는 것이다. 어머니, 아버지. 저 음악을 하려고 합니다. 어, 그래, 무슨 음악을 할 생각이냐. 예, 저는 재즈를 해보려고 합니다. 음, 근데 애야, 재즈가 뭐니?

⋯⋯ 여기서부턴 할 말이 없다. 몇 번을 다시 생각해봐도 똑같다.

'재즈가 무엇인가?'라는 건 재즈를 알면 알수록 복잡다단한 질문이다. 아니. 정확히 말하면 그런 질문 자체가 무의미하다. 왜냐. 재즈라는 것은 뭐라 형언할 수 없는 그 무엇이다. 직접 듣고 경험해보는 수밖에 없다. 그러다 보면 본능적으로 알 수 있다. 재즈인

부분과 재즈가 아닌 부분. 악보에서 나온 멜로디와 영혼에서 나온 즉흥연주를 구분할 수 있게 된다. 그렇지만 그 과정은 누군가에게 강요할 수 있는 게 아니다. 친구에게도 할 수 없고, 직장동료에게도 할 수 없다. 내 꿈에 적대적인 부모님이라면 말할 것도 없다.

뭐, 그 모든 과정이 기적처럼 잘 풀려서 끈끈한 가족애와 상호신뢰를 바탕으로 잘 이뤄졌다 치자. 그러고 나면 또 다른 문제가 생긴다. 역사적으로 이름 좀 날린 재즈 뮤지션들은 누구 할 것 없이 다 마약을 했다. 록스타 중에서도 마약중독자는 꽤 있는 편이지만, 재즈 쪽과 비교하면 턱도 없는 수준이다. 애초에 마약 거래는 음지에서 이뤄지고, 음지에서는 활약하는 이들은 대개 흑인들인데, 재즈는 그 흑인들로부터 생겨난 문화다. 당연히 마약에 노출되는 빈도도 높지 않겠는가. 학술적인 지식을 지닌 누군가가 '특정 예술 장르에서 흑인 아티스트가 차지하는 비중'과 '비극적인 죽음을 맞이하는 아티스트의 비율' 사이의 관계를 진지하게 조사해본다면, 꽤 기발하고 흥미로운 논문이 나오게 될지도 모른다.

더군다나 내가 가장 존경하고 미워하는 재즈 피아니스트, 버드 파웰은 재즈계 최고의 약쟁이였다. 마약을 일종의 담배처럼 여기는 그 재즈판에서조차 '쟤는 진짜 약쟁이야'라고 취급되던 인간이다. 그래서 그 놀라운 탤런트에도 불구하고 수없이 정신병원을 드나들다가, 이루 말할 수 없을 만치 고통스럽게 죽었다. 부모님이 만약에 이런 사실을 알게 됐다면. 남은 평생 'ㅈ'로 시작하는 단어 대부분이 제한됐을지 모를 일이다. 장가가라는 말 대신에 결혼하라는 말을 썼을 것이다.

결국 최후의 선택은, 나의 악기이자 영혼, 야마하 신디사이저를 걸머지고 서울로 올라가버리는 것이었다. 어떻게 얘기하든 정상적인 허락은 기대할 수 없다. 복잡하게 이런저런 과정을 거치고 실패하느니 그냥 저질러버리는 쪽이 낫다. 그때의 나는 그렇게 판단했던 것 같다. 대구 촌놈이 악기 하나 들고, 무궁화호 입석통로에 구겨지듯 앉아 장장 네 시간을 버틴다.

그렇게 서울역에 도착했을 때, 열차소리와 함께 풍기는 그 어수선한 공기에 취한 채 나는 생각했다. 살다가 이렇게 소울풀한 결정을 내릴 줄은 몰랐구만. 이거야 원, 나의 인생이 곧 재즈가 아닐까……. 이때의 기억은 되새길수록 창피하지만, 그때 내가 느꼈던 감정은 정말이지 그렇게밖에 해석할 수 없다. 젊을 때 세상 부끄러운 짓 한 번 안 해봤다면 그것이야말로 부끄러운 것 아닐까. 굳이 변명하자면 그렇다는 거다.

그길로 나는 홍대 근처의 라이브 재즈클럽에 가서, 다짜고짜 일일 세션으로 날 써달라고 말한다. 관계자는 "뭐 이런 또라이가 다 있어?"라고 말하면서 날 쫓아내려 들지만, 그 옆에서 상황을 지켜보던 지배인 한 명이 "아니야. 이렇게까지 이야기하니 실력이 궁금해지는데. 오늘 밤에 한 번 올려보는 게 어때?"라고 이야기한다.

결국 나는 서울에 도착한 날 밤에 바로 무대 위에 오르고, 무아지경으로 두드리는 건반의 선율에 일동이 침묵한다. 그런데 그 자리에는 놀랍게도 '우연히 방한했지만' '굳이 정체를 밝히고 싶지 않은' 살아 있는 전설, 소니 롤린스가 '재즈를 무척 좋아하는 주한미군으로 변장한 채' 내 연주를 듣고 있었던 것이다. 그는 나의 신들린 연주가 끝나자마자 닭똥 같은 눈물을 뚝뚝 흘리면서 생각한다. '이 작고 조용한 나라에 이런 괴물이 숨어 있었다니. 지금 당장 저 친구를 내 퀸텟에 영입해야겠어.' 그렇게 나는 서울에 올라온 지 일주일도 안 돼 미국행 비행기에 오른다. 오, 할렘이여, 블루노트여, 기다려라. 내 광개토대왕의 정신으로 너희 땅을 정복해주마. 나의 존재는 한마디로 오리엔탈 쇼크이며, 이치로가 메이저리그에서 활약한 것 이상으로 재즈씬을 뒤집어놓을 것이다. 파웰의 앨범 제목이었던 'The Scene Changes'는 내가 등장함으로써 비로소 실현되리라……

놀랍게도 이게 내 계획이었다. 정말로 진지하게 세운 계획. 재즈에 대한 열정 하나로 어떻게든 해결되리라 믿었던 나의 계획. 그래서 첫날부터 끝까지 아무것도 이뤄지지 못한 계획. 외딴 방에 누워 주마등처럼 재즈를 떠올렸다. 그 모든 생각들을 하나둘 정리했다. 끝내 자살을 결심한 사람이 더는 입지 않을 옷을 개고,

더는 존재하지 않을 방을 청소하는 것처럼.

며칠째 먼지 구덩이 같은 침대에 누워 있었다. 나는 어릴 적부터 대*자 모양으로 드러눕는 버릇이 있었는데 (그래서 단체로 가는 수련회나 수학여행에서 늘 빈축을 샀다) 어째선지 그때는 일자로 차분하게, 두 발의 옆면을 붙이고 양손은 깍지 낀 채 배꼽 위에 올려둔 자세였다. 나는 당시의 자신이 처한 상황을 받아들이는, 가장 적절하고도 슬픈 방식으로 누워 있었던 것이다. 숨이 다멎기도 전에 관에 들어간다. 어렵사리 뚜껑을 닫고, 시간처럼 다가오는 죽음을 기다린다.

나는 그때 한 번 죽었다. 심장이 멈추고, 온몸의 혈류가 정지하고, 말단신경에서부터 한꺼풀씩 생명을 잃어가는 죽음이 아니다. 그런 죽음은 사전적인 의미의 죽음이다. 매우 협소한 영역에서의 죽음만을 일컫는다. 내가 죽었다고 말하는 것은 보다 본질적인 의미에서의 죽음이다. 영혼과 희망의 죽음. 방향성과 운동량의 죽음. 그 두 죽음의 간극은 법과 도덕 사이의 관계와 빼닮았다. 물리적 죽음은 최소한의 경계이고 기준이다. 당연히 그 자체만으로 죽음을 의미하지 않는다. 그때의 나는 물리적으로 죽지 않았지만, 분명히 죽은 상태였다. 단 한 번도 법을 어긴 적 없는 사람조차 악인이 될 수 있듯이.

어머니는 매일같이 내 방문을 두드렸다. 나는 계속해서 문을 잠가됐다.

"야야, 그래도 밥은 묵어야 할 것 아니가?"

묵묵부답.

한동안 면벽수련 같은 혼잣말과 넋두리가 이어진다.

사흘째 되던 날 밤, 아버지는 내 방 문고리를 부수고 방에 들어오려 했다. 실로 아버지다운 방식이었다. 그런 상황은 얼마든지 예측할 수 있었고, 옷장이며 책상과 십 킬로그램짜리 아령 따위를 켜커이 쌓아둔 바리케이드는 제 역할을 톡톡히 했다.

"아버지는," 문고리 부근이 개박살난 방문 너머로, 바리케이드를 밀지 못해 씩씩거리는 아버지에게 나는 말했다. "죄다 이런 식으로 해결하셨죠. 때리고, 부수고, 망가트리고."

아버지가 무어라 욕지거리를 하며 대꾸하는 소리가 들렸다. 그 와중에 이게 감히, 배웠다고 서울말을,이라는 단어가 파편적으로 들려온다. 나는 아랑곳하지 않았고 다시 말했다.

"지긋지긋해요. 정말 지긋지긋하다고요……." 그건 확실한 서울 말씨였다. 나는 내가 그토록 자연스럽고 우아하게, 마치 서울 토박이처럼 말할 수 있다는 것이 이상스러웠다. 그건 내가 아무리 노력해도 안 됐었는데, 그제야 막 첫 단추를 채운 것이다. 그 복잡해 보이던 퍼즐이 아버지를 도발하겠다는 의지 하나로 신비로이 맞아떨어졌다.

한동안 아무 말이 없었던 아버지는, 이내 뒤돌아 큰방으로 들어갔다. 어머니는 그 자리에 몇 초쯤 더 있다가 따라 돌아갔다. 아버지야 원래 그런 인간이고. 어머니로서는 그 밖의 방법이 없었을 것이다. 그 침묵과 돌아감의 의미를, 나는 아주 오랜 시간이 지난 뒤에야 이해했다.

녀석을 만난 건 그 일이 있은 지 한나절도 지나지 않았을 때다.

5

"우와아, 컴퓨터다. 컴퓨터."

놈은 내 방 창문으로 고개를 쏙 집어넣고는 그렇게 말하고 있었다.

"으아! 깜짝이야!!"

나는 대낮에 귀신이 나타나리라고는 상상도 하지 못했다. 그러나 그건 귀신이 아니었다. 일곱 살, 아니, 불과 며칠 전에 여덟 살이 된 꼬마 남자아이일 뿐이었다.

녀석은 침대에서 굴러떨어질 뻔했다가 겨우 중심을 잡은 나를, 내 퀭한 눈을 똑바로 마주 봤다. 눈이 엄청나게 큰 아이였다. 그 커다란 눈동자를 깜빡깜빡, 한 번 감았다가 뜨는 데 얼마나 오랜 시간이 걸렸는지 모른다. 양쪽 눈에는 쌍꺼풀이 또렷하고, 코와 입이 앙증맞은 균형을 이뤄 앳된 인상을 물씬 풍겼다. 이제 막

미취학 아동에서 벗어나는 아이. 그렇지만 거기에는 순수하다 못해 청명하다고 할 정도의 매력이 있었다. 어린 시절에는 누구나 갖고 있게 마련이지만, 빠르면 다섯 살 이전에도 잃어버리곤 하는 그런 매력이.

'대체 어디서 나타난 거지……?'

분명 내 방에는 창문이 있었다. 크기로만 치면 방문의 절반쯤은 되는, 꽤 크게 나 있는 창문이었다. 정남향으로 나 있는 창이라 대낮이면 햇빛이 쏟아지듯 들어오곤 했다. 세입자를 들일 수 있도록 이 집 이 층을 리모델링하고, 실내에 있던 나무계단 대신 딱딱한 돌계단이 앞에 놓이기 전까지는.

아들이 쓰는 방 창문을 돌계단으로 틀어막아버린 데 대해서, 어머니는 심각하게 미안해했다. 세입자를 구하려고 백방으로 애쓴 데에는 그런 영향도 있었을 것이다. 하지만 나는 내 방의 채광 따위 없어도 그만이었다. 차라리 잘됐다고까지 말했다. 그 방은 채광이 잘 돼도 너무 잘 돼서, 한여름엔 방 안 공기가 후끈해질 정도였으니까. 더구나 여기는 대구 아닌가. 딴 것도 아니고 여름철 무더위로 자부심을 부리곤 하는. 그런데 또 막상 볕이 안 들기 시작하자, 아무리 봐도 남의 방 같다는 생각이 들었다.

그렇게 창문의 사분의 삼쯤이 육중하고 튼튼한 돌계단으로 가로막혔지만, 그 창문이 창문으로서의 기능을 완전히 상실한 건 아니었다. 남아 있는 사분의 일을 통해 실낱같은 빛줄기가 흘러

들긴 하니까. 맑은 날 침대에 앉아 보다 보면 꼭 《스타워즈》에 나오는 광선검 같기도 하다.

좌우지간 그 돌계단과 내 방 창문 사이에는 아주 좁은 틈새가 있었다. 정확한 길이는 재보지 않았지만 '승용차 밑으로 깊이 들어간 축구공을 꺼낼 때처럼' 답답한 간격이었다. 꼬마들 중에도 몸집이 작은 아이가 아니라면 기어들 엄두를 내지 못하는. 다 큰 어른이 되고 나면 시도조차 안 하게 되는. 그 녀석은 그렇게 좁아터진 틈바구니로 스미듯 들어와, 내방 창문에 고개를 들이민 것이다. 어떻게 그 좁은 데 들어갈 생각을 한 거지. 지금 생각해도 미스터리다. 하지만 이런 유의 미스터리는, 오롯이 미스터리로서 남겨두는 쪽이 좋다.

내가 보기에 그 아이는 정말이지 아무 생각 없이 거기 들어왔고, 마침 창문이 있어서 목을 쳐넣을 뿐이다, 그런데 이 창문 너머에 무언가 숨 쉬는 존재가 있으리라곤 꿈에도 몰랐다, 라는 느낌으로 거기 있었다. 아니. 그건 피차 마찬가지인데? 상황만 놓고 보자면 내가 피해자가 아닌가? 녀석은 여덟 살짜리 가택 침입자고, 나는 궁지에 몰린 이십 대 한량 백수였다. 이건 불공평하다.

녀석은 내가 무섭지도 않았던 모양인지, 한술 더 떠 창문으로 방 안에 들어오려는 거동을 보였다. 나는 일순간 "아, 안 돼. 오지 마!"라는 외침이 목 끝까지 올라왔지만…… 어째서인지 '그 불청

객을 막아선 안 된다'는 직감 같은 걸 느꼈다. 내게는 그럴 자격이 없다. 나는 받아들여야만 한다. 이 이야기의 즉흥성을 가로막을 능력이 내게는 없다. 예컨대 그건 찰리 파커의 색소폰, 마일스 데이비스의 트럼펫 소리와 같았다. 일단 들어오면, 받아들일 수밖에 없다. 뒤로 살포시 물러나 적절한 반주를 찾아야 한다. 내가 서울에서 배운 게 있다면 그런 것이었다. 세상에는 도저히 막을 수 없는 연주도 있다는 것. 그런 건 알고 보면 막아설 이유도, 필요도 없다는 것.

그래서 나는 오지 말라는 말 대신 "야, 신발은 벗고 들어와"라고 이야기했다……. 그야 거실에 있을 어머니가 큰소리 내는 걸 들으면 일이 귀찮아지기도 했고.

그러자 그 녀석은 창틀에 걸치듯이 앉아, 신발을 하나씩 벗었다. 일련의 동작에는 뭐라 설명하기 힘든 리듬 같은 게 있었다. 경쾌했다. 고작 신발 한 짝 벗을 뿐인데도. 그리고 나서 그 방, 아버지와 어머니가 그렇게 애를 써도 들어오지 못했던 내 방에 사뿐히 두 발을 올려놓았다.

그 녀석이 위층 사는 김 할머니 외손자라는 사실? 나는 물어보지도 않았다. 그건 하등 쓸모없는 질문이다. 비유를 들자면, 길 가던 사람을 붙잡고 "변기 내릴 때 물이 시계방향으로 빨려 들어간다는 거 아세요?"라고 묻는 셈이다. 자명하고 실존하지만 딱히 상관없는 사실. 걔가 김 할머니의 외손자라는 정보는 딱 그런 느낌으로 다가왔다. 그런데 왜 굳이 한 문단씩이나 써가며 이런 얘기를 하는가. 그건 세상에 프리재즈를 이해하지 못하는 사람이, 한술 더 떠 죽어라 욕하는 사람이 많은 이유와 같다. 정말이다. 그런데도 내 말이 어렵게 느껴진다면, 부탁컨대 어디 인터넷에 검색이라도 해서 오넷 콜먼의 '프리 재즈'라는 곡을 찾아 들어보라. 다 듣지 않아도 좋다(처음부터 그럴 수 있는 사람은 거의 없다). 딱 십 초만 들어봐라. 그리고 다시 이 글과 이 문단을 읽어보라. 선녀가 따로 없다.

"형아." 녀석은 내가 책상을 바리케이트로 쌓아두느라, 창가 선반에 잠깐 올려놓은 컴퓨터를 유심히 보더니 말했다. "이거 고장 난 거야? 안 켜지나?"

"…… 아니. 고장 나진 않았어."

"그런데 왜 안 켜지는데?"

"이런저런 사정이 있어서."

"사정이 뭔데?"

"……." 나는 고민했다. 그러다가 두 가지 의미 모두 녀석이 알 필요는 없다고 느껴져서, 대답하지 않기로 했다.

하지만 그런 고민이 무색하도록, 녀석은 무심했다. 내가 대답을 하든 안 하든 전혀 신경 쓰지 않는 것 같았…… 아니다. 그렇지 않다. 그건 무심함과는 다르다. 그 녀석이 짓고 있는 표정은 어릴 적 내가 거울에서 본 것과 똑 닮아 있었다. 질문해도 대답이 돌아오지 않는 일에 익숙한 듯이, 그래서 상대방이 일부러 대답하지 않더라도 자신은 전혀 상처받지 않으리라는 듯이, 그 아이는 입술을 굳게 다문 채로 어딘가에 끝없이 몰두하고 있었던 것이다. 나는 불현듯 슬퍼졌다. 그리고 그 아이가 묻는 질문에는, 가능한 모두 대답하고 싶은 기분이 들었다. 정말 모른다면 모르는 이유에 대해서라도 자세히 말해주고 싶었다.

"컴퓨터가 있는데, 왜 안 키는 거야?"

"그야 켜야 할 이유가 없으니까."

"켜야 할 이유가 왜 없는데?"

"나는 좀 지쳤거든. 컴퓨터 화면을 보고 있느니 죽어버리는 게 나아."

"뭘 하다가 지쳤는데?"

"그건……."

…… 한데 녀석은 질문이 많아도 너무 많았다. 일일이 다 대답해주는 건 고사하고, 대답하는 도중에도 새로운 질문이 불쑥불쑥 튀어나왔다. 과연, 그 차분한 김 할머니가 역정을 낼만도 하다. 내가 이걸 버틸 수 있을까,라는 생각이 불쑥 들었다.

녀석이 내게 한 질문은 대체로 지나치게 구체적이거나, 아니면 너무 추상적인 것들이었다. 이제 와서 그 녀석이 내게 한 질문을 하나하나 기억해낸다는 건 불가능에 가까운 일이다. 단지 나는 거기 방 모서리에 기대앉아서, 중얼거리듯이 뭔가를 계속 털어내고 있었던 것 같다. 내게 아무런 편견도 없고, 이해도 없는 대상에게 끊임없이 이야기를 털어놓는 일. 그건 그 시기의 내게 가장 필요한 종류의 자유였던 것 같다. 비록 그 대상이 비록 갓 여덟 살짜리 꼬맹이이고, 내가 하는 말의 절반 이상을 알아듣지 못하는 바보라고 해도 말이다. 물론 녀석이 그걸 알고 창문으로 기어들어온 건 아니겠지만.

"오, 오오!" 녀석은 내 침대를 트램펄린 삼아 방방 뛰기까지 했다. 나는 깜짝 놀라 그걸 말리려다가, "뛰는 건 좋은데, '오오!' 하는 소리는 내지 마라" 하고 그대로 뒀다.

기억을 더듬어보면 나 역시 그런 때가 있었다. 아주 어렸을 때다. 부모님과 따로 떨어져 자는 게 마냥 무서웠던 시절. 나만의 방이 생기고 나만의 침대가 생겼을 때, 새로 산 스프링 침대 위에서 온종일 봉봉 뛰어오르다가 크게 넘어진 적도 있다. 그런 내 모습을 보고 깔깔 웃던 어머니의 모습도 기억난다. 어머니가 그렇게 소녀 같은 웃음소리를 낼 수 있다니. 그 사실이 웃겼던 나는 아픈 것도 모르고 하하 따라 웃었다. 유년 시절의 하이라이트라고 할 수 있는 장면이다.

그렇다. 아무것도 모르는 아이가 침대에서 봉봉 뛰고 난리를 칠 때는, 곁에서 엷은 웃음을 띠며 지켜보는 것이 어른의 일이다. 나는 그런 깨달음을 녀석에게서 얻었다.

뭐, 그래봤자 내 몸무게의 반도 안 되는 꼬마의 몸부림이다. 마음껏 침대에서 뛰어다닌다 해도 그리 큰 소리는 나지 않는다.

하지만 우리 집은 원래가 조용한 편이어서(그즈음엔 더욱이 그랬다), 거실을 지나가던 어머니가 "뭐고, 무슨 일이고? 뭔가 튀는 소리가 나는데? 야야, 니 뭔 일 있나?" 하고 방문을 두들기기까지는 얼마 걸리지 않았다.

아무래도 모르는 어른의 목소리에 놀란 것일까. 녀석은 문득 뛰는 걸 멈추고 나를 쳐다본다. 그리곤 속삭이는 목소리로, "형아…… 어떡하지……?" 하고 묻는다. 나는 "아아, 신경 쓰지 마"라고 대답했다. 네 마음껏 뛰라고. 원하는 만큼 뛰라고. 침대 스프링이 꺾이고 속이 터질 때까지 뛰어보라고도 말했다.

그러자 녀석은 환하게 웃으면서, 또다시 침대 위를 방방 뛰기 시작했다. 어머니는 규칙적으로 방문을 두드리고 있었다. 그 순간 나는 촌스럽기 짝이 없는 재즈바, 단상 위의 허접한 퍼커션 가운데 서 있는 기분이 들었다.

6

"하이고, 우째 거기로 들어올 생각을 다 했노. 그 아도 참 웃긴 아 아니가?"

어머니는 내가 그 아이와 어울리는 것에 대해 (정확히는 녀석이 내 방 창문으로 침입하는 것에 대해) 그다지 싫은 티를 내지 않았다. 오히려 기뻐하는 것 같기도 했다. 하긴 그 녀석이 들어오고 나서 나는 방문을 열었고, 예전처럼 말은 하지 않았지만 밥도 꼬박꼬박 먹었다. 정확한 이유는 모르겠으나 그 세입자 꼬맹이가 내게 있어 여러모로 좋은 영향을 끼치고 있다, 그런 생각을 하신 모양이었다. 그건 명백한 사실이었다. 당시의 나는 인정하려 하지 않았지만.

실제로 그 아이를 보고 있으면, 그냥 재미가 있었다. 동물로 치면 고양이를 보는 것 같았다. 생후 삼 개월밖에 되지 않은 고양이. 이제 막 젖은 뗐지만, 여전히 탄생하던 당시의 에너지를 주체하지 못하는 어린 고양이. 가만히 내버려 둬도 알아서 휘적거리고, 꿈틀거린다. 그만큼 불규칙하면서도 마음 편안한 볼거리는 세상에 많지 않다.

웃긴 건 그 녀석이 노상 그 좁은 틈바구니를 비집고 들어와서, 내 방 창문으로만 드나들었다는 점이다. 어머니는 내 방에 있는 녀석을 볼 때마다 "니는 또 창문으로 들어왔나? 멀쩡한 현관문 내비 두고 왜 창문으로 다니노. 정문으로 다니라, 정문으로" 하고 말했지만. 녀석은 고개만 끄덕하더니 다시 창문으로 나가고 들어왔다. 어차피 내 방으로 올 텐데. 창문이 있는데 왜 현관문을 쓰냐는 식이었다.

좀 이상하게 들릴 수도 있지만, 그런 녀석의 통행 방식을 나 역시 좋아했다. 뭐랄까, 예의를 잔뜩 차리고 "실례합니다" 하고 현관을 통해 들어와서, 거실을 통과해 내 방문으로 걸어 들어온다면 그게 더 이상했다. 느닷없이 창문으로 쳐들어와 놓고, 원하는 만큼 놀고 떠들다가 돌아나간다. 그 녀석만큼 허물없이 인간의 마음을 침투해오는 동물을, 나는 평생에 걸쳐 두 명 이상 본 적이 없다.

오해할까 봐 말하는데 나는 이성애자이고, 어린아이를 보고 뭔가 느끼는 변태 성욕자는 더더욱 아니었다. 나는 그 녀석을 쓰다듬지도 않았고, 무릎 위에 앉히지도 않았으며, 사실 이렇다 할 접촉도 거의 없었다(이런 식으로 해명을 하자니 꼭 마이클 잭슨이 된 것 같다). 그럴 필요가 없었다. 녀석은 내가 신경 쓰지 않아도 알아서 잘 놀다 갔다. 문턱에 기대고 앉아 내 책장에 있는 책을 읽고, 내가 접속해준 컴퓨터게임을 몇 판하고…… 그리고, 함께 음악을 들었다.

그즈음 나는 인터넷 서핑에 재미를 들이기 시작했다. 그전까지만 해도 내게 컴퓨터는 덩치 큰 공책, 또는 게임기에 지나지 않았는데, 창문으로 쳐들어온 그 녀석이 컴퓨터에 비상한 관심을 기울인 덕분에 나 역시 영향을 받았던 것이다. 그때 알게 된 프로그램이 바로 '소리바다'였다. 물론 그건 창작자들에게 공공의 적 같은 서비스였다. 그러나 나같이 음악에 목말라 있던 소비자들에게는, 소리바다는 말 그대로 사막의 오아시스였다.

그때 음원 서비스도 전무했다. 따라서 퍼스널컴퓨터로 음악을 듣는 데는 소리바다만큼 편한 게 없었던 것이다. 내가 공짜로 음악을 들었던 그 뮤지션들에게는 진심으로 송구스럽다. 그들은 자신의 저작물에 합당한 대가를 받아야 했다. 합리적이고 투명한 정산 시스템이 더 일찍 구축됐다면 좋았을 텐데. 그러나 그렇게 말하는 대신, 오아시스의 리암 갤러거처럼 이렇게 지껄일 수도 있겠다. 나는 주머니에 온니 파이브 달러밖에 없어. 그런데 너희는 좆나 큰 아파트를 다섯 채씩이나 가지고 있잖아. 그러니까 좀 닥치라고.

당시의 나는 녀석의 음악 취향에 대해 여러 차례 놀란 바 있다. 그 시절 아이답지 않게 가사 없는 음악을 선호한다는 점이 나와 닮았고(대체로 뭔 말인지 못 알아듣겠다는 이유에서였다), 피아노와 색소폰 소리에 특별한 반응을 보이곤 했다.

이런 점에서 나는 녀석에게 모종의 동료의식을 느꼈다. 내 조카뻘 되는 아이에게 동료의식을 느끼다니. 이걸 뭐라 표현하면 좋을까? 옳지, 말하자면 이렇다. 나는 개와 늑대밖에 없는 행성에서 태어난 고양이인데, 어느 날 갑자기 갑작스럽게 새끼고양이를 만났을 때 같은 감정을 느꼈던 것이다. 물론 그 자식은 나와 무늬도 다르다. 성묘만큼 꼬리가 길어지지도 않았다. 그렇지만 안다. 본능적으로 느낀다. 이 자식은 나와 같은 종족이라는 것을. 이 녀석 앞에서라면. 나는 바깥에서처럼 "미엉, 미엉!" 같은 개소리(진짜 말 그대로 개소리)를 흉내 내지 않아도 된다. 놈이 "애옹" 하고 울면, 나는 "미야옹……" 하고 대답할 수 있다. 진짜 고양이들만큼 우리가 귀엽게 생기진 않았었지만…… 비유하자면 그렇다는 얘기다.

그러니까, 녀석은 나처럼 '노래가사 없는 음악'을 즐기는 방법을 알았다. 그건 당시의 한국정서에서(지금도 그런 면이 없지는 않지만) 몹시 보기 드문 성향이었다.

그때까지만 해도 보컬 없는 멜로디는 그 자체로 하나의 '음악'인 것이 아니라, 무언가 불완전하고 이해하기 어려운 것으로 받아들여졌다(최소한 내가 볼 땐 그랬다). 음악이 연주되면 거기에 어울리는 가사가 있어야 한다. 그리고 그 가사에 어울리는 목소리, 즉 보컬이 필요했다. 흔히 밴드에서 보컬리스트는 프런트맨이라고 불린다. 퍼커션과 건반, 기타와 베이스를 뒤에 세워놓고, 맨 앞에서 마이크를 쥐는 사람. 그 프런트맨이 관객의 환호와 스포트라이트를 독점하다시피 한다.

그래서 음악을 한다는 사람 중에 탑급 연예인이 되는 면면들을 보면 하나같이 '목소리'를 내는 사람들이다. 그렇다고 그가 그 밴드 중에서 가장 음악적 기량이 뛰어난 사람이냐 하면 꼭 그렇지만도 않다. 제아무리 뛰어난 아티스트라 해도 혼자서 모든 악기를 연주할 순 없으니까. 그렇기 때문에 밴드가 필요한 것이다. 훌륭한 음악은 서로의 결함과 실수를 메워줄 수 있는 멤버들이 있을 때 비로소 완성된다.

　이런 음악적 본질이 가장 강조되는 장르가 바로 재즈다. 재즈에서는 모든 악기가 동등한 위치에 있다. 어떤 에이스를 중심으로 조각 따리들이 보좌해주는 식이 아니라, 각자가 돋보일 수 있는 파트가 '알아서' 주어진다. 피아노, 트럼펫, 색소폰, 바이올린, 드럼, 기타, 베이스까지. 제각기 전면으로 튀어나와 마음껏 연주하는 시기가 온다. 피아노가 제멋대로 솔로연주를 이어가다가, 아주 잠깐 박자를 쉬는 타이밍에 트럼펫 연주가 끼어들어온다. 그럼 피아니스트는 이렇게 생각한다. '어쭈, 네가 그렇게 나온다 이거지? 좋아. 그럼 지금은 내가 맞춰주지. 그렇지만 드럼이 끝나면 내 차례야. 나도 아직 할 말을 다 못했거든.'

　자, 이런데 보컬? 보컬이 뭔 대수인가? 재즈 밴드에서의 보컬은 정말이지 다른 악기들과 똑같다. 거기선 노래를 '부른다'고 하지 않는다. 잘 아는 사람들은 하나같이 '연주한다'고 한다. 필요할 때 필요한 음을 낸다. 그저 소리가 나오는 곳이 인간의 성대일 뿐이다. 그야 재즈에서도 빌리 홀리데이, 루이 암스트롱(이쪽은 트럼펫도 기가 막혔다) 같은 훌륭한 보컬 아이콘들이 있지만. 다른 악기를 들고도 얼마든지 보컬만큼의, 혹은 그 이상의 스타로 부상할 수 있다는 점에서 큰 차이가 있다. 마일스 데이비스와 존 콜

트레인을 뒤에 세워놓고 누가 노래가사 '따위'를 부를 수 있겠는 가? 어지간하지 않으면 한 소절도 다 부르기 전에 머리가 깨질 것 이다. 무대에는 피가 낭자할 것이고. 마일스는 그 무대 위에서 그 대로 솔로를 이어갈 것이다. 주둥이가 눈에 띄게 휘어진 트럼펫 을 그대로 들고서. 잠깐. 이건 디지 길레스피잖아.

나는 컴퓨터에 연결된 싸구려 스피커를 녀석이 앉아 있는 방 향으로 돌려놓았다. 그리고 'Everything happens to me'를 두 가 지 버전으로 들려줬다. 하나는 쳇 베이커가 젊은 시절에 보컬과 트럼펫으로 연주한 버전이었고, 다른 하나는 듀크 조던이 유럽에 서 피아노로 연주한 버전이었다.

사실 듀크 조던 버전을 들려줄 생각은 없었다. 재즈가 뭔지도 모르는 애한테 버드 파웰을 들려주자니 조금 겁이 났고, 처음 에는 빌 에반스나 키스 재럿을 들려줄 생각이었는데…… 재즈 녹 음파일 자체가 희소하던 시절이다 보니 다른 피아노 연주를 구할 수 없었던 것이다. 듀크 조던이라면 내가 딱히 좋아하는 피아노 연주자는 아니지만(큰 관심이 없었다는 쪽이 더 정확한 표현일 것이다), 궁여지책으로는 충분히 괜찮지 않을까 하고 생각했다.

녀석의 평가는 이랬다. "노래 있는 버전은 별론데. 나팔 소리는 좋았는데 노래는 별로였고."

"그럼 피아노로 들은 건?"

"피아노가 훨씬 좋다. 형아가 들려준 거 중에서는 젤루 좋았다."

"그래?" 나는 며칠째 깎지 않아 꺼끌꺼끌한 턱수염을 쓱 만지고 나서 말했다. 꽤 만족스러운 답변이었다. 역시 나처럼 건반에서 나는 소리를 좋아하는군. 그쯤 되니 무언가를 이해시켜줄 수 있으리라는 자신감이 용솟음쳤다. "그럼 더 대단한 걸 들려주지. 버드 파웰이라고, 내가 제일 좋아하는 피아니스트가 친 버전이 있어."

"하하, 이름이 재밌다."

"하하? 듣고 나면 생각이 달라질걸."

나는 자신만만한 태도로 버드 파웰의 연주를 들려줬다. 워크맨을 통해 수십 번은 들었던 곡이지만, 매번 들을 때마다 새로운 무언가가 튀어나왔다. 정말이지 그런 말랑한 멜로디에서조차 '폭주한다'는 느낌을 주는 건 버드밖에 없다. …… 몇 분의 시간이 순식간에 사라져버린다. 심취한 듯 눈을 감고 있었던 나는, 곡이 끝나고 나서도 몇 초쯤 여운을 느낀 다음에야 녀석의 표정을 쳐다봤다. 자, 어떠냐. 까무러치지 않을 수 없을걸. 네가 나랑 같은 인종이라면 말이야…….

그런데 녀석의 표정은 뭔가 달랐다. 녀석은 날 쳐다보고 있었다. 분명 좋지 않은 건 아닌데. 이해를 하지 못했다는 느낌도 없었다. 내가 보기에 녀석은 모든 재즈연주를 순수하게, 존재하는 그대로 흡수하는 스펀지 같았다. 그렇지만 그 눈빛은.

그 눈빛은 의구심이었다. 버드의 연주가 아니라, 버드의 연주를 들은 내 표정에 관한 의구심이었다. 그 커다란 눈. 길게 자란 속눈썹 아래의 검은자위가 목소리 대신 대답하는 듯했다. '그래. 버드 파월이 얼마나 대단한 피아니스트인지는 알겠어. 그렇지만 왜 형이 이걸 좋아하는지는 모르겠어'라고.

녀석은 한참 동안 그렇게 날 응시하더니, 마침내 말을 꺼냈다. "형아, 나는"이라고 운을 떼고, "이거 바로 전에 들었던 연주가 훨씬 좋네."

"…… 뭐라고?"

그야 취향이라는 건 다를 수가 있다. 그런데 듀크 조던이 버드 파월보다 '훨씬' 좋다니. '훨씬'? 그게 말이나 되나? '훨씬'이라고? 그것도 두 번이나 말했다고?

"그니까. 이전 게 훨씬 낫다고. 듀, 뭐더라. 듀?"

"듀크 조던?"

"응. 그 사람 게 듣기 좋더라."

"그, 그렇구나."

"아, 내도 피아노 갖고 싶다. 계속 들으니까." 녀석은 말하고 나자마자 작게 하품을 했다.

이 층으로 돌아간 뒤에, 나는 침대에 엎드린 자세로 저녁 내내 생각했다.

'아, 결국 너도 그랬군. 듣기 좋은 연주. 단순히 듣기 편한 무언가가 너도 좋은 거야. 너는 피아노 소리를 좋아하기는 하지만, 재즈는 좋아하지 않는 거야.'

두말할 것도 없이 듀크 조던은 좋은 피아니스트다. 수십 년 동안 이어진 재즈의 역사에서, 그 많은 음악적 괴물들 사이에서 작게나마 이름을 남겼다는 것부터가 증명해주는 사실이다. 최소한 서울 어느 코딱지만 한 재즈클럽에서조차 인정받지 못한 나 따위가 평가할 레벨의 아티스트가 아니다. 그건 알고 있다. 그렇지만.

"훨씬 좋다. 훨씬"이라는 녀석의 말이 머릿속에서 쉴 새 없이 메아리쳤다. 거울로만 이뤄진 방 안에 한 줄기 빛이 날아다니듯이. 훨씬, 훨씬, 훨씬……

7

듀크 조던은 재즈 피아니스트다. 1922년에 태어나 2006년 8월에 죽었다. 그러니까, 내가 야마하 신디사이저를 헐값에 팔아치웠던 그 시절에만 해도 엄연히 살아 있는 사람이었다. 반면 버드 파웰은 1966년에 죽었다. 비슷한 시기에 태어난 두 사람은 똑같은 악기인 피아노로 똑같은 장르인 재즈를 연주했지만, 이 둘 사이의 죽음에는 사십 년이라는 시간 이상으로 거대한 격차가 있다.

재즈 매니아들은 버드 파웰을 '파멸적인 천재'로 기억한다. 그는 약쟁이었고, 정신질환자였으며, 마음 내키는 대로 말하고 행동했던 이기주의자였다. 그러나 그가 가진 피아니스트로서의 재능은 이 모든 단점들을 상쇄하고도 남는 것이었다.

비밥 재즈의 전성기라고 할 수 있었던 1940년대에, 듀크 조던은 찰리 파커(이쪽은 천재 색소포니스트의 대명사다. 역시 마약중독으로 요절한 케이스인데, 별명도 마침 '버드'였다는 점이 의미심장하다. 물론 저쪽은 Bud이고, 이쪽은 Bird이므로 철자가 다르긴 하지만)의 5중주에서 피아노를 맡고 있었다. 연주 실력은 말할 것도 없이 훌륭했다. 애초에 실력이 없었다면 찰리 파커 같은 거장과 같은 무대에 오를 수도 없었을 것이다.

그러나 그 퀸텟은 그저 '훌륭한' 수준의 피아노로는 감당할 수 없는 멤버로 구성되어 있었다. 핵심 중의 핵심인 찰리 파커는 말할 것도 없고, 약관의 나이에 무시무시한 커리어를 시작한 마일스 데이비스가 트럼펫을 연주했으며, 그 뒤엔 전설적인 드러머 맥스 로치가 있다. 그 시기 찰리 파커는 비밥재즈의 전성기를 이끌었다. 그의 연주는 예측불가능성과 자유분방함, 그 자체였다.

듀크 조던은, 좀 심하게 말하자면 그 5중주에서 구멍에 가까운 인물이었다. 조던도 나름 한가락 하는 피아니스트였으나 파커의 신들린 창의성을 따라가기에는 역부족이었다. 다른 사이드맨들,

즉 맥스와 마일스는 어렵사리 파커의 페이스를 따라잡고 있었는데. 그건 절대로 조던이 못해서가 아니었다. 마침 나머지 멤버가 엄청난 재능의 소유자들이었을 뿐이다.

그 당시 찰리 파커의 사단은, 농구로 비유하면 09-10 시즌의 오클라호마시티 썬더와 같다. 어쩌다 보니 케빈 듀란트와 러셀 웨스트브룩, 그리고 제임스 하든이 같은 팀에서 데뷔한 것이다. 나중에 이 세 명은 모두 팀을 떠났고, 시즌 MVP를 수상했다. 올스타급도 아니고 MVP급 선수가 한 팀에 세 명이나 있었다는 사실이 돌이켜보면 놀라울 뿐이다(그 멤버로 우승을 못한 건 더 놀랍고). 이렇다 보니 이 사이에서 올스타급 빅맨이었던 서르지 이바카가 흐릿해 보이는 건 비교적 당연한 귀결이다. 말하자면 조던은 그때의 이바카 같은 신세였다. 다른 팀에 가면 부동의 에이스도 될 수 있는 선수가, 거기서는 그냥 '그럭저럭하는 선수 1'로 취급됐던 것이다.

퀸텟과 농구. 알고 보면 둘 다 다섯 명이 협력해야 돌아가는 것이지만, 농구에서의 조던(마이클이다. 당연히)과 퀸텟에서의 조던은 철자 빼고 모든 대우가 달랐다. 듀크 조던은 퀸텟에서 쫓겨나듯이 나왔고, 그 자리는 당대 최고의 천재 피아니스트인 버드 파웰이 차지했다. 찰리 파커는 버드 파웰을 인간적으로 싫어했다고 하는데…… 그럼에도 불구하고 연주할 땐 별다른 트집을 잡을 수 없었다. 듀크 조던과 달리, 버드 파웰은 찰리 파커의 페이스를 자기 것으로 만들어버렸으니까. 그 뒤의 이야기? 위에서 말했던 대로다. 버드 파웰은 약을 끊지 못하고 파리에서 객사했고, 찰리 파커는 그보다 십 년이나 일찍 죽었다. 그리고 이 두 명의 이름은 재즈의 위대한 전설로 기억된다.

그럼 쫓겨난 듀크 조던은? 몇 년간 다른 밴드들의 객원 피아니스트로 전전하다가 아내에게 버림받는다. 그 뒤로 눈에 띄게 생활이 궁핍해지자, 뉴욕에서 택시를 운전하며 근근이 먹고살았다. 택시운전이 딱히 잘못되거나 나쁜 일은 아니라지만…… 한때 전설들과 같은 무대에서 피아노를 연주했던 사람에게는 이루 말할 수 없을 만큼 비참한 신세다. 택시는 결코 '연주'의 대상은 못 되니까. 재즈연주와 택시운전은, 차라리 반의어라고 해도 틀린 말이 아니다.

그런 조던이 다시금 피아노 앞에 앉게 된 것은, 뒤늦게 비밥재즈에 매료된 유럽으로부터 초청장을 받게 되면서였다. 그렇게 그는 덴마크행 비행기에 몸을 실었고, 그곳에서 《Flight To Denmark》라는 앨범을 출시한 것이 1973년의 일이다. 윗집 김 할머니의 외손자인 그 녀석이 버드 파웰의 연주보다 "훨씬 좋다"고 말한 'Everything happens to me'는 바로 그 앨범에 수록된 곡이었다.

내 입장에서 봤을 때, 듀크 조던은 도망자에 불과했다. 아무리 곤궁했던들 버드 파웰이라면 택시 따위 운전했을 리 없으니까. 차라리 목을 매달거나 허드슨강에 몸을 던지는 쪽에 설득력이 있다. 비밥재즈라는 링 위에서 조던은 버드에게 흠씬 두들겨 맞고 완패했다. 그래 놓고 덴마크에 가서는, 불쑥 보드랍고 말랑말랑한 선율을 연주하며 앨범까지 내놓은 것이다. '내 길은 바로 이것이었어'라고 말하려는 것처럼.

'아니, 당신은 졌어. 비밥재즈 피아니스트로서 버드 파웰에게 완전히 밀렸으니까, 도저히 이길 재간이 없으니까 방향을 틀어놓고서는, 이제야 자신이 원하던 걸 찾았다고? 웃기고 있네. 그건 타협이야. 자기 자신과의 비겁한 타협이라고. 적어도 버드 파웰은 끝까지 했어. 약도 연주도 끝까지 하다가 죽었어. 도중에 못 버티고 도망친 당신, 듀크 조던과는 달라. 그리고 나와도.'

그 일이 있고 나서, 녀석은 무슨 이유에선지 일주일씩이나 내 방에 오지 않았다.

"슬슬 학교 갈 준비 하는 거지. 책가방도 싸고, 가도 이제 여덟 살 아닌가? 좀 있으면 초등학교 일 학년인데." 어머니는 멍하니 창문을 쳐다보고 있는 나를 향해 말했다. 나는 듣는 둥 마는 둥, 그대로 벽에 기대앉아서 대꾸도 한 번 안 했다. 그리고 생각했다. 하지만 아직은 이월인데. 개학은 적어도 삼월이 돼야 한다고. 초등학교 다닌 지 한참 됐지만, 그 정도는 기억하고 있다. 녀석은 올 것이다. 갈 때 가더라도 최소 한 번은 더 올 것이다. 반드시 올 것이다. 그 창문으로.

내 예상대로, 녀석은 사흘 뒤에 내 방 창문으로 기어들어왔다. 그런데 숨을 가쁘게 쉬는 모양이, 이제 막 산꼭대기에 오른 사람 처럼 위태롭다. 방바닥에 드러눕다시피 있는 녀석에게, 나는 "야, 니 뭐 하냐. 뛰어서 왔어?"라고 물었다.

"아, 형아, 헥헥……." 녀석이 다소 잦아든 숨소리를 내며 말했 다. "내 있잖아. 살찐 거 같다. 밥을 많이 먹긴 했는데…… 창문까 지 오는데 엄청 힘들었다."

바보인가? 그건 살찐 게 아니라 '큰 거'다. 성장한 거라고.

그러나 나는 그 말을 입 밖에 내지 않았다. 그러는 대신 질문 을 한 번 더 했다. 형아한테 안 오는 동안 어디서 뭐 하고 있었노, 하고.

머잖아 대답이 돌아온다. 엄마랑 학교에 갔다왔댄다. 어제가 입 학식이었는데, 얘길 들어보니 집과는 꽤 거리가 있는 모양이었 다. 아니 근데, 엄마?

"…… 엄마랑 다녀왔다고?" 나는 대경실색해서 물었다.

"엉."

"외할머니는?"

"외할머니도 같이 갔지. 엄마랑만 가면 불안하다고."

그건 그렇겠지,라고 나는 생각했다.

8

처음부터 의아하기는 했다. 크게 신경을 쓴 정도는 아니지만. 손주가 친할머니도 아니고 외할머니 수중에서 크는 경우는 드문 편이니까. 보통은 편부모 가정이라도 엄마가 키우지 않나……?

뭐, 나름의 사정이 있는 거겠지,라고 생각할 즈음에 어머니가 불쑥 이야기를 꺼냈다. 그때 나는 밥을 다 먹고 거실에 앉아 보리차를 마시던 중이었다.

"아가 불쌍한 아다. 나도 들을라고 들은 건 아니고, 우짜다가 애기를 들었는데"라고 운을 떼셨다. 그건 들으려고 들은 얘기일 것이다. 아무튼. "가 아버지가 몇 년 전에 돌아가셨다 카더라꼬. 원래 저 밑에 부산에 살고 있었는데. 택시운전하다가 사고가 났나 어쨌나……. 근데 친가랑은 사이가 안 좋은기라. 엄마가 지가 맡아서 키우겠다꼬 억지를 억지를 부려서, 대구에 있는 외가로 데꼬 왔다 안 카나. 근데 외가도 족보가 꼬여가지고. 혈육하면은 엄마의 엄마, 외할머니 배께 없는 거지, 이제."

"근데 엄마는 어디 가시고? 일하러 가셨나?" 내가 물었다.

"내 하는 말이, 그게 참 얄궂다니까. 아 엄마가 술을 못 끊어, 글쎄. 알콜중독이 돼뿌갖고. 제정신이 아닌기라. 저 어린 아를 패고, 며칠 동안 집에 굶겨 내버리 뿌고. 그캐서 아가 어디 말할 데는 없고 외할머니한테 얘기를 했던기지. 그것도 고자질한 게 아니고. 김 할머니 말씀이 그렇다 안카나. 한번은 보니까 애가 얼굴이 반쪽이 돼 있는 거라. 일곱 살짜리 머시마가……. 그래서 '니우짜다 이래 살이 빠졌노' 하고 물었는데. 아가 우물쭈물하더니 이래 대답하더란다. 자기는 괜찮다고. 내일은 엄마가 집에 온다 캤다고……."

나는 아무 말도 하지 않았다. 아니, 아무 말도 못 했다. 나는 아직 몰랐다. 그런 이야기를 전해 들었을 때, 목도했을 때, 어떤 표정을 하고 어떤 말을 꺼내야 할지 전혀 아는 바가 없었다. 그런 건 학교에서도 서울에서도 배우지 못했다.

어머니는 덩달아 눈시울이 붉어진 상태로 말을 이었다.

"김 할머니가 그 말 듣고 눈이 돌아가뿟다 안 카나. 니 상상이 되나? 그 김 할머니가 고래고래 고함을 질렀다카이까나. 평소에 얼마나 차분하신 분인데. 단칸방에 가보니까 엄마라 카는 인간은 청소도 안 하고, 술기운에 내리 잠만 자고 있는 기라. 아가 외할머니캉 같이 왔는데 거들떠보지도 않는 기라. 그 카이 할머니가 피가 거꾸로 솟지, 안 솟나? …… 그길로 알콜병동에 집어느뿐 거지. 아는 김 할머니가 데꼬 오고……."

내가 들은 건 거기까지였다. 그런데 엄마랑 같이 초등학교 입학식에 다녀왔다니. 엄마라는 분이 그동안 상태가 좋아지셨는지 어쨌는지. 하여튼 병동에서 나온 것이다. 다만 녀석이 하는 얘길 들어보면, 자신을 강제 입원시킨 김 할머니와는 사이가 좋지 않은 모양이었다.

'그런데, 그럼 얘는 어떻게 되는 거지? 엄마가 돌아오면 엄마한테로 돌아가는 건가? 아니면 외할머니 집에 그대로 사는 건가? 경우에 따라서는 엄마가 이쪽으로 와서 같이 살 가능성도⋯⋯.'

궁금증들이 꼬리에 꼬리를 물고 왔다. 그러나 나는 묻지 않았다. 알고 있다. 녀석은 내가 물으면 대답해줄 것이다. 본인이 말할 수 있는 모든 것을 말해줄 것이다. 어쩌면 그걸 준비하느라 시간이 걸렸을지도 모른다. 그럼에도 나는 묻지 않았다. 대신, 컴퓨터를 켰다. 그리고는 이런 상황에 들을 만한 음악이 없나 살펴보았다.

"니, 먼젓번에 제일 마지막으로 들었던 거 기억하나?"

"버드?"

"그래. 버드. 버드 파웰."

"버드 파웰." 녀석은 내 발음을 정확하게 따라했다. 경상도 사투리가 잔뜩 묻은 콩글리시다.

"맞아." 나는 고개를 돌려 녀석의 눈을 바라봤다. 곧바로 두 눈이 마주쳤다. 내가 컴퓨터 화면을 보고 있는 동안, 녀석은 줄곧 내 뒤통수만 바라보고 있었던 것이다. 녀석의 속눈썹은 여전히 길고, 흰자위는 검은자위의 크기에 눌려 기를 못 펴고 있다. 나는 어렵사리 말을 이어갔다. "지난번에는 니가 별로라고 했지."

"별로라고는 안 했는데? 그 전 게 훨씬 나았다고 했지"

"그 말이 그 말 아이가?"

"으음."

"좌우지간" 내가 말했다. "오늘 그 버드 파웰 거를 한 번 더 들을 건데."

"꼭 들어야 되나? 그, 버드……."

"어. 꼭 들어야 돼." 나는 단호하게 말허리를 끊었다. "왜냐면 이 형아가 제일 좋아하는 곡이거든…… 처음부터 이걸 들려줬어야 맞는 건데. 나도 이거 듣고 좋아하게 된 거거든. 그래서 신디사이…… 피아노 비슷한 것도 샀었고."

"피아노? 형아 피아노도 있었나? 피아노가 어딨는데?"

"그건 몰라도 되고."

"아, 형아. 나도 함 쳐보자……."

"나중에 치게 해줄게, 나중에." 그때의 나는 진심이었다. 내게 피아노가 있다면, 정말이지 얼마든지 치게 해줬을 것이다. 그 위에서 뛰어다닌다고 해도 괜찮았다. 그건 그거 나름대로 재즈일 테니까……. 하지만 지금은, 지금은 이걸 들려줘야 한다. "일단 조용히 하고, 지금은 이거 들어봐라."

"제목이 뭔데?"

"클레오파트라의 꿈."

"클레오파트."

"그래. 이제 킨다." 나는 음악을 켰다. 녀석에게는 처음 접해보는 재즈 피아노의 정수. 재능도 없는 나를 개미지옥으로 이끈 그 곡의 선율.

그래. 버드 파웰의 진가는 누가 뭐래도 속주다. 열 손가락이 쉴 새 없이 움직이는 그런 곡에서야 제대로 빛나는 스타다. 'Everything happens to me'같이 흐느적거리는 발라드로는 알아차리기 어렵다.

1959년. 버드 파웰은 블루노트에서 《The Scene changes: The Amazing Bud Powell》이라는 앨범을 녹음, 출시한다(수록곡 전부를 본인이 작곡하고 연주했다). '클레오파트라의 꿈'은 그 앨범의 첫머리를 장식하는 곡이다.

그 당시의 버드 파웰이 어떤 생각으로 '클레오파트라의 꿈'을 연주했을지 나는 모른다. 어떤 약에 얼마나 취한 상태로 손가락을 놀렸는지도 불분명하다. 그러나 소설에 등장하는 광염 소나타가, 최소한 그 비슷한 무언가가 있다면 이 곡밖에는 댈 만한 게 없다. 그 연주에는 정체불명의 광기가 서려 있다. 뭐에 씌었다거나 홀렸다고 해도 좋을 것이다.

재즈를, 음악을 전혀 모르는 사람도 '클레오파트라의 꿈'을 들으면 느낄 수 있다. '이걸 쓰고 연주한 인간은 정상이 아니다'. 너무나 위태롭고 비극적인 어떤 것이, 가느다란 건반 위에서 겨우 겨우 중심을 잡고 있다. 그 휘청거림은 잔인하지만 아름답다. 날 카롭게 벼린 칼을 몇 자루나 들고서, 인간이 취할 수 있는 가장 위험한 동작들만 골라서 춤을 추고 있다.

악보도 질서도 없는 즉흥연주의 구간⋯⋯. 버드 파웰의 광기는 안타까움이나 슬픔을 초월해버린다. 그것은 누군가 개입해서 멈추거나 방해할 수 있는 게 아니다. 선도 악도 존재하지 않는다. 마약과 술과 연기에, 그리고 무엇보다도 음악에 취해 나날이 죽어가는⋯⋯ 버드 파웰은 사람들에게, 자신의 연주를 듣는 이들에게, 자신을 향한 티끌만큼의 연민도 허락지 않는다. 도리어 이렇게 말하는 것 같다. '그딴 게 무슨 상관이야, 아무것도 중요하지 않아, 지금은 아무것도 중요하지 않다고, 이 모든 것은 꿈이니까, 나는 꿈을 꾸는 일만 할 거야, 꿈꾸듯이 죽어갈 거야.' 그렇게 버드 파웰은 죽어간다. 4분 22초의 순간 동안, 찰나의 끊김도 없이 죽어간다. 그리고 죽는다. 진짜로 죽어버린다. 그렇게 그의 인생이, 곡이 완성된다.

정적.

우리는 침묵한다. 형광등 불빛이 몇 차례 점멸한다.

⋯⋯ 어때,라고 나는 묻는다.

⋯⋯ 형아,라고 녀석이 부른다. 그리고 말한다.

"나는. 나는." 녀석은 울먹거리고 있다. 아니. 오래전부터 울고 있었다. 계속해서 울고 있었다. 단 한 순간도 울지 않은 적이 없었다. 그러한 종류의 울음을, 사람들은 눈물을 통해서만 겨우 감지할 수 있다. 나도 그랬다. 녀석은 계속해서 울면서 말했다. "나는, 멈추고 싶었는데. 멈추고 싶었는데."

멈추고 싶었는데.

무엇을? 이라고 나는 묻지 않았다. 물었다면 대답해줬겠지만. 역시 그건 필요 없는 질문이다. 네가 김 할머니의 외손자니, 또는 네 이름이 뭐니, 하는 질문과 마찬가지로.

"미안하지만." 그 대신에 나는 이렇게 말했다. 뭐가 미안한지는 나도 잘 몰랐다. 시간이 아무리 지나도 모를 것 같다. "멈추지 않고 끝까지 연주해야 해. 중간에 멈췄다가 다시 시작한다는 건 있을 수 없어. 이건 그런 곡이야."

끝까지, 끝까지 간다. 버드 파웰은 끝까지 간다. 새들은 지평선 너머로 끝까지 날아가 사라진다. 그건 하나의 현상이다. 범접할 수 없는 자연의 섭리다. 그래서 아름다운 것이다.

그런데 멈췄다. 바로 다음 순간에.

시간도, 공간도, 모든 게 멈췄다. 그 여덟 살짜리 꼬마는 정말로 멈춰버렸다. 더는 울지 않고, 내가 들었던 그 어떤 목소리보다 분명하게 이야기했다.

"아니, 안 그래"라고.

잠시 뒤에 녀석은 방문을 열고 나갔다.

그리고 두 번 다시 돌아오지 않았다.

9

생각해보면, 그때까지만 해도 나는 듀크 조던의 앨범을 제대로 들어본 적이 없었다. 웬만한 재즈피아니스트들의 앨범(델로니어스 몽크, 테디 윌슨, 오스카 피터슨, 윈튼 켈리, 토니 플래너건, 키스 재럿, 심지어 칼라 블레이까지도)들은 가리지 않고 한 번씩은 다 들어봤는데. 이상하게 듀크 조던의 앨범에는 손이 가지 않았다. 녀석이 영영 떠나고 나서도.

녀석은 그날 이후로 보이지 않았다. 돌계단으로 가려진 창문 너머로 나는 들었다. 이제 막 초등학교 1학년이 된 아이 하나가, 이제 막 알콜중독 병동에서 퇴원한 엄마와 함께 떠나는 소리를 들었다. 나는 나갈 수 없다. 녀석도 돌아올 수 없다. 이 좁은 틈으로, 창문으로, 더 이상은 예전처럼 들어올 수 없다. 그 이유가 뭔지는 정확하지 않다. 지난 한 달 사이에 몸이 커버려서든, 녀석의 말대로 살이 쪄서든, 꽃샘추위에 겹겹이 입은 옷들이 너무 두꺼워서든 간에.

그 아이와 나는 두 번 다시 만날 수 없다. 만나선 안 된다. 그 녀석도 그걸 잘 알고 있다. 그래서 인사조차 하러 오지 않는 것이다. 창문으로 들어오지 않으면, 아무런 의미가 없기 때문에.

몇 분쯤 지났을까.

나는 부랴부랴 겉옷을 챙겨 입고, 거실부터 현관까지 한달음에 뛰쳐나갔다. 마당에는 아무도 없었다. 김 할머니의 인기척도 없다. 이 층으로 올라가는 돌계단도 거의 보이지 않았다. 온 세상이 새하얗게 보인다. 세상은 스케치북. 누군가 지우개 가루를 흩뿌리고 있는 것 같다.

눈발은 시간이 갈수록 점점 거세졌다. 오후쯤에는 빗자루로 현관문 앞쪽에 쌓인 눈을 쓸어 내야 할 정도였다. 그 모든 걸 커다란 빗자루로 해내야 했다. 우리 집에는 눈을 퍼낼 만큼 큰 삽이 하나도 없었기 때문이다. 대구에도 그렇게 많은 눈이 내리고 쌓일 수 있다는 사실을, 나는 그제야 깨달았다.

하필이면 그렇게 기록적인 폭설이 내리던 날에, 그 녀석이 엄마와 함께 어디로 어떻게 가서 살아갔을지 나는 모른다. 다시 한번 말해두지만, 어떤 건 미스터리인 채로 남겨두는 게 훨씬, 훨씬 낫다. 훨씬 말이다.

듀크 조던의 《Flight To Denmark》를 앨범째 사서 듣게 된 건, 정말 오랜 시간이 지난 뒤였다. 정확한 연도는 기억이 나지 않는다. 예전에 일어난 어떤 일이든 간에, 십 년 이상 지나고 나면 몇 년이 지났는지 헤아리지 않게 되는 법이다. 가령 어촌에 있는 늙은 어부가 "내가 이 일을 한 지 사십 년쯤 됐지"라고 말했는데, 자세히 알고 보니 30년이나 50년이었던 경우가 있다. 생각해보면 1, 2년도 아니고 어떻게 10년, 20년을 헷갈릴 수가 있나 싶은데. 놀랍게도 시간은 그 모든 일들을 가능케 만든다. 당신이 믿지 못하겠다면, 나는 그게 사실이라는 데 돈까지 걸 수 있다. 하긴 그때가 되면 돈을 받으려 들지도 않겠지만.

아무튼 그 당시 내가 다니던 회사는 한창 미국 지사에 열을 올리고 있었고, 뉴욕 출장 업무는 누가 약속이나 해놓은 것처럼 늘 내 몫이었다.

그야 처음에는 좋았다. 늦은 밤 비즈니스 호텔 발코니에 서서 뉴욕의 야경을 지켜보는 것이나, 진짜로 'A' 전철을 타고 할렘을 지나는 것이나, 내게는 어떤 식으로든 꿈을 이룬 셈이었으니까. 그런데 그게 두 번, 세 번이 되고, 일 년에 왕복 비행기를 열두 번 탈 지경에 이르자 아무런 감흥이 없게 되었다. 뉴욕의 지하철역 이라면 어디서나 손바닥만 한 크기의 생쥐를 볼 수 있었다.

그렇게 뉴욕 전체가 질려가던 무렵에, 나는 52번가의 작은 재즈바를 찾아갔다. 내게 있어 너무도 소중한 경험이라서 아끼고 아껴두던 것을…… 뭐 그런 느낌은 전혀 아니었다. 그동안은 딱히 관광 같은 걸 즐길 여유도 없었거니와(어디까지나 출장업무이니까), 그때의 나는 영락없는 국제 영업사원이었다. 야마하 신디사이저를 들고 재즈를 흉내 냈던 그 시절은 추억일 뿐이다. 그것도 남들 앞에 꺼내놓기 조금 쑥스러운 추억 말이다.

그 시기의 나는 일에 미쳐 있다시피 했다. 하루에도 몇 번씩 스스로가 기계처럼 느껴지곤 했다. 규칙적인 삶, 규칙적인 작업. 특정 범위를 벗어나지 않는 생활반경. 그런 와중에 '용케 시간도 났으니 재즈바에 가서 맥주나 한 잔 하자'라고 생각한 것도 내겐 기행에 가깝게 느껴졌다.

막상 가보니 재즈바는 별게 없었다. 한국에서 부리나케 드나들던 라이브클럽과도 차이가 없다. 그야 52번가도 예전의 52번가가 아니니까. 아니면 내가 번지수를 잘못 찾은 것일 수도 있고. 아무렴 어떤가? 나는 가장 저렴한 브루클린 라거를 두 병째 마시고 있었다.

단상 위의 피아노 세션이 재즈풍의 '그 선율'을 연주하기 시작했다. 이쯤 되면 이때 들은 곡이 보나마나 '클레오파트라의 꿈'이겠지, 하고 생각하는 사람도 있을 것 같다.

아쉽게도 전혀 그렇지 않았다. 그건 완전히 다른 곡이었다. 버드 파웰의 기교 넘치는 속주, 하여간 그런 유의 연주와는 정반대에 있는 선율이었다. 그러므로 스스로 장담할 수 있었다. '나는 그 곡을 살면서 단 한 번도 들어본 적이 없다'고.

그럼에도 불구하고 나는 그 곡을 알고 있었다. 제목은 모르겠지만. 적어도 그 곡이 듀크 조던의 곡이라는 것은 알 수 있었다. 심지어 어떤 앨범에 있는 곡인지도 알 것 같았다.

오랫동안 회사에 다니면서 배운 것들이 몇 가지 있다. 그중 하나는 '뭔가 궁금한 게 생겼을 때는, 부끄럽더라도 재깍재깍 물어봐야 한다'는 것. 창피함은 잠깐이지만 배움은 평생 간다. 어른들은 그런 걸 더러 지혜라고 한다.

그렇지만 나는 그 곡의 제목을 바텐더에게 물어볼지 말지를, 자그마치 1분 넘게 턱을 괸 자세로 고민했다. 지금 물어보지 않으면 영영 묻지 못할 것이다. 그렇지만 그건 필요한 질문인가? 아니, 사실 나는 별로 궁금해하지 않을지도 몰라…… 어떡하지, 어떡하지?

하다가 결국 물어봤다. 경상도 억양이 뚝뚝 묻어나는 영어로다가. "저, 실례합니다만. 지금 연주하는 이 곡 제목이 뭐죠?"

"아, 여기에는 처음 오셨나 보군요." 바텐더는 기묘한 뉘앙스로 대답하기 시작했다. 내가 쭉 고민하고 있었다는 것, 그러다 결국엔 물어보리라는 것을 다 알아차렸다는 듯이. "…… 듀크 조던의 'Glad I Met pat'입니다. 상당히 유명한 곡이에요. 이곳 재즈바에서는 자주 연주하죠. 저도 좋아합니다."

"아, 그렇군요……." 나는 얼떨떨한 기분으로 대꾸했다. "왠지 듀크 조던일 것 같았어요."

"곡만 듣고 누구 곡인지 알았다니 대단하네요." 바텐더는 진심으로 말하는 것 같았다. 하긴 내가 바텐더를 해도 그럴 것 같다. 진심이 아닌 말만 했다간, 일을 한 달도 못 하고 그만뒀겠지.

"아뇨. 그냥 그런 기분이 들었을 뿐이에요. 어렸을 때 재즈피아노를 많이 들었거든요."

"그런데 'Glad I Met Pat'을 모르다니 신기합니다. 듀크 조던은 몰라도 이 곡은 들어본 사람이 많거든요."

"찾아서 듣는 편은 아니라서요. 듀크 조던은 더욱 그렇고."

"듀크 조던이 뉴욕에서 택시운전 일을 했다는 건 아시죠?"

"네. 대강은."

"'Glad I Met Pat'은 덴마크에 가서 쓴 곡이죠. 곡 제목을 왜 이렇게 지었는지도 아시나요?"

"아뇨. 모릅니다." 나는 대답했다. 그러고 보니 제목이 희한하긴 하다. '팻을 만난 것에 감사',라니. 좀 더 괜찮게 지을 수 있지 않았을까. '자정 무렵'처럼 멋드러진 제목은 아니더라도 말이야.

"이 곡을 쓴 건 덴마크지만, 영감은 여기 뉴욕에서 얻었다더군요. 피아노 연주를 그만두고 택시운전수로 일하던 시절에, 옆집에 패트릭이라는 꼬마가 있었답니다."

"그래서 '팻'이군요. 패트릭이라서."

"맞아요. 정확히 그 아이와 어떤 만남을 가졌고, 어떤 이야기를 나눴는지는 모르겠습니다. 그렇지만 그 아이와의 만남이 당시의 듀크 조던에게는 엄청 힘이 됐던 모양이에요. 유럽으로 가서라도 다시 피아노를 치고 싶어질 만큼."

"그 아이를 생각하면서 쓴 곡이군요."

"네. 음악으로 된 편지 같은 거죠. '나는 널 만나서 기뻤어'라고.

제목 말고는 가사 한 줄 없지만, 모든 게 전달되죠. 아마 패트릭도 알 거예요. 전주만 듣고도 알았을 걸요. 조던이 자신을 생각하면서 쓴 곡이라는 걸."

그즈음 나는 문득 바텐더가 말을 참 잘한다는 생각을 했다.

'집에서 혼자 연습이라도 하나? 어떻게 저렇게 술술 얘기가 나오는 거야?'

생각할수록 신기한 일이다.

다음 날 아침, 나는 영업점으로 향하는 도중에 레코드샵을 들렀다. 《Flight To Denmark》는 꽤 잘 보이는 곳에 꽂혀 있었다. 앨범 커버는 온통 눈으로 가득한 산속. 덴마크에서 찍었을 그 설원을 배경으로, 왼쪽 아래에 누가 봐도 듀크 조던 같은 사람이 한 명 서 있다. 전체적으로는 평범한 편이다. 어디 놔둬도 예쁘긴 하겠지만. 적어도 블루노트에서 나온 것처럼 '이것이 재즈다!'라는 느낌은 전혀 없다. 커버만 봐서는 재즈보다 클래식 앨범 같다.

마침 가게에는 낡아빠진 턴테이블이 하나 있었다. 방금 산 레코드를 바로 들어볼 수 있게끔 해놓은 곳이었다. 나는 수염이 덥수룩한 주인장에게 "이것 좀 올려놔주실래요" 하고 물었다.

앨범의 구성은 평범하다. 첫 곡의 제목은 'No Problem'. 그다음은 'Here's Rainy Day'이고.

세 번째 곡은 'Everything Happens to Me'였다. 그 방에서, 그 낡은 컴퓨터로, 그 아이와 함께 들었던 그 곡이다.

그다음이 'Glad I Met Pat'이다. Glad. I. Met……

별안간 나는 시간을 되돌아갔다.

어째서인지 나는 막 스무 살이 된 청년으로 돌아와 있다. 그리고 내 방에는, 늘 그랬듯 (단 한 순간도 거기 있지 않은 적이 없다는 듯이) 야마하 신디사이저가 놓여 있다. 나는 결심을 굳힌다.

거실에서 밥을 먹고 있는 아버지와 어머니 앞에 뚜벅뚜벅 걸어가 선다. 그리고 말한다. 저, 오랫동안 생각해봤는데, 진지하게 음악을 해보고 싶어요. 열심히 노력해서 재즈 피아니스트가 될 생각입니다.

—그러니 이 년만 시간을 주세요. 그사이에 뭔가 가능성이 보이지 않으면, 그때는 착실히 살길을 찾아보겠습니다.

두 분 다 아무 말씀이 없다. 너무 갑작스런 상황에 말문이 막히신 걸까.

의외로 먼저 말을 먼저 꺼낸 건 아버지 쪽이었다. 네모난 금테 안경이 내 쪽을 향해 살며시 빛난다. 너, 각오는 돼 있는 거냐. 네가 지금 어떤 선택을 하는 건지 알고는 있는 거냐. 젊은 시절의 무의미한 이 년이, 나중에 돌이킬 수 없는 실수가 되면 어쩔 셈이냐. 대충 그런 이야기다.

오래전. 나의 시뮬레이션은 늘 거기서 멈춰버렸다. 수백 수천 번을 반복해 떠올려봐도 마찬가지였다. 나는 할 말이 없었고, 그래서 서울로 도망쳤다. 걸머지고 갔던 신디사이저는 팔아버렸고, 빈털터리나 다름없는 신세로 집에 돌아왔다.

그런데 지금은 다르다. 대답이 떠오른다. 전혀 준비한 적이 없지만. 마치 준비된 것처럼 대답이 튀어나온다. 네. 알고 있어요. 그래도 재즈를 하고 싶습니다. 재즈니까요. 다른 이유는 없어요.

—근데 재즈가 대체 뭐냐? 아들이 뭘 하는지는 알아야 허락을 하든 말든 할 것 아니냐?

어머니의 질문이 치고 들어온다. 그러나 나는 어떤 대답을 해야 할지 알고 있다. 이유는 모른다. 하여간 알고 있다는 게 중요하다. 네. 말씀드릴게요. 재즈라는 건.

—실수해도 괜찮은 음악이에요. 잠깐 집중력이 흐트러져도 상관없죠. 시종일관 악보만 쳐다보면서, 틀릴까 봐 잔뜩 긴장한 채로 하는 음악이 아니에요. 오히려 재즈는 실수로부터 탄생합니다. 잘못된 음을 치면, 다른 음악에서는 그 연주를 '망쳤다'고 말하지만. 재즈는 달라요. 재즈에서의 실수는 실수가 아닙니다. 당장은 잘못된 음처럼 들릴 수 있지만. 그건 다음 음을 침으로써 실수가 아니게 돼요. 다음에 치는 건반이 이전의 실수를 과정으로 만들어줍니다. 그래서 저는 재즈를 좋아해요. 그래서 재즈를 하고 싶습니다. 그래서…….

아버지는 내 말을 다 듣기도 전에 밥숟가락을 내려놓으시고, 두 손을 들어 내 어깨를 잡아주신다. 그래. 그렇게 해라. 그렇게 해야 한다면. 아버지는 그렇게 말한다. 그리고 희미하게 미소 짓는다. 녀석이 침대 위에서 방방 뛰기 시작했을 때, 나도 모르게 짓지 않을 수 없었던 그런 종류의 미소. 창문 틈새로 스며드는, 가느다란 한 줄기 빛 같은 미소. 나는 그 작은 틈을 놓치지 않는다. 이제 겨우 첫 번째 연주가 끝났다. 그러나 끝난 건 아무것도 없다.

Take two, Thanks to, Glad to……

The End

Special Thanks to...

다량의 네스프레소 캡슐커피
파버카스텔 연필 B
이십사인치 아이맥
관악산과 도림천

시베리아 횡단열차
변호사 안드레이
나탈리야 그리고 라파엘
노보시비르스크의 역무원

F. 스콧 피츠제럴드
엔도 슈사쿠
잭 케루악
프랑수아즈 사강
니콜라이 고골

미끄럼틀좌 신민준
하루컷 손현준
밥 먹는 다람쥐
금요묵클럽 멤버들
이외 밥 사준 사람들
출판사 마이디어북스
그리고 모든 독자들께

Everybody Rides the Carousel

모두가 회전목마를 탄다

초판 1쇄 발행 2022년 11월 3일

지은이 이묵돌
펴낸이 신의연
펴낸곳 마이디어북스
등록 2022년 4월 25일(제2022-000058호)
주소 경기도 파주시 심학산로 384
전화 070-8064-6056
팩스 031-8056-9406
전자우편 mydearbooks@naver.com

ⓒ 이묵돌, 2022

ISBN 979-11-980240-2-2 (03810)